全新彩色版

中华文史大观

金敬梅　主编

中华谚语故事

世界图书出版公司

目 录

中华谚语故事·目录

中华谚语故事·目录

中华谚语故事·目录

中华谚语故事 · 目录

中华谚语故事·目录

中华谚语故事·目录

前言

　　谚语是民间集体创造的、口头流传下来并广泛使用的语句，是人民群众对实践经验的规律性总结，有一定的指导性和科学性，往往用简单通俗的话来反映深刻的道理。谚语一般较短，言简意赅，有较为固定的形式，富于口语化，也正是这一点使其易于口耳相传。

　　谚语多与实际生活相关，涉及生活的各个方面，包括与自然有关的气象谚语，与农业有关的农耕谚语，与健康有关的养生保健谚语以及与个人修养有关的社会交往和学习谚语。这些谚语是人民群众在长期的经验中总结出来的，是劳动人民智慧的结晶，对实际生活有很大的指导作用。有些谚语从古代一直流传下来，到现在仍在使用。而现代人也在不断总结经验，逐渐形成一些新语句。随着这些新语句的普遍应用，它们也慢慢汇入谚语中，丰富和充实了谚语的内容。少数民族谚语和外国谚语包含了其民族和地域的独特性内容，也是我们可以而且应该借鉴的知识。

　　恰当地运用谚语可使语言活泼风趣，增强表现力，无论在口语还是书面语中，谚语都可以发挥它的积极作用。

矮子观场，随人听好

"矮子观场，随人听好"出自宋代黎靖德编辑的《朱子语类》，又作"矮子看戏，随人说妍（妍：美好）"。此语常用来形容那些不懂装懂、随声附和的人。

这是一个传说中的故事，古时候在农村有演出"草台戏"的风俗，通常是在露天的场地上搭个台子，台子不是太高，大家都挤在台子前一起站着看。邻村有个矮子也前去看戏，来得比较晚，前面的好位子被先来者占完了。他前面的人都比他高，夹在别人中间，根本看不见台子上的演员演的是什么，只听前后左右的人们不断发出叫好声，矮子也跟着大声叫好。别人感到很纳闷，他是怎么看见的？原来，他只是随声附和而已。

明朝李贽在《续焚书》中也讲道：在我小的时候，经常听人说孔子是圣人，究竟他为什么是圣人，值得尊敬的地方有哪些，其实我什么都不懂，只不过是"矮子观场，随人听好"罢了。

后人用"矮子观场，随人听好"比喻没有主见的人，随声附和，和人们常说的"应声虫"同出一辙。

◎拓展阅读

姜辣嘴，蒜辣心，辣椒辣了莫吭声 ／ 多吃一园菜，少吃一仓谷 ／ 出门走路看风向，穿衣吃饭看家当 ／ 买得便宜柴，烧了夹底锅 ／ 在家千日好，出外一时难

不鸣则已，一鸣惊人

"不鸣则已，一鸣惊人"与《史记·滑稽列传》的一个典故有关。常用来形容那些韬光养晦、智略深沉、不爱表现的人，一旦振作起来，便能做出惊人的业绩。

故事发生在春秋战国时期的齐国。

齐威王刚当上国君的时候，齐国还比较弱小，四周强邻环伺，虎视眈眈。齐国的老百姓渴望富国强兵，然而作为国君的威王却整日吃喝玩乐，不理政事。满朝上下非常着急，却苦无良策。齐国大夫淳于髡，一次借与威王一起喝酒的时机，向威王说道："有一只大鸟，落在您的庭院里，三年来不叫也不飞，您知道这是一只什么样的鸟吗？"威王笑答："这只鸟不飞则已，一飞冲天；不鸣则已，一鸣惊人。"他回答了淳于髡后，非常高兴，马上召集御前会议，会上对即墨大夫说："从你治理即墨这个地方以后，就不断听到关于你的谣言。可是我派人到即墨了解，那里政通人和，人民安居乐业，齐国东部长期稳定发展。所以，是你没有给我身边的人任何好处吧？因此他们就对你不满呀！"于是重赏即墨大夫。然后，他转向阿城大夫说："自你治理阿城地方以后，经常能够听到对你的赞美之辞，可是我派人去了解，你治下田园荒废，百姓劳苦，赵国攻打甄地而你见死不救，卫国占去薛陵，你却若无其事。然而我身边的人却都称赞你，这又是什么道理呢？"然后下令将阿城大夫逮捕处死，对经常制造谎言的人也处以同样的刑罚。

此举令齐国官吏非常震惊，齐国官吏从此实心做事，齐国逐渐强大起来。威王整顿兵马，击败赵国，赵国退出占领的土地；接着，又击败卫军，围困了卫都，卫君割地求和。各国从此非常惧怕齐国，从此齐国成为中原强国，齐威王成为诸侯国的霸主。

◎拓展阅读

到什么山上唱什么歌 / 得便宜卖乖 / 长叹不如慢磨 / 操心不见老 / 拆东墙，补西墙

不怕官，只怕管

"不怕官，只怕管"出自《水浒传》第一回。

有个名叫王进的东京八十万禁卫军拳棒教头，他的父亲王升曾经和小流氓高俅比棒，只用一棒就把高俅打翻在地，卧床几个月才能走动，高俅因此怀恨在心。十几年过去了，王进的父亲早已去世，高俅却因会踢球得到宋徽宗的赏识，升为殿帅府太尉（禁卫军元帅）。

第一天上任，高俅便发现王进请病假在家未来参见，于是大怒，着人将王进拿来，问道："这厮是都军教头王升的儿子？"王进禀道："小人便是。"高俅喝道："你爷是街市上使花棒卖药的，你省的什么武艺？前官没眼，参你做个教头，如何敢小觑我，不伏俺点视！你托谁的势，要推病在家安闲快乐？"王进告道："小人怎敢，其实患病未痊。"高太尉骂道："贼配军，你既害病，如何来得？"王进又告道："太尉呼唤，安敢不来！"高太尉大怒，喝令左右拿下王进，"加力与我打这厮！"众多牙将都是和王进好的，只得告道："今日太尉上任，好日头，权免此人这一次。"高太尉喝道："你这贼配军，且看众将之面，饶恕你今日，明日却和你理会。"

王进谢罪罢，抬头看了，认得是高俅，出得衙门叹口气道："俺的性命今天难保了！俺道什么高殿帅，却原来正是东京帮闲的高俅。他今天发迹，得做殿帅太尉，正待要报仇。我不想正属他管。自古道：'不怕官，只怕管'，俺如何与他争得？怎生奈何是好？"回到家后，连夜带了老母，投奔边镇延安府去了。

◎拓展阅读

东虹日头西虹雨 ／ 天上鲤鱼斑，明日晒谷不用翻 ／ 久晴大雾阴，久阴大雾晴

6

宋徽宗

不知其人，视其友

"不知其人，视其友"出自《史记·张释之冯唐列传》。意思是说：如果不了解一个人的品质如何，只要看看他所交的朋友是怎样的人就清楚了。

冯唐已到老年，还只是个中郎署长。一天，汉文帝偶然坐车经过冯唐的治署，问起才知冯唐是赵地的人。汉文帝非常钦佩原赵国大将李齐、李牧、廉颇，说："如果现在有这样的大将，我还用担忧匈奴的入侵吗？"冯唐说："依我看，您就是有廉颇、李牧也不能用啊！"汉文帝闻言大怒，起身便走。过了一会儿，又派人把冯唐找去说："你为什么当众侮辱我？就算我有错，你不会私下向我说吗？"冯唐说："请您原谅，我不学无术，一点儿也不懂忌讳。"汉文帝问："你为什么要说我即使有李牧等贤将也不能任用呢？"冯唐说："过去李牧守边防，所有收入都拿来治军、赏军人，一切处理，国王从不干扰他，所以李牧才能不受牵制，北逐匈奴，破东胡，灭澹林，西抗强秦，南逐韩、魏，使赵国的国力十分强大。云中太守魏尚，他也把一切收入用以治军，军队士气强盛，匈奴不敢走近云中郡。曾经有一次和匈奴作战，杀伤敌人甚多，只因为报功时把杀死的敌人数目报错了六个，您便削了他的官职，让他坐牢，又处分他服劳役一年。我以为您的军法过严，赏太轻，罚太重，一个魏尚都不能用。所以我说，你即使有李牧也不能用啊！"汉文帝听了，当天就派冯唐带命令去赦免魏尚，并恢复他云中太守官职，升冯唐为车骑都尉。

◎拓展阅读

朝怕南云涨，晚怕北云堆 ／ 清早起海云，风雨霎时临 ／ 天早云下山，饭后天大晴 ／ 南风怕水溺，北风怕日辣 ／ 好天狂风不过日，雨天狂风时间长

百闻不如一见

"百闻不如一见"出自《汉书·赵充国传》。意思是说：听到一百次，总不如亲眼见到一次可靠。强调亲自观察的重要性。

西汉宣帝时期，羌人多次侵入边界。攻城夺地，烧杀抢掠，边境百姓苦不堪言。宣帝决定派兵征讨羌人。老将赵充国主动请战。

宣帝问他要派多少兵马，他说："听别人讲一百次，不如亲眼一见。很难算计好在遥远的地方要用多少兵。我宁愿亲自到那里看看，然后确定攻守计划，画好作战地图，再向陛下奏明。"

宣帝应允，赵充国带领一队人马出发。队伍渡过黄河，遇到一小股羌人军队。赵充国下令攻击，结果捉到不少俘虏。赵充国观察了地形，又从俘虏口中得知羌人的兵力部署，仔细研究后制定出屯兵把守、整治边境、分化瓦解羌人的策略，上奏宣帝。不久，朝廷就派兵平定了羌人的侵扰，安定了西北边疆。

◎拓展阅读

细雨没久晴，大雨无久落 / 一日到暗，雨不断线，大雨明日见 / 鱼儿出来跳，风雨就来到 / 小暑一声雷，倒转做黄梅 / 扑地烟，雨连天

半部论语治天下

"半部论语治天下"出自宋代罗大经的《鹤林玉露》，是说古时候的人对《论语》非常推崇，认为只要掌握半部《论语》，就能治理天下。强调学习经典著作的重要性。

北宋开国宰相赵普年轻时就从军，没有时间专心读书。出任宰相后，赵普在处理公务时常常因心无底蕴而感到力不从心。宋太祖赵匡胤知道他的经历，鼓励他好好读书。于是，赵普每次下朝回府，就闭门苦读，不久，他的学问大有长进，凭借自己的才能为北宋安定天下立下功勋。

宋太祖死后，他的弟弟赵匡义继位，史称宋太宗。赵普仍然担任宰相。有人对宋太宗说赵普所学甚浅，所读之书仅为儒家的一部经典《论语》而已，不称职做宰相。宋太宗说："赵普读书不多，这我一向知道。但说他只读一部《论语》，我是不相信的。"

有一次，宋太宗和赵普闲聊，宋太宗随便问道："有人说你只读一部《论语》，这是真的吗？"

赵普诚实地回答说："臣平生所知道的，确实不超出《论语》这部书。从前臣以半部《论语》辅助太祖平定天下，现在臣用半部《论语》辅助陛下，使天下太平。"

赵普病逝后，家人打开他的书箧，里面果真只有一部《论语》。

◎拓展阅读

成事不足，败事有余 / 不到黄河心不死 / 长添灯草满添油 / 唱对台戏 / 秤砣虽小压千斤

○ 赵普像　赵普是北宋著名政治家，开国宰相。他善于吏道，主张加强中央集权，整顿吏治，为北宋的建立及局面稳定做出了巨大贡献。

这个谚语来源于《说唐全传》。"半路上杀出个程咬金"常用来形容一件事被人无端干扰，出乎意料而惨遭失败或挫折。

隋朝末年，隋炀帝昏庸无能，兵役和徭役征发不断，百姓多数背井离乡，大量田园荒芜，各地反抗不断，天下大乱。大响马尤俊达打算抢劫隋帝的皇杠（皇帝派人押运的银子，银子通常是装在空的竹杠里面，因此人们一般就叫它皇杠），就到各地搜罗武艺高强的帮手，最终相中了程咬金。程咬金家里一贫如洗，为了奉养年迈的母亲，靠在市场上卖竹笆子为生。尤俊达一来表示诚意，二来减少程咬金的后顾之忧，把程母接到自己的家里奉养，就带着程咬金去劫皇杠。程咬金果然出手不凡，官府押运银子的车辆走到半路，程咬金便从路旁冲出，无论押运军官怎样武艺高强，都被程咬金三斧头砍得抱头鼠窜。一连三次抢劫皇杠成功，程咬金在江湖名声大振，谚语"半路杀出个程咬金"也从此流传开来。

◎拓展阅读

吃别人嚼过的馍不香 / 不知哪块云彩下雨 / 常骂不惊，常打不怕 / 船家的孩子会浮水 / 此一时，彼一时

冰冻三尺，非一日之寒

"冰冻三尺，非一日之寒"，这句谚语较早见诸史料的是汉代哲学家王充在他的《论衡·状留篇》的说法。文中讲道："河冰结合，非一日之寒；积土成山，非斯须之作。""斯须"有瞬间之意。这句话的大意是，河水结成厚冰，不是一天的严寒所能完成；用泥土堆成高山也不是短时间所能达到的。这句话的本意在于告诉人们任何事物的产生，都有其自身发生、发展的过程，决不是一蹴而就的。

然而，古人所谈的"冰冻三尺，非一日之寒"，除其原意之外，还有别的意思，那就是把"寒"字假借为同音的"嗛"。嗛，本意就是怀恨的意思。这句话表面上是说"非一日之寒"，其实是说怀恨之深，"非一日之嗛"。

人们不愿直接说"嗛"，因此就使用"寒"字做借代；同时，为使"非一日之寒"这句话说得更形象、逗趣，就加以"冰冻三尺"做比喻。这种谐音用法，往往散见于古代的一些民歌中。如，"石阙生口中，衔碑不得语（衔悲不得语）"；"桑蚕不作茧，昼夜悬长丝（昼夜悬长思）"等等。

然而，今天我们引用"冰冻三尺，非一日之寒"这句话的时候，已完全改变了古人把它用作谐音双关语的用法，而是经常用它来形容事情的发生、发展是注定的，决非偶然形成的。

○ 品画鉴宝　子母陶熊·汉

◎拓展阅读

穿新鞋走老路 ／ 出水才见两腿泥 ／ 吃人饭，拉狗屎 ／ 刀快不怕脖子粗 ／ 得理不让人

○品画鉴宝　山水图·清·查士标　此图用笔不多，笔法简练而隽秀，图中大片用赭色，远山、近柳略施花青，洒脱别致，体现了画家独特的画风。

表壮不如里壮

这个谚语来源于《金瓶梅》第二回的一个故事。"表壮不如里壮"意思是说：家有贤妻，有时比丈夫能干显得更为重要。与之匹配的一句谚语是"篱牢犬不入"，常用来形容只要家庭是和和美美的，居心叵测之人也就没了空子可钻。

武松是山东阳谷县的步兵都头，这一日，被县官差往东京去干事，心中放心不下他的哥哥武大郎。他知道哥哥懦弱，嫂嫂潘金莲不但漂亮而且淫荡，生怕自己走后，嫂嫂会勾引别的男人闹出事来。因此买了一瓶好酒并菜蔬之类，直奔武大家来。让哥嫂上首坐了。酒至数巡，武松筛了杯酒，拿在手里，看着武大说："大哥在上，武松今日蒙知县差遣去东京干事，多是三个月，少是二月便回。有句话特来对你说：你从来为人懦弱，我不在家恐怕外人来欺侮。你从明日起，少卖些炊饼，每日迟出早归，不要和人吃酒，归家便早闭门，省了多少是非口舌。若是有人欺侮你，不要和他争闹，等我回来自和他理论。大哥你依我时，满饮此杯。"武大接了酒道："兄弟见得是，我都依你。"

武松再斟第二杯酒，对那妇人说："嫂嫂是个精细的人，不必要武松多说。我的哥哥为人质朴，全靠嫂嫂做主，常言'表壮不如里壮'，嫂嫂把得家定，我哥哥烦恼什么？岂不闻古人云'篱牢犬不入'？"那妇人听了这番话，紫涨了面皮，指着武松便骂："你这混沌东西，有甚言语在别处说来，欺侮老娘，我是个不戴头巾的男子汉，丁丁当当响的婆娘，拳头上立得人，胳膊上走得马，自从嫁了武大，真个蚂蚁不敢入屋里来，甚么篱笆不牢狗儿钻得入来？你一句句都要下落，丢下一块砖瓦儿，一个个也要着地。"

武松笑道："若得嫂嫂做主最好，只要心口相应，我武松记得嫂嫂的话了，请饮过此杯。"那妇人一手推开酒杯，一面哭下楼去了。武松还未回来，他嫂嫂便与奸夫谋杀了武大郎。

◎拓展阅读

吃错了耗子药 / 常在河边站，哪有不湿鞋 / 公鸡下蛋，母鸡打鸣 / 不进山门不受戒 / 刀子嘴，豆腐心

14

饱汉不知饿汉饥

这个谚语最初来源于庄子的一个寓言故事。意思是说：生活在比较安逸的环境中的人，不能体会到饥寒交迫的人的生活疾苦。后来人们常用来形容所处环境不一样，体会、感受也会不一样。

庄子是战国时期著名的思想家，年轻时曾在宋国当过一段时间的小吏。不久就辞官归里，尽管他生活很清贫，却拒绝了楚威王的高薪礼聘，不愿意去做官，经常周游列国。

一次，庄子来到齐国，一路上发现许许多多的饥民，打心里十分可怜他们。许多饥民看庄子动了恻隐之心，于是就跟在他后面，求庄子给他们一些食物吃。

庄子苦笑着说："我自己都一连七天没进食了，怎么还有食物给你们呢？"其中一个饥民说："路过这里的人非常多，然而他们都睁只眼闭只眼，就像什么也没有看见一样，只有先生您可怜我们。不过话又说回来了，如果先生不是饿了七天，也就不会知道我们这些饿汉的苦楚，更谈不上可怜我们了。"

○ 庄子像　庄子名周，战国时期宋国人，著名的思想家、哲学家、文学家，是道家学派的代表人物。

◎拓展阅读

打灯笼找不着 ／ 窗户纸一点就破 ／ 吹胡子瞪眼 ／ 此地无银三百两 ／ 打不着野狼打家狗

帮人帮到地头，送佛送到西天

○ 品画鉴宝　高僧取经图·唐

　　这两句谚语说法不同，但意思一样，意在告诉人们：做好事、帮助人要帮到底，不要半途而废。然而产生的背景却完全不一样。

　　"帮人帮到地头"最初来源于农业劳动。当时人们的生产工具极其简陋，人们非常劳累，特别是在收获季节，更是出奇地累。在收割中，经常一人一垅或一人两垅。因为人们的体力、能力不同，年轻力壮手脚麻利的人往往先到地头，而年老体弱者往往会落在后面。一般在这个时候，先到地头者就会回头帮那收割慢的人。有些人帮一会儿就不愿意帮了，结果还落个帮人的名义。人们经常对这种情况颇有微词，就会说"帮人要帮到地头"嘛。意思是好事要做到底。经过人们的引用演变，这句话在生活中的各个方面被赋予了不同的含义。

　　"送佛送到西天"则来源于过去的佛事活动。传说佛教传入中国后，很受中国人欢迎，一些迎送的仪式也被引进来，送佛的仪式非常隆重繁杂。由于佛不喝酒，不吃荤，因此供佛送佛的时候，仅用清茶和蔬菜瓜果。送佛上路时，要一拜再拜。由于怕佛到其他邦去，经常口中念念有词："烈火炎炎，南天不要去；冰雪飒飒，北天不要去；极乐乃故乡，只可回西天！"西天路途遥远，怕佛半路返回，因此给佛带足斋饭干粮，送以纸糊的车马、猎犬，激励他不要怕艰难险阻。并再次叮嘱："佛啊，佛啊，你家在极乐之国！佛啊，佛啊，中道不可以晕车！"因此说：送佛送到西天。

◎拓展阅读

聪明一世，糊涂一时 / 吃人家饭，受人家管 / 穿一条裤子 / 船到桥头自然直 / 刚出狼窝，又入虎口

不为五斗米折腰

"不为五斗米折腰"出自《晋书·陶潜传》。比喻不能为了一点微小的利益而屈身事人。现在人们常用这句话来比喻为人清高，有骨气。

晋代田园诗人陶渊明（又名陶潜）一向两袖清风，蔑视功名富贵，不肯趋炎附势去与贪官污吏同流合污。在彭泽任县令时，他已过不惑之年。

这年冬天的一个下午，陶渊明办完公事回到内衙，脱下官服正想坐下来休息。小吏进来报告："九江李太守派督邮（郡太守的属官，掌管所领之县长吏违法事）张大人来我县巡察，现在旅舍，请老爷快去迎接。"

这位督邮，原是彭泽县的一个富豪，是个粗俗傲慢的人，后来成了李太守的亲信。陶渊明对这种人很瞧不起，但为公事起见，又不得不去见一下。正要准备动身，小吏却拦住他说："大人，参见督邮要穿官服，并且要束上大带，不然有失体统，督邮要乘机大做文章，会对大人不利的！"

陶渊明早已厌恶官场的虚假，愤然说："我不能为五斗米（晋代县令的俸禄）向乡里小儿折腰！"说完取出官印，把它封好，并写了一封辞职信，随即离开了只当了80大县令的彭泽。

◎拓展阅读

官船漏，官马瘦 / 狗眼看人低 / 胳膊拧不过大腿 / 得饶人处且饶人 / 低头不见抬头见

不识庐山真面目

"不识庐山真面目"出自宋代苏东坡的《题西林壁》，比喻辨不出事物的真相。

庐山，地处我国江西省九江市的南面，它的东、南、北三面都是滨水，只有西南是陆地。海拔一千四百多米，气势雄伟，是著名的旅游胜地。

宋代大诗人苏东坡，初次游历庐山时赋诗一首，名曰《题西林壁》：

横看成岭侧成峰，远近高低各不同。
不识庐山真面目，只缘身在此山中。

诗人攀登庐山，漫步在盘旋迂回的山路上，满目是起伏的山峦，重叠的峰巅，丘壑纵横，姿态万千。横看是一片连绵的山岭，侧看则是狭窄的陡峰。遍游庐山，站在不同地势，从远、近、高、低不同角度观察，会看到庐山的不同形态。诗人感慨地说："不识庐山真面目，只缘身在此山中！"因为置身山中，视野被峰峦所挡，见到的只能是庐山局部。如果打算观其全貌，只有站在庐山之外，纵观全局才行。

◎拓展阅读

出多少汗，吃多少饭 / 点蜡烛不知油价 / 吃人家的嘴短，拿人家的手软 / 爹死娘嫁人，各人顾各人 / 不知道哪头炕热

○ 苏轼像　苏轼字子瞻，号东坡居士、北宋著名的文学家、书画家和诗人，豪放派词人的代表。他开辟了豪放词风，代表作有《东坡乐府》等。

不打不相识

"不打不相识"出自元末明初施耐庵的《水浒传》。意思是说：不经过交手，就不能真正认识对方，互相了解。

《水浒传》第三十八回写道：宋江、戴宗、李逵三人在酒馆吃酒，宋江想喝鲜鱼汤，酒馆没有鲜鱼，李逵说："我去讨两尾活鱼来与哥哥。"李逵来到江边，跳上一条渔船，叫道："你们船上有活鱼拿两尾来给我！"

那渔人应道："要等主人来，才敢开舱。"

"等什么鸟主人！我自己来拿！"结果，性急的李逵没抓着鱼，反把鱼放跑了。绰号叫"浪里白条"的渔人张顺见李逵无理取闹，便与他交起手来。两人从船上打到江里。只见江心清波碧浪中间，一个浑身黑肉，一个遍体霜肤，煞是一番风景，看热闹的齐声喝彩。张顺水性极好，将李逵按在水里，呛得李逵晕头转向。

宋江、戴宗闻讯赶来，戴宗与张顺相识，便朝张顺喊道："张二哥不要动手，这黑大汉是俺们兄弟，你且饶他，快上来见宋江！"张顺平时景仰宋江的大名，只是不曾拜识。所以听戴宗一喊，急忙将李逵托出水面，游到江边，向宋江施礼。

戴宗向张顺介绍说："这位是俺兄弟名叫李逵。"张顺笑嘻嘻道："我原是认得李大哥的，只是不曾交手。"

戴宗说："常言道'不打不相识'，你俩今天可以做个至交的兄弟了！"四人都哈哈大笑起来。

◎拓展阅读

出家人不说在家话 ／ 从小离娘，到大话长 ／ 吃着碗里的，望着锅里的 ／ 打倒不如说倒 ／ 吃不了兜着走

19

不敢越雷池一步

"不敢越雷池一步"出自《晋书·庾亮传》。比喻不敢逾越一定的界限和范围。

东晋时候，政局混乱，晋明帝任用皇太后的哥哥庾亮担任中书令，执掌朝政。不久，太守苏峻谋反，率兵攻打国都建康（今南京），江州都督温峤是庾亮的亲信、挚友，他为国都和庾亮的安全担忧，准备率部向东进发，援救庾亮。

庾亮分析了国内的形势，认为西部边境更为重要。于是他派人火速给温峤送去一封信，说："你驻守的西部边陲更是不可疏忽，我担心它胜过苏峻反叛，你一定要坐镇防守，不要跨过雷水（今湖北黄梅县东，流经今安徽宿松，至望江县东南积而成池，故称"雷池"）到京都来，越过一步也不行啊！（无过雷池一步）"

温峤依照庾亮指示，按兵不动。庾亮低估了苏峻的力量，建康城最后还是落入了叛军之手。

◎拓展阅读

丑媳妇早晚也得见公婆 / 打掉门牙往肚里咽 / 不懂装懂，永世饭桶 / 大白天说梦话 / 胆小不得将军做

"不求同年同月同日生，只愿同年同月同日死"出自《三国演义》第一回。意思是说：虽不能同时出生，但可以为了共同的追求至死不渝。这说明朋友之间侠肝义胆、生死与共的赤诚之心。

这是罗贯中描写刘、关、张三人桃园结义的盟誓："念刘备、关羽、张飞，虽然异姓，既结为兄弟，则同心协力，救困扶危，上报国家，下安黎庶，不求同年同月同日生，只愿同年同月同日死。皇天后土，实鉴此心。背义忘恩，天人共戮。"

这种盟誓也成为他们的做事原则、结友之道。然而这种狭隘的侠义行为却给自己的国家造成了惨重的损失。

关羽死后，刘备在他称帝的第二日便降诏书："朕自桃园与关、张结义，誓同生死。不幸二弟云长被东吴孙权所害，若不报仇，是负盟也。朕欲起倾城之兵，翦伐东吴，生擒逆贼，以血此恨。"见刘备如此用事，赵云向他说明舍魏伐吴的错误，并告诉他："汉贼之仇，公也，兄弟之仇，私也。愿以天下为重。"刘备却说："朕不为弟报仇，虽有万里江山，何足为贵？"诸葛亮见此又上表，陈述这种行为的危害性，可刘备仍一意孤行，为报关羽被害之仇，率军75万进军东吴。张飞得知则说："昔日我三人桃园结义，誓同生死，今不幸二兄半途而逝，吾安得独享富贵耶！吾当面见天子，愿为前部先锋，挂孝伐吴，生擒逆贼，祭告二兄，以践前盟！"张飞还怒不可遏地将这种情绪移至于部将范疆、张达二人，不料反被范、张所害。刘备得知此讯后，哪里能听得进将相的劝阻，率军沿水路直捣吴国，结果惨遭失败。他自己也因两败俱伤郁闷病死。除此之外，他还背弃了联吴抗曹的军事计划。

◎拓展阅读

打柴的不能跟放羊的走 ／ 打瞎子，骂哑巴 ／ 当地生姜不辣 ／ 大白天做梦 ／ 丁是丁，卯是卯

不求同年同月同日生，只愿同年同月同日死

"八仙过海，各显神通"一语来自一个广为流传的民间故事，本来说的是传说中的吕洞宾等八位神仙在过东海时每人露了一招，过了巨浪汹涌的东海。常用来比喻在集体生活中为了一致的目标，完成共同的任务，各自都有一套办法或本领。

"八仙"本来是道教传说中由凡人修炼而成的八位神仙，他们在民间流传甚广。这八位神仙分别是：

汉钟离，相传他姓钟离名权，后来受铁拐李的点化，上山学道，修炼成仙。下山后曾飞剑斩虎、点金济众。最后与其兄钟离简同日升天，据说吕洞宾就是由他点化而成仙的。

吕洞宾，号纯阳子。据说他在唐朝会昌（公元841—846）年间，两举进士不第，从此便浪迹江湖，他曾隐居终南山等地潜心修道，后又云游天下，自称回道人。在他六十四岁时，遇到已成仙的钟离权，钟离权授予他丹诀。八仙中他的传说最多，诸如江淮斩蛟、岳阳弄鹤、客店醉酒等。

铁拐李，据说他姓李名玄。传说中他总是一副蓬头垢面、坦腹跛足的形象。那是因为他在一次神游时因其肉身误为徒弟火化，游魂无所依归，后来附在一个饿死的乞丐的尸身上还阳。据说他是遇太上老君而得道成仙的。又传说他用水喷椅身的竹枝，变成铁杖，他杖不离手，因此又称他为铁拐李、李铁拐。

张果老，他一般都是杖挂酒壶，倒骑白驴，此驴能日行数万里，他休息时又将此驴折叠起来放于巾箱。相传他在中条山隐居，多在汾、晋一带活动。唐武则天时他已数百岁。武则天听说后曾想召见他，但他装死没去。后来，人们又在恒山中见到了他。传说他曾被唐玄宗召见，在宫殿上演出种种法术，唐玄宗授予他银青光禄大夫，赐号通玄先生。

韩湘子，是唐代大文豪韩愈的族侄。据说他性情狂放，擅长数术，曾在初冬时于数日内令牡丹花开数色，并为每朵牡丹题诗一首，韩愈见了都大为吃惊。

蓝采和，传说他经常穿一件破蓝衫，一脚着靴，一脚跣露，手持大拍板，于闹市中行乞，并往往乘醉而歌，周游天下。一次在酒楼上醉后，听到天空中有笙箫之声，遂升空而去。

何仙姑，她是八仙中唯一的女性，本是唐广州增城女子，在云母溪居住。在她十四五岁时，食云母粉而成仙。传说中她行动如飞，每天往山中采摘野果奉母。

曹国舅，他姓曹名友，本是宋代国舅，因其弟常常仗势欺人，作恶太多，他恐怕将来受其连累，遂散财济贫，入山修道。后经钟离权、吕洞宾点化而成仙。

这都是一些神话传说，其实"八仙"的来历是很有意思的，他们本来既不是神，也不是仙，而是八个颇享盛名的民间艺人。怀抱渔鼓的汉钟离，是演唱道情

的鼻祖；手执简板的张果老，也是个有名的说唱家；韩湘子擅长吹箫；而何仙姑、蓝采和则是先后从宫廷中逃出的两名歌伎优伶；吕洞宾是个善于编写唱词的艺术家；一瘸一跛的铁拐李，却另有来历，他年幼时是一位宰相家的书童，由于年少好学，饱学诗书，竟被打断一条腿后赶出相府，成为游方艺人；其貌不扬的曹国舅，据说是个连年不第的秀才，后沦落为专替人家婚丧喜庆喊礼的礼生。就这样，每人都有一段辛酸史。他们自愿结合，游方献艺，由于技艺高超，遂被誉为"八仙"。此后，他们被神化而成"仙人"。

传说有一次，西王母邀请这八位到瑶池赴蟠桃盛会，他们行至东海时被波涛汹涌的大洋挡住了去路。于是吕洞宾提议说："各位同道，前面大海挡路，不得前行，我们各自想法，拿出自己的法宝，丢入海中，以期平安抵达彼岸。"于是诸位神仙一致响应，第一个出来的是蓬首垢面、坦腹跛足的铁拐李。他把手中的铁拐杖抛入海中，不想拐杖竟化作一叶龙舟，将铁拐李渡过了东海。韩湘子紧随铁拐李之后，将一花篮投入海中，那花篮在海中竟滴水不漏，稳如巨船，把韩湘子稳稳当当地载到了彼岸。张果老仍然是倒骑毛驴，他很从容地从巾箱中取出一头纸驴，轻轻一吹便变成一头小白驴，张果老倒骑于驴背上，渡过了浩渺的东海。吕洞宾把箫抛入海中，自己骑在箫上，就像骑了一匹骏马一样奔了过去；蓝采和用的是拍板，汉钟离的法宝是鼓，曹国舅的是玉板，何仙姑的是竹罩，一个个神采飞扬地到了东海彼岸。

◎拓展阅读

不见兔子不撒鹰 / 肚子疼怨灶王爷 / 端人家碗，受人家管 / 断了线的风筝 / 对事不对人

白头如新，倾盖如故

"白头如新，倾盖如故"出自《史记·鲁仲连邹阳列传》。意思是说：人和人之间如果不能互相知心，那么即使在一起相处到头发白了，也不过和新认识一样；而有时候，两个人在道路上停下车来，说一会儿话，相互投契知心，也就应算是老朋友了。比喻人和人的相知，不在于时间长短，而在于志同道合。

秦国将军樊於期得罪了秦王，秦王把他的父母、族人统统杀了。樊於期逃到燕国，燕太子对他非常优厚。秦王下令：谁能杀死樊於期，赏千斤金子，封万户侯。这时，燕太子打算派勇士荆轲去刺杀秦王，荆轲说："如果我把樊将军的头割下来，送给秦王，秦王必然会高高兴兴地接见我，我就有机会刺杀他了。"燕太子说："樊将军因为无路可走才来投奔我，我怎能杀害他呢？"荆轲知道太子不忍心做这样的事，于是自己去见樊於期，告诉他这个计划。樊於期说："我日日夜夜切齿痛恨秦王，只是没有报仇的办法，现在你既打算去刺杀他，需要我的头，这也是为我报仇啊，我又怎么舍不得呢？"于是抽身一剑，把自己的头割了下来。燕太子听说后，跑去伏在他尸首上悲痛地大哭。后来，荆轲带着樊於期的头和其他礼物，去见秦王，企图实现他刺秦王的计划。

谚语"白头如新，倾盖如故"，最初意思是说：樊於期甘愿为燕国而死，是因为他与燕太子意气相投、志向一致，又岂会在乎相处时间的长短呢？

○品画鉴宝 蒜头壶·秦

◎拓展阅读

多一事不如少一事 ／ 躲了初一，躲不了十五 ／ 豆腐掉到灰堆里 ／ 人生地不熟 ／ 躲雨跳到河里

　　"不入虎穴，焉得虎子"一语意思是说：不到老虎巢穴里去，怎能得到小老虎呢？然而，老虎的厉害是尽人皆知的，野地里遇见老虎都是非常危险的事，何况要深入虎穴呢？据说，雌雄老虎成为配偶后，起先非常和谐，形影不离。在找到一个合适的栖息地方之后，便建立一个虎的家庭，但当雌虎快要临产的时候，就一反常态，拒绝雄虎入洞。等生下虎仔之后，雌虎对小虎非常爱护，但对小虎的"爸爸"雄虎则处处提防，不让它靠近小虎。雌虎对"老伴"尚且如此，何况有人进入虎穴呢？此危险程度可想而知。因此"不入虎穴，焉得虎子"这句谚语，用来说明人们做事，如果不下定决心，不身历险境，不经过艰苦的努力，是不能达到目的的。也比喻任务艰巨，不冒着生命危险就难以成功。也成了人们不怕困难，不畏艰险，克敌制胜的格言。

　　历史上有这样一段故事：

　　东汉初年，匈奴贵族力量发展很快，征服了西域大部分地区。匈奴是个游牧民族，人民勇猛剽悍，常常袭击过往商人，抢劫财物，使得有名的"丝绸之路"无人敢走，损害了国家的利益和形象。匈奴军队还经常袭击边塞城镇，使边塞人民的生活很不安定，不仅影响了生产，同时也对东汉的政权构成了一定的威胁。因为班超跟随奉车都尉（官名）窦固在和匈奴打仗时立有功劳，因此，朝廷便派班超出使西域各国，联络它们共同抵抗匈奴。班超率领36名随从首先来到鄯善国。国王早知班超为人，受尽了匈奴贵族压迫的鄯善国王也想借机摆脱匈奴的控制，因此刚开始时对班超一行十分欢迎，待为上宾。但隔一个时期，忽然变得怠慢起来，开始冷落和疏远班超一行人。班超召集同来的人说："鄯善国王最近对我们很冷淡，一定是北方匈奴也派人来笼络他，使他踌躇，不知顺从哪一边。聪明人要在事情还没有萌芽的时候就发现它，何况现在事情已经很明显了。"

　　经过暗中打探，果然是匈奴使者正在鄯善国进行活动，他们威逼利诱鄯善国王和汉朝使者断绝往来。鄯善国王在他们强大的压力下，开始冷落和疏远汉使者。于是班超又约同行的人说："我们现在处境很危险，匈奴使者才来几天，鄯善国王就对我们这么冷淡，如果再过一些时候，鄯善国王可能会把我们绑起来送给匈奴。你们说，这该怎么办？"当时大家坚决地表示愿听他的主张。他便继续说："不入虎穴，焉得虎子。现在唯一的办法，就是在今天夜里用火攻击匈奴来使，迅速把他们杀了。只有这样，鄯善国王才会诚心归顺汉朝。"

于是这天夜里，在班超的指挥下，全体人员向匈奴使者营舍发起攻击，冲入匈奴人住所，顺风放火，前后呼应，杀了匈奴使者一百余人，班超等人彻底粉碎了匈奴贵族的阴谋，把鄯善国王争取了过来。

班超出使西域历时达31年之久，经过机智的斗争，班超排除了很多艰难险阻，终于在军事上和外交上成功地孤立和打击了匈奴贵族，安定了边塞人民的生活，并重新打通了"丝绸之路"，解除了东汉王朝西部边境的威胁。

○拓展阅读

八字没一撇 / 懒人用长线，拙人用弯针 / 浪再高，也在船底；山再高，也在脚底 / 卖瓜不说瓜苦，卖盐不说盐淡 / 老猫不在家，耗子上屋爬

○品画鉴宝 回猎图·五代·胡瓌

"百尺竿头，更进一步"又作"百尺竿头，复进一步（更进一竿）"，出自宋代释道元所撰的《景德传灯录·招贤大师偈》。本来是佛家用语，意思是说：道行、造诣虽深，但仍需修炼提高。比喻虽已达到很高的境地，但不应满足已有的成绩，而应以此为基础，继续努力，更进一步。

《景德传灯录》，成书于宋真宗景德年间，共30卷，为我国禅宗史书之一。本书系统地叙述了禅宗师徒相承机缘，从过去七佛起到历代诸祖，共1701人，附语录的951人。灯能照明，祖祖相授，以法传人，譬如传灯，故取名《景德传灯录》。本书是研究我国禅宗史的基本资料，自问世以来在佛教内外产生了广泛的影响。为禅宗思想史的研究提供了有价值的资料，也为以后有关学术思想史的撰述提供了可借鉴的样式。

相传宋朝时，长沙有座著名的禅寺招贤寺。寺中有个精通佛法的高僧，名叫景岑，人们都称他为招贤大师。由于招贤大师造诣高深，所以经常有其他寺庙请他去讲道传经，他讲经的时候能将深奥的佛法做深入浅出的介绍，因此听讲的人很多，他的名气也越来越大。

一天，招贤大师又被请到一座寺庙讲经，他讲得深入浅出，头头是道，在座的人深为折服。听他讲完后，其中一名对佛法也深有体悟的人向他发问道："像您这样精通佛法的大师，是不是已经修行到了最高境界？"

招贤大师听后口占一偈："百尺竿头不动人，虽然得入未为真。百尺竿头须进步，十方世界是全身。"

○ 品画鉴宝　二僧坐禅图·清·罗聘

◎ 拓展阅读

冷粥冷饭好吃，冷言冷语难受　/　拔根汗毛比腰粗　/　白披一张人皮　/　半斤对八两　/　打肿脸充胖子

百足之虫，死而不僵

"百足之虫，死而不僵"一语出自《三国志·魏书·武文世王公传》曹冏劝曹爽的故事。意思是说：蜈蚣由于脚多，因此死后短时间内还不至于发僵。人们用它比喻一些实力雄厚的家族、集团虽然已经败落，但在一段时期内，还能维持一些兴旺繁荣的现象，是常人不可比拟的。

曹爽（？—公元249），字昭伯，三国魏明帝时封为卫将军。魏明帝死时，由于儿子曹芳尚且年幼，于是委托曹爽、司马懿共同辅助幼主。但司马懿足智多谋，实力雄厚，非久居人下之辈，早已有篡夺曹氏政权的野心。曹爽却居功自傲，目光短浅，远不是司马懿的对手。当时，曹氏宗室有一个叫曹冏的人，看到这种情况后认为曹氏宗室已危机四伏，非常着急，于是上书劝告曹爽，列举了以前历代皇族统治灭亡的事例，并分析其原因，指出曹爽不但要同本姓的族人保持亲密的关系，而且应与异姓的有识之士建立友好关系，只有这样，才能巩固曹氏集团的统治基础，以不负先帝托孤之重。

曹冏举例论述道："如果没有泉水，河流就要干涸；如果树根烂了，树叶就要枯萎。反过来，也只有枝繁叶茂，树根才能得到庇护；如果枝条凋零，树干也就失去依托了。所以人们常说，'百足之虫，死而不僵'，就是因为蜈蚣足多，所以它虽然死了，却还能支持其身体不致短时间内就僵硬。这虽然说的是小事，但说明的却是大道理。"

◎**拓展阅读**

爱叫的鸟做不了巢，爱吹的人干不成事 / 大门不出，二门不迈 / 一笔画不成龙，一锹挖不出井 / 比上不足，比下有余 / 不打无准备之仗

"此一时，彼一时"原为"彼一时，此一时也"，出自《三国演义》第二回。意思是说：时势不同，做事的标准也不应一样。应以发展的眼光来对待处理不断变化的事物，不能把过去的事物与今天的情况相对比。这句话反映了具体问题具体分析的正确态度。

《三国演义》第二回写道：

朝廷派朱俊在宛城攻打黄巾军残部，韩忠被困于城内，不久粮草全断。韩便派人出城讲投降官军之事，朱俊不答应，这时刘备对他说："过去高祖所以能得天下，都是因为能招降纳顺，你为什么要拒绝韩忠呢？"朱俊说："彼一时，此一时也。"朱俊认为那个时代天下大乱，民无定主，所以高祖招降赏附，以吸引更多的人来，而如今天下一统，只有黄巾造反，若允许他们投降，就无人劝人行善了。在他看来，如果答应韩忠的请求，就起不到杀一儆百的作用。让敌人得势的话，他们就会肆无忌惮、横行霸道，失利时又有投降的退路，这无疑等于助长了敌人的志气，并不可行。

○ 品画鉴宝　青瓷五联罐·三国

◎拓展阅读

半路上出家 ／ 背着抱着一般沉 ／ 翻脸不认人 ／ 反咬一口

创业难，守成难，知难不难

这个谚语出自《贞观政要》，其本意在于告诫唐太宗李世民以史为鉴，强调守业的不易。《儒林外史》第二十二回也有类似的语句："读书好，种田好，学好便好；创业难，守成难，知难不难。"后人常用"创业难，守成难，知难不难"形容人们只要认识了事物的矛盾本质所在，事情就比较好办了。

有一天，唐太宗与众大臣召开一次御前会议，议题是"创业"难，还是"守成"难？因为这事关国本，要大家慎重对待。

大臣杜如晦、房玄龄等人认为"创业"难。建立一个新的国家、开创一个新的朝代，要战胜多少艰难险阻，要花费多大的精力和财力，要经过多少风吹浪打，要牺牲多少将士的宝贵生命，这些需要多大的勇气、智慧和力量啊！

大臣魏征等人却说"守成"难。历史上许多朝代不到两代人就亡国了，远的如秦始皇，英雄盖世，强大得无人匹敌，结果呢，始皇死了不到两年，秦就灭亡了。近的如隋朝，文帝多么勇武，隋帝国又多么强盛，结果到了儿子手里，便丢掉了江山。"守成"需要克服多少困难，战胜立国时的骄傲情绪，杜绝腐败、奢华，要让老百姓安居乐业。这些需要多么谨慎、宽容的态度，又需要多少智慧和多么高超的管理能力啊！

唐太宗冷静地听了双方的意见后说道："你们说得都非常合乎道理。杜、房等人是和我一起创业的开国元勋，他们与我一起经历过'创业'的艰苦，立下了汗马功劳，因此深知'创业'的艰难。魏征等人则与我一起治理国家，为国尽忠，了解国计民生，因此明白难在哪里，既然我们有了这样的认识，再困难的问题也就难不倒我们了。"

◎拓展阅读

方是真的，药是假的 / 房顶开门，灶坑打井 / 防君子不防小人 / 大海里捞针 / 打狗还得看主人

○ 品画鉴宝 内人双陆图·唐·周昉

乘兴而来，败兴而归

这个谚语出自《晋书·王徽之传》。"乘兴而来，败兴而归"意思是说：一个人凭着一时的兴趣或抱持某种希望高高兴兴而来，没有了兴趣或感到失望就返回去。

这里有一段大书法家王羲之的儿子王徽之的动人故事。

王徽之年幼聪慧，性格豪爽，生活上放荡不羁。一次，在一个雪后天晴的夜晚，月明星稀，万里无云。王徽之见此光景，不由想起了一个善于弹琴的好友戴逵。一个念头油然而生：此时此刻，倘若戴逵就在身边，琴声月影，彻夜畅谈，那该多好啊！一时兴起，不能自已，马上命人驾轻舟直赴剡溪拜访好友。无奈路程较远，直至天色大亮才得以到达。然而，到了戴逵的家门前，他并没有进去，却转桨而归。过后有人就这件事问他："先生为何深夜匆匆赶往戴逵家，又为何到了门口却立刻转身回来了呢？"王徽之不以为然地说："我本来就是'乘兴而来，败兴而归'，为什么一定要见到戴逵呢？"

这个故事形容人们做事只依据自己的心情，至于开始希望的事情能否达到，那就另当别论了。

◎拓展阅读

风里来，雨里去 ／ 佛烧一炷香，人争一口气 ／ 儿不嫌母丑，狗不嫌家贫 ／ 大事化小，小事化了 ／ 福无双至，祸不单行

○ 王羲之像　王羲之，字逸少，号澹斋，东晋书法家。与其子王献之一起被世人合称为"二王"。王羲之最著名的代表作为行书《兰亭集序》。

○品画鉴宝　青釉蟠螭烛台·唐

沉舟侧畔千帆过，病树前头万木春

　　这个谚语出自唐代著名诗人刘禹锡《酬乐天扬州初逢席上见赠》中的诗句："沉舟侧畔千帆过，病树前头万木春。今日听君歌一曲，暂凭杯酒长精神。"它经常用于形容旧事物的周围，总是有新生事物在成长。

　　公元 826 年的冬天，唐敬宗将长期被贬在外的诗人刘禹锡召回洛阳任职。在北返途经扬州的时候，他与因病离苏州刺史任回洛阳的诗人白居易相遇。两人有同是天涯沦落人的感觉，白居易即席赋诗《醉赠刘二八（禹锡）使君》，对刘禹锡长期被贬在外表示了强烈的同情。当时，刘禹锡虽被召回了洛阳，结束了长期的贬谪生活，但并没有受到重用，整日郁郁寡欢，又加上故友王叔文、吕温、柳宗元等人都已过世，自己只身北返，此时此刻，心情异常沉重。白居易的诗更让刘禹锡心潮澎湃，思绪万千。随即挥笔写下了《酬乐天扬州初逢席上见赠》诗一首。诗的全文是："巴山楚水凄凉地，二十三年弃置身。怀旧空吟闻笛赋，到乡翻似烂柯人。沉舟侧畔千帆过，病树前头万木春。今日听君歌一曲，暂凭杯酒长精神。"大意是：那巴山楚水凄凉而又荒远，我被弃置在那里 23 年。怀念亡友只好吟唱思旧赋，回到故乡我的斧柄已朽烂。沉船的旁边好多船只竞相飞驰而过，病树前万木争春，生机盎然。今天听到您为我吟诗一首，就借这杯酒来振奋精神吧。

◎拓展阅读

该吃九升，不吃一斗 ／ 干活不由东，累死也无功 ／ 甘蔗没有两头甜 ／ 反其道而行之

常将有日思无日，莫待无时思有时

这是一句古老的人生谚语，来源于《警世通言·桂员外途穷忏悔》。意思是说：人们应该有忧患意识。后来人们常用这句谚语劝人勤俭、有计划地去生活，不要因挥霍以至于最后心生悔意。

元朝大顺年间，苏州富翁施鉴是一位远近出了名的守财奴。他的儿子施济却散财好客，结交四方豪杰，周济乡里穷苦人家。施鉴看到儿子如此，害怕儿子将家财耗尽，就偷偷地将金银分别埋藏在几个地方，不使儿子得知，认为如此就可"常将有日思无日，莫待无时思有时"了。

哪知施鉴就在这一天五更时去世了，没有留下任何遗嘱。当时施济已是不惑之年，生一子，中年得子，非常高兴，就拿了三百两银子，去虎邱山拜佛谢恩。忽然听到有人大声哭泣，近前一看，是旧时邻居桂富五，经仔细询问，才知他为债主所迫，家里已是一贫如洗，走投无路，想投水自尽。施济听后，马上赠银三百两，代还债务，并将胥门外桑枣园一所、茅房数间、田十亩借给桂家使用，两家自此就往来不断，亲如一家。

转眼三年过去了。一日，桂富五在桑枣园银杏树下挖得一千五百两窖银，这正是施鉴埋下的一处银两，桂富五非常高兴，瞒过施济，偷偷地在会稽地方买了房及田产，三年经营，成为远近闻名的富翁。就在这一年，施济因病而死，桂富五携家眷离开苏州，径至会稽落户。

施济生前好施乐善，家中早已空虚，又经这番丧中用费，不免欠下债务。夫人严氏守着孤儿施还，无法度日，遂想起当初曾给桂富五三百两银子的事，又听说桂家近来富足，便携儿远去会稽求助。

谁知"蝮蛇口中牙，蝎子尾后针，两般犹未毒，最毒负心人"。那桂富五不但不认账，且恐施家不断求索，相待非常冷淡，竟不顾旧日恩情，将施家母子推搪回去。

严氏携施还怄气归来，一病三月，诸医无效，一命归阴。施还年轻，衣衾棺椁一事不办，只得将住宅卖断与人。拆迁之际在祖父天花板上得一小匣，拆开看时，只有账簿一本，内写某处埋银若干，某处若干，如此数处。遂挖掘出来，一一如数，只桑枣园树下一千五百两只剩空坛。于是施家赖以中兴。

桂富五赶走施家母子后，以为得计，谁知他儿子又嫖又赌，竟将家产挥霍殆尽，又复贫穷下来。追思前事，又悔又愧，遂终身吃斋念佛，洗心革面，重新做人。

◎拓展阅读

赶鸭子上架 ／ 敢怒不敢言 ／ 二一添作五 ／ 干打雷不下雨 ／ 胳膊肘往外扭 ／ 三人同心，黄土变金

○品画鉴宝 楼阁山水图·元·孙君泽 此画以山水、松树、楼阁、人物等描绘了夏日山中池圃景色。以细腻的笔墨晕染，表现出盛夏时松枝的茂盛与苍翠，四周山石以爽利的斧劈皴画而成，笔法坚挺有力。整体布局错落有致，浑然一体，自成风格。

成由勤俭败由奢

"成由勤俭败由奢"一语出自唐代李商隐的《咏史》诗。意思是说：成功是由于勤俭，而破败多出自奢侈。

据《韩非子·十过》记载，有一次秦穆公问由余："你认为古代君主使国家兴盛的原因是什么？而破国又是因为什么呢？"

由余回答说："由于勤俭而使国家兴盛，由于奢侈而使国家覆亡。"

唐代大诗人李商隐根据这一意思，写了一首《咏史》诗：

> 历览前贤国与家，成由勤俭破由奢。
> 何须琥珀方为忱，岂得珍珠始是车。
> 运去不逢青海马，力穷难拔蜀山蛇。
> 几人曾预南薰曲，终古苍梧哭翠华。

前两句诗句，便是追溯历史，总结出古代君主治理国家的教训，成功主要由于勤俭，奢侈则招致国家破败。

○品画鉴宝 三彩狮子·唐

◎拓展阅读

狗嘴吐不出象牙 / 功到自然成 / 放屁砸了脚后跟 / 顾前不顾后 / 挂羊头卖狗肉

此地无银三百两

　　"此地无银三百两"这一俗语来源于一个广泛流传的故事，它比喻表面上的言行恰恰暴露了想要掩饰的事实。

　　传说，古时候有个人在一个偶然的机会得了三百两银子。惊喜之余，他不由得又有些担心，认为这么多的银子自己一时半会儿是花不完的，带在身边很不方便，放在家里又怕招来窃贼。再三琢磨，觉得最好还是把银子埋在地里保险。于是，趁着夜深人静，一个人悄悄地跑到地里挖了个坑，把银子埋了起来。

　　回到家里刚松了一口气，转念一想又紧张起来了，他觉得埋银子的地方太显眼了，一旦被人发觉，银子就会被挖了去。如此一想，他不由得更加害怕了。他坐立不安地转来转去，终于又想出了一个解决的办法：如果让所有的人都知道那个地方没有银子，他们便不会去挖，那银子不就很安全了吗？于是，他做了一个牌子，上面写了几个字：此地无银三百两。趁着夜黑，把牌子立在了埋银子的地方，才放心地回家睡觉。

　　第二天，他的邻居王二有事路过那里，看到了"此地无银三百两"的字牌，心想，没有银子又何必立个字牌呢？这显然是骗人的。于是他决定挖一下看看，一挖果然挖出三百两银子来，王二高高兴兴地把银子带回家去了。

　　王二回到家里后，想了一下，也觉得自己的做法不太妥当，如果埋银子的人怀疑是我偷的怎么办呢？想了半天，心里豁然一亮：我也写个字牌说明我不曾偷挖，他不就不怀疑我了吗？于是，王二也在挖银子的地方立了个字牌，上面写着："王二不曾偷此银。"这样布置后，才感觉到心安理得了。

◎拓展阅读

官不大，僚不小 / 当面是人，背后是鬼 / 给脸不要脸 / 各人的梦各人圆 / 光许愿，不烧香

初生牛犊不怕虎

刚生下来的小牛，不知道老虎的厉害，所以也就对老虎毫不畏惧；人也是这样，青年人没有受过挫折，不受保守思想的束缚，勇于开拓，勇于创新，做事不会缩手缩脚的。但也正因为没受过磨炼，因而不知天高地厚，容易盲目蛮干。所以这一俗语同时包含了褒贬两重含义：一种是用来赞扬青年人朝气蓬勃，工作大胆，有魄力；与此相反，有时也用来比喻一些人幼稚无知，狂妄自大，不自量力。

从前凤凰山有个孤儿养着一个小牛犊，人们都叫他牛娃。每天牛娃都把牛犊撒在山脚吃草，自己则跑到山顶上去玩，玩累了就躺在一块大石板上睡觉，饿了就上树摘些野果充饥。早出晚归，天天如此。但有一段时间，牛娃发现每天晚上回家时牛犊总是汗流浃背，气喘吁吁。这是怎么了？牛娃实在想不明白。于是一天上午，牛娃照例将牛犊放在老地方吃草，自己却找了棵大柳树爬上去，骑在树杈上偷偷向下看。但等了许久却不见什么动静。于是牛娃便倚在树杈上打起了盹。正在牛娃迷糊之际，一阵巨响把他惊醒了。牛娃往下一看，天呀，真是把魂都给吓跑了，只见一只猛虎气势汹汹地怒吼着向牛犊扑了过去，但牛犊却毫不畏惧，也挺着两只小角勇猛地迎了上去。就这样，一牛一虎你来我往地战在了一起，前冲后突，不分胜负。一直到太阳落山，双方都疲惫不堪才各自罢休。牛娃没想到小牛犊会如此勇敢，心里又佩服又高兴。但看到小牛犊大汗淋漓疲惫不堪的样子，又觉得长期这样耗下去，怕小牛犊受不了。但怎样才能让牛犊战胜猛虎呢？牛娃心里非常着急。突然，他看到了牛犊两只微弯的还很稚嫩的犄角，灵机一动，想出了一个主意。牛娃找来两把磨得极为锋利的尖刀，把它们绑在了牛犊的小角上。

第二天，牛娃仍将小牛撒在山脚吃草，自己躲在了大柳树的树杈上偷看。等了一会儿，老虎果然又来了，小牛与老虎怒目而视几分钟后又战在了一起，但这次情形与昨天不同了，牛角上的尖刀把老虎顶得遍体鳞伤，几次都深深地扎进了老虎的肉里，最后，老虎渐渐力不能支，但小牛犊却越战越勇，直至把老虎顶死。

○拓展阅读

费了九牛二虎之力 / 恭敬不如从命 / 公道不公道，自有天知道 / 干的早不如干的巧 / 牵一发而动全身

春风不度玉门关

"春风不度玉门关"出自唐代王之涣的《凉州词》一诗：

> 黄河远上白云间，一片孤城万仞山。
> 羌笛何须怨杨柳，春风不度玉门关。

王之涣写的是自然现象，后人常用此语比喻某种政策、思想、影响（多指好的方面）到不了某一地区或领域；有时也反过来引用，把"不"字换成"已"字，比喻好思想已深入人心。

唐朝诗人王之涣初到凉州（今甘肃省武威）去，他走时内地已杨柳青青，一派春光了，但当他到达凉州时，那一带却还相当寒冷，杨柳刚刚吐绿，而凉州西北面的玉门关外更是没有一点春意，杨柳尚未发青。王之涣目睹当地景色，耳闻羌笛吹奏的《折杨柳调》（古代曲名），心有感触，便写出了这首《凉州词》。意思是说：黄河一眼望不到头，好像是一直延伸到白云上空，在高耸入云的群山环抱之中坐落着一片孤城。悠悠的羌笛呀，你奏乐曲何必埋怨杨柳刚刚发青呢？殊不知玉门关外还见不到一丝的春意呢！

◎拓展阅读

打不着狐狸惹身骚 / 不经一事，不长一智 / 当着矮人，别说矮话 / 狗改不了吃屎 / 隔行如隔山

○ 品画鉴宝　溪山行旅图·清

39

乘长风破万里浪

"乘长风破万里浪"一语出自南北朝时宋将宗悫的故事，常用来形容一个人志向远大，趁势而上，勇往直前。也比喻某件事进展顺利、发展迅速。

据《南史·宗悫传》记载，宗悫是南阳（今属河南）人，文帝（刘义隆）曾任命他为振武将军。宗悫从小就胆量过人，智勇双全，打从少年时代起就练得一身武艺。据说，在他哥哥宗泌结婚的那天夜里，贺客方散，有十几个强盗趁全家正在忙碌之时，入门抢劫。还沉浸在喜庆气氛中的家人一下子乱了手脚，只有年少的宗悫临危不惧，他挺身而出，凭着自己的勇气和智慧将一伙强盗击退。有一次，宗悫的叔父宗炳问他："你长大后想做什么呢？试着说一说你的理想！"宗悫应声答道："愿乘长风破万里浪！"在场的人都被宗悫的气势震住了，他叔父听了，在惊异之余十分高兴，笑着鼓励他道："好孩子，回答得好，就应该做一个志向远大的人！"

唐代诗仙李白在《行路难》一诗的最后一节写道："行路难，行路难。多歧路，今安在？长风破浪会有时，直挂云帆济沧海。""长风破浪"的意思与"乘长风破万里浪"相同。

"乘长风破万里浪"，这是一句多么有气魄的豪壮之语啊！现在广为引用的"乘风破浪"这个成语也是这个意思。

◎拓展阅读

公说公有理，婆说婆有理 / 鬼迷心窍 / 不看僧面看佛面 / 贵人多忘事 / 锅大勺有准

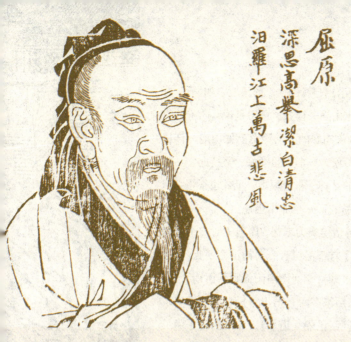

屈原

深思高举洁白清忠
汨罗江上万古悲风

尺有所短，寸有所长

"尺有所短，寸有所长"一语出自《楚辞·卜居》。常用来形容每一事物都各有千秋，有自己的长处和短处，就看做什么用了。

据说，屈原被楚王流放之后，其忠于祖国和人民的一颗爱国之心仍不能泯灭，但是没有办法回到楚王的身边施展自己的抱负，心里非常烦闷。一天他外出时碰见一个算命先生，就上去请他卜卦，他问那位算命先生说："是宁肯说真话而得罪君王呢，还是为了富贵而口是心非、随波逐流地混日子呢？是宁肯坚贞不屈地保持忠贞呢，还是要低眉折腰、献媚讨好去奉承奸邪之徒呢？是宁肯同天鹅一起在天空比翼高飞呢，还是跟鸡鸭们去互相争食呢？……"算命先生一脸茫然，不知所云。屈原又接着说："世事轻重颠倒，是非不分；高尚的乐器废置不用，而不登高雅之堂的瓦盆之类却丁当乱响，造谣挑拨的小人气焰高涨，而德高望重的君子却得不到重用。"最后他叹息："唉，这个世界全都是这样混浊不清，我又该怎么办呢？又有谁能理解我呢？"

听完他的一番感慨，算命先生也深有感触地说："很是抱歉，先生这个卦我卜不了，'尺有所短，寸有所长，物有所不足，智有所不明'。卦也有所不准，神也有所不灵，先生的疑问不是我所能解释的！"

以上这些内容出自《卜居》，其实这是屈原自己写的，他假借问卜之事，以抒发自己积郁已久的忧愤之情。

◎拓展阅读

吃饭像条龙，做活像条虫 ／ 病人心多，忙人事多 ／ 大意失荆州 ／ 不怕事难，就怕手懒 ／ 败家子挥金如粪，兴家人惜粪如金

41

从善如登，从恶如崩

"从善如登，从恶如崩"一语出自《国语·周语》。"如登"，好比登山一样艰难；"如崩"，好比山崩一样快。意思是说：向善的方面进取好比登山一样艰难，而如果向恶的方向堕落就像山崩一样快速。道理非常深刻，比喻也很形象，一个人想学好、坚持向上，需要有脚踏实地、一步一个脚印的精神，非常艰难，见效也很慢。但如果要学坏、堕落，却是很容易的，并且非常迅速。

春秋末期，周王室衰微，各诸侯实力增强。周敬王时一个名叫朝的王子起兵叛乱，一举占领了首都洛邑（今河南洛阳西）。周敬王在卫士的保护下慌忙逃亡到了刘（今河南洛阳偃师县西南），接着又被追到滑（今偃师县南），后来多亏晋国出军援救，才把周敬王护送至成周（今洛阳东北，同洛邑隔一道水）。作乱的王子朝虽然出逃到了楚国，但洛邑却还是由他的同党控制着。因而周敬王仍不敢回洛邑，只能先在成周住下。此时周王的卿士刘文公和大夫苌弘一起谋划，准备在成周筑起城来定为首都，为了取得诸侯的支持，苌弘派人先到晋国去征求意见。

当时晋国的执政者正卿魏献子（即魏舒）也同意苌弘的主张，并且提出要联合其他诸侯，支持在成周筑城建都。此时，卫国大夫彪侯正在晋国，他听说迁都筑城的事情以后，觉得甚为不妥。于是他就去见周王的另一卿士单穆公。见面后彪侯对单穆公说："苌弘和刘文公的一番苦心，看来是不会有什么结果了。周朝自从幽王以来，就一代代地衰弱下来。俗语说：'从善如登，从恶如崩。'夏朝从孔甲开始堕落，到夏桀时夏朝只四代就亡国了。商朝的兴起，从玄王开始直到汤王经过十四代才正式建立；商朝从帝甲开始走下坡路，到纣王灭国也只经历了七代。而周期从后稷到文王取得天下，却经过了十五代。可见建立一番功业是多么艰难。而亡国却总是比较快的。现在，周朝自从幽王开始衰落以来，已经十四代了，难道还有谁能够挽救得了吗？"

◎拓展阅读

帮助别人要忘掉，别人帮己要记牢 / 饱带饥粮，晴带雨伞 / 暴饮暴食易生病，定时定量保康宁 / 挨金似金，挨玉似玉 / 八成熟，十成收；十成熟，二成丢

"成也萧何，败也萧何"一语是根据韩信由萧何的推荐而成名，而韩信最终被害，又是萧何一手策划的故事而来。意思是说：成功和失败都是因为同一个人或同一件事。

据《史记·淮阴侯列传》记载，韩信年轻时曾在项羽军队里当过一名小军官，但一直得不到重用，后来便投奔了刘邦。由于韩信其貌不扬，起初刘邦对韩信也不怎么重视，只是给了他一个小军官的职务。后来在一次偶然的机会，韩信结识了刘邦的亲信萧何，经过一段时间的了解，韩信深得萧何的钦佩，萧何认为他是一个不可多得的军事天才。

当时，由于刘邦的势力远远不如项羽，其封地自然条件很差，而刘邦手下的人又大多是从江苏一带过来的，他们认为在刘邦手下没有什么前途，因此都纷纷向老家跑。韩信在刘邦这里也得不到重用，于是也就跑了。萧何听说韩信走了以后，非常惋惜，急忙乘马连夜去追赶，这就是"萧何月下追韩信"的故事。

萧何追回韩信后，便带着他去见刘邦，并且对刘邦说："如果您真的要夺取天下，就非用韩信不可。"刘邦接受了萧何的建议，在与韩信一番促膝长谈之后，便拜韩信为大将军。刘邦从此特别信任韩信，将军事大权交于韩信执掌。经过几年的征战，韩信辅佐刘邦统一了全国，建立西汉政权，刘邦做了皇帝，即汉高祖，分封韩信到楚地为王。

但刘邦做了皇帝之后，仍有很多不放心的事。第一个让他不放心的就是在各地的异姓王，他们都有兵将，有的还三心二意；第二个问题就是，有些将领为功劳大小和赏赐的多少争斗不止，如果安抚不当，就会投奔那些异姓王作乱；还有原先六国的后代也不可掉以轻心。在中央，丞相的权力对他这个皇帝也构成了威胁。

公元前201年，即高祖六年，有人告发韩信谋反。刘邦问怎么办，大家说发兵讨伐。但陈平反对，他说楚国兵精粮足，韩信又善于用兵，发兵很难取胜。他建议刘邦以巡游云梦为借口，让各诸侯王都到陈县（今河南淮阳），到那时韩信一定会来，然后再抓他问罪。刘邦依计行事，果然将韩信抓住了。韩信听到对他的指控，大声喊冤："古人说的果然不错：'狡兔死，走狗烹；飞鸟尽，良弓藏；敌国破，谋臣亡。'现在天下已经平定，我这样的人也早就该烹杀了。"刘邦将韩信押到了洛阳，因没有明确的证据，便释放了他，但把他降成了淮阴侯。这使韩信怀恨在心。

第二年，韩信谋划让陈豨在外地反叛，使刘邦亲自前去平叛，然后自己在都城袭击太子和吕后。但事情败露，吕后采用了萧何的主意，将韩信诱骗入宫抓捕，最后在长乐宫斩首，留下一个"成也萧何，败也萧何"的成语。

◎拓展阅读

背后不商量，当面无主张 / 笨人先起身，笨鸟早出林 / 长他人志气，灭自己威风 / 鞭打的快马，事找的忙人 / 不担三分险，难练一身胆

○品画鉴宝　群峰图·清·程邃　程邃的山水画独辟蹊径，自成风格。他擅用渴笔焦墨，画中以密集的渴墨笔触及苍点来表现山间的层林茂树，山石则多用干笔皴擦，而山间小路及山峰向阳处留白。近处老树枝干虬曲，描绘细致，整幅画给人以耳目一新之感。

45

城门失火，殃及池鱼

"城门失火，殃及池鱼"是一句广为引用的俗语，在古文献中多次出现。用来比喻无端受牵连而遭祸害，无缘无故受连累。

《吕氏春秋·必己》记载了这样一个故事：春秋时，宋国有一个司马叫桓魋。一次，桓魋得了一颗宝珠，宋国国君知道后想占为己有，但用尽各种手段威胁利诱，桓魋始终不肯交出宝珠。后来桓魋实在被逼得没办法了，就骗他说："宝珠扔到鱼池里去了。"宋君立刻下令，汲干鱼池的水，寻找宝珠。结果，宝珠没找到，池子的鱼却干死了，于是人们便说"宋君亡珠，殃及池鱼"。

《风俗通》也记载了一个故事：春秋时，有一次宋国国都的城门着了火。人们救火时把护城河的水都用完了，结果河里的鱼遭了殃，全部干涸而死。

此外，北齐杜弼的《檄梁文》说：但恐楚国亡猿，祸延林木，城门失火，殃及池鱼。《淮南子·说山训》中也有："楚王亡其猿，而林木为之残；宋君亡其珠，而池鱼为之殚。"讲的是同一个故事。

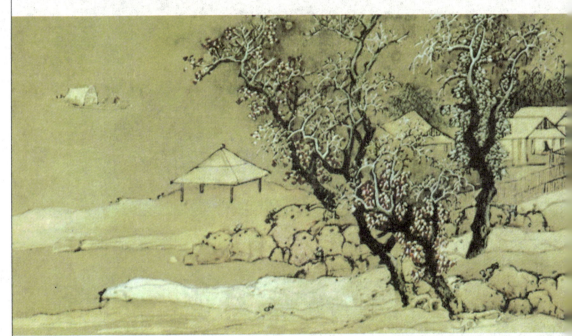

○ 品画鉴宝　山水册·清·刘度

◎拓展阅读

边学边问，才有学问 / 打虎不成反被虎伤 / 病从口入，祸从口出 / 不怕山高，就怕脚软 / 病急乱投医，逢庙就烧香

○品画鉴宝 青釉虎瓶，宋 此瓶是南宋龙泉窑青釉堆塑虎瓶，全身光素，只在颈、肩部塑有一虎，形态生动，别具神韵，该瓶是当时的典型器皿。

聪明反被聪明误

"聪明反被聪明误"是讥讽那些机关算尽、不择手段地钻营取巧的人，结果往往事与愿违，弄巧成拙，反而害了自己。关于这一俗语的由来，有两种说法。

一种说法来自南宋崔敦诗（1139—1182）的杂记集《刍言》中的记载：有一种全身通黑的鱼叫墨鱼，它为保障自身的安全，在遇有危险情况时就立即吐出墨汁，将周围的水搅黑，以掩护自己，伺机脱逃。它以为这是一种绝顶聪明的手段，但有时又往往弄巧成拙，它的敌人以及渔人根据这一规律，恰恰能发现它的行踪，结果反误了自己的性命。于是人们从中归纳出"聪明反被聪明误"的谚语。

还有一种说法是说此谚语源于北宋苏轼（1037—1101）的《洗儿》诗。诗云："人皆养子望聪明，我被聪明误一生。惟愿孩儿愚且鲁，无灾无难到公卿。"

因为诗中有"我被聪明误一生"之语，后人便把它引申为"聪明反被聪明误"。

◎拓展阅读

帮人要帮到底，救人要救到头 / 病来如山倒，病去如抽丝 / 吃饭先喝汤，老了不受伤 / 撑死胆大的人，饿死胆小的鬼

大意失荆州

这个谚语来源于三国时蜀国大将关羽的故事。意思是说：由于考虑不周而失去了荆州。后来人们常用来比喻军队因骄傲而失去了胜利的机会。

三国鼎立时期，荆州地处三国交界处，魏吴对荆州垂涎三尺，蜀国命大将关羽率重兵驻扎荆州地区。此时，蜀魏两国交战，关羽屡挫魏军锐气，接着又乘胜进攻距离较远的樊城。曹操立即派兵增援樊城，同时，派人与孙权联络，联手对付关羽。孙权早有占据荆州之意，另外可以趁此缓和与魏国的关系，同时可以坐收渔翁之利，一举两得，何乐而不为呢？于是准备偷袭关羽的后方荆州。孙权派大将吕蒙驻扎陆口。关羽晓得吕蒙善于用兵，不敢大意，严加防范，加强了对荆州的布防。

吕蒙得知关羽在荆州的活动后，一时很难下手，心中非常着急。正当吕蒙一筹莫展之时，部将陆逊出了个计策：让吕蒙假装生病，辞去职务，回朝休养。关羽听到此事，一定会掉以轻心，就会放松对东吴的警惕。吕蒙接受了陆逊的策略，关羽果然中计，放松了对荆州的城防，几乎倾巢出动，把大部分兵力抽调出去攻打樊城。得到前方报告，吕蒙兴奋不已，马上调动精锐，夜袭烽火台，断绝了关羽传递信息的快速渠道，很快攻下了荆州。关羽在前方听到荆州失守的消息后，气得箭疮迸裂，当场昏倒。这时，魏军也加强了攻势，蜀国将士由于后方失守，无心恋战，不久，关羽只得率军退守麦城，并在作战失利后，被吴军俘获。

◎拓展阅读

补漏趁天晴，读书趁年轻 ／ 不到江边不脱鞋，不到火候不揭锅 ／ 长江不拒细流，泰山不择土石 ／ 吃饭打湿口，洗脸打湿手

"淡泊以明志，宁静而致远"出自《三国演义》。意思是：以恬静寡欲不追逐名利表明自己的志向，清静无为表达自己的隐居生活，以示对时世的鄙弃。

诸葛亮在出山辅佐刘备之前一直居住在卧龙冈。在他居住的草堂门口贴有一副对联："淡泊以明志，宁静而致远。"刘备初到草堂，首先见到的就是这副对联。

对诸葛亮来说，他并不是一个甘心过隐居生活的人。这一点从他后来辅佐刘备建立西蜀政权可以看出。而出山前之所以傲世，是因为他一直以管仲、乐毅自居，自觉聪明过人却不被世人所知，于是让自己待世而出。

○品画鉴宝　青瓷薰炉·三国

他为刘备统一天下的大业做出了积极贡献，做到"鞠躬尽瘁，死而后已"。如刘备死之前对他说："若嗣子（刘禅）可辅，则辅之，如其不才，君可自为成都之主。"诸葛亮听后，汗流遍体，手足无措，泣拜于地说："臣安敢不竭股肱之力，尽忠贞之节，继之以死乎！"言讫，叩头流血。从他的一生看，他的志向就是选择明主以辅佐，因此，我们从这两句话中可以看出，他的"淡泊以明志，宁静而致远"的含义是十分深远的。

后来诸葛亮在他的《戒子书》中也有类似两句话："非淡泊无以明志，非宁静无以致远。"他讲的"淡泊"，是一种恬静寡欲、非世俗化的境界；他讲的"清静"，也是一种远离世俗名利的处世方式。

◎拓展阅读

长兄如父，老嫂比母 ／ 朝里有人好做官，家里有狗好看门 ／ 车到山前必有路 ／ 撑痨疾，饿伤寒 ／ 秤能称轻重，话能量人心

当一天和尚撞一天钟

这个谚语流传已久，意思是说：做一天和尚，就敲一天的钟。后来人们常用这个谚语来形容一些人生活很懒散，做事缺乏激情，得过且过。

很久以前，有一个年轻人游手好闲，终日无所事事，就会在村子中东游西逛，村里人都不愿意和他交往，大家背后称他为"二流子"。后来，他发现村子里的人见了自己都爱理不理的，心里十分不是滋味，感到这样活下去太没有意思了。

一日，他来到一座庙中闲玩，看到一些和尚正在闭目念经，感到非常有意思，便央求庙里的住持收他为徒。住持觉得这个人十分虔诚，就答应了他的要求。依照佛家的规矩，他被剃了发，穿上僧衣，与众位师兄开始学念经。起初，他认真地跟大家一起学习经文，然而不久他就觉得没有意思了，把敲木鱼的钟杵也扔到了一边。住持就派他去敲钟，他却抱着钟杵在树下睡觉。老和尚发现后很不高兴，不愿意再让他待在庙中。他满不在乎地说："有什么大不了的，我还不会敲敲钟吗？我当一天和尚敲一天钟还不行吗？"

◎拓展阅读

懒人急在嘴上，勤人急在腿上 / 不见兔子不撒鹰 / 静时常思己过，闲谈莫论人非 / 酒杯虽小淹死人 / 救人救到底，摆渡到岸边

这个谚语出自佛家修行语。传说中的故事与《西游记》中唐僧西天取经有关。

一日，唐僧师徒四人途经一座高山，旅途的劳累使他们又乏又饥又渴。于是悟空让大家稍作安顿后，一个人径直去化斋了。

等悟空化斋归来，找不到师父和两位师弟，非常不安。急唤山神和土地两位神仙，打听这是何地。两位神仙急忙告知："此山是金山，前面有个金洞，洞中有个妖怪叫独角大王，此怪神通广大，是他设计抓走了唐僧三人。"

悟空听罢，非常气恼，抢起金箍棒，直奔金洞，挑战魔王。两人打斗起来，只杀得天昏地暗，胜负未分。老魔王拿出一个亮闪闪的圈子来，不知是什么法宝，往空中一抛，大喝一声"着！"，悟空的金箍棒就被套了去。失去武器的悟空只好落荒而逃。

无奈的悟空只好向玉帝求助，玉帝即命托塔李天王和哪吒三太子等前去降魔，结果也是大败。

悟空只得又向如来佛祖求助。如来即命十八罗汉协助，照样也是一败涂地。佛祖传话过来，如果十八罗汉不能打败妖魔，太上老君可以帮他。

悟空来到太上老君仙居之处，发现太上老君的坐骑青牛不见了，太上老君非常吃惊。原来青牛趁看守他的童儿睡着时偷偷来到凡间，还把太上老君的宝物金刚镯也偷走了。选了一地占山为王，即独角大王。于是，太上老君答应与悟空前去捉拿独角大王。

来到山前，太上老君让悟空引妖怪出洞，然后口念咒语，只见妖怪逐渐现出原形，一头硕大的青牛出现在他们面前，太上老君把金刚镯穿在青牛的鼻子上，辞别众人，跨上青牛回天宫去了。

"道高一尺，魔高一丈"就这样流传下来，常用来形容取得一定成就以后经常面临新的更大的困难。也用来形容坏人狡猾多端。《西游记》中悟空大战独角大王的故事，是对这句谚语的最佳阐释。

◎拓展阅读

吃不穷，穿不穷，不会打算一世穷 ／ 秤砣虽小，能压千斤 ／ 迟干不如早干，蛮干不如巧干 ／ 车有车道，马有马路

道高一尺，魔高一丈

得何足喜，失何足忧

○ 品画鉴宝　青瓷谷仓罐·三国

　　这句话的意思是说，想得到的东西等得到时，有什么值得喜悦的，如果失掉它，又有什么可值得忧伤的？

　　《三国演义》第十四回写道：

　　刘备虽然胸怀大志，但没有自己的根据地。在陶谦三让徐州时，刘备虽然很想得到它，但由于一些原因，他推托不往。后来在糜竺及徐州百姓的恳求之下，刘备当了徐州州牧。后因中了曹操的"驱虎吞狼"之计，又失去徐州。就在众人为徐州失守惊慌失色之时，刘备却说："得何足喜，失何足忧！"

◎拓展阅读

宠狗上灶，宠子不孝 / 吃饭吃米，说话说理 / 出汗不迎风，走路不凹胸 / 粗丝难织细绢，粗人难做细活 / 出门靠朋友，在家靠父母

店里有人好吃饭，朝里无人莫做官

这个谚语的前半句"店里有人好吃饭"，是说如果客栈旅店有自己认识的人，即使身无分文，也不至于饿肚子，露宿街头。常用来形容有熟人好办事。

很久以前，交通极不方便，人们出行时，只有有钱人才能坐车、骑马，没有钱的人只能安步当车。特别是出远门的时候，更是备尝艰辛。虽然临出门时备足了衣衫，带了很多盘缠，却依然不知道路上会遇到什么情况，一旦遇上抢劫，盘缠尽失，不名一文，连吃饭住宿的钱都没有了。在这种情况下，如果碰巧店中有自己的同乡好友，没钱也能吃饭、住宿。因此就有了"店里有人好吃饭"的说法。

至于后半句，说法不一。一般来说，古代七品以上官员都是由朝廷选拔。因此，如果你想做官，碰上朝廷中有自己的亲朋好友，能够帮忙疏通疏通，就可能青云直上。因而就有"朝里有人好做官"的说法。

那么，为什么还要说"朝里无人莫做官"呢？一般在吏治腐败、皇帝无能的时候，在朝廷里没人最好不要做官。大家都明白，这时你做官，要做个好官清官，权奸肯定会排挤你，打击你，甚至可能置你于死地。假如你做个贪官污吏，就会变成小人，毁了自己一世的英明。这句谚语是告诉人们在"朝里无人"的时候不要做官。这表达了广大人民对封建腐败统治的不满和绝望。

◎拓展阅读

船头坐得稳，不怕风来颠 / 吃一堑，长一智 / 船载千斤，掌舵一人 / 疮怕有名，病怕没名 / 创业百年，败家一天

○品画鉴宝 秋林读书图 明·沈士充 此图中刻画树木用笔简括，人物衣纹笔力简约劲挺，自然流畅。画面布局别致，山坡上少林木点苔，水面则用大片的空白表现。整体给人以清淡枯寂的感觉，显示了画家清静超逸的心境。此画笔法松秀，墨色华淳，尽显清蔚苍古之气。

杜甫

霸愁一生光焰万丈

风雅独尊古今真尚

这个谚语出自杜甫的《奉赠韦左丞丈二十二韵》，意思是说，读书多了，写文章就像有神助一样。因为"读书破万卷，下笔如有神"这两句诗写得很好，所以成为千古传诵的佳句。

唐代诗圣杜甫，字子美，自称少陵野老。自幼好学，早年游历大江南北，博览群书。

公元747年，正是大考之年，杜甫前往京城应试。因为权臣李林甫的操纵，参加会试的人全部落榜，举国上下，一片愤慨。杜甫也是如此，于是书诗一首，寄给左丞相韦济，诗中阐述了自己的简历和抱负，试图得到他的举荐。这首诗题为《奉赠韦左丞丈二十二韵》，其中有这样几句："甫昔少年日，早充观国宾。读书破万卷，下笔如有神。"意思是说，我少年的时候，在乡试中就考得很好，被推举进京，我学习很用功，读了上万卷的书。所以，动笔就有一股神奇的力量让我写出好文章。

◎拓展阅读

病好不谢医，下次无人医 / 吹嘘自己的人，等于在宣传他的无知 / 聪明在于学习，天才在于积累 / 出家三天，佛在面前；出家三年，佛在西天 / 从小差一岁，到老不同年

对牛弹琴，牛不入耳

这个谚语有时也作"对马牛而诵佛经""对牛鼓瑟"，常用来形容有些人讲话不看对象，或对不讲道理的人讲道理，白费口舌。宋朝的释惟白所著的《建中靖国续灯录》第二十二回记载了这样一个故事。

南朝齐时，有个叫公明仪的音师，创作了许许多多人们喜爱的音乐。除此之外，他也擅长弹琴，其中《清角之操》是他最中意的好作品，自以为感天动地，无论谁听了都会感动得落泪。有一次，他在路边看见一头牛正在吃草。公明仪准备感动这头牛，就坐在牛的近旁，专心致志地弹起他的拿手之作来，然而不管他弹得如何好，甚至自己都在流眼泪，再看那头牛，却没有丝毫的回应，只顾埋着头吃草，并慢慢地走开了。看到这种情况，他感叹道："对牛弹琴，牛不入耳。"

◎拓展阅读

粗茶淡饭能养人，破衣破裤能遮寒 / 不可不信，不可全信 / 打柴问樵夫，驶船问艄公 / 粗饭养人，粗活益身 / 占着茅坑不拉屎

○品画鉴宝　雪中归牧图·宋·李迪

"多行不义必自毙"出自《左传·隐公元年》。"不义"，即不正义的事情；"毙"，是灭亡的意思。这句话是说：一个人坏事干多了，必定会自取灭亡。

春秋时期，郑国的君主郑庄公因母亲生他时难产，因而不受母亲姜氏的喜欢，但他有个名叫共叔段的弟弟却深得姜氏的宠爱。共叔段与母亲姜氏合谋，想除掉庄公，由他来做君主。为此他们在一步步地实施着阴谋。起先，姜氏让庄公把京地封给共叔段，庄公答应了，于是共叔段就在京地修筑都城，住在那里，人们称他为京城太叔。

为了积聚力量，与庄公抗衡，共叔段把京地的都城修筑得很大，并且大肆招揽人才。郑国的大夫祭仲了解到这种情况，便向庄公提议说："依照先王的制度，大的都城不能超过国城的三分之一，中的都城不能超过国城的五分之一，小的都城不能超过国城的九分之一。因为都城超过了三百方丈，很可能会成为国家的隐患。目前京城已经大大超过了这一标准，不合法度，这对庄公您是很不利的。"

庄公听后也很为难，但他认为这是母亲姜氏的做法，做儿子的是无法避免这种祸害的。

祭仲进一步提议说："姜氏贪得无厌，根本没有满足的时候，不如趁早想办法制止他们的滋长蔓延。蔓草尚难除掉，何况是你的母亲和弟弟呢？"

庄公没有听从祭仲的话，他只是说："他既然多做不义的事，就一定会自取灭亡。你姑且等着瞧吧！"

后来，共叔段进一步扩大势力范围，他先是把京地西边与北边的百姓召过来归他管理。接着又占领了那里的土地。郑国的大臣们看到这种形势，都很着急，一致主张庄公趁共叔段还没有谋反，先把他除掉，不然以后就很难对付了。但庄公还是说："他做这么多不义的事情，人们一定会疏远他，他占领的地方越多就越有失败的危险，将来他必定会自取灭亡的。"

看到庄公没有什么反应，共叔段得寸进尺，胆子越来越大，他修好了城墙以后，又招兵买马，扩大军队，制造了大量兵器，进一步着手准备进攻郑国的都城。其母亲姜氏也与他秘密策划，企图里应外合，一举获胜。

其实，庄公虽然表面上无动于衷，但对共叔段与姜氏的计谋，庄公都了如指掌，并暗暗做好了应付的准备。当他得到了共叔段发动进攻的确切消息后，便下令攻打京地，他派二百乘兵车以迅雷不及掩耳之势包围了京城，京城内部的士兵也反戈相击，袭击共叔段。共叔段遭到内外夹攻，只得逃之夭夭。

多行不义必自毙

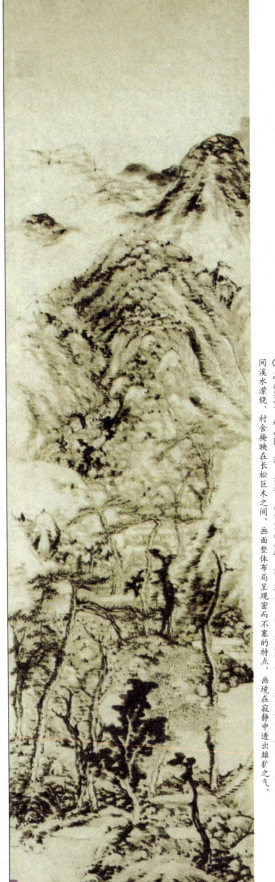

寸草铡三刀，料少也长膘 ／ 打不干的井水，使不完的力气 ／ 不怕初一阴，就怕初二

下 ／ 河里鱼打花，天天有雨下

○品画鉴宝　秋山图·清·朱耷　画中重山层岭，布置繁密，山峦绵延伸展，由近及远互相搭连，转折成趣。画面整体布局呈现密而不塞的特点，画境在寂静中透出雄旷之气。山谷间溪水潆绕，村舍掩映在长松巨木之间。

○ 品画鉴宝

耀州窑青釉刻花牡丹纹围棋子盒·宋

得饶人处且饶人

"得饶人处且饶人"这一谚语常与"遇饮酒时须饮酒"搭配使用。它同时也是一句人生处事的格言。《增广贤文》《吴下谚联》中都收有此句。意思是说：一个人不能处处逞强，应该有屈有伸，遇到该退让的人和事时就得主动退让。也比喻一个人应该多原谅别人、宽宏大量一些，不要把事情做绝。关于其由来，宋代俞文豹的《常谈出处》记录了这样一个故事。

蔡州褒信县有个非常善于下围棋的道士，起先他只是与附近的一些朋友对奕，从来没有遇到过对手，于是他便离开本县向京城走去，想沿途找个真正的高手拼杀一下。谁知一路走来，竟是走一城赢一城，走一县赢一县，一路无敌。直至到了京城，把当时的著名国手也给杀败了。这些年下来，下棋所赢的银子，使他非常富有，衣食无忧。但等逐渐老了以后，反思自己的过去，他却非常懊悔。因为自己过去下棋过于认真，逞强好胜，因此损伤了很多人的面子。总结自己这一生，他写了一首诗，最后两句是："自出门来无敌手，得饶人处且饶人！"从此他下棋便心存容让，有意给对方留点面子，不让别人输得太惨，他也因此而受到了众人的尊重，得到一"国手"的称号。

◎拓展阅读

久晴鹊噪雨，久雨鹊噪晴 ／ 空山回声响，天气晴又朗 ／ 出门问路，入乡问俗 ／ 雷声绕圈转，有雨不久远 ／ 小暑热得透，大暑凉飕飕

刀枪入库，马放南山

"刀枪入库，马放南山"一语出自《尚书·武成》。本意是说：将兵器放入库房保存起来不再使用；将战马放牧到山坡上，不再作为军用。说明战争停息，天下从此太平。也用来形容放松警惕，缺少危机感，一派大功告成的状态。

商朝末年，商纣王残暴无道，以致天下怨声载道，民不聊生。周武王继承周文王的基业后，会合西南各族，出兵东征，讨伐商纣王。虽然纣王率领之兵众多，但军心涣散，士气低落，战斗力极弱，根本无法与周武王的军队相匹敌。在牧野（今河南淇县西南）之战中，纣王的部队溃不成军。两军交战之后，纣王军队的前部也倒戈反击，回过头来攻打自己的部队。经此战役，周武王彻底铲除了商纣王的势力，建立了新的政权。

为了使天下太平安定，周武王废除了纣王的一切恶政，他将纣王无故囚禁的人民释放出来，散发纣王囤积的资财和粮食给平民，论功行赏，并追封被纣王所杀害的有功之士。天下百姓都为武王的开明政策欢呼雀跃。

周武王建立新政权后，将京都建在文王时的旧都丰地（今陕西户县西）。他终止武备，提倡文教，大力发展文化事业。他下令将战马放归华山之南，将牛放于桃林之野，即后世所说的"休牛放马"，以向天下宣告不再将牛马用于战争。又下令将兵车、盔甲等放入府库，倒挂干戈，用虎皮包裹起来，以示不再使用。这两个命令说明战火确已熄灭。武王鼓励生产，确立信义，以德治国，酬报有功之人。因此当时是真正的天下太平。

◎拓展阅读

不可同日而语 ／ 朝霞不出门，晚霞行千里 ／ 烟囱不冒烟，一定是阴天 ／ 冷得早，暖得早 ／ 出门看天色，炒菜看火色

当局者迷，旁观者清

"当局者迷，旁观者清"出自《新唐书·元澹传》。"当局者""旁观者"本来是指下棋和看棋的人，比喻当事人往往因对利害得失考虑太多，看问题反而糊涂，不如旁观的人看得清楚。

唐朝的大臣魏光上书唐玄宗要求把唐初名相魏征整理修订过的《类礼》（即《礼记》）列为经书，也就是作为儒家的经典著作。玄宗当即表示同意，并命元澹等仔细校阅一下，再加上注解。然而右丞相张说对此提出不同看法。他说，现在的《礼记》是西汉戴圣编纂的本子，使用到现在已近千年；再说东汉的郑玄已加了注解，其已经成为经书，有什么必要改用魏征整理修订的本子呢？玄宗觉得他说得也有道理，于是就改变了主意。但是元澹认为，本子应该改换一下。为此，他写了一篇题为《释疑》的文章表明自己的观点。《释疑》是采用主客对话的形式写成的。先是客人问："《礼记》这部经典著作，戴圣编纂、郑玄加注的本子与魏征修订的本子相比，究竟哪个好？"主人口答说："戴圣编纂的本子从西汉起到现在经过了许多人的修订、注解，互相矛盾之处很多，魏征正是考虑到这些因素才重新进行了整理，谁会想到那些墨守成规的人会反对！"客人听后点点头，说："是啊，就像下棋一样，下的人反倒糊涂，旁观者却看得很清楚。"

◎拓展阅读

不怕慢，就怕站 / 吃饱了撑的 / 鱼鳞天，不雨也风颠 / 云交云，雨淋淋 / 先雷后雨雨必小，先雨后雷雨必大

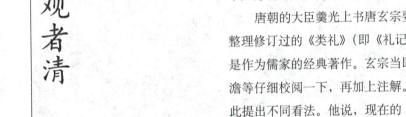

○品画鉴宝 黑釉象瓷枕·唐

"当断不断，反受其乱"最初见于道家，《老子》乙本前佚书《十大经·观》和《十大经·兵容》中都载有"当断不断，反受其乱"之语。意思是说：应当做出决断的时候，却优柔寡断，结果往往是受了它的害处。《史记》中记载了两个这样的故事。

《史记·齐悼惠王世家》记载：汉高祖刘邦驾崩后，皇后吕雉把持朝政，于是出现了刘、吕两个家族势力的明争暗斗。在这番争权夺势的斗争中，吕雉凭借自己的实力和皇后的优势，一一击败了自己的对手，为了进一步巩固自己的统治地位，她大力扩张自己的势力，先后封自己的兄弟侄子到各地为王，并提拔赵王吕禄为上将军、吕王吕产为相国。

但几年之后吕雉也逝世了，吕禄、吕产认为时机来临，便想谋反夺取刘氏的天下，但这个消息却被吕禄的女儿、刘章的妻子知道了。于是她把这个消息泄露给了自己的丈夫，刘章知道后连夜派一亲信通知他的哥哥刘襄，并谋划好让刘襄从齐国带兵西进，偷袭长安，刘章和三弟刘兴在长安城里做内应，里应外合，一举粉碎吕禄、吕产的篡权阴谋，并说好事成之后由刘襄做皇帝。

于是刘襄连夜与属下商量，调兵遣将，火速做了进攻长安的安排。不料，此事又被当年吕后安排在刘襄身边监督他的相国召平觉察。所以，召平以保护刘襄为名，包围了刘襄。

受封建正统思想的影响，大部分人都认为吕氏是谋反，所以都拥护刘氏。在这千钧一发的危急时刻，刘襄的心腹大臣中尉魏勃挺身而出，决定冒死保护刘姓天下。他见到召平，告诉他刘襄确实要造反，并且已经是万事俱备，只差朝廷的虎符做凭证了，但目前你已包围了王宫，占据了很大的优势，我一定协助你不让刘襄的计划得逞。召平听信了他的话，便把军队指挥权都交给了魏勃。

魏勃一接管军队，就派兵包围了相国府。当兵士闯进召平府去捉拿他时，召平才知上当，于是哀叹道："嗟乎！道家之言'当断不断，反受其乱'，乃是也。"意即在应当做出决断的时候没有做出决断，结果给自己带来了如此的灾难，不但辜负了吕后的重托，还连累了好多人的身家性命。于是拔剑自刎了。

此时刘襄迅速起兵，同时联合其他刘氏诸王，向长安进兵，在刘章、刘兴等人的配合下，内外夹攻，击败了吕禄、吕产，刘氏家族又夺回了朝政大权。但最后继承王位的并不是齐王刘襄，而是他的叔叔代王刘恒，即汉文帝。

另据《史记·春申君列传》记载，春申君的遇害也是受了"当断不断"的贻害。战国时期，楚考烈王无子，相国春申君为此很是着急。一次，赵国人李园带着一位非常貌美的女子来到楚国，想以此投靠楚王。但打听到楚王没有生育能力，就转而将美女献给了春申君。

不久，这位女子便怀上了春申君的孩子，于是她与春申君谋划道："你在楚国为相二十余年，楚王对你非常宠爱，为此他的兄弟对你很是妒忌。如今楚王后继无人，一旦楚王驾崩，他的兄弟继位，那将对你是很不利的。不如现在把我献给楚王，如果生个儿子，一定立为太子，便是以后的君王了，这样一来，楚国就是你的天下了。"春申君也早为自己的处境担忧，一听觉得很有道理，于是就将她献给了楚王。后来，也正如他们所谋划的，这女子生下一个儿子，被楚王立为太子。李园也因此受到楚王的宠幸。

随着年龄的增长，楚考烈王的身体每况愈下，直至一病不起。这时，有一个叫朱英的人向春申君提议说："楚王现在病重，不久当去世。关于太子的事，只有你与李园最清楚。一旦楚王去世，李园一定会杀你灭口。因此，你应该早做准备，杀死李园。"但春申君却认为，李园软弱无能，又是个仆人，是没有什么危险的。就拒绝了朱英的建议。后来，楚王去世，果然如朱英所说，李园叫人埋伏在宫门，等春申君进宫时，将他一刀砍死。后来，司马迁对此事做了如下的评价：

"太史公曰：吾适楚，观春申君故城，宫室盛矣哉！初，春申君之说秦昭王，及出身遭楚太子归，何其智之明也！后制于李园，旄矣。语曰：'当断不断，反受其乱。'春申君失朱英之谓邪？"

◎拓展阅读

早晨地罩雾，尽管晒稻谷 ／ 打酒向提瓶子的要钱 ／ 燕子低飞蛇过道，蚂蚁搬家山戴帽 ／ 云行北，好晒谷；云行南，大水漂起船

这个谚语来源于一个古老的民间传说。意思是说：本来都是一家人或朋友，因一些事情造成了误会。

很久以前，在东海岸边有个龙王庙。距龙王庙不远处有一片菜地，紧挨着菜地有一个庙。庙中的老僧人与种菜的老人交情甚深，两人常常在一起下棋聊天。

有一天，种菜的老人神秘地对僧人说："方丈，我这里出现了一件怪事！本来我那二亩菜地都是我担水浇，但打昨天起，我准备去浇菜时，发现菜地都浇过了，我也没发现是谁浇的。你说稀奇不稀奇？"方丈听了也觉得奇怪，于是打算去看看，到底是怎么回事。

那天晚上，方丈早早地来到菜地，在那口水井近处隐蔽起来观察动静，一夜没合眼。天色将亮时，听得"咔嚓"一声，自井中透出一道亮光，接着"扑楞"一声从井中跳出一个像鹅一样的怪物。它伸出两个大翅膀"扑扇"了几下，井水就自动溢出来了。眨眼间，那怪物又飞入井里。方丈到井边看时，发现菜地也浇好了。

连续三个晚上都是如此。老方丈是个武僧，到第四天晚上，他准备了一把剑，等那怪物刚一跳出井口时，上去猛砍了几下。那怪物翅膀一歪，一头栽入井中。瞬间，"轰隆"一声巨响，水井裂开一个巨大的口子，大水滚滚流出。一会儿工夫，不远处的龙王庙就淹没在汪洋中。

龙王非常生气，率领虾兵蟹将前来与那怪物战斗。大战了三日三夜，怪物败下阵来，露了原形。原来是龙王三太子，由于犯了东海禁规，被逐出龙宫，三年不得回东海。三太子为了将功赎过，就打算在凡间积德行事。不料被和尚砍了一剑，非常生气，掀开海眼，结果淹了龙王庙。和龙王作战时又不肯泄露天机，结果造成了一场误会。

◎拓展阅读

早上朵朵云，下午晒死人 / 不怕没好事，就怕没好人 / 当着矬子不说短话 / 打蛇打七寸，挖树先挖根

○ 品画鉴宝　龙虎斗·宋

大水冲了龙王庙，一家人不识一家人

"二者必居其一"，意思是说只能在两样中选择一样。

战国时期，有一次孟子来到了齐国，向齐王提出许多建议，但最终齐王都没有采纳。孟子离开齐国时，齐王赠送给孟子一百金，他没有接受。到了宋国，宋王赠送给孟子七十金，他却接受了。后来孟子又到了薛国，薛王赠送给孟子五十金，他也接受了。

孟子的学生陈臻对此不能理解，便问孟子："如果说您不接受齐王的赠金是对的，那么同为君王，接受宋王、薛王的赠金就不对了；如果说接受宋王、薛王的赠金是对的，那么不接受齐王的赠金就不对了。一个人前后的行为应当一致，您只能在这二者中选择一种，怎么前后矛盾呢？"

孟子向陈臻解释说："你说的是有道理的，但你不了解其中真正的原因。在宋国时，我将去很远的地方，路上需要钱，所以接受了赠金。来到薛国，看见全国戒备森严，我住的地方有士兵站岗。薛王给我五十金，我自然得接受。我不是自己要，而是要把它分给士兵。至于齐国，齐王给我的赠金，我没有用处，没有用处而又要别人的赠金，就和向别人借钱一样。天下哪有君子向别人借钱的呢？"

陈臻听了，觉得老师说得很有道理。

◎拓展阅读

被人卖了还帮着数钱 ／ 不当家不知柴米贵 ／ 鼻子气歪了 ／ 不比不知道，一比吓一跳

○品画鉴宝 犀足筒形器·战国

覆巢无完卵

"覆巢无完卵"这个谚语出自《世说新语·言语》。原句是"覆巢之下，焉有完卵"。其大意是鸟巢已经毁掉，巢中怎么可能有完整的鸟卵呢？常用来形容一旦大势已去，局部的事物也没有可能完整地保存下来。后来，人们常用"覆巢无完卵"这一谚语来形容灾祸到来时，和它有关联的人或事物将没有办法躲开。

东汉末年做过北海太守的孔融，是孔子的后世子孙，也是北方名门望族。当时曹操统一中原，对各地世家大族采取压制政策，引起各地豪门的激烈反抗。正是在这个时候，孔融与曹操不可避免地发生了矛盾，很快，曹操派人来捕他入狱。全家人都非常害怕。孔融有两个儿子，大儿子九岁，小儿子八岁。两个孩子对眼前发生的一切浑然不知，继续在院子里玩老鹰捉小鸡的游戏。孔融眼泪汪汪地看着两个儿子，转身对来抓他的人说："希望把罪名都加在我一个人身上，不要因我而牵连别人，更不要伤及年幼无知的孩子的性命。"

孩子们听到父亲的话语，停止了游戏，走过来反问道："父亲，您见到过毁掉了的鸟巢里还有保存完好的鸟卵吗？"

没过多长时间，兄弟俩也被送到狱中，和父亲一块儿被害。

○孔融像，孔融字文举，东汉文学家，鲁国（今山东曲阜）人，家学渊源，为建安七子之首。他为人刚直耿介，锋芒毕露，终被曹操所害。

◎拓展阅读

便宜没好货，好货不便宜 / 别人牵驴你拔橛子 / 不吃羊肉惹身臊 / 兵来将挡，水来土掩 / 瓦块云，晒死人

防民之口，甚于防川

"防民之口，甚于防川"，意思是说：堵住人民的嘴，不让百姓说话，比堵住河流还危险。

周厉王，名姬胡（？—前828），是周夷王的儿子。夷王病死后厉王继位。他在位37年，在"国人暴动"中被驱逐出都城，后凄凉病殁在彘（今山西霍县），并葬于彘。

周厉王继位后，认为父亲夷王在位时，对诸侯大夫过于宽和，决心以严酷的手段来慑服臣下。不久，他就借故烹杀了齐哀公。

周厉王贪财好利，千方百计地搜刮人民。有一个臣子叫荣夷公，他教唆厉王对山林川泽的物产实行"专利"，由天子直接控制，不准平民（国人）进山林川泽谋生。周厉王听了很中意，于是置大臣的规劝和平民的反对于不顾，推行"专利"。

平民被断了生路，怨声四起，纷纷咒骂。周厉王又派了一个佞臣卫巫于监视百姓，将许多不满"专利"的平民捕来杀死。后来连不少没有发过怨言的平民也被杀死。弄得亲友熟人在路上遇到了都不敢互相招呼，只能看上一眼，整个都城变得死气沉沉。周厉王却还自以为得计，得意洋洋地说："我自有办法叫百姓不敢诽谤我。"大臣召公劝诫说："这样堵住人民的嘴，就像堵住了一条河。河一旦决口，就要造成灭顶之灾；人民的嘴被堵住了，带来的危害远甚于河水。治水要采用疏导的办法，治民要让天下人畅所欲言，然后采纳其中好的建议。这样，天子处理国政就少差错了。"周厉王听了不以为然地说："我是堂堂天子，那些无知的愚民只能遵从我的命令，怎么能让他们随便议论！"仍然一意孤行，实行暴政。

周厉王的暴政终于使人民忍无可忍，公元前841年，都城四郊的国人自发地集结起来，手持木棍、农具做武器，从四面八方扑向都城的王宫，要向周厉王讨还血债。周厉王听到由远而近的愤怒的呼喊声，忙命令调兵镇压。臣下回答说："我们周朝寓兵于农，农民就是兵，兵就是农民。现在农民暴动了，还能调集谁呢？"周厉王这才知道大祸临头，匆忙带着宫眷步行逃出都城，沿渭水朝东北方向日夜不停地逃到远离都城的彘，并筑室居住了下来。

◎拓展阅读

不怕人不敬，就怕己不正 / 蚊子聚堂中，来日雨盈盈 / 人急投亲，鸟急投林 / 水缸出汗蛤蟆叫，不久将有大雨到

"风马牛不相及"常用来比喻两个或几个事物之间毫无关系。

春秋时期，管仲辅佐齐桓公治理朝政，通过一系列措施使百姓生活安定，国家实力得到壮大，远远地超过了其他几个诸侯国，齐国成为一个强国。齐桓公成为诸侯国的首领，开始以霸主的身份自居。齐国周围的鲁国、宋国、卫国、陈国、曹国都依附齐国。只有楚国距离齐国太远，国力较强，不怎么顺从齐桓公。齐桓公因此对楚国的做法很不满意，于是召集各诸侯国的国君一起商讨征伐楚国，接着又亲自率领联军向楚国进发。联军打败了不堪一击的蔡国军队后迅速地来到了楚国的边境。

楚国的国君听到齐桓公亲自率兵讨伐的消息，自认不是联军的对手，十分惶恐，急忙派使臣前往联军阵营与齐桓公谈判。使臣对齐桓公说："您的齐国在北方，我们楚国远在南方，我们之间相距这么遥远，即使是公马、母马、公牛、母牛发情的时候互相追逐、奔跑，跑得再快，追得再远，也不会越过边境。可是今天齐国却跋涉来到楚国的边境，不知这是为了什么？"

管仲回答说："我们是以周天子的名义来讨伐楚国的。从前召康公曾命令我们的先君太公：为辅佐王室，五侯九伯你都可以征伐。眼下你们楚国轻视天子，连天子祭祀用的色茅，你们也几年不进贡了，我们因此特来兴师问罪！"楚国使臣慌忙解释说："贡品没有如期送去，是楚国的罪过，今后岂敢不送呢？不过先请齐军退回去吧！"齐桓公没有答应，将军队进驻在陉地。

到了夏天，楚王派屈完领兵前来抵御联军，齐桓公在召陵这个地方把军队列成阵式，请屈完与自己同坐一辆战车，一起检阅军队。

齐桓公威胁地说："你看见了吧，我用这样强大的军队来征战，谁能抵抗它？用这样精锐的兵马去攻城，哪个城池攻克不下？"屈完迎合地说："是呀，是呀，您如果用德行来安抚诸君，哪个不服？但用武力强迫楚国，楚国决不示弱。楚国有方城山当城墙，有汉水当护城河，您虽然率领浩大的联军，恐怕也是无能为力的，所以我看不要争斗了，还是订立盟约吧！"

齐桓公考虑到久攻不下，只好与屈完订了盟约。

"风马牛不相及"就是从这个故事中流传下来的。

◎拓展阅读

打虎要力，捉猴要智 / 不怕一万，就怕万一 / 大蒜是个宝，常吃身体好 / 有时省一口，缺时当一斗 / 打鱼的不离水边，打柴的不离山边

佛在心头坐，酒肉穿肠过

"佛在心头坐，酒肉穿肠过"这句谚语出自《济公全传》。一作"酒肉穿肠过，佛在心中留"。后来人们常用"佛在心头坐，酒肉穿肠过"来形容做人或做事只要有一个准则，没有必要在意一些细枝末节的事。

南宋时候，杭州的灵隐寺有个济颠和尚，当地老百姓喊他"济公活佛"。他经常戴着一顶破帽子，趿拉着一双破鞋子，拿着一把破扇子，说起话来疯疯癫癫。这个和尚不守佛道，他既喝酒，又吃肉，尤其爱吃狗肉。然而他却有自己的看法："佛道修行全在自己心上，不在一张嘴上，'佛在心头坐，酒肉穿肠过'。"他精通医道，喜欢帮助穷人。

当时秦桧做宰相，早就听说他是"活佛"，适逢其子得了大头病，就请济颠来治病。席间济公并不因为他是宰相，就谨小慎微，低三下四。一是活跃气氛，二是治治这个奸臣，于是就与秦桧打赌，对对联。对上了，秦桧输一万两银子；对不上，答应秦桧拆去由济公筹资建的大牌楼。秦桧身为宰相，自恃才高，根本没把济公放在眼里。秦桧出拆字上联："酉卒是个醉，目垂是个睡，李太白抱酒坛在山坡睡。不晓他是醉？不晓他是睡？"济公笑答："月长是个胀，月半是个胖。秦夫人怀抱大肚子满院逛，不晓她是胀？不晓她是胖？"济公对上了，先得了一万两。秦桧不服气，又出对："佛祖解绒绦，捆和尚扣颠僧。"济公又对道："天子抖玉锁，拿大臣擒丞相。"又赢了秦桧一万两，把秦桧气得要死。

后来秦桧派了个名叫何立的人来抓他。何立进了灵隐寺，远远望见和尚坐在蒲团上，朗声大笑道："何立从东来，我向西方去。"说完圆寂，并遗书一封交送秦桧，斥责他弄权祸国，说他绝无好下场。人们为了纪念济公和尚，在他圆寂的地方给他塑了佛像，常年香火不断。

◎拓展阅读

当用时万金不惜，不当用时一文不费 / 打鱼靠网，打狼靠棒 / 人活七十稀，请教不为低 / 大处着眼，小处着手

70

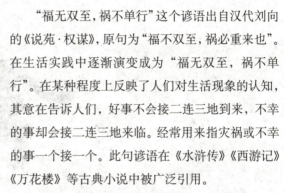

福无双至，祸不单行

"福无双至，祸不单行"这个谚语出自汉代刘向的《说苑·权谋》，原句为"福不双至，祸必重来也"。在生活实践中逐渐演变成为"福无双至，祸不单行"。在某种程度上反映了人们对生活现象的认知，其意在告诉人们，好事不会接二连三地到来，不幸的事却会接二连三地来临。经常用来指灾祸或不幸的事一个接一个。此句谚语在《水浒传》《西游记》《万花楼》等古典小说中被广泛引用。

关于这句谚语较为流行的故事是清代著名书画家郑板桥写对联的事（也传说是纪晓岚的故事）。因为郑板桥是有名望的书画家，其作品非常受人喜爱，有时到了无以复加的程度。每年春节，贴好的门联经常被人夜里揭走。久而久之，郑板桥也老大不乐意，一年春节，他就故意写了一副"福无双至，祸不单行"的门联。可能不是吉祥联的缘故吧，此次安然无恙。于是次日他又在此联的下面各加了三个字"今日至""昨夜行"，因此一副对联出现了："福无双至今日至，祸不单行昨夜行。"依旧是吉祥联。偷揭对联的人深有被羞侮之感。听说这是郑板桥好多年来唯一保存完好的对联。

◎拓展阅读

针不离线，线不离针 / 人家夸，一朵花；自己夸，人笑话 / 一个朋友一条路，一个冤家一堵墙 / 燕子低飞蛇过道，鸡不回笼喜鹊叫

辅车相依，唇亡齿寒

○ 品画鉴宝　错银双翼神兽·战国

　　辅车相依，唇亡齿寒出自《左传·僖公五年》。辅，颊骨；车，齿床。颊骨和齿床是连着的，敲碎牙床，脸颊骨也保不住；牙齿和嘴唇是密切有关的，割去嘴唇，牙齿就会寒冷。比喻事物互相依存、利害一致的关系。

　　春秋时期，晋文公想派兵灭掉虢国，但晋虢之间还隔着一个虞国。晋文公于是派了个使者，送了一些极贵重的礼物给虞国国君，请他允许让晋国的军队通过虞国去打仗。虞国一些有见识的大臣说："谚语讲：'辅车相依，唇亡齿寒。'虞国和虢国的利害是一致的。如果晋国把虢国灭了，它为了统治虢地，怎会允许虞国隔在中间呢？"于是极力向虞国国君进言，不能接受晋公的礼物，更不能允许晋军通过。但是虞国国君是个贪财之人，看到晋国的礼物如此贵重，便听不进大臣们的忠告，同意让晋军借路通过，去把虢国灭了。结果，晋军在回国途中，乘势也把虞国灭了。

◎拓展阅读

好汉护三村，好狗护三邻 ／ 蚂蚁垒窝要下雨 ／ 棉花云，雨快淋 ／ 三人四靠，倒了锅灶 ／ 清早宝塔云，下午雨倾盆

○ 品画鉴宝　山水图·清·王原祁　此画构图高远，层次井然，由近及远，由浓至淡。画中重峦叠嶂，连绵不断，茅舍散落在山坳中平坦处的溪流岸畔，掩映在茂林之间，别有一番情趣。此画用笔稳重，运墨兼具五色，实为佳作。

73

狗咬吕洞宾，不识好人心

这个谚语常用来形容被人误解的郁闷之情。据说八仙之一的吕洞宾，本来是唐朝末年一个科场失意、弃儒从道的读书人。

话说吕洞宾有一个叫苟杳的同乡好友。苟杳自幼失去双亲，成了孤儿。吕洞宾看他生活艰难，就让他到自己家里居住，双方结为异姓兄弟。苟杳自幼聪慧，吕洞宾希望他努力读书，将来寻个一官半职。苟杳承情之至，铭记好友的苦心，整日足不出户，刻苦攻读。

一日，吕家来了一位林姓客人，他见苟杳相貌堂堂，手不释卷，将来必有出头之日，就有把妹妹许给苟杳的意思，就对吕洞宾说了。吕洞宾觉得此时正是苟杳攻读之时，就谢绝了朋友的好意。然而，苟杳听说此事后非常动心，可好友推托了此事，自己又不好开口。后来，吕洞宾听说了苟杳的意思，就告诉他："林家姑娘知书达理，貌美如花，既然你想娶，我也没什么意见，但是有个条件，结婚前三天，新娘子要先陪我住三天。"苟杳听得直发愣，左思右想，还是咬咬牙点头答应了。

大婚之日，一切如常。掌灯时分，苟杳一如前诺，将新娘引进洞房后就躲开了。这时，吕洞宾步入洞房，也不答话，伏案读书。起初，新娘见新郎如此，心中不胜欢喜。然而到半夜还是这样，也没有办法，只好一个人和衣而睡。次日醒来，"丈夫"不见踪影。如此三天，天天如此。林小姐不免伤心，暗自落泪，想不明白是怎么回事。

第四天晚上，苟杳走进洞房，发现娘子独自落泪，不免心酸，急忙上前赔礼。新娘忍不住哭着说道："相公三夜不共床同眠，不说话，只顾读书，天黑而来，天亮而去，是什么原因？"这一问，问得苟杳愣了好大一会儿，好半天才明白个中缘由，顿足大笑道："原来兄长怕我荒废了读书，就用此法激我，但用心也太狠了些！"苟杳就把这事的来龙去脉告诉了新娘。从此，苟杳闭门苦读，京城应试，金榜题名做了大官。苟杳便开始了仕宦生涯。

事隔八九年，吕家不幸遭遇大火，所幸没伤着人，但一生的积蓄化为乌有。为生计考虑，吕洞宾想起了苟杳一家，于是沿路乞讨，来到苟杳府上求助。苟杳听后就对吕洞宾道："我兄放心，小弟自有安排。"一晃数日，每日盛情款待，苟杳从来不谈帮助的事情。又过了一些日子还是如此。吕洞宾心中实在忍不住了，便提出要回家，可苟杳只是劝他多住几日。吕洞宾生气地说："你就好好享福吧。"说完扬长而去。

不名一文的吕洞宾又是沿路乞讨。幸遇一个好心人接济了他一些银子，他才得以早日回到家乡。可是怎么也找不到自己的家了。一个邻居对他说：你家的新

○ 纯阳帝君像 吕洞宾原名吕岩，字洞宾，号纯阳子，唐末道士，唐宋以后与铁拐李、汉钟离等被并称为"八仙"。

房在村东。吕洞宾来到新房，远远望见妻子全身披孝，抚着一口棺材嚎啕大哭。他非常吃惊，愣了半天，才轻轻喊了一声娘子。娘子急忙逃避，以为是鬼，经吕洞宾再三解释后方才相信。

吕洞宾问明事情的前因后果，抡起斧头把棺材砸了，里面亮闪闪的全是金银财宝，上面还放着一封信，打开一看，上书："苟杳不是负心郎，路送银，家盖房，你让我妻守空房，我让你妻哭断肠！"吕洞宾读罢，大梦方醒，后悔自己错怪好人，他苦笑了一声说道："兄弟，你这个忙，帮得我好狠啊！"

从此，"狗咬（苟杳）吕洞宾，不识好人心"就流传开了。

◎拓展阅读

出头的椽子先烂 / 此时无声胜有声 / 丑话说在前头 / 谷雨不雨，交回田主 / 打架不能劝一边，看人不能看一面

狗嘴里吐不出象牙来

这句谚语意在告诉人们,稀有名贵之物应该长在稀有名贵动物的嘴里,一般粗俗动物的嘴里是不能长出名贵之物的。后来常用来形容坏人嘴里说不出好话来。

很久以前,有一个做象牙生意的商人。因为象牙是非常稀有的物品,又产于南方,一路要跋山涉水,非常不易。即便这样,由于象牙是雕刻艺术品的上等原材料,价钱昂贵,利润丰厚,因此这位商人仍然冒着生命危险,不放弃做象牙生意。

为防路遇不测,这位商人特地养了一条狼狗,始终伴着他千里奔走。有一次,这位商人在路上遭强盗打劫。情急之时,这条狼狗奋力扑救,咬伤强盗,救出了主人。从此,主人对这条狗另眼相待,自己吃什么,就让狗吃什么,狗也更加忠于主人。

时间久了,这条忠实的狗看到主人非常辛苦,就告诉主人说:"咱们从事这个行当又苦又累,非得要去南方才能得到吗?"主人问:"你说哪里能有?""我有办法给你吐出来。"狗随口说道。说完,狗就蹲在屋里"吐"象牙,忙活了半天,除了听到咔咔的声音之外,吐出来的只是一滩唾液。

商人最后遗憾地说道:"狗只能是狗,狗嘴里怎么能够吐出象牙呢?"从此,"狗嘴里吐不出象牙来"便在民间传播开来。

◎拓展阅读

人合心,马合套 / 泥鳅跳,风雨到 / 日晕三更雨,月晕午时风

○品画鉴宝　陶狗·汉

挂羊头，卖狗肉

"挂羊头，卖狗肉"出自《晏子春秋》。此语是由"挂牛头，卖马肉"转化来的，比喻打着美好的招牌，贩卖劣等货色。也指以假乱真，欺骗别人。

春秋时期齐灵公有一怪癖：爱看女子穿男人的服装，打扮成男人的样子。为此，全国各地的妇女纷纷穿上了男人的服装。女穿男装，男女不辨，是很不正常的现象。这种风气一度盛行以后，齐灵公又感到有失风化，便让官吏们去禁止，为使禁令能够顺利得到执行，还特地下了一道命令："今后女子穿男子衣服的，一经发现，就撕破她的衣服，扯断她的衣带。"

齐灵公认为，采取这样严厉的措施，一定能制止女子穿男子的衣服。但是，这种现象并没有被完全制止住。

有一次齐灵公见了晏子，就问他："我已经下了命令，禁止女子穿男子的衣服。一经发现，就撕破她们的衣服，扯断她们的衣带。可即便这样，仍然制止不了，这是为什么呢？"

晏子说："大王让宫中的女子都穿男子的服装，却禁止百姓家的女子穿男子的服装。这好比铺外悬挂着牛头，而铺内卖的却是马肉一样，怎么能让人信服呢？如果您首先在宫中禁止女扮男装，那么外面的人自然就不敢违抗了。"

齐灵公采纳了晏子的建议。过了一段时间，京城的街上再也看不到女扮男装的人了。

"悬牛头于外，卖马肉于内"这句话到后来演变成了"挂羊头，卖狗肉"。

○ 品画鉴宝　原始瓷鼎·春秋

◎拓展阅读

好天狂风不过日，雨天狂风时间长 ／ 开弓没有回头箭 ／ 天色亮一亮，河水涨一丈 ／ 天乌地黑无风发，大水落得阔

这个谚语很早就在民间流传，意思是说：一些人地位高了，就和老朋友的往来断绝了；生活富贵了，把自己的结发妻子也给抛弃了。后来人们常用这个谚语来形容人们对那些因地位、环境的变化抛弃妻子、朋友行为的不满。在《后汉书·宋弘传》中载有这样的一段故事。

东汉初年，有一天，光武帝刘秀与大夫宋弘闲谈。光武帝说："自打国家草创，当年随我起义的将领都富贵了。我发现他们中有不少人变了，开始嫌弃自己的结发妻子，有的竟然把她休了，另娶年轻貌美的老婆；从前和他们来往的好朋友，清一色是平民百姓，如今自己地位高，和这些老朋友也断绝来往了，重新交往了一些地位高的朋友。常言道'贵易交，富易妻'，这可能是人之常情吧？所以也就没有责备他们。"宋弘听了，马上对光武帝说："陛下，我却听到另外一个谚语，'贫贱之交不可忘，糟糠之妻不下堂'，这才是百姓称颂的传统美德。陛下刚才所说的那个谚语，是老百姓对抛弃患难时期的夫妻、朋友行为的谴责啊！怎么会是人之常情呢？"光武帝听后，觉得宋弘说得非常正确，这种风气不应该任其发展，于是下诏不得随便弃妻另娶。

◎拓展阅读

水缸穿裙，大雨淋淋 / 众人一条心，黄土变成金 / 大路不走草成窝，好歌不唱忘记多 / 单丝不成线，独木不成林

貴易交，富易妻

○ 汉光武帝像　汉光武帝即刘秀，东汉王朝的建立者，他消灭了新朝王莽政权，统一了天下，恢复了汉室政权，提倡儒学，使汉王朝出现"光武中兴"。

各人自扫门前雪，莫管他人瓦上霜

这个古谚在民间流传很广，可谓妇孺皆知。它的意思是说：下雪之后，为了出门方便，大家首先要扫净自家庭院门前的雪，这是很正常的事情，比较勤快的人经常扫一扫附近街道上的积雪，这也是很自然的事。至于瓦上霜，则从来无人扫过。就常理来说，自己家的瓦上霜一般也是无人顾及的，更不用说别人家的瓦上霜了。但是，"莫管他人瓦上霜"这句话到底是怎么一回事呢？关于这句话有一个古老的传说。

很久以前，在一个集镇上，一个布铺对着一个烟铺，两家的主人一直相处融洽，两家的伙计也是如此。在一个大雪的清晨，布铺的伙计早早地开了门，着手打扫积雪。快扫到烟铺时，抬头发现烟铺门前幌子上吊着一个竹筐，筐中有一个黑乎乎的东西。因为好奇心的驱使，小伙计就走过去看个究竟，筐中居然有一个血淋淋的人头，吓得他赶紧转身回到铺子里。

不久，烟铺也开了门，掌柜的发现人头，马上向衙门报了案。地方官很快来到现场，循着雪地上的脚印，很快找到了布铺。小伙计成了最大的嫌疑，不容分辩就被带到县衙。小伙计有冤说不清，经不住严刑拷打，最后屈打成招，被打入死牢，等秋后处决。也实在是天无绝人之路，没多久，衙门抓住了一个罪犯，这个人把他的罪状一一招供了，还说他曾经把一颗人头挂在烟铺的幌子上。因为烟铺的老板得罪过他，所以才故意栽赃找他的麻烦。凶手抓到了，一切真相大白，小伙计才得以无罪释放。

经过这样一番周折，布铺掌柜告诫小伙计说："记住，从今往后，各人自扫门前雪，别管他人幌上筐！"布铺伙计和烟铺伙计的往来串门也少了。这个故事流传开来，久而久之，"幌上筐"就被演变成了"瓦上霜"。

另据说被称为"扬州八怪"之一的郑板桥，在担任县令期间，曾经抓住过一个为非作歹、横行乡里的恶霸。这个恶霸的伯父和舅舅与郑板桥来往颇多，认为郑板桥可能会给自己一点面子，就携带着许多礼物于傍晚时分登门造访。郑板桥看见他俩一起登门，就明白是怎么一回事了，便不动声色，只是热情招待，席间，三人以抽骨牌为令作诗揭开话题。郑板桥抽了一个"湘"字，于是作诗吟道：

"有水念作湘，无水还念相，去水添雨便是霜。
各人自扫门前雪，莫管他人瓦上霜。"

明眼人一听，就会知道其中就里。两个人一听，明白郑板桥让他们不要管这件事了，一时恼羞相加，于是大家演戏似的吃完了这顿饭。

○品画鉴宝　寒江独钓图·明·袁尚统　此画意境取自唐诗「孤舟蓑笠翁，独钓寒江雪」。在清冷静寂的湖面上停着一叶小舟，一位老翁正独自垂钓，而夹江两岸，银妆素裹的山峰险峻突兀，更加深了萧寒气氛，近处的雪松傲然挺立，又为画面增添了生机。

◎拓展阅读

到什么山上砍什么柴，到什么火候使什么锤 ／ 道儿是人走出来的，辙是车轧出来的 ／ 孩子哭了，抱给他娘

恭敬不如从命

"恭敬不如从命"这个谚语意思是说：对人家表示恭敬，不如顺从人家。后来人们常用来形容在接受别人的礼物或者答应别人的要求时的态度。这里有一个古老的民间传说。

据说有一位刚过门的新媳妇，知书达礼，聪慧能干，总是不声不响地替婆婆分担繁忙的家务。然而婆婆却从来没有一句夸赞她的话。到底是怎么一回事呢？她心中暗自琢磨，觉得与婆婆交往的这一段时间里，自己只是心里替婆婆着想，多分担一些家务，光这样做还不够，还应在平时的谈话时多表现出孝心和顺从的态度，让婆婆获得作为长辈心理上的满足感。于是她想到做到，希望一点一点地改变婆婆对她的态度。

功夫不负有心人，日积月累，婆婆的态度也变得温和起来。

有一年的腊月，一家人都忙着准备过年，婆婆对新媳妇说："我真想马上喝到新鲜的竹笋汤。"新媳妇感到有点意外，却爽快地说："好吧，我尽快给您煮去。"

另一位儿媳妇一听着了急，把新媳妇拉到一边问她："你不是开玩笑吧，现在可是数九寒天，冰天雪地的，一个绿叶都找不到，你从哪儿去找新鲜竹笋啊？"

新媳妇两手一摊，无可奈何地叹了口气，说："我之所以答应她老人家，是为了宽宽老人家的心，不让她生气，恭敬不如从命呀，我自己这不也正在犯愁到哪儿能找到新鲜的竹笋呢。"

新媳妇的话很快传到了婆婆的耳朵里，勾起了她对往事的回忆，内心里老觉得过意不去。她想到新媳妇如此用心良苦，宁可独自承受心中的不快，也不愿意让自己失望，于是前嫌顿失，对她产生了好感，并当即夸赞新媳妇的孝顺，又说不是想吃鲜笋，只是随口说说而已，劝儿媳不要放在心上。新媳妇听了十分愉快。

这件事很快流传开来，紧接着就流行了这样的一句话："恭敬不如从命，受训莫如从顺。"

◎拓展阅读

百日连阴雨，总有一朝晴 / 不死也扒层皮 / 道虽近，不行不至；事虽小，不做不成 / 灯不拨不亮，理不辩不明 / 灯不亮，要人拨；事不明，要人说 / 滴水成河，粒米成箩

好事不出门，恶事传千里

○宋太祖像　宋太祖即赵匡胤，他原是后周恭军最高统帅，经过陈桥兵变，黄袍加身做了皇帝，建立了北宋王朝。

这是一句古老的谚语。它反映了在生活中一些人喜传坏事的一面。后来人们常用来形容世风不好，专喜传恶，不愿扬善。这个谚语的应用非常广泛，宋朝释道原的《遇德传灯录》和《水浒传》等书经常见到这句话。其中流传最广的就是赵匡胤千里送京娘的故事。

赵匡胤年少时，行侠仗义，爱管闲事，经常闯祸。一天，赵匡胤骑马经过太原清油观，隐隐听到阵阵的哭泣声，寻声找去，发现一个耳房里锁着一位年轻貌美的姑娘，姑娘姓赵名京娘，不幸为强盗劫掠，暂寄在此处。清油观道士胆小怕事，不敢放她。赵匡胤非常生气，抢起大棒把门砸开，喝道："如果强盗找你麻烦，就说赵某抢走了。"赵匡胤答应送京娘回到故乡，一路上，京娘骑马，赵匡胤护驾，两人以兄妹相称，千里迢迢奔赴京娘蒲州老家。一路上赵匡胤历尽千辛万苦，风餐露宿，悉心照料病中的京娘。

京娘回到家乡，家人团聚，分外欢喜，杀猪设宴盛情款待赵匡胤。这本是仗义助人的好事，然而当赵匡胤回到太原后，太原到处都在谈论赵匡胤劫掠京娘的故事。年轻的赵匡胤顿觉跳进黄河也洗不清，便感叹道："真是好事不出门，恶事传千里。何况我之作为并非恶事呢？可见人心不古啊。"

◎拓展阅读

弟兄不和邻里欺，将相不和邻国欺 ／ 点灯爱油，耕田爱牛 ／ 东西越用越少，学问越学越多 ／ 不怕贼偷，就怕贼惦记 ／ 冬吃萝卜夏吃姜，不劳医生开药方

后来者居上

"后来者居上"原指资历浅的后来的人地位反而比资格老的人高。现在多指后来的人或事物超过了先前的。

汉武帝时的汲黯是一位有名的谏臣。他为官公正清廉，看到不合朝政的事情，敢于指出和批评。即使是汉武帝做错了事，他也敢毫不留情地当面指出，有时让汉武帝下不了台。汉武帝敬重他的直言纳谏，虽然没有提拔他，但也一直任用他。汲黯算得上两朝老臣了，汉武帝没有即位时，他就已经有了现在的职位。他手下的人都已被提升，有的与他平职，有的比他的职位还高。有一次汲黯对汉武帝说："陛下用群臣，如积薪耳，后来者居上。"汉武帝早就习惯了汲黯的直言作风，也明白汲黯对自己不提拔他心有不满，对汲黯的抱怨就没有责备。

◎拓展阅读

人多智谋广，柴多火焰高 / 豆腐多了一泡水，空话多了无人信 / 痘要结，麻要泄 / 读书不想，隔靴挠痒 / 不求同日生，只愿同日死

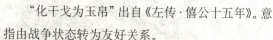

化干戈为玉帛

　　"化干戈为玉帛"出自《左传·僖公十五年》。意指由战争状态转为友好关系。

　　春秋时期，秦穆公的夫人穆姬与晋国的国君晋惠公是同父异母的兄妹，秦穆公与晋惠公也很友好。晋国发生饥荒，秦国支援他粮食，帮助晋国渡过了难关。有一年秦国也发生灾害，秦穆公向晋国借粮食，晋惠公却不答应，秦穆公大为恼火，决定派军队攻打晋国。

　　晋军与秦军一经交战，晋惠公的战车就陷在泥坑中，结果被秦军俘虏了。

　　穆姬对晋惠公忘恩负义很气愤，如今晋惠公成为阶下囚，对她来说也是极大的耻辱。但念及骨肉同胞，她不愿看到秦穆公置晋惠公于死地。当穆姬听到秦穆公要带着晋惠公回国都处置的消息后，她坚决反对，但秦穆公主意已定，不听穆姬的劝说。

　　这天清早，秦穆夫人领着太子莹、儿子弘和女儿简璧，登上一座高台，台下堆积柴草，准备烧死自己和孩子。她派侍者去通知秦穆公说："秦国和晋国本是友好邻邦，但却不能用玉帛相见，而是兴师动众，大起兵戈，厮杀不断，这是上天降下的灾祸。我决意不见晋惠公，如果你领晋惠公早晨进入国都，那么我晚上就自焚而死；如果你领他晚上进入国都，那么我早上就自焚而死，请你自己拿主意吧！"

　　秦穆公无法，只得先把晋惠公留在灵台。有的大夫主张杀死晋惠公，有的提议留他的太子当人质。秦穆公想来想去，还是决定放回晋惠公，允许晋国与秦国再次和好。

◎拓展阅读

常说口里顺，常做手不笨　／　读书须用心，一字值千金　／　赌钱众人骂，读书众人夸　／　不给规矩，不成方圆　／　文戏靠嘴，武戏靠腿

○品画鉴宝　松溪吹箫图·清·任颐　此画对人物吹箫和低唱的描绘都十分传神，形态生动入情，在松树与流水的衬托下反映出一种安详的心态。画中松姿柔润婀娜，意境委婉清幽，画面整体平和简静，耐人寻味。

　　这句熟语的由来与过去的社会风气有关，意思是说：好的女子结婚后就不再穿出嫁时穿的衣服了。这是对女子婚后生活作风的一种评价。

　　旧时女子地位低下，嫁前从属于娘家，婚后从属于婆家。为了抬高自己以后的地位，有的女子长到十五六岁时，便不断地向父母要钱，将其积攒起来，称为私房钱。等到出嫁时，她便用这些钱多添置衣服嫁妆，以便到了婆家后，在公婆或妯娌面前夸耀，以此来提高自己在婆家的地位。但大多数人认为这种现象和做法是不可取的。一个女子如果能勤俭持家，相夫创业，日后就能过上富裕的生活；如果只图虚荣，持家无方，即使陪嫁再多，也是不够吃一辈子的。毕竟婚后的日子还很漫长，相夫教子过日子，好坏不在几件衣服上。为了抵触这种风气，人们认为好的女子结婚后就不应再穿出嫁时的衣服，而应把它压在箱底，尽心持家过日子。

◎拓展阅读

天无二日，人无二理 / 条条道路通罗马 / 铁冷了打不得，话冷了说不得 / 听话听音，看人看心 / 快马不用鞭催，响鼓不用重锤

好汉不吃眼前亏

韩信

"好汉不吃眼前亏"又作"英雄不吃眼前亏"，与"识时务者为俊杰"意思相仿。是说聪明人应能屈能伸，眼光长远，暂时躲开眼前的不利处境，以图来日东山再起。此语的来由与西汉大将军韩信发迹前的故事有关。

据史书记载，西汉初年的大将韩信年轻时家里很穷，他自己又游手好闲，不学无术，常常赖在别人家里吃住。日子久了，周围的人都非常讨厌他，家乡混不下去了，他便跑到外乡去流浪。

一天，他来到一条河边，想钓一条鱼来充饥，可等了半天也不见鱼上钩。这时，有一位在河边洗衣服的老妇人见他饿得实在可怜，便把自己带来的饭给他吃了。这样一来，韩信便天天来河边钓鱼，赖着吃老妇人的饭。一连十几天，韩信也有点过意不去了，便对那老妇人说："我吃了你的饭，以后一定要报答你。"不料，老人听后反而愤怒地骂他说："男子汉大丈夫不能自立，还有脸说报答吗？我是看你饿得可怜，才给你吃，谁指望你的报答呢！"韩信听后，满面羞愧地离开了那老人。

离开老人后，韩信来到一个市场里，真是祸不单行，一群无赖恶少把他团团围住，对他指手画脚地说："韩信，你也配带剑吗？别以为你长得高，我们就怕你！其实你是个连妇人都不如的胆小鬼。不服气的话我们打个赌：如果你胆大，就把我们杀死；如果你不敢，就从我们的胯下钻过去！"言毕，这群恶少都张开双腿，等韩信来钻。韩信暗想：我身单力薄，一虎难斗群狼，好汉不吃眼前亏，钻就钻吧！何况一个人连这点度量都没有，以后怎么能成大事呢？于是便趴下身子，从恶少的胯下慢慢地钻了过去。

之后韩信发愤图强，成为军事家、大将军，为开创西汉基业立下了汗马功劳。

◎拓展阅读

井越掏，水越清；事越摆，理越明 / 人多出正理，谷多出好米 / 礼多人不怪，油多不坏菜 / 立如松，坐如钟，卧如弓，行如风

画鬼容易画人难

○ 品画鉴宝　错金银虎噬鹿插座·战国

　　"画鬼容易画人难"一语出自《韩非子·外储说左上》。因为鬼谁也没有见过，所以怎么画都行。常用来比喻凭空瞎造很容易，但要实实在在地干一番事业却需要真正的能力。

　　传说战国时齐王想找人给自己画一张像，先后找了许多画工，但画的像齐王看了都不满意。

　　后来，齐王终于找到了齐国最有名的画工，让他来给自己画张像。

　　但这位画工却说："大王，我实在是不会画人呀！"

　　齐王感到非常可笑，全国最有名的画工，竟然连一个人都不会画！

　　画工给他解释说："人是最难画的，狗和马也不容易画。"

　　齐王问他："那你说画什么最容易呢？"

　　画工回答："鬼怪最容易画。因为狗和马，人们经常能见到，对它的每一个部位都非常熟悉，所以很难按人们的要求画出来；而鬼怪谁也没见过，谁也不知道它究竟是什么模样，它本身也没有固定的形状，所以怎么画都行。"

　　齐王听后，似有所悟，于是对画工说："那你就画个鬼怪我来看看。"画工只一会儿工夫，随手几笔，一个面目狰狞、张牙舞爪的鬼怪便在绸帛上出现了。

　　齐王一看，不禁倒吸一口冷气，深有感悟地说："真是画鬼容易画人难！"

◎拓展阅读

吃吃喝喝，人走下坡 ／ 苦练日久，得心应手 ／ 好狗不咬鸡，好汉不打妻 ／ 宁可锅里放坏，不可肚里硬塞

画虎不成反类犬

"画虎不成反类犬"一语出自《后汉书·马援传》。本意指因作画技术不高，画出来的老虎就像狗一样。常用来比喻模仿技能不高，效果很差，反而弄得不伦不类。也比喻不从实际出发，追求过高目标反而败得更惨，弄巧成拙，成为笑柄。

马援，字文渊，是东汉初年为朝廷屡立战功、劳苦功高的名将。汉光武帝刘秀拜他为伏波将军，后又封为安息侯。但他不仅居功不傲，反而更加严于律己，对家庭成员的教育也非常严格。在征战沙场期间，他也常常抽空写信给家里，给孩子们讲做人的道理。

有一段时间，他的两个侄子马严、马敦受时风影响，养成了喜欢讥讽、议论别人的习惯，并且常和一些轻浮的侠客来往。此事为马援知道后，便修书一封，对他们进行了谆谆善诱的教育与指导。

在信中，马援教育他们说："你们知道我最讨厌议论别人的长短，并且一直身体力行，现在再一次提起是希望引起你们的重视，在日常生活中引以为戒。龙伯高为人忠厚、谨慎，即使在背后谈话，也不随便说别人的是非，并且他有谦虚、节俭、廉洁、公正等很多美德，是一位威望很高的人，我一直都非常敬重他，也希望你们能向他学习。杜季良为人豪爽、侠义，能够把别人的事当成自己的事来对待，与他交往的人不分好人坏人，他都不得罪，所以在他父亲死后，附近几个郡的人都来吊唁。这样的人我也很敬重，但却不提倡你们向他学习。因为向龙伯高学习，即使学不到他的为人，到不了他的境界，还可以成为一个谨慎、勤勉的人，这就像刻天鹅一样，即使不像天鹅还像一只鸭子。但是向杜季良学习，如果到不了他那种地步，那你就会成为一个轻浮、浪荡的人，这就像画虎没画好，反而像条狗一样。"

马援以形象的比喻、生动的故事把深刻的哲理讲了出来，教育子侄。它不仅明确地指出应该学习什么，不该学习什么，并且指明了该怎么学、应学到什么程度，其效果是可想而知的。

◎拓展阅读

恶人心，海底针 / 上知天文，下知地理 / 南甜北咸，东辣西酸 / 儿大分家，树大分权

海内存知己，天涯若比邻

"海内存知己，天涯若比邻"是出自唐朝诗人王勃笔下流传千古的名句。意思是说：四海之内都是朋友，虽然相隔天涯，也好似邻居。后来，人们用来形容朋友、亲人远离时心中的慰藉，也常用来形容山重水阻隔不断的绵绵情意。这里有一段故事。

一日，王勃去拜访一位姓杜的好友，刚一进门，就觉得势头不对。原本爱说爱笑的朋友此时坐在椅子上默默无语，面有忧色，见王勃进来，只说声"请坐"。王勃心想，今天他可能遇到什么不顺心的事了，果然，朋友满面愁容地把自己被任命为蜀川县尉，马上就要上任的事告诉他了。那地方地辟人穷，但上命难违，因此闷闷不乐。王勃听后，想到不久就要与好友分别，心中很不是滋味，再也无心谈及他事。

数日过去了，再有一天朋友就要离开京城赴任了。深夜，王勃辗转反侧不能成眠，朋友那愁眉不展的面孔老是在他眼前晃来晃去。往昔的情怀挥之不去。又想到朋友的仕宦生涯，离别是必然的。即便如此，朋友的情意永远是隔不断的，想到此，王勃下床写了一首《送杜少府之任蜀州》："城阙辅三秦，风烟望五津。与君离别意，同是宦游人。海内存知己，天涯若比邻。无为在歧路，儿女共沾巾。"其中，"海内存知己，天涯若比邻"两句成为历代传诵的名句。

○ 王勃像　王勃字子安，唐代著名诗人，与杨炯、卢照邻、骆宾王齐名，并称为"初唐四杰"。所赋《滕王阁序》被誉为传世佳作。

◎拓展阅读

饭前一碗汤，气死好药方 / 不食人间烟火 / 放虎归山，必有后患 / 愤怒以愚蠢开始，以后悔告终 / 蜂多出王，人多出将

"狐死必首丘"是一个广为流传的民间谚语，意思是说：狐狸死的时候，它的头一定朝向自己生长的那个山丘，心中想念自己曾经生活的那个山丘。后来常用来形容人们永远怀念自己的故乡。著名作家郭沫若在《蔡文姬》中讲述了一个凄婉动人的故事：

东汉末年，蔡邕的女儿蔡文姬（又名蔡琰）颇有才名，博闻广识，很有音乐天赋，后嫁给卫仲道为妻，夫妇情投意合，感情很好。俗话说："天有不测风云，人有旦夕祸福"，这一年，匈奴贵族乘东汉国力衰微，大举入侵，蔡文姬的丈夫卫仲道被乱军杀害，蔡文姬也被匈奴俘虏了去。后来，蔡文姬做了胡人的妻子，并且生有两个儿子。蔡文姬远在他乡，思念故国，时常哀叹逝去的青春和曲折的命运，在悲愤交加中，一首流传千古的名曲《胡笳十八拍》出现在人间。这首曲子很快在匈奴地区流传开来，后来逐渐传入了汉地。此时曹操已经一统中原，天下相对稳定。在一次宴会上，曹操听到了乐工演奏的《胡笳十八拍》，苍凉、哀怨、深沉的曲调使在座的人都情不自禁地落下泪来。曹操也为之动容，并且很同情蔡文姬的坎坷经历，因此派人用重金把蔡文姬从匈奴赎回来。匈奴贵族畏惧曹操的威势，就一口应承下来，然而只答应蔡文姬一个人回到祖国，却留下了她的两个儿子。在生死离别之际，蔡文姬哀伤地对两个儿子说道："娘十分想念家乡的父老，我给你们讲一个'狐死必首丘'的故事……一个人至死都会怀念自己的家乡的。"于是含着眼泪割舍下两个孩子回国了，这时候的蔡文姬心中有几多哀愁，几多欢乐，我们又何曾知道呢？

◎拓展阅读

逢恶不怕，逢善不欺 ／ 富人过年，穷人过关 ／ 隔行如隔山 ／ 工欲善其事，必先利其器 ／ 狗朝屁走，人朝势走

狐死必首丘

疾风知劲草

○ 品画鉴宝　立牛·汉

　　"疾风知劲草"出自《后汉书·王霸传》。是说在狂风中只有坚韧的草才不会
被吹倒。比喻只有经过严峻考验，才能显出谁最坚强。

　　西汉末年，社会矛盾激化。公元17年，爆发了全国性的农民大起义。西汉的
皇族刘秀，乘机和兄长刘演起兵响应，加入绿林起义军。行军途中，有个名叫王
霸的带领了一批人来投奔刘秀，受到了刘秀的欢迎。王霸跟随刘秀出战王莽军，建
立了不少功勋。

　　后来起义军内部互相残杀，刘演也被杀死。刘秀为免遭杀害，决定进入河北
去招抚，并命王霸随他前往。当时到河北去招抚是很危险的。刘秀一行进入黄河
以后历尽艰辛，处境极其危险，军队给养困乏。随从中许多人对前途失去信心，又
害怕艰苦，纷纷离开了刘秀。先前和王霸一起投奔刘秀的其他几十个人，也都陆
续不辞而别，只有王霸还和从前一样，忠诚地跟着刘秀。刘秀见王霸至今还忠于
自己，感慨地对他说："从前在颍川跟随我的人都跑了，唯独你留在我身边。只有
在迅猛的风中才看出坚韧的草，这话现在得到了验证。"

　　公元25年，刘秀利用农民起义军的力量，终于推翻王莽政权，史称东汉光武
帝。王霸也被封为富波侯、偏将军、讨虏将军。

◎拓展阅读

狗记路，猫记家　/　买瓜看皮，扎针看孔　/　不是省油的灯　/　姑娘讲绣花，秀才
讲文章　/　鼓不打不响，钟不敲不鸣

○ 品画鉴宝　学琴师襄·清·改琦

既来之，则安之

"既来之，则安之"出自《论语·季氏》。本意是指既然来了，就要使他们安顿下来。后来也用于表示既然来到一个地方，就要安心在这里待下去之意。

孔子不同意季康攻打颛臾。冉有和季路都是季康的家臣，他们替自己辩护说："老师啊，攻打颛臾并不是我们的主意，季康大夫非要攻打，和我们有什么关系呢？"

孔子说："你们这种说法是不对的，作为季康大夫的家臣，他要做错事，你们不去帮他避免，还要家臣做什么用呢？关在笼子里的老虎、犀牛闯了出来，难道说看守没有责任吗？收藏在匣子里面的龟板、玉石破损残缺了，能说保管人员没有责任吗？你们两个现在作为季康的家臣，充当的就是看守和保管的角色呀！"

冉有被训斥了一顿，被迫说出了心里话："老师，您只知其一，不知其二。颛臾挨着季康的领地，如果季康大夫现在不去夺取它，将来会后患无穷啊！"

孔子听了冉有的辩驳，很是生气，他严肃地对冉有说："如果远方的百姓来投奔自己，就要通过各种办法使他们安定下来，这才是治国平天下的做法。你们帮助季康谋划攻打颛臾，制造混乱，真是没有道理。"

◎拓展阅读

人老眼昏，鹰老爪钝 ／ 鼓要打到点上，笛要吹到眼上 ／ 刮风走小巷，下雨走大街 ／ 好酒红人面，财帛动人心 ／ 瓜无滚圆，人无十全

既生瑜，何生亮

"既生瑜，何生亮"出自《三国演义》。

诸葛亮联吴抗曹获得成功。在与诸葛亮的多次周旋、较量中，周瑜越来越感到诸葛亮聪明过人，自己远远不是他的对手，将来必定是东吴的后患，所以多次谋划要置诸葛亮于死地，但均被诸葛亮识破。所谓的"三气周瑜"也就由此而生。

"一气"周瑜是指在赤壁之战前，诸葛亮设计火攻曹营，万事俱备，只欠东风时，诸葛亮设坛祭风。结果，赤壁之战东吴大获全胜。周瑜忌妒诸葛亮的才能，派人追杀诸葛亮。诸葛亮设计脱身。赤壁之战后，周瑜想夺取南郡，不料被曹军射伤，而南郡反被诸葛亮坐收渔利。

"二气"周瑜是指周瑜设美人计骗刘备到江东做人质，想以此换取荆州，不想被诸葛亮将计就计，使得东吴"赔了夫人又折兵"，周瑜气极而箭伤复发。

"三气"周瑜是指周瑜以攻打西川为名，实际是想取得荆州，该计又被诸葛亮识破，周瑜箭伤再次复发并致病危。羞愧气恼的周瑜，发出无可奈何的感叹："既生瑜，何生亮！"连叫数声，最终被活活气死。

◎拓展阅读

不是鱼死，就是网破 / 乖子看一眼，呆子看到晚。 / 关西出将，关东出相 / 不会做小事的人，也做不出大事来 / 官不贪财，狗不吃屎

○ 品画鉴宝 提梁罐·三国

孔明二氣周公瑾

芥塘盦主

家贫思贤妻，国乱思良相

这是一句古老的谚语，较早见于《史记·魏世家》。意思是说家庭最贫困的时候，希望有贤惠的妻子主持家计；国家混乱的时候，希望有才能的人来辅佐。后来人们常用"家贫思贤妻，国乱思良相"这个谚语形容越是在困难的情况下，越要慎重用人。

一日，魏文侯问他的门客李克道："常言说：'家贫则思贤妻，国乱则思良相。'有一个问题你帮我分析一下：魏成子和翟璜都很有才干，你认为两人中谁做相国好些？"李克答道："你之所以犹豫不决，是由于平时考察不够。判断一个人的标准是要看他平时和哪些人亲近；富裕时要看他的朋友是哪些人；当官了要看他举荐的是哪些人；退休了要看他对某些事情的态度；贫穷时要看他哪些钱不屑于拿。有这五个方面，就能比较出这两个人谁更合适了。"魏文侯说："知道了，我明白谁能做相国了。"

李克出来，正遇到翟璜，翟璜说："听说文侯跟你商议选相国的事，决定了吗？"李克说："决定了，魏成子。"翟璜不服气地说："我哪点不如魏成子？国君缺西河太守，我推荐西门豹；国君攻打中山国，我举荐乐羊；太子没有师傅，我举荐屈侯鲋。于是西河大治，中山灭亡，王世子品德日进。难道这些还不够吗？魏成子他做了什么？"李克说："魏成子的千钟俸禄，绝大部分用于搜罗人才，因此卜子夏、田子方、段干木三人都从别国而来。而这三个人，魏文侯均以优礼待之。而你所举荐的人，只是魏文侯的臣仆而已，现在你应该明白魏成子的好处了吧？"翟璜听后，惨然失色，说："你说得没错，我是不如魏成子。"稍后，魏文侯宣布魏成子为相国。

◎拓展阅读

人怕饿，地怕荒 / 广交不如择友，投师不如访友 / 锅不打不漏，话不说不透 / 万变不离其宗

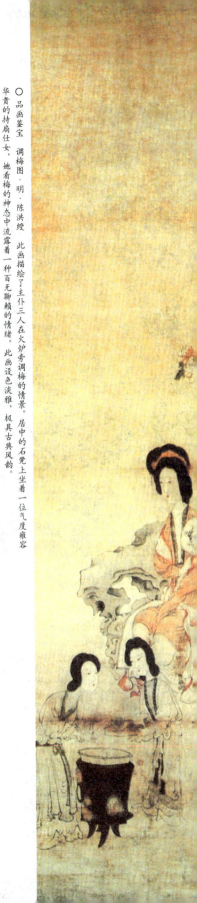

○ 品画鉴宝 调梅图·明·陈洪绶 此画描绘了主仆三人在火炉旁调梅的情景。居中的石凳上坐着一位气度雍容华贵的持扇仕女，她看梅的神态中流露着一种百无聊赖的情绪。此画设色淡雅，极具古典风韵。

这个谚语源自中国古代一个古老的传说,相传某朝某代有"六十花甲子"的陋俗。意思是说:一个人如果活到六十岁还没死的话,就会被自己的子女送到野外"活坟"里去住。"活坟"即是用砖或坯垒的一种地窖,在旁边只留一个送饭的小口。比较孝顺的儿女送送饭,还能多活几日;反之,老人只能坐以待毙,非常凄惨。

朝中一位大臣,是一位出了名的孝子。当他的父亲到六十岁时,碍于习俗,没办法也把父亲送进了"活坟"。他怕父亲寂寞,特意在里面放了一只小猫和几本古书。这样,除了例行公事外,就是为父亲端茶送饭,风雨无阻。

也许是一次偶然的机缘感动了上苍。事情是这样的,朝廷中出现了一个奇怪的事情,朝堂上不知从哪里来了五个怪物,皮毛灰灰的,眼睛小小的,嘴巴尖尖的,尾巴长长的。在朝堂上窜下跳,弄得大家毫无办法。皇帝恼羞成怒,命令诸大臣尽快想出办法解决这一问题,否则各大臣的性命则难保。那个大臣在一次送饭时面露忧色,父亲就想问个究竟,那位大臣便把朝堂上发生的怪事一五一十地告诉了父亲。父亲略一沉思,说:"我还以为是什么大不了的事,不过是五只大老鼠而已,你把这只猫带上,问题就会迎刃而解。"大臣顿时喜笑颜开,依计而行。五只老鼠很快被除。皇帝一见,喜出望外,就问那位大臣怎么想出如此好的办法,大臣就把事情的真相讲述了一遍。皇帝听后茅塞顿开:老人经事多,阅历广,经验丰富,是无价之宝啊,这样对待他们无论如何也讲不通。于是下令自此取消"六十花甲子"的习俗,并颁令天下儿女把老人一律接回家好好赡养。

从此,传下了一句"家有一老,犹如一宝;有了疑难,问问便晓"的谚语。

◎拓展阅读

过了芒种,不可强种 / 过头话少说,过头事少做 / 寒从足下起,火从头上生 / 寒门出才子,高山出俊鸟 / 不是冤家不聚头 / 好狗不跳,好猫不叫

家有一老,犹如一宝

嫁鸡随鸡，嫁狗随狗

"嫁鸡随鸡，嫁狗随狗"，这是一句古老的谚语。《周礼》所载的"六牲"都是中国农业社会中最重要的驯养动物，其中就有犬和鸡。古时候人们往往选择身边熟悉的一些动物比喻社会中的现实，这或许是这条俗语的文化成因。它从某个侧面反映了封建礼教对妇女的束缚。字典是这样解释"嫁鸡随鸡"的：比喻女子出嫁后，不管丈夫是好是坏，有无本事，你都要无原则地永远跟从，这是封建礼教对妇女的迫害。"嫁狗随狗"，同"嫁鸡随鸡"。两者经常在一起使用。在现实社会中常用来形容那些软弱的、听任命运摆布的人。

◎ 拓展阅读

好吃甜的，找卖糖的；好吃酸的，找卖醋的 ／ 一问三不知，神仙没法治 ／ 恶有恶报，善有善报 ／ 好鼓一打就响，好灯一拨就亮

○ 品画鉴宝　仕女图·明·唐寅

箭在弦上，不得不发

"箭在弦上，不得不发"这句谚语出自《太平御览》。本义是指箭已经放在拉满的弓弦上，不能不射出去。后来人们常用来形容形势紧急，不得不采取某种行动。故事发生在东汉时期。

东汉末年，"建安七子"中的陈琳以文笔见长，是袁绍手下有名的书记官。当时，军阀混战，群雄逐鹿中原。袁绍和曹操是其中的两强，一心想统一北方。曹操后来居上，袁绍视之为心腹之患，必欲去之而后快。因此，他就让陈琳写了一篇《为袁绍檄豫州》的檄文。檄文的字里行间，咄咄逼人，历数曹操的各种罪状，号召天下人群起而攻之。

檄文很快被送到了曹操的手里。曹操此时正在犯头痛病，看到文中的话语，非常厌烦。不过，当曹操仔细看这篇文章的行文时，不觉赞叹起写文章的人来。曹操本人博才多学，又很重视人才，听说写这篇檄文的陈琳为袁绍所用，嗟叹不已。

后来，曹操击败袁绍，统一了北方，陈琳也投到了曹操帐下。一天，曹操忽然责问陈琳："当初你写的那篇檄文，骂我倒也没什么，为何还要骂我祖宗三代呢？"

陈琳一直担心曹操会因为这件事跟自己过不去，于是，他向曹操谢罪道："我想那时的情形您是知道的，我是袁绍的部下，就好似一只箭已经搭在弓弦上，不能不发射出去。"

曹操觉得陈琳的话非常有道理。因此，曹操非但没有怪罪陈琳，相反还让他担任司空军谋祭酒，对他礼遇有加。

◎ **拓展阅读**

会过不会过，少养张口货　/　耳不听不烦，眼不见不馋　/　好汉死在战场，懒汉死在炕上　/　虎吃人易躲，人吃人难防

姜太公在此，百无禁忌

这个谚语源于一个古老的神话传说。据说姜太公设立了封神榜，使诸神各安其位，诸神非常满意。只有姜太公的老婆扫帚星因没有登上封神榜，终日絮絮叨叨，要求封神。

一次，姜太公的老婆又在吹"枕头风"了。太公听后，非常不高兴，斥责道："妇道人家，还整天追名逐利，真像个穷神。"扫帚星听后，不但没有生气，反而兴奋得从床上跳了下来，认为太公已经封她为穷神了。于是逢人就说，得意忘形。她哪里知道，老百姓非常讨厌她，像躲避瘟神一样避开她，因为她所到的地方都会变穷，即便原来富的地方，也由于她的到来而变得饥荒连年了。

有位神仙对她的行为非常不满，便把实情告诉了太公，太公非常吃惊，马上召集诸神，朱批书道："姜太公在此，百无禁忌。"以镇扫帚星的邪气。从那之后，人们为了躲避穷神，常常在门上、屋内贴上"姜太公在此，百无禁忌"的字条，以避穷神骚扰，此事直到今天还在流传。

另外，关于这个传说还有一种说法。姜太公封完诸神后，却把自己给忘了，最后已经没有位置剩下了。太公不知如何是好，便请示如来佛祖。如来道："诸神的位子是你给的，你难道会没有办法吗？"太公会意。

因此，姜太公就成了一位自由神，他走到哪里，哪里的神就得让位。就是现在民间盖房，在上梁时，除贴上"上梁大吉"的红纸条外，还贴上"姜太公在此，主神退位"的红纸条，以显示对姜太公的尊敬和对邪恶之神的警戒。

○ 太公姜子牙像 姜子牙，姜姓，吕氏，名尚，字子牙，号飞熊。是周武王灭商建立西周的开国元勋。姜太公是中国历史上一位全智全能的人物，被民间奉为众神之首。

◎ 拓展阅读

人有人言，兽有兽语 / 好客的朋友多，好说的废话多 / 会打会算，钱粮不断 / 惟恐天下不乱 / 河长多滩，路长多弯

精诚所至，金石为开

这是一句古老的谚语，《韩诗外传》《史记·龟策列传》中都记有熊渠子射石的故事。《史记·李广列传》也有汉将李广"射石没飞羽"的故事。最早见于记载的是《新序》中一则叫作"射石羽"或"射石没羽"的故事。

周朝时，楚国有个百发百中的神箭手名叫熊渠子。一天傍晚，他独自一人行走在山路上。忽然一个庞然大物横在眼前，他误以为是一只老虎趴在那里，急忙拉弓、上箭，对准"老虎"嗖的一下射了过去。他想这一箭，不但一定射中，而且一定会要了它的命。奇怪的是，老虎竟然一动不动。他心中不免怀疑，走近一看，才恍然大悟，原来老虎只是一块大石头。再细看那支箭，整支箭都射进石头里，几乎看不见了。

后来这个故事逐渐传播开来。人们说，这不只是由于熊渠子的力气大，更重要的是因为他全神贯注，以必胜的信心去制服对方，因此才出现了这样的奇迹。因此，人们只要一心一意、专心致志地去做某些事情，下到一定的功夫时，就没有解决不了的问题。后来，人们把这个故事演变为"精诚所至，金石为开"。

◎ 拓展阅读

火烤胸前暖，风吹背后寒 ／ 河有两岸，事有两面 ／ 虎不怕山高，鱼不怕水深 ／ 好铁要经三回炉，好书要经百回读 ／ 会怪怪自己，不会怪怪别人

○ 品画鉴宝　邓仲牺尊·西周

"近水楼台先得月"常与"向阳花木易为春"连用，此语出自北宋苏麟的一首诗。意思是：靠近水边的楼台，一般能先得到月光照耀，生长在向阳地方的花草树木容易着染春色。这个诗意盎然的谚语，多用来比喻由于近便而优先获得某些好处的现象。这两句诗的由来，有着一个生动的故事。

曾写下千古绝唱"先天下之忧而忧，后天下之乐而乐"的北宋文学家、政治家范仲淹是一个性情刚直、为官清廉的人。他心怀黎民百姓，疾恶如仇，其高风亮节为历代知识分子所敬仰。

宝元初年，范仲淹因为抨击时任宰相吕夷简用人唯私而被贬谪到陕西任经略安抚招讨副使。陕西与西夏毗邻，是北宋的西北边境。时值西夏强盛时期，经常与北宋有冲突甚至发生战事。范仲淹到任后，着手安抚边塞人民，巩固边防。由于他训练官兵纪律严明、方法得当，边塞军队的作战能力很快得到了加强，并多次打退西夏军队的进攻。边塞人民的安全得到了保证，他们过上了安居乐业的生活。因此，边塞军民非常爱戴、拥护他。他的僚属在他的培养下，各方面素质都有了提高，因而对他也非常尊敬。但没有几年，范仲淹又因故被贬至杭州做了知州。因为在西北边境那段生活对范仲淹影响很大，他对那里的下属也非常有感情，所以在他离任以后，还经常推荐和任用一些当时的僚属官兵。但是，其中有个名叫苏麟的僚属，当时任一个小小的巡检，因公外出，范仲淹就把他给遗漏了，没有将其推荐到别的位置上。几年之后，苏麟看到当年的同事一个个靠着范仲淹升了官，而自己却还是一个小小的巡检，对老上司很有意见，便上门去看望范仲淹。一阵寒暄之后，苏麟起身告辞，临别赠诗一首，其中两句便是："近水楼台先得月，向阳花木易为春。"范仲淹看后，知道他是对自己没有得到重用而埋怨，便根据他的能力，按照他的意愿给他安排了一个合适的职务。苏麟便因这两句诗而实现了自己的愿望。

◎ 拓展阅读

火越烧越旺，人越干越壮 ／ 积少成多，积恶成祸 ／ 人怕没脸，树怕没皮 ／ 会写的坐着，会唱的站着 ／ 家和万事兴

近水楼台先得月

"拒人于千里之外"一语出自战国孟轲的《孟子·公孙丑》。一般用来形容一些人态度傲慢，固执己见，使人不容易接近。

战国时，鲁国国君鲁平公准备任用孟子的学生乐正子主持国政。孟子听说后非常高兴。他的另一个学生公孙丑看见后很不以为然，就问孟子道："鲁平公任用乐正子主持国政，是他真的很有才能吗？"

孟子知道公孙丑的意思，回答说："不是，如果论本领，你的确比他强。"

公孙丑又问："那么，是因为他考虑问题很全面吗？"

孟子说："不，也不如你。"

公孙丑接着问："难道是他的见闻和知识比我多吗？"

孟子说："也不是。"

最后，公孙丑又问："那么先生为什么对此事如此高兴呢？"

孟子趁此教导他说："乐正子虽然论能力、学识都不如你，但他最大的长处是对人和善，这一点比任何事情都重要。如果一个人对别人和善，那么，四海之内的人都会向他靠拢，给他提出各种好的建议；如果一个人做不到这一点，自以为是，那傲慢的声音和脸色就会拒人于千里之外。别人给他提点建议，他把脸一板，说：'我早知道了。'这样还能听到什么好的意见呢？又怎能治理好一个国家呢？"一席话使公孙丑茅塞顿开。

○ 品画鉴宝　象形灯·战国

◎ 拓展阅读

火烧一大片，水流一条线　/　家人说话耳旁风，外人说话金字经　/　虎瘦雄心在，人穷志不短　/　货买三家不吃亏，路走三遭不陌生　/　会笑的人笑到最后

"解铃还须系铃人"一语出自明代瞿汝稷的《指月录·法灯》。本来是佛教参禅悟道的一个比喻，意思是说：当初系铃的人才是解下铃铛的最佳人选。后人多用此比喻解决问题最好是找到问题的根本所在，由谁引起的事情还得由谁去解决。

据《指月录·法灯》记载，佛教史上禅门五宗之一"法眼宗"的始祖南唐高僧法眼大禅师（俗名文益）住在金陵（今南京）清凉寺时，泰钦禅师（即法灯）也在清凉寺住。因为泰钦禅师性情豪逸，管事不多，所以当时寺里的许多和尚都瞧不起他，但是法眼却对他另眼相待。

有一天，法眼在与众弟子谈论佛法之余，提了一个问题引导他们，他问道："系在老虎颈项上的铃铛，谁能把它解下来呢？"

众弟子想来想去，谁也回答不上师父的问题。恰巧泰钦路过，法眼就请他回答。他听后不假思索地回答道："系者解得（系铃的人能解下来）。"

法眼听后很满意，对弟子们说："你们看轻他不得！"

◎ **拓展阅读**

积善三年人不知，作恶一日远近闻 ／ 挤疮不留脓，免受二回痛 ／ 家有千口，主事一人 ／ 兼听则明，偏听则暗

○ 品画鉴宝　布袋和尚图·明

近朱者赤，近墨者黑

"近朱者赤，近墨者黑"出自晋代傅玄的《博鹈觚集·太子少傅箴》："夫金木无常，方园应行，亦有隐括，习与性形。故近朱者赤，近墨者黑；声和则响清，形正则影直。"它是古人总结出来的一条生活经验，意思是靠近朱砂的变红，靠近墨的变黑，比喻接近好人能使一个人变好，接近坏人可以使一个人变坏。形象地说明了客观环境对人的影响是很大的，尤其是对青少年影响非常大。人们常把这一箴言作为生活的座右铭。

自古以来，人们就非常重视所处的环境，主张"居必择乡，游必就士"，大家所熟悉的"孟母择邻"的故事正体现了这一点。孟母为了给孟轲选择一个适于成长的居住环境，竟三次搬家，由"近墓"之所迁至"市旁"，又继而到"学宫之旁"。她十分重视环境的选择，因为环境的好坏，对人的影响很大，她最终造就了一位伟大的思想家。《颜氏家训》中说："人在年少，神情未定，所与款狎，熏渍陶染，言笑举动，无心于学，潜移默化，自然似之。"就说明了小时候在一定的环境里生活，耳濡目染，自然而然就形成了一定的品德。

人们不仅注意选择环境，更注意一定环境中人际的交往。《涞水间注》中记载着宋朝张奎母的事迹，儿子每次请朋友到家做客，她都在窗外悄悄听着，朋友和儿子谈论学问，她就设宴招待；如果是嘻嘻哈哈，不谈正事，她就不给饭吃。古人结交朋友中还注意"结交胜己者"，就是结交才能超过自己的人，以便在交往中受到良好影响，取长补短。

○ 品画鉴宝 孟母断机教子图·清·康涛

◎ 拓展阅读

姜是老的辣，醋是陈的酸 / 会说的说一句，不会说的说十句 / 人怕伤心，树怕剥皮 / 交人交心，浇树浇根 / 骄傲来自浅薄，狂妄出于无知

"兼听则明，偏信则暗"一语出自《新唐书·魏征传》。这个成语的意思是广泛地听取多方面的意见，就能明白情的真相，做出正确的判断，这样才能做个明白人；只听信一方面的意见就会不了解真相，得出错误的结论。它告诫人们办事要广泛听取意见，不要听信于一人，才能把事情办好。如果只信一个人的话，就如同在暗夜中一样，心中无数。这是魏征劝唐太宗时说的。

唐太宗时的谏议大夫魏征有很高的学识，他以敢于向皇帝直言劝谏和提出各种建议著称。一次，唐太宗问魏征："我作为一国之君，怎样才能明辨是非，不受蒙蔽呢？"魏征回答说："作为国君，只听一面之辞就会糊里糊涂，常常会做出错误的判断。只有广泛听取意见，采纳正确的主张，您才能不受欺骗，下边的情况您也就了解得一清二楚了。"

从此，唐太宗很注意听取大臣的谏言，鼓励大臣直言进谏。魏征去世后，唐太宗悲痛地说："用铜做镜子，可以看出衣帽穿着是否整齐；用历史做镜子，可以明白各个朝代为什么兴起和没落；用人做镜子，可以清楚自己与别人的差距和得失。今天魏征不在了，我真是失掉了一面好镜子啊！"

此事在《资治通鉴·高祖神尧大圣光孝皇帝下之下》中也做了详细记载：丁巳，徙汉王恪为蜀王，卫王泰为越王，楚王祐为燕王。上问魏征曰："人主何为而明，何为而暗？"对曰："兼听则明，偏信则暗。昔尧清问下民，故有苗之恶得以上闻；舜明四目，达四聪，故共、鲧、欢兜不能蔽也。秦二世偏信赵高，以成望夷之祸；梁武帝偏信朱异，以取台城之辱；隋炀帝偏信虞世基，以致彭城阁之变。是故人君兼听广纳，则贵臣不得拥蔽，而下情得以上通也。"上曰："善！"

◎ **拓展阅读**

脚长沾露水，嘴长惹是非 / 教人教心，浇花浇根 / 家常饭好吃，常调官难做 / 戒酒戒头一盅，戒烟戒头一口

疾风扫落叶

"疾风扫落叶"这个谚语意思是说：风力很强劲，一下子就把树叶刮下来了。后来人们常用来形容军队力量非常强大，敌方不堪一击。在《资治通鉴·晋纪》中讲述了一个故事。

南北朝时，前秦皇帝符坚统一北方后，厉兵秣马，准备一举消灭偏居南方一隅的东晋王朝，统一中国。他的弟弟符融和一些有远见的大臣极力劝他不可轻举妄动，因为前秦刚统一北方，而且前秦的军队是各少数民族联合的队伍，人数虽多，但是各族首领与前秦贵族貌合神离，军心涣散。而当时的东晋相对比较安定、强大，因此这场战争胜负难料。然而符坚却非常自信，他对大臣们说："我有百万雄兵，投鞭可以塞断江流，较其强弱之势，犹疾风之扫落秋叶耳。"于是命令大军南侵。

秦军的前锋已到江淮，后续部队却还在长安，前后达千里之长。符坚御驾亲征。这时，东晋派出了它最精锐的部队"北府兵"，由大将刘牢之率领作为前锋，以宰相谢安的弟弟谢玄为前锋大都督，率军八万迎战。双方在洛涧相遇。刘牢之说："我军数量不比敌方，要乘敌军还未到齐的机会作战，等待观望则必死！"于是晋军奋力出击，完全出乎秦军意料。秦军一战损兵折将一万多，遭此重创，顿时锐气大挫。

这时符坚亲率援兵二十余万赶到，两军夹淝水对峙。符坚登上高山望敌，看见对岸晋军阵容强大，脸上勃然变色，说："啊！我们遭遇劲敌了！"这个时候，晋军前锋大都督谢玄希望秦军稍微后退一点，以便让晋军渡过淝水进行决战。符融想到兵法中有"等待敌人渡过来一半时攻击敌人"的说法，就答应了谢玄的请求，让士兵稍作后退。但是，后续部队不知道怎么回事，这时，秦军中的汉族士兵乘机大喊："秦军败了。"秦军秩序大乱。晋军乘机渡水攻击，符融奔下山来整顿队伍，结果被乱军杀死。

于是，秦军大溃，混乱中被践踏而死的不计其数。拼命逃跑的秦军士兵望见八公山上的草木都以为是埋伏的晋兵，听见风声鹤唳也以为是晋兵追来了。这就是历史上著名的以少胜多的"淝水之战"。战后，北方陷入混战之中。

◎ 拓展阅读

云向东，有雨变成风；云向南，水涟涟；云向西，下地披衣 / 时雨时晴，几天几夜不停 / 乌云拦东，不下雨也有风 / 乱云天顶绞，风雨来不小 / 朝有破紫云，午后雷雨临 / 东风急，备斗笠

此语典出《庄子·山本》，后人又对其多加解释，常与"小人之交甘若醴"连用。古人把德行高尚的人称为"君子"，意思是说这些人的交往不以利益为转移，表面淡泊，实际真诚。

《庄子·山本》篇说："且君子之交淡若水，小人之交甘若醴；君子淡以亲，小人甘以绝。"这是说品质高尚的人与道德低下的人不仅交往方式不同，最后的结果也不同。道德低下的人表面上"甘若醴"，即看上去甜甜蜜蜜，实际上这只不过是表面的"亲昵"。没有真诚的友谊做基础，虚假的交往当然不会长久，一有利益冲突，便会钩心斗角，甚至反目成仇，所以庄子说它"甘以绝"。君子间的交往却有根本上的不同，虽然表面看上去"淡如水"，可是它却有牢不可破的基础。何以这么说呢？《记表记》中是这样解释的："君子之交如水者，言君子相交，不用虚言，如两水相交，寻合而已。"君子之间的友谊是真挚的，一点也不掺杂虚假的成分，这样的交情，就像两股水汇合在一处似的，十分自然、融洽。小人间的交往以利相动，彼此建立在利害关系上，一旦利害有所冲突，往往断绝交往。而君子间的交往则以道相合，相互交往平平淡淡，然而他们却有着高尚的生活理想和一致的情趣信仰，这种志同道合的友情，弥久愈亲，经得起利益的考验。

○ 品画鉴宝 文苑图·唐·韩滉

君子之交淡如水

关于"君子之交淡如水"的由来，还有这样一个动人的传说。

相传唐贞观年间，薛仁贵与妻子住在汾河湾一个破窑洞中，靠打雁为生，饥一顿，饱一顿，生活无着。当时多亏朋友王茂生夫妇经常接济，才得以维持。

后来，薛仁贵参了军，在跟随唐太宗李世民御驾东征时，作战勇敢，尤其是救驾有功，因此回朝后，被封为"平辽王"。劳苦功高，身价百倍，文武大臣、亲朋故友纷纷前来王府送礼祝贺，但对这些人的礼物，薛仁贵都婉言谢绝了。只有平民百姓王茂生送来的"美酒两坛"被收下了。在庆功宴上，薛仁贵特意吩咐把王大哥的两坛美酒搬上来，让大家品尝。但当兵士们把两个酒坛启封后却都惊呆了，这坛中装的哪里是美酒呢，只是两坛清水而已！"启禀王爷，有人大胆包天竟敢如此戏弄王爷，请王爷下令我们一定重重惩罚他！"执事官赶紧禀报。谁知薛仁贵见了，不但没有生气，反而命令执事官取来大碗，当众饮下三大碗王茂生送来的清水。

在场的文武百官都被弄糊涂了，薛仁贵喝完三碗清水，向大家解释说："我过去落难时，全靠王大哥夫妇经常资助，如今我位居王位，但我美酒不沾，厚礼不收，只是收下了王大哥送来的两坛清水，因为我知道王兄弟贫寒，这两坛清水的情意远胜过两坛美酒，这就叫君子之交淡如水。"

此后，王茂生一家投靠在平王府里，薛仁贵与他亲同兄弟，"君子之交淡如水"的佳话也就流传开来。

◎ **拓展阅读**

风静闷热，雷雨强烈 / 急雨易晴，慢雨不开 / 人到四十五，正是出山虎 / 人怕心齐，虎怕成群 / 雨后生东风，未来雨更凶

"己所不欲，勿施于人"一语出自《论语·颜渊》。意思是说：自己不喜欢的事，也不要强加给别人。它是儒家"忠恕"思想中"恕"的理论基础，在现实生活中也是一条很实用的哲理。

《论语》中记载：

仲弓问仁。子曰："出门如见大宾，使民如承大祭。己所不欲，勿施于人。在邦无怨，在家无怨。"

仲弓曰："雍虽不敏，请事斯语矣。"

这段话的意思是说：一次仲弓问什么是仁。孔子回答说："平常出门要像去见贵宾一样庄重，役使百姓要像承当大祭典一般严肃。自己不喜欢的，一定不要强加给别人。在诸侯国中没有人对自己怨恨，在卿大夫封地没有人对自己怨恨。"

仲弓感激地说："我虽然不才，但也要按先生的这番话切实去做。"

◎ 拓展阅读

不怕无能，就怕无恒 ／ 不刮东风不雨，不刮西风不晴 ／ 今日有酒今朝醉，

明天倒灶喝凉水 ／ 三年不上门，当亲也不亲

○ 品画鉴宝 化行中都·清·改琦

己所不欲，勿施于人

九子不葬父，一女打荆棺

　　"九子不葬父，一女打荆棺"这个谚语出自《全唐诗》，在民间广为流传，常用来形容子不如女。也经常用来形容办事人多，互相推诿，不愿承担责任，一盘散沙，形成人多做不成事的结果。这里有一个曲折哀婉的动人故事：

　　在长江三峡险峻的峡壁上，可以看见有一具用荆条编成的棺材。来此游玩的人或过往的客商经常会听到船夫讲述的一个传说：很久很久以前，长江边上住有一户人家，膝下有十个儿女，九个儿子和一个女儿，男主人重男轻女，偏爱儿子，总觉得女儿没有用。他身故后，围绕如何埋葬父亲，九个儿子互相推诿，谁也不愿拿出钱来为老父买口棺材，也不愿料理后事。小女儿见状，非常悲痛，无奈家境贫寒，买不起棺木。因此，她就上山去割荆条，削去刺，再亲手一根一根编起来。她的手指一次次被划破，鲜血染红了荆条，最后终于编成一具荆条棺，草草安放了父亲。然而，她又怕埋在土里荆条会很快腐烂，便用尽力气把荆棺推上峡壁，放在岩石凹处，最后因体力耗尽，坠江而死。因此，人云："九子不葬父，一女打荆棺。"这个传说也被一代代流传下来。

◎ 据展阅读

是好说不坏，是坏说不好 ／ 近河莫枉费水，近山莫枉烧柴 ／ 君子报仇，十年不晚 ／ 近山知鸟音，近水知鱼性

今朝有酒今朝醉

　　"今朝有酒今朝醉"这是唐代著名诗人罗隐的名句，后来人们在日常生活中经常引用，就成了习以为常的谚语。它经常用来比喻腐朽没落的生活和消极颓废的情绪，有时也用来比喻一个人做事没有长远打算，只顾一时快乐。这个句子讲述了一个读书人郁郁不得志的故事：

　　罗隐自小聪明好学，熟读经史，胸怀大志，一心要仿效古代的贤人，用自己的学识报效国家，做一番事业。也许是老天故意与他过不去，他多次进京赶考，却屡试不第，始终没有机会施展宏伟抱负。

　　罗隐怀着治国、平天下的热望，却因一次又一次的考场失利，使他空有满腹才华，远大抱负始终无法实现。一连串的打击，让他感到前途渺茫，从此一蹶不振，置功名利禄于度外，在故乡浙江余杭过起了隐居生活。这首诗就是他当时心情的写照：

　　　得即高歌失即休，
　　　多愁多恨亦悠悠。
　　　今朝有酒今朝醉，
　　　明日愁来明日愁。

　　这首诗深切地表达了作者悲观厌世、看穿一切、消极遁世的情绪，对后世知识分子影响较大。

◎ 拓展阅读

从俭入奢易，从奢入俭难 ／ 吃饭防噎，走路防跌 ／ 人强人欺病，人弱病欺人

○ 品画鉴宝　三彩镇墓兽·唐

既平陇，复望蜀

　　"既平陇，复望蜀"这个谚语源自《东观汉纪·隗嚣传》中的一个故事，人们常用来形容贪心不足。后来逐渐演变为成语"得陇望蜀"。

　　话说东汉初年，军阀隗嚣占据陇右地区（今甘肃、青海一带），公孙述占据蜀地（今四川一带），成了名正言顺的土皇帝。他们横征暴敛，穷兵黩武，人民陷于水深火热之中，强烈渴望国家稳定统一。于是，汉光武帝刘秀命大将岑彭去平定陇右。汉军一路奋勇杀敌，势如破竹，捷报频传。满朝文武皆大欢喜，刘秀也写信对岑彭大加赞赏，并说："西城若下（西城是陇右首府，隗嚣住地），便可将兵南击蜀虏。人心苦不知足，既平陇，复望蜀。"陇右平定后，岑彭接到进军蜀地的命令。由于此地山高路险，攻蜀举步维艰，屡遭挫折，后来岑彭兵败身死。然而，汉光武帝最终还是完成了统一大业，消灭了公孙述的割据势力。

◎ **拓展阅读**

尽信书不如无书 ／ 看自己，一朵花；看别人，豆腐渣 ／ 经常用的钥匙总是闪光的 ／ 井掏三遍吃甜水，人走三省见识广 ／ 开水不响，响水不开

惊弓之鸟

"惊弓之鸟"出自《国策·楚策四》。比喻受过惊吓，遇事胆怯的人。

战国时期，魏国有一人名叫更羸。一天，更羸跟随魏王出去打猎，只见一只大雁孤零零地从远方飞来，那大雁飞得非常低，叫声又很凄楚、惶急。更羸拿起弓，却不搭箭，把弓弦虚拉一下，"铿"的一响，那大雁就掉下来了。魏王觉得非常奇怪，便问："这是什么原因？"更羸说："我看见大雁飞得很慢、很低，便断定它曾经被人射伤过；我听见大雁叫得很悲怆，便断定它是失了群，心中焦急不安。它一听见弓弦声，以为箭又射来了，于是用劲向上飞，一用劲，伤口就破裂，所以掉了下来。它实在是因为不能承受再一次的惊吓而死的啊！"魏王听了，觉得更羸说得有理，便重赏了他。

◎ **拓展阅读**

决心要成功的人，已经成功了一半 ／ 不听老人言，吃亏在眼前 ／ 吃过的馍馍不香，嚼过的甘蔗不甜 ／ 人勤病就懒，人懒病就勤 ／ 吃酒不吃菜，必定醉得快

"快刀斩乱麻"出自《北齐书》。比喻做事干脆利落，能够在纷繁复杂的事物中，抓住要害，迅速地解决问题。

南北朝时期，东魏有一丞相叫高欢。他有很多儿子，在政权频繁更替的乱世，他深知自己一时的权势显赫和万贯家财不一定能给后代带来幸福，甚至这一切能不能传给后代都值得忧虑。为了了解儿子们的才能，有一天，他把儿子们召集在一起，给了他们一人一把乱麻，要求他们以最快的速度把它们整理好。

儿子们拿着麻各自到一旁去整理。由于麻的很多地方打结了，都连在一块儿，抽这根带那根，越理越乱。一个个急得满头大汗。然而，一个名叫高洋的孩子接过麻后，一语不发，转身拿来自己的腰刀，几刀就把那纷乱如丝的麻斩断，然后再理，很快就把麻理顺了，第一个完成了任务。高欢惊讶地问："你为什么这样理，这样麻不就变短了吗？"高洋回答说："父亲您只说要理顺，并未提及长短，所以就'乱者必斩'"。高欢看到了儿子的精明、果断，非常欣慰。

后来，高洋成了北齐王朝的文宣帝。他不负父亲的期望，成就了自己的帝王绩业，"快刀斩乱麻"则成了传颂他聪明才智的故事。

○ 品画鉴宝　陶马·南北朝

◎ **拓展阅读**

君子动口，小人动手 / 开头饭好吃，开头话难说 /
懒汉下地事多，懒驴上套屎多 / 不笑补，不笑破，只
笑日子不会过 / 槽里无食猪拱猪，分脏不均狗咬狗

苛政猛于虎

"苛政猛于虎"出自《礼记·檀弓下》。比喻残酷压迫、剥削人民的政治。

有一次，孔子和他的学生从泰山旁边走过，遇到一位妇人在坟边大哭，妇人悲痛欲绝。孔子叫子路过去问个明白。

子路走到妇人身边询问，妇人摇摇头一语不发。子路便说："我们听你哭得很凄惨，想必有使你特别伤心的事情吧？"妇人刚要开口，泪水又流出来了："是这样啊！这一带老虎很多，经常吃人。早先，我的公公在这儿被老虎吃掉，后来，我的丈夫又被老虎吃掉了。唉，几天前，我的孩子又被老虎咬死啦！"

孔子听了，责怪这妇人不懂事，略带责备的口气问她："哎呀！那你们这家人为什么不趁早搬走呢？"话音刚落，妇人更加伤心，她说："先生，你说的是很容易，可是我们却办不到。你要知道这儿虽有老虎伤人，但是却没有残酷的统治呀！"

妇人的这番话启发了孔子，他对子路说："子路，你该记住这话：残酷的统治，比老虎咬人不知厉害多少倍呢！"

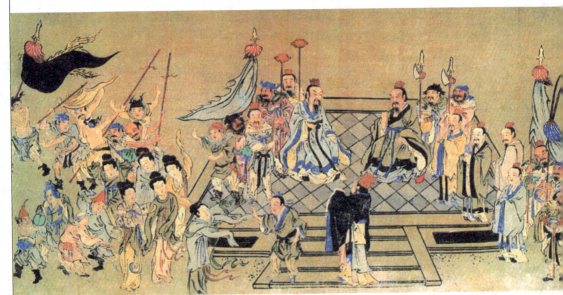

○ 品画鉴宝　夹谷会齐　孔子时为鲁国大司寇，摄相事，齐与鲁媾和，鲁定公与齐景公会于夹谷（今山东莱芜城南）。孔子认为"虽有文事，必有武备"。事先做了必要的武事准备，并以礼斥之，使齐欲劫持鲁定公的阴谋失败，鲁国取得了一次外交上的胜利。

◎ 拓展阅读

草若无心不发芽，人若无心不发达 ／ 馋人家里没饭吃，懒人家里没柴烧 ／ 砍柴上山，捉鸟上树

吴太祖

开门揖盗，自招其祸

"开门揖盗，自招其祸"这个谚语的意思是说：对强盗要坚决抵抗，假如不但不防御，反而把门打开，作揖打恭请强盗进来，那不是惹火烧身吗？后来人们常用来形容办事不得要领，反而做了不利于自己的事情。《三国志·吴志》中记载了这样一个故事：

三国时期，吴国的草创者孙策，在一次出征中被三名刺客围攻，身中数箭，不治身死，临终前把吴国的继承权交给弟弟孙权。当时孙权仅有二十几岁，因为哥哥过早死去，他非常伤心，日夜啼哭不止，众大臣苦苦相劝依旧不起作用。大臣张昭正色道："主公，现在是需要您振奋的时候。您看看您目前的情形，四周强邻窥伺，国内人心不稳，有很多大事都等着您办。有一句谚语说：'开门揖盗，自取其祸'，您这不是等于把国门打开，让敌人任意出入吗？"孙权是个极聪明的人，听了张昭的一席话，马上振作起来，着手整顿国防，加强军队，重视工商业，奖励生产，团结全国上下，因此吴国逐步稳定发展起来，比孙策时期更加强盛了。

◎ 拓展阅读

看菜吃饭，量体裁衣 / 人勤地长苗，人懒地长草 / 炕上有病人，地上有愁人 / 靠山吃山，靠水吃水 / 刻薄不赚钱，忠厚不折本

老死不相往来

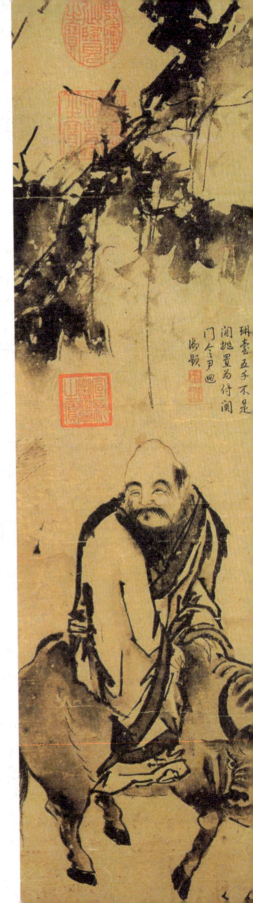

　　"老死不相往来"出自《老子》。是指直到老死，互相都不往来。形容人与人之间关系不密切。

　　《老子》一书中说："邻国相望，鸡犬之声相闻；民各甘其食，美其服，安其俗，乐其业，至老死不相往来。"大意是说：相邻很近的两个国家，彼此可以望得见，两国鸡犬的叫声也彼此听得见，两国人民可以各吃本国的丰富食物，各穿本国的美丽衣服，各自平安地按照自己的生活习俗，并愉快地从事自己的行业，人们直到老死可以互不往来。

◎ 拓展阅读

口说不如身到，耳闻不如目睹 / 吃米带点糠，老小都安康 / 未晚先投宿，鸡鸣早看天 / 说书的嘴快，演戏的腿快 / 水能载舟，亦能覆舟

○ 品画鉴宝　老子骑牛图·宋·晁补之

○ 汉高祖像　汉高祖即刘邦，在秦末农民起义中起兵于沛（今江苏沛县），称"沛公"。后经过楚汉之争，取得胜利，消灭了项羽，建立了西汉王朝。

"良药苦口利于病，忠言逆耳利于行。"这个谚语出自《史记·留侯世家》，也散见于其他的文献中。意思是说：好药吃起来可能会非常苦，然而有利于治病，忠心的话语听起来可能会刺耳，然而对人的行为很有好处。这里有一个故事。

公元前 207 年，刘邦带兵进驻咸阳后，进入秦宫。发现宫室异常华丽，奇珍异宝不可胜数，都是他未曾见过的。每到一处，美丽的宫女向他请安。他非常新奇，兴致越来越高。因此，准备留在宫中享受一番。

跟随刘邦一起到咸阳的樊哙发觉刘邦有留住宫中的意思，就问道："沛公是想得天下呢，还是想做一个富家翁呢？"

刘邦答道："我自然想得天下。"

樊哙理直气壮地说："臣来到秦宫后，发现这里金银财宝不计其数，后宫佳丽数以万计，这些都是引起秦朝灭亡的原因啊。希望沛公赶快回到灞上，宫中千万留不得。"

刘邦对樊哙的话不以为然，还是打算留住宫中。谋士张良听说了这件事后，急忙赶来对刘邦说："秦王无道，百姓造反，击败了秦军，沛公才得以顺利到达这里。您为天下苍生除掉暴君，理应艰苦朴素。可是现在刚入秦地，就想享乐。常言道：'良药苦口利于病，忠言逆耳利于行'，望沛公听取樊哙的忠言。"刘邦听后，恍然大悟，立即下令封存所有府库，关闭宫门，率军回驻灞上。

◎ 拓展阅读

陈芝麻烂谷子 ／ 打开天窗说亮话 ／ 不见棺材不落泪 ／ 成人不自在，自在不成人

梁园虽好，不是久恋之家

这个谚语最初来源于两汉时期。梁孝王喜欢结交四方宾客，他有一个花园，人称梁园，造型奇特，非常秀丽，客人们经常流连忘返。但它毕竟不是自己的家啊！《水浒传》第六回有这么一个故事。

鲁智深这日走了五六十里，肚里又饥，路上没个打火处，蓦地看见一座破败寺院，四个金字都昏了，写着"瓦罐之寺"。寺内满地燕子粪，鲁智深寻到厨房后一间小房，见几个老和尚坐地，一个个面黄肌瘦，道是：这寺被两个杀人放火的和尚、道士占住，和尚叫崔道成，绰号生铁佛，道士叫丘小乙，绰号飞天夜叉，在方丈后角门内住。鲁智深大怒，赶去一脚踢开后门，只见一个胖和尚、一个道士、一个年幼妇人正喝酒。见鲁智深来得凶，生铁佛便挺朴刀来抢智深，两个斗了十四五回合，那生铁佛抵挡不住，丘道人便从背后拿朴刀搠将来。鲁智深一来肚里无食，二来走了许多路程，三来挡不住两个生力，只得卖个破绽，拖了禅杖便走。两人赶出山门，赶过石桥，坐在栏杆上，再不追赶。

鲁智深走得远了，喘息方定，又是饥饿，走一步懒一步，在前面一座大赤松林中，恰遇到相熟的好汉九纹龙史进。听说智深肚饥，史进道："小弟有干肉烧饼在此。"便取出给智深吃了。之后，各拿了器械，再回瓦罐寺来。那丘小乙、崔道成兀自在桥上坐地。智深愤怒，抡起禅杖奔过桥来，生铁佛生嗔，仗着朴刀杀下桥去。智深得了史进，肚里胆壮，吃得饱了有力，崔道成力怯，飞天夜叉便来协助。这边史进也从树林子里跳将出来，四个人两对厮杀。智深得便大喝一声："着！"只一禅杖把生铁佛打下桥去，史进一朴刀，道人倒在一边。两个进入寺中看时，那几个老和尚怕崔、丘两人杀他们，已上吊死了，那个掳来的妇人投井而死，满寺再没一个活人。便在灶前扎几个火把四下点着，竟天价烧起来。二人道："梁园虽好，不是久恋之家。"便自走了。

◎ 拓展阅读

秤杆离不开秤砣 ／ 秤有头高头低 ／ 不吃黄连，不知啥叫苦 ／ 力是压大的，胆是吓大的 ／ 人是实的好，姜是老的辣

留得青山在，不怕没柴烧

这是一个在民间非常流行的谚语，人们常用来形容做什么事情只要存在一点点希望，还有东山再起的可能性，因此不要为一时的挫折而悲观失望，要重新振作起来。

传说在很久以前，在一个大山脚下住着兄弟二人，哥哥叫青山，弟弟叫红山，父亲给他们哥俩儿留下的是世代相传的山林。弟弟红山分到了树林茂密的西岗，哥哥青山分到了树小林稀的东岗。

红山很勤劳，不分白天黑夜地努力干活，不久就伐完了西岗的林木，卖到市场上，挣得了一笔家产。哥哥青山忠厚朴实，对父亲的这种分配毫无怨言，他吃住在东岗，脚踏实地逐步了解那里的实际情况，心中有了一个较为长远的蓝图。经过几年的辛勤奋斗，东岗树木成林，无论刮风下雨，他家的农田和家畜都平安无恙。弟弟红山的情况却不同了，由于西岗的树木多被砍伐，农田和家畜受到严重破坏，每逢夏天大雨，农田被冲毁，家畜无处藏身，没办法，只得向哥哥求援。青山解囊相助，并意味深长地对弟弟说："靠山吃山，更得养山，否则我们的生活怎么会有保障呢？"人们受青山这句话的启发，都说"留得青山在，不怕没柴烧"。

◎ 拓展阅读

良言一句三冬暖，恶语伤人六月寒 ／ 鸟都往高枝上飞 ／ 比登天还难 ／ 只有希望而没有行动的人，只能靠做梦来收获所得

○ 品画鉴宝　万山苍翠图·清·高岑

路遥知马力，日久见人心

这个谚语是人们在生活实践中逐步总结出来的，其意思是说，只有长途的跋涉，才能衡量出马的脚力的多少；只有经过很长时间的相处，才能真正了解一个人。这个谚语还告诉我们，看一个人不应该只看他的外表，更不能仅凭一次印象便断定一个人的好坏或才能，而是要经过长期的接触、交流，才能真正认清他的人品或才华。后来人们常用"路遥知马力，日久见人心"形容真正的友谊是经得住时间的考验的。

元代有一个杂剧《争恩报》叙述了这样一个故事：

浙江淳安县锦沙村有徐姓三兄弟，老三徐哲英年早逝，留下妻子颜氏和二男三女五个孩子。老大徐言和老二徐召合计道："你我两兄弟加起来才两个孩子，老三就有五个，将来孩子长大了，男婚女嫁，分起家产来，我们两兄弟不是明摆着要吃亏吗？而今不如先把家产分成三份，以免将来生出枝节。"他们两个欺负颜氏是个寡妇，私下将田产分了，留给侄子的都是比较差的土地，牛马牲畜归哥俩，却把老仆阿寄夫妻作为牛马分给颜氏。颜氏没办法，只好忍气吞声，整日以泪洗面。亲朋好友明知分配失公，可没有一个愿意站出来说话。阿寄已五十多岁，心里也很憋气："原来把我拨给三房，肯定认为我不中用了。我一定争口气让他们看看，帮这孤儿寡母出口气。"就与颜氏合计道："老奴虽年事已高，然而还能走路，苦也能受，那经商道业也都明白，三娘给我些许本钱，老奴我去做些买卖，营运数年，还怕干不出点事来？"颜氏听从了，变卖物什得银十二两，任由阿寄安排。

阿寄便从淳安乡下购些生漆，雇船运到苏州，正赶上当地生漆涨价，很快卖完，一下就赚了一倍。返航时又籴了60担籼米，运到杭州，又赚了十多两银子，这样来回数次，已赚得六七倍本钱，又去收漆，已是大客人了。经过一年多的时间，赚回了两千多两银子。阿寄觉得也该回去向主人报喜了，回到家中。从来没有见过如此多银子的颜氏大喜过望。徐言兄弟听说阿寄回来，赶紧过来打听消息，看到颜氏用一千五百两银子买下千亩良田，一处大宅，大为惊讶。

所谓"路遥知马力，日久见人心"。颜氏得阿寄忠心经营，十年之后，富甲一方，就把家财拿出一股给阿寄的儿子，两家子弟叔侄相称，亲如一家。

◎ 拓展阅读

万里长城是一块一块砖头砌成的，汪洋大海是一条一条涧水流成的 / 路不平，众人踩；事不平，大家管 / 路湿早脱鞋，遇事早安排

126

这句谚语散见于古人的诗词中。比如亡国之君南唐后主李煜在《浪淘沙》中有"流水落花春去也，天上人间"之句，宋人赵长卿的《鹧鸪天》一词中也有"落花流水一时休"的句子。虽然表面上是在写残春的景象，实际上这些诗词字里行间透露出一种忧愁无奈的悲观情绪。

后来，这个谚语常用来形容男女之间的恋情，一个有意、一个无情，一方是充满相思之苦，一方是无动于衷。

"落花有意，流水无情"这句谚语，在古典小说和传统戏曲中，也常被引用。通常是用它来形容单相思。有时也用来表示对不义之人的不可信赖。《三国演义》中有关曹操杀吕伯奢一家的事一直被传为经典，曹操生性多疑，竟然把热情款待他的吕伯奢全家杀害，当他发现自己错杀好人时，还当着一心想追随他的名士陈宫的面说："宁教我负天下人，不教天下人负我！"陈宫暗想：和这样的"不义之人"在一起，将来也许不会有什么好结果，于是悄然离去。这可能就是人们常说的"落花有意随流水，流水无情恋落花……"表达了陈宫的失望之情。

○ 品画鉴宝　青瓷羊形烛台·三国

◎ 拓展阅读

路有千条，理只一条 ／ 驴骑后，马骑前，骡子骑在腰中间 ／ 麻雀落田要吃谷，狐狸进屋要偷鸡 ／ 人是铁，饭是钢，地里缺肥庄稼荒 ／ 麻雀虽小，五脏俱全

吕端大事不糊涂

○ 宋太宗像 宋太宗即赵炅，本名赵匡义，后改为赵光义，宋太祖之弟，是北宋的第二个皇帝。

这一谚语来自宋太宗对吕端的评价，后人用此语来形容那些不计较苟且小利、识大体、当断则断的人。

吕端（公元933—998），字易直，宋太宗时曾任宰相。他胸怀开阔，眼界高远，宽以待人，轻财好义，不计较个人得失。为官时屡次遭到不应该的贬斥，但他并不以升降、荣辱为念。有一个与他同朝为官的大臣叫李惟清，怀疑吕端压制他的提升，于是采用卑鄙手段，以流言中伤吕端。吕端知道后却不以为然地说："我直道而行，问心无愧，风波之言不足虑也。"

宋太宗（赵炅）时期，蒙正（字圣功，公元946—1011）一度出任宰相。这期间，在中书省任职的赵普曾向宋太宗推荐吕端说："吕端向皇上奏事的时候，得到皇上夸奖不喜悦，受到训斥也不恐惧，喜怒不形于色，不流于言，有做宰相的气度。"后来，比吕端年小26岁的左谏议大夫寇准与吕端同被任命为参知政事，但吕端却请求自己位列寇准之下。宋太宗从其言，令吕端为左谏议大夫，排在寇准之下。几年后，宋太宗准备提升吕端当宰相。当时有人提意见说："吕端为人糊涂。"宋太宗却说："吕端为人小事糊涂，大事不糊涂。"于是任命吕端为宰相。在后苑举行宴会时，宋太宗曾就吕端任宰相一事做了一道《钓鱼诗》，就周姜太公出任前在磻溪垂钓，遇到周文王的故事，写道："欲饵金钩深未达，磻溪须问钓鱼人。"这两句诗表明宋太宗很欣赏吕端，把他比作助周兴业的姜尚。

后来人们用"不糊涂"或"大事不糊涂"，形容办事识大体，在原则问题上头脑清醒、态度明确的人。

◎ 拓展阅读

马好不在叫，人美不在貌 / 骂人骂脏口，打人打伤手 / 骂人无好口，打人无好手 / 三年清知府，十万雪花银 / 买鸡看爪，买鸭看嘴

"刘姥姥进大观园"一语典出《红楼梦》第六回、第三十九回至四十二回。常用来形容没有见过大世面的人,到了新环境,看见复杂的新东西,就应接不暇,分辨不清,失去判断能力。

刘姥姥本是个生活艰辛的乡下老寡妇。她原先"只靠两亩薄田地度日",后来寄居在女婿家中生活。她的女婿与贵族贾府有点远亲,因为这层关系,刘姥姥就去贾府乞求帮助,于是进了贾府的花园大观园。

一个没见过世面的乡下老婆子第一次进入当时富可敌国的贾府,不免眼花缭乱,应接不暇。但她毕竟是一位饱经沧桑的老人,在荣国府总管凤姐面前,她又拜礼又请安,又自谦又奉承,倚老卖老,投其所好,极尽奉承之能事,很得凤姐欢心。刘姥姥虽然羞于直接张口向凤姐要什么,但凤姐一高兴出手就给了她二十两银子,这是她全家辛苦一年都挣不来的,怎能不使老人家高兴呢?于是赶紧奉承道:"瘦死的骆驼比马还大,你老拔一根毛比我们的腰杆还壮哩!"

尝到了甜头后,刘姥姥以回报为名第二次进荣国府。这次她专捡了些瓜儿果儿的东西带去,说是"姑娘们天天山珍海味,也吃腻了,吃些野菜儿,也算我们的穷心"。因此,贾府的姑娘们对她也很有好感。尤其是贾府的老祖宗贾母听说来了位"积古的老人",正投缘,立即请来相见,请刘姥姥讲一些乡村的见闻。刘姥姥自身阅历丰富,见闻又多,又会编排,又投老年人的口味,说得贾母很开心。凤姐及贾府的姑娘们也都听上了瘾,上下皆大欢喜,便请刘姥姥做了大观园大宴的"上宾"。

吃侯门大宴,刘姥姥可真是大姑娘坐轿——头一回,加上凤姐等人有意取闹,灌她喝酒,她终于招架不住喝醉了,于是又闹又笑,在大观园里四处乱闯。撞到板壁上的美女画儿,以为是真姑娘呢,上去同她拉拉手。见到穿衣镜自己的身影,也不知道那戴着满头花的没见过世面的老婆子就是自己,反而还伸手去羞她的脸。后来还仰卧在贵公子贾宝玉的床上。

刘姥姥的这憨劲很受深居闺府的贾府上下的喜欢,她在大观园玩够了,从贾母到丫头也都乐够了,凤姐还央求她给女儿起个"巧"名,以图健康。很自然,临走时,刘姥姥得到了很多好处,除了一百多两银子外,还有许多衣物。

◎ 拓展阅读

买锣要打,买伞要撑 / 买卖不成仁义在 / 一家不知一家,和尚不知道家 / 买时得买,卖时得卖 / 卖主怪脚,买主怪鞋

浪子回头金不换

"浪子"是指那些游手好闲、不务正业、好吃懒做的青年人。"浪子回头金不换"就是说这样的人一旦觉悟、改邪归正变好了，其前途还是不可限量的，黑暗的过去淹没不了其光明的未来。此语常用来教导、鼓励那些因一时糊涂而失足的青年人。古今中外也有不少这样的故事证明了这一道理。

我国晋代著名医学家皇甫谧就是一个回头的浪子。他的故事也充分地说明了浪子回头金不换的道理。皇甫谧出生于河南新安县一个官吏家庭，从小娇生惯养，不事稼穑。但天有不测风云，人有旦夕祸福，父母在一场战乱中双亡，皇甫谧一瞬间落得家破人亡。后来叔母把他收养起来。经过这一场突然变故，皇甫谧本应该成熟起来，可是情况往往事与愿违。在叔叔家中，娇生惯养的日子并未改变，因为叔母看他从小父母双亡，十分可怜，因而对于他的过错从来不忍心斥责，反而更加放纵和溺爱他，所以皇甫谧虽然父母双亡，但仍然过着衣来伸手、饭来张口的生活。这样，皇甫谧从小就养成了好逸恶劳的习惯。长大后又经常和一些游手好闲的花花公子混在一起，寻花问柳，无所作为，成了一个不务正业的浪子。

对于他这个样子，叔母看在眼里，急在心里，觉得无颜去见九泉之下皇甫家的列祖列宗，不久忧愤成疾，终于病倒了。叔母的病深深地刺激了皇甫谧，他回想起不幸早故的双亲，以及叔母天高地厚的养育之恩，再想想自己的所作所为，真是无地自容。于是他痛改前非，决心用实际行动来弥补自己的过失，做一个有用的人。从此，他发愤图强，白天耕作劳动，夜里勤奋攻读，终于成了一个学问渊博的人。

进入中年后，皇甫谧不幸得了重病，以致下肢瘫痪，但他并没有为此而消沉。为了战胜病魔，使自己重新站起来，他潜心研究医学，几年之内遍读了大量医书，并在自己身上进行了上万次的针灸实验，经过千辛万苦的不懈努力，他终于写出了我国第一部针灸专著《针灸甲乙经》，为人类的医学事业做出了巨大的贡献。

皇甫谧的故事充分说明了浪子回头金不换的道理，但这只是用于鼓励、教育那些失足的浪子，在现实中，每个青年都应该慎重地选择生活方式和态度，虽然回头金不换，但一旦失足，毕竟要付出惨重的代价。

◎ 拓展阅读

莫学灯笼千只眼，要学蜡烛一条心 ／ 满招损，谦受益 ／ 慢病在养，急病在治 ／ 磨刀不用看，全仗一身汗 ／ 猫跟饭碗，狗跟主人

"鲁班门前弄大斧"也即成语"班门弄斧",出自明代进士梅之焕之诗。鲁班是春秋战国时期有名的能工巧匠,具有极高的土木建筑技艺,被后世木匠奉为"祖师爷",在他门前弄大斧,比喻自不量力,过高地估计自己,爱出风头,在行家面前卖弄本领,留为笑柄。

相传唐代大诗人李白死后,葬于今安徽省当涂县境内的采石矶上。好多自视有点学问的人慕其大名,前去祭奠。其中不乏喜好卖弄之士,在墓旁留两句诗,久而久之,竟留了好多这种诗,但这些诗句大都写得不怎么样。一次,明代进士梅之焕到采石矶游览,也前去祭奠李白,当他看到这些后人题的诗句后,感慨良多。他想到李白作为一代诗仙,而这些人竟然在他的墓前题诗,真是不自量力,甚而有点恬不知耻。于是,他在旁边写了这样一首诗:"采石江边一堆土,李白之名高千古;来来往往一首诗,鲁班门前弄大斧。"

梅之焕认为那些在李白墓前题诗的人就像在鲁班面前卖弄斧头一样可笑。从此以后,这句话便广为人们引用。

◎ 拓展阅读

蜜多不甜,油多不香 / 苗多欺草,草多欺苗 / 若要人下水,自己先脱衣 / 没有不上钩的鱼,没有不上竿的猴 / 谋官如鼠,得官如虎

○ 品画鉴宝　太白醉酒·清

老牛舔犊之爱

　　"老牛舔犊之爱"出自《后汉书·杨修传》，亦见《三国演义》。比喻父母对子女的深情。

　　汉末时，汉太尉杨彪有一子名叫杨修，是个非常聪明的人，他在宰相曹操的属下做主簿官。有一天，工匠修好曹操的新花园，请曹操过来查看，曹操看后，什么话也没说，只在门上写个"活"字就走了。大家不懂是什么意思，杨修笑道："丞相是嫌门太阔了！"原来"门"中加个"活"字是"阔"，于是便把门改小了些，曹操看后很满意。又有一次，西凉有人送了一盒酥糖来，曹操在盒上写了"一合酥"三个字，大家又不懂是什么意思。杨修笑道："一合酥三字如把'合'字拆开来读，就是'一人一口酥'，我们大家分了吧。"于是一人一口吃了。曹操知道后，虽在口头夸他聪明，心里却十分忌惮他。

　　曹操常怕人暗中加害他，就对人说："我梦中好杀人，因此凡我睡着了，你们不要靠拢来。"一日午睡时，他的被子落在地上，侍从慌忙拾起给他盖上，曹操一剑把他杀了，接着又睡。半天后起来，假装问："是谁杀了他？"众人都说："是您在睡梦中杀的。"曹操痛哭，令好好抚恤其家人。杨修对着被杀侍从叹口气道："丞相非在梦中，你才是在梦中啊！"曹操知道后，更加厌恶杨修。

　　这年，曹操率领大军进攻汉中，被诸葛亮连败几次，心中烦躁，恰值属下前来请示夜间口号，曹操正在吃鸡，随口说道："鸡肋。"杨修一听，就命令左右收拾行装准备回去，左右问他原因，杨修说："鸡肋上没有多少肉，吃起来无味，丢掉可惜，所以我猜曹公要退兵了。"曹操又一次被杨修猜中心事，大怒，于是以杨修造谣搅乱军心为由，把他杀了。

　　杨修死后，其父杨彪非常悲痛。一天与曹操相遇，曹操说："啊呀，你怎么瘦得这么厉害？"杨彪叹着气回答道："我还怀着老牛舔犊之爱啊！"

◎ 拓展阅读

母大儿肥，种好苗壮 ／ 苗好一半谷，妻好一半福 ／ 有钱难买老来瘦 ／ 南方吃雁，北方吃蛋 ／ 男大当婚，女大当嫁

"癞蛤蟆想吃天鹅肉"比喻人自不量力，异想天开。

《红楼梦》第十一回写道：

贾瑞在宁府花园见了王熙凤后日思夜想，屡次求见王熙凤。王熙凤嫌弃贾瑞贫寒无势，气愤至极，于是向平儿提起此事。

平儿说道："痢蛤蟆想天鹅肉吃，没人伦的混账东西，起这个念头，叫他不得好死！"曹雪芹运用这一广为流传的俗语，借平儿之口，嘲讽、讥刺贾瑞想调戏王熙凤是痴人说梦。

清代陈其泰评本认为："凤姐果无瑕，贾瑞如何敢冒昧调戏耶。有瑕而来，心中有恃无恐。"揭示出"天鹅"的本质。因此这一句也表达了作者嘲弄凤姐之意。正如陈其泰评平儿的话："亦妙不可言。盖上句（癞蛤蟆想吃天鹅肉）是真实语，下句（没人伦的混账东西）是门面语。唯有上句，故有下句。不然，单说下句可也。何问癞蛤蟆邪？"这样就丰富了俗语的表达含义，揭示了贾府上上下下腐化堕落、见利忘义、荒淫无度的现实，寓讽刺于其中。

癞蛤蟆想吃天鹅肉

○ 品画鉴宝　蛙图·清·张嵋

◎ 拓展阅读

没有大粪臭，哪来五谷香 / 若要身体壮，饭菜嚼成浆 / 三分吃药，七分调理 / 内行看门道，外行看热闹 / 你敬人一尺，人敬你一丈

以破笔画松皮华画石缝半
画竹久内其性趋之古人有墨戏此
盖墨戏也 辛年元一度
戊申冬
戴熙

○品画鉴宝 墨松图·清·戴熙 此画展现了画家在用墨上的深厚功力，笔墨隽妙。松、石皆形神兼备，干墨作皴与湿笔渲染相结合，使景物形神俱备。画中松树苍劲挺拔，富有神韵。

134

"老龟煮不烂，移祸于枯桑"这个谚语常用来形容人们无辜受到意外祸事的牵连。南北朝时期刘敬叔的《异苑》中讲述了这样一个故事：

三国时期，吴国有人在东海上捉到了一只大乌龟。据有经验的人说，这是一只千年老龟，浑身都是宝，吃了可以延年益寿，强身健体。于是，捉龟人决定把它献给吴主孙权。孙权也未曾见过如此大的乌龟，觉得惊奇，就让人把乌龟杀了吃。然而，奇怪的是，无论用刀砍、石头砸、铁锤打，都打不破龟壳。这时有人建议用水把它煮烂，孙权便命人架上大锅，用大火烧煮。令人吃惊的是，经过三天三夜的大火，烧了一万车木柴，老龟却依旧安然无恙。正在大家无计可施时，博闻广识的大臣诸葛恪想出了一个办法。他说："卤水点豆腐，一物降一物，千年的老龟只怕要用千年的桑树木材来煮。"这时有人想起建康城外有一株千年老桑树，枝繁叶茂，经常有人在下面乘凉。据说，当天晚上路过的人听见桑树在哭泣，并自言自语道："你这个老乌龟，明明是你自己不小心被人抓了，那是你寿辰已到，为什么还要牵连于我呢？"第二天一大早，人们发现老桑树已经死了，叶子全部落光。不久，来了一伙士兵，很快把树砍倒，劈成木柴，用它们一煮，老乌龟很快死了。

◎ 拓展阅读

娘家的饭香，婆家的饭长 ／ 鸟美在羽毛，人美在勤劳 ／ 宁吃半餐，不吃断餐

累累若丧家之狗

"累累若丧家之狗"出自《史记·孔子世家》。累累，又瘦又疲劳的样子。比喻处境艰难、落魄不遇的人。现在这一谚语多用来比喻失去靠山、无处投奔的坏人。

春秋时期，孔子带着一群弟子周游列国，向各诸侯国国君宣传自己的政治主张和治国办法。可是当时各诸侯国纷争，强则称霸，力弱则亡，因此各诸侯国国君都主张强权政治，孔子的"王道""仁义""忠恕"一套理论都不被采纳。尽管孔子费尽口舌，道理说尽，也得不到任何一国重用。在这种情况下，孔子感到非常失意、灰心，自己又没有归宿，因此内心十分痛苦。有一天到了郑国，孔子和弟子们走散了，他一个人站在东门等弟子们。子贡问路人："你们看到孔子没有？"有个郑国人对子贡说："东门有个人，他脑门子像尧皇帝，颈子像皋陶大法官，自腰以下比大禹皇帝短三寸，神情累累若丧家之狗，不知是不是你的老师孔子。"子贡根据他的指点，马上找到了孔子，并把郑人对其外貌的形容如实告诉了孔子。孔子苦笑道："说我外貌像古代贤人，那也未必。而说我似丧家之狗，对呀！说得再对不过了。"

○ 品画鉴宝　因膰去鲁·清·改琦

◎ 拓展阅读

怕什么有什么 ／ 男要俏，一身皂；女要俏，三分孝 ／ 跑了和尚跑不了庙 ／ 碰一鼻子灰 ／ 皮笑肉不笑

　　"老马识途"这个谚语最初来源于《韩非子·说林上》。"老马识途"意思是说：老马经历多，熟悉过往的道路。后来人们常用来形容阅历丰富的人见多识广，对很多事物比较熟悉，人们应该重视他们的作用。这里有一个发生在春秋时期的故事。

　　春秋时期，齐桓公与管仲率领大军征伐不顺从的孤竹国。大军出发时正值春天，草长莺飞，春风徐徐，尽管道路遥远，一路上翻山越岭，却并没有觉得很辛苦。孤竹国虽小，然而，民风素朴，骁勇善战，城池坚固，粮草充足。因此齐桓公花了很大的气力，以非常大的代价才把它征服。回来时，已是冬末了，兵困马乏。北方的冬天格外寒冷，千里冰封，塞外行人稀少，很难寻到道路的踪迹。乌云低沉，不见太阳，更分不清东南西北。一日，大军走进了一个山谷，行走多时，竟又走回原处。桓公命人登上峰顶寻找道路，只看见连绵的群山，却看不到一户人家，鸟兽踪迹也不见。数万大军被困在山谷里，粮食也快没有了，军中出现了人人自危的惊恐现象，然而却想不出一个好的办法。这时，足智多谋的管仲想出了一个办法，说："据说老马的记忆力很强，现在只好靠它们来救命了。"于是从军中挑选了数十匹老马，解开了它们的缰绳，让它们自由奔跑。然后令全体士兵跟着老马在雪地上踏过的蹄印行进。果真是"老马识途"，大军跟着走了几个时辰，就上了大路，不久就到了比较大的市镇。齐桓公和大军终于松了口气，顺利地回到了齐国。从此，"老马识途"就在民间传开了。

◎ **拓展阅读**

枪打出头鸟 / 棋逢对手，将遇良才 / 宁给好汉拉马，不给懒汉作爷 / 鸟无翅不飞，鱼无水不游 / 人瘦脸皮黄，地瘦少打粮

137

明知山有虎，偏向虎山行

这个谚语意思是说：明明知道山中有老虎，还是要进山。后来人们常用它来形容人们做事非常勇敢，奋不顾身，一往无前。这里有一个《水浒传》中武松打虎的故事。

武松是一个行侠仗义、不畏官府的年轻人。一次喝醉酒后，痛打了一个官员。为逃避官府的捉拿，他只得逃离在外，四处游荡。一日，武松途经一座大山，又饥又饿，于是走进山前的一家小酒店，要了二斤牛肉和一些酒，最后喝得大醉。武松跟跟跄跄地走出酒店，继续赶路，店中的伙计忙追出去告诉他，前面景阳冈上有猛虎，最好是大家结伴一块走。武松听了不以为然，说："没什么可怕的。"说完就向山中走去。

武松走了一会儿，酒劲上涌，加上一路奔波，又困又乏，于是就近找了一个石板躺下打起盹来。蒙眬中，觉得一阵狂风从耳边袭来，定睛一看，一只吊睛白额虎正向自己扑来。武松反应极快，一跃而起，挺身与吊睛白额虎激战，最后把老虎打死。这时一些猎户也闻声赶来，武松打虎的事迅速传遍景阳冈，猎户们个个兴高采烈，他们把武松视作打虎英雄，杀猪宰羊以表庆贺。

◎ 拓展阅读

宁叫顿顿稀，不叫一顿饥 ／ 牛要脚圆，猪要脚粗 ／ 千补万补，不如饭补 ／ 抛弃时间的人，时间也抛弃他

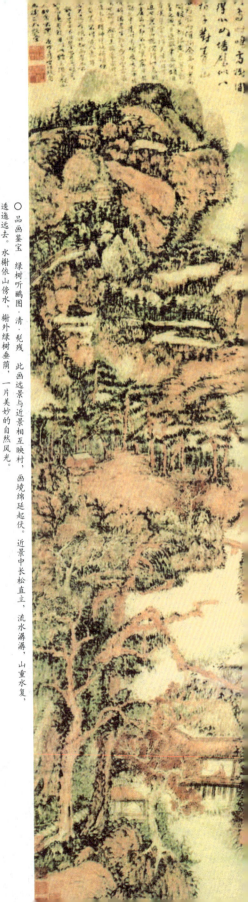

○ 品画鉴宝　绿树听鹂图·清·髡残　此画远景与近景相互映衬，画境绵延起伏。近景中长松直立，流水潺潺，山重水复，逶迤远去。水榭依山傍水，榭外绿树垂荫，一片美妙的自然风光。

138

这个谚语意思是说，磨刀的时间并不会耽误砍柴。后来人们常用来形容做任何事情，好的准备工作非常重要，看起来好像耽误了时间，其实是加快了进度。这里有一段传说中的故事。

传说当年七仙女下凡嫁给董永后，六仙女也芳心大动，不久也步妹妹的后尘，偷偷地离开天庭，不日来到太行山区的一户农家。那户人家中有兄弟俩，老大叫大宝，老二叫二宝，另外还有一个年迈的老母亲。

当晚，兄弟俩打柴归来，发现老母亲正和一个年轻貌美的女子交谈。母亲看到兄弟俩回来了，就把这个姑娘的来历告诉了他们：这个女孩自幼失去了双亲，村里的一个恶霸见她出落得漂亮，想占有她，她死活不同意，没办法，只好逃出了家门。少女希望老太太作主，帮她找一个善良人家。老太太心想这不是白拣个媳妇吗，乐得合不拢嘴，答应把她留在家里，做自己的儿媳妇。有一个问题难坏了老婆婆，自己两个儿子都到了娶亲的年龄，眼前就这么一个姑娘，怎么办呢？老太太掂量了一下，大宝忠厚善良，二宝尖酸刻薄，如果让姑娘嫁给大宝，又害怕二宝不愿意，于是想出一个办法，让兄弟俩次日一起上山打柴，谁打得多，姑娘就嫁给谁。二宝娶妻心切，天不亮就上山了，可是这天由于心急，忘了磨斧头，因此直到天黑才打了半担柴。大宝明白弟弟的心意，就故意让着弟弟，花了许多时间在家磨斧头，因此他的斧头那天非常锋利，没多久就砍了两担柴。最终，按照老母亲的约定，把六仙女许配给了大宝。

◎ 拓展阅读

朋友千个少，冤家一个多 / 皮之不存，毛将焉附 / 有理走遍天下，无理寸步难行 / 品行是一个人的内在，名誉是一个人的外貌 / 平路跌死马，浅水溺死人

磨砖不能成镜

"磨砖不能成镜"出自《景德传灯录》。比喻只下死功夫而不求实效，只是无效劳动。

唐朝开元年间，长安有一个和尚名叫道一。他刻苦修行，每天打坐念经或冥思，一坐就是一整天，企望由此能够通晓禅理，修得正果。高僧怀让禅师见了，并不对道一解释什么，而是拿了一块砖在道一房门外磨，一磨就是一整天。道一觉得非常奇怪，就问怀让禅师："你磨砖头做什么用？"怀让说："我打算把它磨成一面镜子。"道一哈哈大笑说："你就是磨一辈子，砖头磨得再平，也不能成为镜子啊！"怀让禅师回答道："磨砖不能成镜，你坐禅就能够成佛吗？"道一听了，马上顿悟，便拜怀让为师，不再每天坐禅了。

◎ **拓展阅读**

人不缺地的工，地不缺人的粮 ／ 欺人是祸，饶人是福 ／ 欺山莫欺水，欺人莫欺心 ／ 妻贤夫祸少，子孝父心宽 ／ 棋错一着，满盘皆输

谋事在人，成事在天

这句谚语是说，谋划事情在于人的主观努力，至于事情能否成功，得由客观条件等因素决定。

《红楼梦》第六回记载了这样一个故事：

王狗儿因生计窘迫在家闲寻气恼，刘姥姥劝他找远房亲戚王夫人，王狗儿认为"只怕他们未必理我们呢！"刘姥姥说："这倒不然。谋事在人，成事在天。咱们谋到了，看菩萨的保佑，有些机会，也未可知。"

刘姥姥以此语说明去贾家求助未必不成，而这也是支撑她去贾府求助的一种精神力量。这句话富含哲理，上半句说明一件事想求成功必须有人的主观努力，而"成事在天"又指出谋划的事情必须是符合客观发展规律的。诸葛亮也说："谋事在人，成事在天。不可强也。"（《三国演义》）这正说明人的主观努力不能逆天，即违背客观规律而行。只有使人事与天命——社会发展规律相结合，事情才会谋成。

◎ 拓展阅读

牛能拉犁，狗能看家 / 千方易得，一效难求 / 猫哭耗子假慈悲 / 人有人言，兽有兽语 / 谦虚的人学十当一，骄傲的人学一当十

"冒天下之大不韪"一语出自《左传·隐公十一年》。意思是说干了天下最错误的事情,常用来比喻做了很不应该做的事情,到了无法挽回的地步或令人难以原谅。

春秋初期,位于今河南省中部的地区有两个非常小的相邻的诸侯国——郑国和息国,在当时诸侯争霸、天下大乱的环境下,两个小国唇齿相依。但在公元前712年,息国的国君却因为一些很小的事情,竟大动干戈,派兵攻打郑国去了。

当时,人们都认为息国国君这样做是自取灭亡,因为他犯了很大的错误,首先他这次出兵是无名之征,挑起的是一场不正义的战争。郑国的国君与他是同姓的亲戚,唇亡齿寒,两国本应该亲善和睦地相处,而不应打仗,因为一些鸡毛蒜皮的小事而打仗就更不应该了。再者息国并没有审察自己的过错,没有分清是非曲直就贸然发动战争,失道寡助。况且他没有权衡自己的力量,并不是绝对有把握打赢战争。息国犯了这么多严重的错误,自己却全然不知,一意孤行。结果可想而知,息国遭到惨重失败,息国国君狼狈逃回。从此一蹶不振,终于被强大的楚国灭掉了。

后来人们从息国对郑国作战惨败的原因中总结出"冒天下之大不韪"这一谚语以警告后人。

◎ 拓展阅读

打破砂锅问到底 / 前三十年睡不醒,后三十年睡不着 / 强扭的瓜不甜 / 人不亏地皮,地不亏肚皮 / 没有不透风的墙

○ 品画鉴宝　青瓷带盖盘口壶·三国

盲人骑瞎马，夜半临深池

"盲人骑瞎马，夜半临深池"出自《世说新语·排调》。意思是说：瞎子和瞎马两种事物结合在一起，毫无目标感。后来人们常用来形容没有方向，盲目地乱撞，以至于使自己身陷危险的境地。关于这句谚语，有一个发生在东晋的故事。

东晋著名画家顾恺之，颇有才名，不但精通绘画，还擅长书法、辞赋。另外，他还是一个极其幽默风趣的人。他经常和掌握实权的桓玄、殷仲堪等一起谈辞论赋。

一天，顾恺之和桓玄在殷仲堪家中纵论古今。他们相约先说"了语"，用一句话表示事情结束。顾恺之说："火烧平原无遗燎。"这句话是以烧光为"了"。殷仲堪说："白布缠棺竖旒旐。"这句话以人死为"了"。桓玄说："投鱼深渊放飞鸟。"这句话以一去不复还为"了"。

期间，他们又以说"危语"相约，用一句话比喻很危险的形势。桓玄首先说："矛头淅米剑头炊。"其意思是说以很尖锐的矛头去淘米，以十分锋利的剑头去拨火，矛头就会刺穿淘米的箩，锅底也会被剑头戳破，危险啊！殷仲堪接着说："百岁老翁攀枯枝。"其意是百岁老人上树被挂在枯树枝上，很危险。顾恺之最后说："井上辘轳卧婴儿。"井上辘轳易滚动，婴儿躺在上面极其危险。

大家正说到兴奋处，忽然有一人插话道："盲人骑瞎马，夜半临深池。"双目失明的人，骑着一匹瞎马，又是伸手不见五指的夜晚，来到一个很深的水池边，这些都是十分危险的事情。殷仲堪听了这话说道："这确实太危险了！"顾恺之、桓玄等人不觉发笑。由于殷仲堪有一只眼睛失明，他对"盲人""瞎马"这类的词汇是十分敏感的。

◎ **拓展阅读**

冰冻三尺，非一日之寒 / 兵败如山倒 / 病急乱投医 / 秦岭山脉一条线，南吃大米北吃面 / 勤能补拙

楚霸王

"民以食为天"出自汉代班固《汉书·郦食其传》。此语是说百姓把粮食看作赖以生存的基础，说明粮食对于民众的重要性。现在常用来说明农业、粮食工作的重要。

秦朝灭亡以后，刘邦和项羽为了争夺天下，又展开战争。在彭城战役中，刘邦军队惨遭失败，退至荥阳、成皋以守为攻之后，汉军的军粮渐渐不足。荥阳西北的敖山有一座小城，城内有许多储粮仓库，敖仓是关东最大的粮仓，也是刘邦和项羽争夺的要地。

项羽猛攻荥阳，汉军形势岌岌可危，在敌强我弱的情况下，刘邦打算割让成皋以东地方给项羽，退守巩、洛一带，以便重新组织力量，再与楚军决战。

谋士郦食其知道了刘邦这个主意，反对说："做帝王的人要依靠人民作为他的后盾，民以食为天，敖仓是藏粮丰富的要地，而您却要放弃它，失去了这么有利的粮仓，对军队将造成极大的不利啊！"

刘邦经过一番思考，觉得郦食其言之有理，忙问："那么按照先生的高见，我应如何做呢？"

郦食其说："在这种情况下，千万不可退兵，大王只有组织力量，坚守荥阳，保住敖仓，丰粮足食才能振奋士兵的精神。"

刘邦采纳了郦食其的建议，最终取得了这场战役的胜利。

◎ 拓展阅读

擒龙要下海，打虎要上山 / 人往高处走，水往低处流 / 清明忙种麦，谷雨种大田 / 情人眼里出西施 / 穷家难舍，熟地难离

145

猛虎不如群狐

"猛虎不如群狐"出自《资治通鉴》。比喻一个集体的力量强于任何个人的力量。

南北朝时，南宋皇帝刘裕手下有一名大将叫王镇恶，是前秦丞相王猛的儿子。他智勇双全，能征善战，在北方有很多亲朋故友。这年刘裕亲自率将北伐，一路所向披靡，一直打到洛阳，其中王镇恶功劳最大。正在刘裕顺利进军眼看可以统一中国时，突然听到朝廷里发生重大问题，必须由他亲自回去解决。在赶回朝廷前，刘裕把统帅大权交给儿子。这时，大将沈田子劝告刘裕说："你最好把王镇恶带走，你儿子控制不了他。他是一只猛虎，况且在北方根基又深厚，如果他有叛变之意，那局势便不可控制了！"刘裕说："正因为他是一只猛虎，我才要留下他去抗击敌人。你们十几员大将都是我的心腹，有你们在，还怕什么王镇恶叛变？俗话说'猛虎不如群狐'嘛！你们注意些就行了。"说完，刘裕就离开军队回京去了。

其实王镇恶并无叛变的意思，反倒是沈田子多虑了。刘裕走后，沈田子诸大将却处处防范限制王镇恶，终于害死了他。王镇恶死后，整个北伐大军战斗力大减，最后遭到惨败，沈田子等人也阵亡了。

○ 品画鉴宝 青瓷灶·南北朝

◎ 拓展阅读

不经冬寒，不知春暖 ／ 好事不出门，恶事传千里 ／ 不可不算，不可全算 ／ 人不可貌相，海水不可斗量 ／ 百闻不如一见，百见不如一干

嫩草怕霜霜怕日，恶人还被恶人磨

"嫩草怕霜霜怕日，恶人还被恶人磨"出自《飞龙全传》第二十九回。意思是：你欺侮别人，还会被比你更恶的人欺侮。

赵匡胤有一匹宝马，由义弟郑恩去放，结果溜了缰，被一个团练韩教头的公子抢去了。店小二说："客官我劝你把此事歇了吧，莫说一匹马，就是十匹，总也要不回来的。"赵匡胤说："却是为何？"店小二说："这团练名叫韩通，此人拳棒精熟，两年前来到我们镇上，仗着武艺横行，我们做买卖的，他都要吃分门钱。他把刘员外家偌大一所庄子硬夺了做了住宅，自己称为团练教师，手下一二百个徒弟，又豢养些乡兵，常在外淫人妻女，诈人钱财。客官乃是异乡之人，怎好与他作对？"赵匡胤说："他的住处何在？"小二道："便在正南野鸡林，过去就是。"赵匡胤问完，便与郑恩赶去，果见好大一座庄子，便让郑恩叫骂引韩通出来。一会儿，庄门大开，拥出一群人来，两边雁行分开，中间一人，暴突金睛威武，横生裂眉凶顽。此人正是韩通。赵匡胤从林中跃出来，大喝道："韩通贼子，你在此地胡行，我怎的容你？"韩通猛吃一惊，后退一步，尚未看清来人，早被一扫脚棒打倒在地。赵匡胤只一脚踏住韩通胸膛，抡拳就打。郑恩叫道："二哥，这个横行生事的人留他何用？待老子几棍打杀他与百姓除害。"赵匡胤道："不可，且留这厮活口，别有话说。"那韩通的儿子及徒弟们欲待上前解救，一来见赵匡胤雄壮难斗，二来听说留活口，谅来性命无妨，于是一个个袖手旁观。正如俗谚说的："嫩草怕霜霜怕日，恶人还被恶人磨。"那韩通被打得几番昏迷，疼痛难当，只得出口求道："莫再打了，乞公子海量宽恕。"赵匡胤道："你既乞命，须听我吩咐：你从今日起，快快离了此地，把庄子交还原主，写一纸状，我便放你。"韩通要命只得依了，即日遣散徒众，当众百姓面写下状纸，还了庄园，抱头鼠窜而去。

◎ 拓展阅读

不怕路长，只怕心老 ／ 吃飞禽四两，不吃走兽半斤 ／ 挨着勤的没懒的 ／ 按下葫芦起来瓢

宁为玉碎，不为瓦全

"宁为玉碎，不为瓦全"一语出自唐李百药的《北齐书·元景安传》。意思是：宁可做玉器被打碎，也不做瓦器得到保全。比喻宁愿为正义而牺牲，也不愿苟且偷生，用以比喻自己的决心与主张。

南北朝时，北魏高欢依靠鲜卑势力，掌握了北魏兵权，北魏孝武帝元修出奔西安后，高欢另立东魏孝静帝元善见，自称大丞相，高欢的次子高洋（公元529—559）封齐王。高欢死后，高洋于武定八年（公元550年）废孝静帝，代魏自立，并于第二年把元善见和元善见的三个儿子都下毒毒死。他任用汉人，改定律令，修建长城，消除元氏异己，以酗酒、淫乱、残暴著称。

古时候，人们受天地感应思想的影响，对一些比较异常的自然现象非常重视，如日食、地震之类的事情，并认为是一种不吉利的征兆，一旦这类现象发生了，他们就会采取一些人为的措施去挽救。高洋代魏自立后的一年出现了日食的现象，高

洋非常害怕。由于高洋的皇位是从东魏元善见手里抢来的，他心里总不踏实，怕别人又从自己手上把皇位夺走，于是就去问一位亲信说："以前王莽夺取了汉朝的天下，为什么后来光武帝刘秀又能把天下夺回去了呢？"

那位亲信一听便摸出了高洋的心思，于是献谗说："这是因为王莽建立了新政权以后没有把刘姓宗室的人杀光。要是他当时把刘家宗室的人斩尽杀绝了，后来哪还能有刘秀呢？"高洋听信了谗言，就把元氏宗室近亲四十多家七百多口全部杀死了。

当时元氏宗亲无不惶恐，内部也发生了矛盾。北魏将军元景安主张改姓高氏以保存自己，陈留王元景皓反对，说："安有弃其本宗而从人姓者乎！大丈夫宁可玉碎，不为瓦全。"元景安一气之下，把这个话告诉了高洋，高洋把元景皓杀死后，还把其家庭成员遭送出去。北宋司马光《资治通鉴·陈纪·武帝永定三年》中也有基本相同的话："安有弃其本宗而从人之姓者乎？大丈夫宁可玉碎，不能瓦全。"

◎ **拓展阅读**

人无远虑，必有近忧 ／ 只有上不去的天，没有过不去的山 ／ 有一兴必有一败，有一利必有一弊 ／ 远亲不如近邻，近邻不如对门 ／ 越吃越馋，越困越懒

○ 品画鉴宝　斫琴图·东晋·顾恺之

149

宁为鸡口，不为牛后

　　"宁为鸡口，不为牛后"一语出自《史记》。意思是说：宁可做小而洁的鸡嘴，而不愿做大而臭的牛肛门。比喻宁愿在范围小的地方或者条件差的领域当一个领导，也不愿到范围大的地方或条件好的领域受制于他人。

　　战国中期，诸侯争霸，最终虽然形成了七雄各据一方、相互对峙的局面，但秦国的力量发展迅速，远远超过了其他诸侯国。当时各国之间，或者是为了称霸于天下，或者是为了保全自身，都在积极地寻求自己的盟友。几个弱小的国家联合起来共同抵抗秦国，称为"合纵"；一些弱小的国家投靠秦国，在秦国的保护下再去进攻其他国家，称为"连横"。因此历史上把这些活动称为"合纵连横"运动。

　　于这一运动相应而产生的是一批"纵横家"，他们学识渊博，通晓天下大事，对各国之间的优势劣势了如指掌。其中最典型的两位代表便是苏秦和张仪，他们受本国国君的委托，在各国之间奔走，利用自己的知识和口才去说服各国君主听从自己的主张。苏秦是主张"合纵"的代表人物，他不遗余力地奔走于各国之间，号召六国团结起来，一致抵抗秦国。

　　韩国方圆九百多里，到处是雄关险隘，还拥有几十万装备精良、英勇善战的军队，并且天下的强弓劲弩也多产自韩国。但韩国却屈服于强秦的压力，打算割地给秦国求和。苏秦知道后便来到韩国，求见韩宣惠公，以阻止韩国投靠秦国，而鼓动韩宣惠公参加合纵国，联合抗秦。

　　苏秦见到韩宣惠公后，先列举了一些韩国的有利条件，然后说："韩国以如此强大的实力，却向秦国割地求和，难道您不怕天下人笑话吗？秦国的欲望是没有止尽的，而韩国的土地却是有限的。以有限的土地去满足没有止尽的欲望，那韩国的结果会是什么样呢？"

　　韩宣惠公听了以后，觉得无可辩驳，便低头沉思起来。苏秦见他有点动心，就趁热打铁地说："有一句俗语叫作'宁可作鸡口，也不当牛后'，您放弃韩国如此优异的条件，而以臣子的身份侍奉秦国，这跟当牛后有什么不同呢？"经苏秦这么一通分析，韩宣惠公最终下定决心加入了合纵抗秦的行列。

◎ **拓展阅读**

不磨不炼，不成好汉 ／ 清官难断家务事 ／ 在家千日易，出门一时难 ／
买卖不成仁义在

男大当婚，女大当嫁

"男大当婚，女大当嫁"是一条惯用俗语，意思是说：男子长到了一定的年龄就应当娶妻生子，女子长到一定年龄就应当嫁人成家了。这也是人类社会生存发展的基础，有着重要的社会和自然的意义。早在三千多年前，《诗经·周南》中就表达了"所贵婚姻以时"的观点。

只有男女组成家庭，繁衍生息，人类才得以一代代传下来，也才有了生产实践等一切活动。从伦理上说，只有男女结合，才能享受天伦之乐。从生理上说，男女长大成人，性发育已成熟，也应该谈婚论嫁了。

◎ **拓展阅读**

知足得安宁，贪心易招祸 / 直木先伐，甘井先竭 / 山大压不住泉水，牛大压不死虱子 / 人心换人心，八两换半斤

○ 品画鉴宝　岁寒图·明·钱贡

151

能者多劳

"能者多劳"出自《庄子·列御寇》。原文为"巧者劳而智者忧，无能者无所求，饱食而遨游。"本意为弃绝巧智，主张清静无为，否定"能者"，认为他们是自寻烦恼。现通用为有才能的人就多劳累些，带有敬佩、赞许之意。

《红楼梦》第十五回写道：

馒头庵老尼净虚包揽诉讼，请凤姐帮忙，本来协理宁国府已经很忙了，但王熙凤经净虚以话相激，于是答应下来。净虚又顺势奉承："这点子事，在别人的跟前就忙得不知怎样，若是在奶奶的跟前，再添上些也不够奶奶发挥的。只是俗语说的'能者多劳'。"作者以这一谚语，刻画出了老尼惯于察颜观色，世故狡猾，善于把握凤姐心态，掌握说话尺度的神情。同时也间接反映了凤姐争强好胜、爱揽事、喜听奉承的性格特征，真是一石双鸟。

◎ 拓展阅读

劳动出智慧，实践出真知 ／ 人心齐，泰山移 ／ 若要健，天天练 ／ 人有失手，马有失蹄 ／ 不怕百事不利，就怕灰心丧气

"宁为太平犬，莫作离乱人"这个谚语出自《醒世恒言·白玉娘忍苦成夫》，形容处于乱世中的人们对太平盛世的怀念。这里有段关于这个谚语的故事。

宋末元初，兵连祸接，人民生活在水深火热之中。有一个叫程万里的官宦子弟，去江陵投奔亲友，路上遭遇元军。程万里逃避不及，被元兵俘虏，送给大将张万户为奴。张万户把掳来的男女带回家中，挑拣强壮的留下一些，其余的全被卖掉。张万户把留下的奴婢集合起来训话，说："你等或有父母妻子，料必死于乱军之中，你们幸亏遇着我，若逢着别人，早已死去多时了。今晚分配妻子给你们，今后安心在此，勿生异心。"晚上果然把掳来的妇女，胡乱一人分配一个，此情此景，令人伤怀。

有一个叫白玉娘的女子被分配给程万里，玉娘乃宋将之女，父亲为国捐躯，在混乱中她被元兵掳来做了奴婢。白玉娘知书达理，非常有志气，苦劝程万里逃脱出去，以免在此终身为奴，结果被张万户发觉，就把她转卖出去，玉娘后来做了尼姑。程万里后来逃离张万户家，辗转回到南宋领地，之后做了大官。为了感念白玉娘，程万里一直未娶。后来时局逐渐安定，程万里千方百计找到了白玉娘，虽然一别就是二十来年，但两人相爱之心没有丝毫改变，终于得以团圆。

◎ **拓展阅读**

早看东南，晚看西北 / 好事不瞒人，瞒人没好事 / 日长事多，夜长梦多 / 山高树高，井深水凉

鸟瘦毛长，人穷志短

"鸟瘦毛长，人穷志短"出自《警世通言·赵春儿重旺曹家庄》。意思是说，人到穷困之时，办法也少，思维也不敏捷了。

扬州城外有一曹家庄，庄主曹太公只生一子曹可成。曹可成才华出众，是个监生，只是不会持家，挥金如土。太公知他浪费，平日自己紧管钱财，不与曹可成乱用。曹可成就瞒了父亲，私下里将田产抵押，换来银子挥霍。本地有个妓女叫赵春儿，与曹可成日渐相好。曹可成偷了父亲五百两银子将春儿赎身，平时也常拿出大把银子供她花费。

后来，曹太公一病身亡，债主都来算账，把曹家祖业田房尽行盘算去了。曹可成孤身无靠，一无所有，权且在坟堂安身。旧时酒肉朋友、亲眷更是没有一人上门探问资助，境况甚是凄惨。赵春儿得知，便送白银百两给他。谁知他恶习不改，仍去与一般闲汉胡吃海喝，不过数日，银两散尽，又有一顿没一顿了。有人撺掇他说："你在春儿身上花过几千两银子，她是你出钱赎身的，何不向她追回身价？"可成道："当初是我自愿，今日如何翻脸？"春儿闻得，知其心肠好，于是等三年丧满后，与曹可成结为夫妻，凑出三百两银子交与曹可成去经营买卖。曹可成散漫惯了，银子不多时就用完了，又去问春儿要，春儿气极而泣，将箱笼钥匙交付丈夫，由他自用。自此日始，春儿朝暮纺绩自食。曹可成坐吃山空，不到一年又用光了。又过几时，没饭吃了，便自叹道"鸟瘦毛长，人穷志短"，只得聚集十来个村童，教书度日，终日粗茶淡饭，渐渐也习惯了，便不再留恋昔日的豪侈生活。春儿又时常数说，追思往事，悔之无及，如此苦熬十五年。

一日半夜，春儿醒来，见曹可成哭泣不止，问其缘故，才知他白天见往日一般的监生都补授了官职，反思自己选期早过，却没钱打点，悔恨不已，又愧对妻子，是以深夜悲泣。春儿见他真个悔悟，于是将地下埋藏的银子约千余两挖出，交付曹可成。曹可成想她十五年绩麻吃素，为自己守下这许多银子，又感激又羞愧，痛哭失声。曹可成将银子打点，选了同安县二尹（副县官），只因他饱历世故，深知甘苦，不久便宦声大振，后直升至知府，重振了曹家家业。

◎ **拓展阅读**

若要不怕人，莫做怕人事 / 打如意算盘 / 若要断酒法，醒眼看醉人 / 不怕穿得迟，就怕脱得早

154

"驽马并麒麟，寒鸦配鸾凤"这个谚语常用来形容两种事物或两个人才能差别很大，不可能相提并论。《三国演义》第三十六回讲述了这样一个故事：

三国初期，刘备得徐庶辅政，势力蒸蒸日上，这引起曹操嫉妒，因此命人把徐庶的母亲"请"到许都，软硬兼施逼她把儿子招到自己的幕下。徐庶是远近有名的孝子，听说母亲被抓到曹营，心如刀割，立刻向刘备告假，打算即刻启程去探望母亲。不得已，刘备只好设宴相送，两人都很悲伤。徐庶说："听说老母被曹所因，即便山珍海味也难以下咽。"刘备说："听说先生将离我而去，如失左右手，即使龙肝凤胆，也吃不出味道来。"两人相对无言，泪水涟涟，一直坐到天亮。次日，刘备依旧不忍分离，送了一程又一程。徐庶告辞说："送君千里，终有一别，使君别送了。"刘备就坐在马上，抓住徐庶的手，说："先生这一走，不知什么时候才能再见？"说罢泪如雨下。徐庶也泣涕而别。刘备立马凝目而望，目光却被一树林隔断，他用鞭指着树林说："我要把这片树林全部砍掉，它为什么要阻断我看徐庶先生的视线呢？"

正在这时，忽然看见徐庶拍马而回，刘备非常高兴："徐庶又回来了，难道他不想去了吗？"欣然拍马相迎，问道："先生此回，一定有什么打算。"徐庶说："我因为心中比较混乱，忘了告诉您一件事：这一地带有个名士，就住在襄阳城外二十里的隆中，使君为什么不去把他请来呢？"刘备说："这个人和先生您的才能相比如何呢？"徐庶说："我和他相比，就像驽马和麒麟，寒鸦与鸾凤相比。这个人有经天纬地之才，是难得的奇才。"刘备大喜道："请先生详细告诉我。"徐庶说："这个人是阳都人，复姓诸葛，名亮，字孔明，和我一起在南阳种地，他住的地方名叫卧龙冈，自号'卧龙先生'。使君您若能屈尊枉驾求见他，必能得此人辅佐，那么平定天下就是迟早的事了。"刘备高兴得差点跳起来，说："如果不是听到先生的话，我真是有眼无珠啊！"后人有一句称赞徐庶走马荐诸葛的诗："片言却似春雷震，能使南阳起卧龙。"

◎ **拓展阅读**

人要实心，火要空心 / 善恶不同途，冰炭不同炉 / 撒网要撒迎头网，开船要开顶风船 / 三百六十行，行行出状元 / 有车就有辙，有树就有影

赔了夫人又折兵

"赔了夫人又折兵"一语出自罗贯中《三国演义》，孙权与周瑜设下计谋，本想消灭刘备，结果不仅把孙权的妹妹赔了进去，还损失了不少兵马。后人便用此语比喻本想机关算尽占点便宜，结果反而弄巧成拙，鸡飞蛋打，最后受了双重损失的情形。

据《三国演义》所述，孙权与刘备联合对抗曹操，火烧赤壁之后，刘备占据了荆州。但孙权和周瑜认为荆州应归东吴，只是中了诸葛亮的计谋才让刘备占去的，很不服气，于是就派鲁肃去向刘备讨要荆州。但诸葛亮能言善辩，据理力争，鲁肃不仅没有要回荆州，反而受了诸葛亮的一通奚落，碰了一鼻子灰，空着手回到了东吴。

孙权和周瑜听后非常气恼，决计要夺回荆州。正好当时传来消息说刘备的妻子甘夫人死了，周瑜认为这是天赐良机，可助东吴要回荆州，就想出了一条计谋。

原来，孙权有一个同父异母的尚未出嫁的妹妹，周瑜想趁刘备死了夫人的机会，假意向刘备提亲，把刘备骗到东吴，扣下来当人质，然后逼诸葛亮用荆州来换刘备。

孙权迫切地想讨回荆州，又没有别的办法，就同意了这个计谋。于是东吴又派出鲁肃到荆州去向刘备提亲。诸葛亮一听，就猜出了周瑜的计谋，于是他将计就计，答应了这门亲事，派赵云陪同刘备去东吴招亲。

刘备与赵云到了东吴，按照诸葛亮的安排，大肆宣扬，弄得东吴满城风雨，上上下下都知道孙权将妹妹许给了刘备。刘备还去拜访了在东吴很有影响的乔国老，并给他留下了很好的印象。又通过乔国老打通了孙权的母亲吴国太，并讨得了国太的欢心。结果，吴国太与女儿都很喜欢刘备，于是国太做主婚的把女儿嫁给了刘备，还处处袒护刘备。孙权的妹妹嫁给刘备之后，与刘备非常恩爱，更是时时刻刻护着丈夫。

孙权和周瑜见弄巧成拙，气恼异常。孙权是孝子，因为有吴国太护着，所以他拿刘备一点办法也没有，真是有苦说不出。但周瑜岂能就此死心？看到刘备安于享乐的样子，他又与孙权谋划出一条计策——尽量满足刘备的要求，尽可能地给他提供奢侈的条件，让他安逸享乐，以消磨他的意志，同时疏远他与诸葛亮、关羽、张飞等人的关系，如此取回荆州便很容易了。

但周瑜与孙权的如意算盘没有逃脱诸葛亮的眼睛，他一步步地给赵云安排好了应付的办法。赵云依计而行。一天，他告诉刘备说曹操又进犯荆州了。刘备一听，顿时着急起来。好在当时孙夫人对他已是言听计从，于是他们夫妇二人合议，决定不辞而别，瞒着孙权和周瑜一道回荆州。

直到他们一行离开以后，周瑜才得到消息，他气急败坏地马上派人追赶，却又中了诸葛亮的计。原来诸葛亮料到周瑜要来追赶，于是在中途安排下伏兵，周瑜的兵马中了埋伏，损失很多。周瑜又亲自率领水军去追，但刘备已安全过江，被诸葛亮接回了荆州。这时，诸葛亮又让兵士们齐声高喊："周郎妙计安天下，赔了夫人又折兵！"把周瑜气了个半死。

◎ 拓展阅读

打铁还需本身硬 ／ 三分靠教，七分靠学 ／ 宁叫嘴受穷，不叫病缠身 ／ 牛不知角弯，马不知脸长 ／ 人在世上炼，刀在石上磨

皮之不存，毛将焉附

"皮之不存，毛将焉附"一语出自《左传·僖公十四年》，意思是说皮都没有了，毛往哪里依附呢？比喻事物失去了借以生存的基础，就没有存在的可能了。

据《左传·僖公十四年》记载："秦饥，使乞籴于晋，晋人弗与。庆郑曰：'背施无亲，幸灾不仁，贪爱不祥，怒邻不义。四德皆失，何以守国？'虢射曰：'皮之不存，毛将焉附？'"。这里讲的是晋国的一个故事：

春秋时晋国发生内乱，公子夷吾被迫逃亡。后来秦国帮助夷吾回国即位，即晋惠公。晋惠公在秦国避难时曾许下诺言，说如果秦能帮他回国即位，登基后就割五座城池作为报酬。但等到秦国帮他成事之后，晋惠公却不想履行诺言了。对此，秦国并没有为难他。

有一年，晋国遭灾闹饥荒。晋惠公没有别的办法，只好又向秦国求援。秦国不计前嫌，卖给晋国好多粮食以渡过难关。

过了一年，秦国也遭灾闹饥荒了，于是向晋国求助。但晋惠公却不想帮忙。晋大夫庆郑认为晋惠公的做法不妥当，便劝晋惠公说："我们第一次失信于秦国，秦国不予计较。但这一次如果还不受恩图报，一来会激怒秦国，再者也会失信于天下，将来恐怕会对晋国不利的。"

但晋惠公的舅舅大夫虢射却说："上次我们没有割城给秦国，已经和秦国决裂了。这次答应卖粮给秦国，并不能从根本上弥补两国的裂痕。这好比没有皮了，有毛也无处附着，干脆毛也不要了，一不做，二不休，这次也还是别卖粮食给秦国。"

庆郑听了非常着急，反驳说："和秦完全断绝了关系，那以后有了困难谁帮我们呀？这不是自取灭亡吗？"

虢射却振振有词地说："卖粮食给秦国，帮它恢复了元气，它不是就更有力量来对付我们了吗？"

晋惠公采纳了虢射的主意，没有卖给秦国粮食。后来秦晋交兵，晋惠公被俘。

◎ **拓展阅读**

砂锅不捣不漏，木头不凿不通 ／ 山大无柴，树大空心 ／ 雷公先唱歌，有雨也不多 ／ 山外有山，天外有天 ／ 闪光的不全是金子

平时不烧香，急来抱佛脚

这个谚语出自明朝张世南的《宦游记闻》。本意是指祈求佛祖保佑，后来人们常用来形容那些平时不努力工作或学习，事到临头仓促上阵或报侥幸心理的人。

传说在位于云南以南的地方住着一个笃信佛教的民族，在他们那里有一条奇怪的法律：倘若一个人犯了死罪，只要跑到庙里抱住佛脚表示悔过，不管此人平时是否信教，都可以赦免死罪。人们称之为"平时不烧香，急来抱佛脚"，这句话传到我国其他地区，成为一条非常流行的谚语。

还有一则关于"抱佛脚"的趣闻，载于宋朝人所撰的《中山诗话》。

北宋著名政治家、文学家王安石，一日与几个朋友闲聊。当他们谈及佛经时，王安石不禁心动，感慨万分，想到多少年来为国尽忠，大兴改革，呕心沥血，推行新政，可是仍不见有多大成效。佛经讲四大皆空，看来果真如此，不觉随口念道："投老欲依僧！唉，我真的老了，也该与和尚去做做伴了。"

话音刚落，旁边有人紧接着说了一句："急来抱佛脚！"王安石寻声看去，原来是一位与自己政见不合的人，他明白那人的用意，心中很是不悦，说道："我这'投老欲依僧'是一句古诗！你的'急来抱佛脚'从何而来？"

那人答道："你的'投老欲依僧'是一句古诗，我这'急来抱佛脚'却是一句谚语。你上句去'投'（头），我下句去'脚'，就成了'老欲依僧，急来抱佛'，难道不是一副妙对吗？"

王安石虽对那人的冷嘲热讽甚为不满，然而细细想来，顿觉也有道理，禁不住笑了起来。

◎ 拓展阅读

若要好，大让小 / 水大漫不过船，手大遮不住天 / 善恶随人作，祸福自己招 / 上顿不吃饱，下顿省不了 / 烧的香多，惹的鬼多

160

这两句谚语在民间流传很广，意思是说：人们不应该忘记在贫贱窘困时结交的朋友；与自己共患难的妻子，不管随着环境的变化自己变得多么富有，也不应该嫌弃她。"糟糠之妻"就是指人在贫困时曾一起吃糟糠的妻子，也就是说共患难的妻子。后来人们常用这两句话形容人要善待与自己一起共患难的伴侣，即便有一天自己变得富贵了，也要一如既往地好好对待她。这里有一个汉代的故事。

汉光武帝时期，有一个名叫宋弘的官吏，为人刚正而不徇私情。当时光武帝非常需要一个博学广识的人随侍身边，以备参谋，宋弘于是将桓谭推荐给光武帝，并说："桓谭的学识不亚于扬雄和刘向。"因此光武帝就让桓谭做给事中，专门在其身边当顾问，每逢宴会，都让桓谭鼓琴，然而桓谭经常用比较轻佻的郑国音乐去讨好光武帝。宋弘听说这件事后，马上让桓谭来见他，斥责他不该将不好的音乐给皇帝听。同时又立即向光武帝谢罪，说："我推荐桓谭是希望以其忠正辅导正室，现在满朝中听到的都是郑国的乐声，这真是我的罪过。"光武帝马上斥退了桓谭，并说这与宋弘无关，自此对宋弘更加器重。

当时，光武帝的姐姐湖阳公主死了丈夫，她非常敬佩宋弘。光武帝明白姐姐的意思后，就单独召见宋弘，对他说："常言道：一个人地位高了，就能改交另一批高贵的朋友；一个发了财的人，就要将原来的妻子换个新的。你觉得这是人之常情吗？"宋弘说："我听说一个人在贫贱时交的朋友，不应该忘记；和自己共患难的妻子，不管将来自己变得多么富有，也不应该将她遗弃。"光武帝和公主听后，没有办法，只好放弃了自己的打算。

◎ 拓展阅读

失之毫厘，谬以千里 / 少不惜力，老不歇心 / 多下及时雨，少放马后炮 / 奢者富不足，俭者贫有余 / 山有高低，水有深浅

161

捧不起的刘阿斗，扶不直的井绳儿

这个谚语与三国时期蜀后主刘禅有关。

三国后期，蜀主刘备临终前托孤并留下遗嘱，希望儿子刘禅继承帝位后，"勿以恶小而为之，勿以善小而不为，惟贤惟德，能以服人"，并希望刘禅以尚父之礼善待诸葛亮。这个刘禅就是历史上的 "蜀后主"。

后主平庸少才略，军国大事一律交诸葛亮处理。诸葛亮"恐托付不孝，以伤先帝之明"，因此，心怀"鞠躬尽瘁，死而后已"的思想，整顿内政，外抚夷越，为国竭忠尽智，辅佐后主治理朝政。先是七擒孟获，征服了南方少数民族的叛乱，后又六出祁山，连年北伐，以图"兴复汉室，还于旧都"。

但是，后主刘禅宠信宦官黄皓等，整日吃喝玩乐，疏于朝政，国势日趋衰微。诸葛亮一心为国，忧劳成疾，在最后一次北伐中病死，刘禅从此失去了治理国家的栋梁。公元263年，魏国兴兵攻蜀，58岁的后主弃城投降，还命令蜀军放弃抵抗。

刘禅被押往洛阳后，司马昭没有马上处死他，而是封他为"安乐王"，并赐他美宅美婢，刘禅很是高兴。

司马昭为了试探刘禅的心思，特地设宴款待刘禅君臣，并以蜀国歌舞助兴。蜀国故臣旧吏们听到了昔日熟悉的歌舞声，无不恸哭，而刘禅却若无其事，听得津津有味。司马昭故意问他是否思念成都，他却傻傻地笑着说："此间乐，不思蜀。"在他身旁的一个老臣听了，深感这话有失体面，便求见刘禅说："如果有人再问您，您应该流着泪，难过地对他说：'祖宗的坟墓在蜀国，我如何不想呢？'"不久，司马昭又问他想不想蜀国，刘禅就把那个老臣教他的话原封不动地重复了一遍，因为流不出眼泪，就闭上眼睛，装出十分难过的样子。司马昭听后问他："您的话听来好像与您的一位老臣说的一样呢？"刘禅赶紧睁开眼睛说："这就是他教给我的。"司马昭看到刘禅的这副尊容，也就不再去管他了。刘禅乳名叫"阿斗"，因此，大家就把那些不争气、没出息的人说成是"捧不起的刘阿斗，扶不直的井绳儿"。

◎ **拓展阅读**

舍不得苗，抱不到瓢 ／ 射人先射马，擒贼先擒王 ／ 强中更有强中手，能人背后有能人 ／ 日里不做亏心事，半夜敲门心不惊

"清官难断家务事"是一句流传久远的俗语。明代作家冯梦龙的《古今小说·滕大尹鬼断家私》、清代曹雪芹的《红楼梦》中都用"常言道""俗语说"引用过此语。因为家庭琐事本来就没有标准，你长我短，无法做出公平的决断，也不能使各方都心服口服，无从断言孰是孰非。人们常用清官难断家务事来比喻外人难以搞清楚的一些家庭纠纷。

关于这句谚语的由来，还有这样一个故事。相传，宋朝有一位县令叫赵秉公，他为官清廉，断案有方，在当朝颇有清名，是有口皆碑的清官。

一天，赵秉公的一位同窗好友到县衙来看望他，问他说："听说你断刑律命案很有一套，不知你对民事家务是否能断？"赵秉公听了说："民事家务只不过是些鸡毛蒜皮的小事，又有何难，不妨说来一试。"

同窗于是给他讲了一个故事，让他给断一断。原来他们乡里有一老汉姓张，膝下有两个儿子，一家人勤俭节约，和和睦睦，生活过得还算富裕。两个儿子长大以后分别娶妻生子，家庭成员越来越多。时间长了，难免磕磕碰碰，后来两个儿子都提出来要分家另过。可张老汉喜欢儿孙绕膝，不同意分家。但两个儿媳之间总闹别扭，吵吵嚷嚷也很烦人。后来老汉也没办法，那就分吧。张家一共有两处宅院，二十亩田地，你来给提个分家的方案吧。

赵秉公听完毫不思索地说："这样最好分不过了？两个儿子平均分配。一人一处宅院，一人十亩田地，不是很公平吗？"

但朋友却说这样分不尽合理，因为大儿子有三个儿子，且都已成人，但二儿子只有一个尚未成人的儿子。大儿子家人多，二儿子家人少，这样分岂不对大儿子不公平吗？

赵秉公听后说："说的也是，爷爷有子，个个有份，都是老汉的孙子，那就按儿子人数分宅院，按孙子人数分田地，一个孙子五亩地，老大家共分15亩，给老二留五亩。"

但朋友听后说这样分还是不尽合理。因为地和宅院都分给了儿子，那老汉住哪儿呢？又由谁供养他呢？老汉落了个一无所有，这岂不是使儿孙不孝吗？

"那要这样说的话，国人一向崇尚四世同堂，五世其昌，老人都喜欢团团圆圆，干脆还是不分为好啊！"赵秉公回答道。

朋友一听笑着说，刚才我给你讲了一件事情，你却断了三个结果，究竟哪个算断得公正呢？这还不说，事情还没完呢。一年以后，老汉的二儿子又得病死了，二儿媳守着一个未成年的孩子生活十分艰难，心想再嫁。但张老汉却认为有吃有住，不同意她改嫁，你说该不该再嫁呢？

清官难断家务事

赵秉公回答说:"女子在家从父,出嫁从夫,夫亡从子。按'三从'的道理来说,她当然不应改嫁了。"但朋友却说前朝和当朝的公主,守寡后都有改嫁的,为什么一个农妇就不可改嫁呢?这样断岂不有失公允吗?

赵秉公一时也回答不上来了,于是朋友笑着说:"都说你是个清官,可见清官也难断家务事啊!"

于是,"清官难断家务事"就这样流传开了。

◎ 拓展阅读

山中无老虎,猴子称大王 / 绳锯木断,水滴石穿 / 人争一口气,佛争一炷香 / 三早抵一工,三补抵一新

○ 品画鉴宝
药山、李翱问答图·宋·马公显

164

千里之行，始于足下

　　"千里之行，始于足下"一语出自《老子》第六十四章："合抱之木，生于毫末；九层之台，起于累土；千里之行，始于足下。"意思是说：合抱粗的大树，生长于细小的萌芽；九层高的大土台，是从一堆堆泥土筑起的；千里之遥的远行征程，必须从脚下的第一步开始。说明一切事物都有一个发展的过程，因此做事必须从头开始，逐步积累，才能取得成功。

　　老子从"大生于小"的观点出发，阐述了事物发展变化的规律。他通过合抱之木、九层之台、千里之行这些大、高、远的事情，都是从毫末、土堆、足下开端的这些事实，形象地说明了大的东西无不是从细小的东西发展而来的。这就告诫人们，无论做什么事情，都必须具有坚强的毅力，从小事做起，才有可能成就大事业。

◎ 拓展阅读

省吃餐餐有，省穿日日新 / 失败是成功之母 / 虱多不痒，债多不愁 / 千里之堤，溃于蚁穴

165

骑虎者势不得下

"骑虎者势不得下"出自《资治通鉴·后唐庄宗同光三年》。比喻做事过程中遇到困难、危险却欲罢不能的状况，好像骑在虎背上不能下来。

五代时，后唐庄宗的枢密使郭崇韬足智多谋，刚正不阿，忠于庄宗，敢于冒死进谏纠正皇帝的错误。有一年夏天，酷热难耐，庄宗说："这么热的天气，我想建座别墅避一避暑。"郭崇韬说："皇上如果认识到强敌未除，一心对敌，自然就不觉得热了，何必修别墅呢？"皇帝十分不快，别墅也就没修。

庄宗打算安葬太后，去陵墓的路上有一座桥年久失修，皇帝大怒，要杀该县县令罗贯。郭崇韬说："罗贯罪不至死，您因怒杀一县令，属用'法'不当。"庄宗大怒，说："你既然爱他，你就看着办吧！"说完站起来就走，郭崇韬跟着解释，庄宗不听，关闭殿门，把郭崇韬关在门外，第二天还是把罗贯杀了。

庄宗宠幸宦官，这些家伙无恶不作，郭崇韬对庄宗的儿子说："您将来继位，这伙宦官应全部赶走，专用读书明礼的正经人！"这话被宦官们知道了，宦官们对他恨之入骨。于是有人对郭崇韬说："谚云'骑虎者势不得下'，现在皇帝忌恨你，宦官们也恨你，所有不正派的人都在咒骂你，你怎么办呢？"郭崇韬打算辞去一切职务，不干了。于是又有人对他说："不能辞啊！你今日辞了职，明天就大祸临头。俗谚说：'蚊龙失水，蝼蚁足以制之。'辞不得啊！"郭崇韬只好干下去。同光三年（公元925年），郭崇韬奉命平定了四川叛乱，坏人们乘他不在京城，天天进谗言，最后皇后派亲信入川，把郭崇韬杀了。十年后，后唐也就亡了。

○ 品画鉴宝　执壶·五代

◎ 拓展阅读

事莫做绝，话莫说尽　/　是草有根，是话有因　/　不怕乱如麻，只怕不调查　/　人中有吕布，马中有赤兔　/　三人同行，必有我师

"庆父不死，鲁难未已"一语出自《左传·闵公元年》，也作"不去庆父，鲁难未已""庆父不去，鲁难未已"。意思是说如果不除去庆父，鲁国的灾难是不会终止的。指不清除制造内乱的罪魁祸首，国家就不得安宁。人们也常把制造内乱的人比作庆父。

春秋时鲁国国君鲁庄公有三个兄弟，即庆父、叔牙和季友。庄公和季友是一母同胞的亲兄弟，庆父和叔牙是另一个母亲所生的。因而兄弟四人就此分成两派，其中庆父最为专横，他拉拢叔牙为党，一直蓄谋争夺君位，并与鲁庄公的夫人哀姜私通。

鲁庄公三十二年（公元前662年），庄公病重，因为夫人哀姜没有生子，即无"嫡嗣"，便从"庶子"中议立。庄公共有四个妻子，除夫人哀姜外，其余三个各生一子：般、申和开，公子般是庄公的大儿子。庄公先同叔牙商量，叔牙因受了庆父的收买，因而说："庆父有才，最好让庆父继任。"庄公征求季友的意见，季友表示誓死扶持公子般为国君。

庄公死后，季友为了阻止叔牙支持庆父，便假传国君的命令，派人扣押了叔牙，并且送药酒叫他自杀身亡。在季友的支持下，般当上了国君。

但庆父并不甘心，般继位不到两个月，庆父便与哀姜密谋，派马夫鞁暗杀了般。季友虽然知道事情的真相，但是考虑到自己没有力量对付庆父，于是暂时逃到陈国去躲避。庆父为了掩人耳目，另立哀姜妹妹叔姜的儿子开（当时只有八岁）当国君，后称鲁闵公。

鲁闵公的舅舅是当时诸侯的霸主、齐国的国君齐桓公。鲁闵公继位，齐桓公当然支持，于是他帮助季友回鲁国做了国相，辅助年幼的开，并于闵公元年（公元前661年）冬天，派大夫仲孙到鲁国访问，以探虚实。当时，庆父与哀姜勾结，荒淫无耻，肆无忌惮，而且野心越来越大，不但造成了极大的混乱，也给人民带来了严重的灾难。仲孙在鲁国了解到这种情况后，回国向齐桓公报告："不去庆父，鲁难未已。"不出所料，第二年，庆父又指使一个叫龅的人杀了鲁闵公，想自当国君。于是季友就带着申又逃到邾国暂避。

两年之内，鲁国两个国君被杀，使鲁国的局势陷入了严重的混乱之中，百姓们对庆父恨之入骨。季友在邾国乘此机会发出文告，号召鲁国百姓声讨庆父。鲁国人一向信服季友，于是国人响应，一致起来反对庆父。庆父在鲁国待不下去了，就逃到莒国去了。

于是季友带着申回到鲁国，由齐桓公来定君位，立了申为鲁国国君，即鲁僖公。鲁僖公继位后，知道庆父的存在对鲁国仍是个威胁，于是他采纳季友的主意，派人送礼物到莒国去，请莒国国君遣送庆父回国。庆父自知罪孽深重，走投无路，在归国途中自杀了。鲁国的内乱才得以真正平定。

◎ **拓展阅读**

日里闲游，夜里熬油 ／ 是饭充饥，是衣遮体 ／ 一针不补，十针难缝 ／ 是金子总会闪光的 ／ 无事嫌夜长，有事嫌日短

穷当益坚，老当益壮

"穷当益坚，老当益壮"出自《后汉书·马援传》："丈夫为志，穷当益坚，老当益壮。"是说人在穷困的时候容易犯错，所以更应该提高警惕，坚持气节。到老年以后也不要倚老卖老，还应该奋发向上。形容有志之士，可以排除一切困难，在任何情况下都能保持志向与节操，干出一番事业来。

马援（前14—公元49），字文渊，扶风茂陵（今陕西平陵西）人，东汉著名军事家，曾为新莽新城大尹（汉中太守），后依附陇西隗嚣，终归刘秀。汉光武帝建武十一年（公元35年）任陇西太守，破先零羌，后任虎贲中郎将等。建武十七年（公元41年）任伏波将军，镇压交趾征侧、征贰起义，封安息侯。在进击西北羌人、北方匈奴、乌桓、南方蛮夷及交趾等战争中建立威名。建武二十四年（公元48年）病死于南征五溪蛮的军中。精于相马术，著有《铜马相法》。

马援"少有大志，诸兄奇之"。十二岁父母双亡，马援随长兄马况至河南，长大成人，辞别长兄，欲到边郡从事田牧。马况鼓励他说："汝大才，当晚成。良工不示人以朴，且从所好。"长兄病故后，马援守丧，不离墓地。马援官至郡督邮时，有一年送囚徒至司命府，放跑了重罪的囚徒，深知自己犯了大罪，便逃亡到北地郡。后来朝廷大赦，马援便留在了当地放牧，因为懂得经营之道，家中渐渐富足起来，拥有牲畜数千头，谷数万斛，依附他的人很多。马援常对宾客说："丈夫为志，穷当益坚，老当益壮。"既而叹道："凡殖货则产，贵其能施赈也，否则守钱虏耳。"

◎ **拓展阅读**

明枪易躲，暗箭难防 / 莫馋人富，莫嫌人穷 / 宁在锅里争，不在碗里争

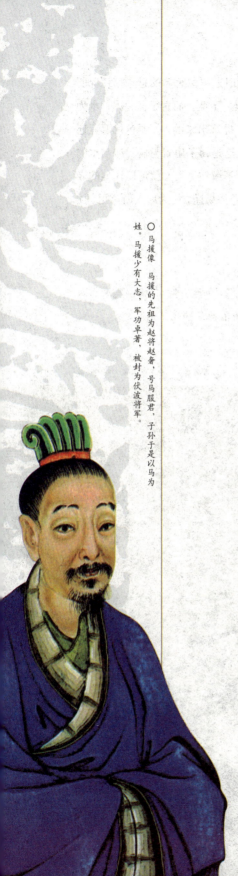

○ 马援像　马援的先祖为赵将赵奢，号马服君，子孙于是以马为姓。马援少有大志，军功卓著，被封为伏波将军。

169

青出于蓝，而胜于蓝

"青出于蓝，而胜于蓝"，一语出自战国时期赵国著名的思想家荀况所著《荀子·劝学》篇："学不可以已。青，取之于蓝，而青于蓝，冰，水为之，而寒于水。"意思是说：靛青是从蓼蓝中提炼出来的，但颜色比蓼蓝还要深；冰是水凝结而成的，但比水还要冷。这是荀子用青与蓝、冰与水的关系来比喻学生如果能用功研究学问，坚持不懈地努力，就可以比他的老师更有成就。由于荀子这几句话形象深刻，通俗易懂，便为后人所常用。比喻学生超过老师，后辈胜于前辈。

◎ 拓展阅读

吃定心丸 ／ 日日行，不怕千万里；常常做，不怕千万事 ／ 物以类聚，人以群分 ／ 儿大不由爷，女大不由娘 ／ 手怕不动，脑怕不用

○ 品画鉴宝　柳下眠琴图·明·仇英

"亲者所痛，仇者所快"出自汉朱浮的《与彭宠书》。意思是说：做事不要使自己人痛心，使敌人高兴。指某种举动只利于敌人，不利于自己。

朱浮字叔元，沛国萧人。当初跟随光武帝刘秀，被封为大司马主簿，迁偏将军。彭宠，字伯通，与朱浮都是汉光武帝刘秀的将军，都为东汉政权的建立立下了汗马功劳。彭宠为人自负，以为应当封王，对只让自己做个太守（渔阳太守）很失望。当时渔阳郡（今北京以东、天津以北的唐山地区一带）归幽州管辖（今河北、辽宁都属于旧幽州地），彭宠对自己居于朱浮之下（朱时任幽州牧）很不满意。于是处处与朱浮作对，以泄私愤。后来，朱浮把彭宠的不满情绪秘密报告了刘秀，刘秀便召彭宠回京。彭宠知道详情后，非常愤怒，拒不奉召，并且发兵进攻朱浮。朱浮便写了一封劝告彭宠的信，即《为幽州牧与彭宠书》。

写信的目的是劝彭宠悬崖勒马，停止反叛朝廷。信的首段点明信的用意：劝其勿为"灭族之计"。接着从性质上指出其行为有悖礼义。最后分析结果，明确指出定将失败的结局。从意义上说，如果定要作乱，则必会留下千古骂名。信的最后一段是：

方今天下适定，海内愿安，士无贤不肖，皆乐立名于世。而伯通独中风狂走，自捐盛时。内听骄妇之失计，外信谗邪之诼言，长为群后恶法，永为功臣鉴戒，岂不误哉！定海内者无私仇，勿以前事自误。愿留意顾老母幼弟。凡举事，无为亲厚者所痛，而为见仇者所快。

◎ 拓展阅读

明人不做暗事，真人不说假话 ／ 熟能生巧，巧能生精 ／ 树怕剥皮，人怕护短 ／ 事怕合计，人怕客气 ／ 双手是活宝，一世用不了

巧妇难为无米之炊

这个谚语来源于宋朝陆游的《老学庵笔记》。原文为"巧妇安能做无面汤饼"，在生活中人们逐渐将其演变成"巧妇难为无米之炊"。常用来形容做一件事假如连最基本的条件都达不到，即便你有天大的本领也是枉然。

宋朝有一位名叫晏景初的中央大员，经常出游。有一次，他带了很多侍从到郊外去玩，大家热热闹闹地玩了一天，比较疲倦，因此他和随员打算在附近的庙里住一个晚上。那庙的方丈是一位非常正直的人，不想阿谀奉承拍马屁，就婉言谢绝道："您知道，我们这个庙太小，不比富裕的大庙，房子也不宽敞，又比较破旧，您是贵客，我们这里实在容不下。"晏景初道："你是个很有办法的人，肯定会想出一个让我们住下来的好办法。"方丈无奈地说："巧妇安能做无面汤饼乎？"最终还是没有答应，晏景初没办法，只好灰溜溜地赶黑路走回去了。

◎ 拓展阅读

莫看强盗吃肉，要看强盗受罚 ／ 水大湿不了船，火大烧不了锅 ／ 贪得一时嘴，受了一身累 ／ 食在广州，住在苏州 ／ 不怕慢，就怕站；站一站，二里半

○品画鉴宝 荷亭儿戏图·宋 此图描绘了夏日庭院中几个孩子嬉戏的情景。凉亭中有一妇人似乎在回头看顾孩子，形态传神。此图结构巧妙，布局合理，展现了宋人生活的场景。

千羊之皮，不如一狐之腋

　　"千羊之皮，不如一狐之腋"出自《管子》。本意是说：一千只羊皮，也不如一只狐狸腋下的毛皮贵重。据说，狐狸腋下（即胳肢窝）的那块毛皮，异常洁白柔软。然而这块毛皮面积比较小，要缝制一件这样的皮衣，需要很多只狐狸。所以，这种皮毛奇贵无比。后来人们把这句谚语多用作数量和质量的比较，而侧重点在于质量。

　　春秋时期，周室衰微，各诸侯国互相兼并，极力扩充自己的势力范围。经过长期的征战，诸侯国已经越来越少，当时地处黄海之滨的齐国实力非常强大，齐桓公野心勃勃，试图称霸诸侯。多数邻国已公推齐国为霸主，仅有一个代国，继续保持着独立，齐桓公一心想吞并代国。如何让代国国君俯首称臣呢？齐桓公向管仲问计，管仲说："千羊之皮，不如一狐之腋。"齐桓公不知何意："这和攻取代国有关系吗？"管仲继续说："听说代国出产狐狸皮，尤其狐狸腋下的白毛极为稀有，要制作一件白色的狐裘，就需要捕捉许多狐狸才能做成，大王只要派人到代国去，出高价购买白狐皮，代国人重眼前利益，一定会放弃一切，进山捕捉狐狸，也就不会有人愿意当兵打仗了。代国人无意耕战，那么我们不必兴师动众，就可使代国俯首称臣了。"

　　齐桓公赞叹不已，马上实施，派重臣去代国收购白狐皮。代国官兵和老百姓发现有利可图，不顾自己的职责，蜂拥入山捕捉狐狸。然而，大家忙活了一年，连做一件狐裘大衣的白狐皮也没凑够，代国却因老百姓、官兵等都去捕猎狐狸而造成田园荒芜，手工业倒闭，兵器无人打造的破败景象，国家削弱了，老百姓更加贫困。邻近的离枝国乘机调集兵马，派兵攻打代国。代国毫无还手之力，代国国君一筹莫展，为了保住国家社稷，没办法只得请求齐桓公庇护。这样正合齐国的意图，于是，齐国不费吹灰之力就收服了代国，增强了自己的国力。

◎ 拓展阅读

水涨船高，风大树摇 ／ 十帮一易，一帮十难 ／ 水至清则无鱼，人至察则无徒 ／ 睡着的人好喊，装睡的人难喊 ／ 日图三餐，夜图一宿 ／ 身不怕动，脑不怕用

千里送鹅毛，礼轻人意重

这个谚语被人们广泛引用，常用来形容人们之间的交往不以财物的多寡来衡量，关键看物质背后的感情。因此，人们就以"千里送鹅毛"来比喻"礼轻人意重"了。这里有一个民间故事。

唐贞观年间，云南土司缅氏派遣使臣缅伯高携带奇珍异宝向唐朝进贡，同时还带来了一只稀有的白天鹅。使臣行至湖北沔阳，发现天鹅很渴，便把它带到水边，一不小心，天鹅展翅高飞而去，仓促间，缅伯高只抓得一根鹅毛。这下可把他急坏了，顿时六神无主，号啕大哭，真是一筹莫展。左思右想，只好把这片鹅毛用锦缎包好，并附上自己写的一首诗去见唐太宗。诗云：天鹅贡唐朝，山高路迢遥。沔阳湖失宝，倒地哭号啕。上复唐天子，请饶缅伯高。礼轻人意重，千里送鹅毛。

唐太宗看了这首诗非常高兴，收下了他的礼物，并好言劝慰，回赐了丝绸、茶叶、玉器珍宝等中原特产，还留他住了一段时间。缅伯高感激不已，回到云南后大赞唐太宗。

○ 品画鉴宝　香炉、狮子、凤凰·唐

◎ 拓展阅读

天不言自高，地不语自厚 ／ 事大事小，身到便了 ／ 顺藤摸瓜，顺水求源 ／ 量大福大，心宽屋宽

　　"墙倒众人推"这个谚语有乘人之危的意思。后来人们常用来形容一个人一旦原有的地位或者遭遇失败，周围的人就会乘机攻击他。《红楼梦》第五十五回讲述了这样一个故事：

　　平儿指责管事的媳妇不该小看探春，众人把责任都推到赵姨娘身上，平儿就以此语批评他们："罢了，好奶奶们。'墙倒众人推'，那赵姨娘原有些颠倒，着三不着两，有了事就都赖她。"平儿以这句话来形容赵姨娘一旦失势或遭难，大家就会趁机侮辱或欺负她，这也表现了平儿富有同情心，足见其善良忠厚的心地。

　　曹雪芹在这里借助平儿的嘴，反映了贾府这个封建贵族之家人与人之间的钩心斗角、尔虞我诈的复杂关系。另外，通过贾府这一封建社会的缩影，反映了当时社会世态炎凉的一面，大家只喜欢锦上添花，从不愿意雪中送炭。这可能也是作者身世的自我写照吧，也是他历经家庭由盛转衰的沧桑巨变，遍尝人情冷暖而借书中人发感慨吧，在第六十九回作者又借平儿之口表达了对尤二姐凄惨而死的同情，"墙倒众人推"反映了作者的辛酸激愤之情。

◎ 拓展阅读

邻舍好，无价宝 ／ 流水不腐，户枢不蠹 ／ 六月不热，五谷不结 ／ 龙无云不行，鱼无水不生

曲突徙薪无恩泽，焦头烂额为上客

"曲突徙薪无恩泽，焦头烂额为上客"这个谚语意思是说：人们要居安思危，防患于未然，然而在现实中，提出忠告的人经常不能得到理解和善待。《汉书·霍光传》记载了这样一个故事：

汉朝中后期，有一户富裕人家，家财万贯，房产很多，屋舍华美，往来的客人无不称赞，主人非常自豪。这时，一个客人说道："这房子的确很好，但是你厨房的烟囱（在古代称"突"）是直的，火星直冒，如果烟囱不弯曲一下，那将是很危险的。况且你家的柴火又堆在离厨房很近的地方，万一火星落上去可能会引起火灾。因此，我劝你把柴堆搬远些（在古代称"徙薪"）。"主人听了，只是笑一笑，过后就把这事给忘了。

有一天，火星真的引燃了柴堆，又烧着了厨房，周围邻居都奔来救火，由于火势凶猛，有几个人被烧得焦头烂额。最终大火被扑灭了，主人非常感激，因此杀牛宰羊，设宴摆酒来酬谢救火的人，并把烧伤的人请在上席坐。这时，有个人对主人说："如果您当初听从客人的劝告，'曲突徙薪'，就不会发生今天的火灾，也不会受到损失，也不用花钱杀牛请客。今天您来酬谢人，'曲突徙薪无恩泽，焦头烂额为上客'，这不是太不公道了吗？"主人听了，非常羞愧，急忙叫人把那当初提出好建议的人请来，表示谢意。

○ 品画鉴宝　鹿纹带饰·汉

◎ 拓展阅读

顺着鸡毛找鸡，顺着蒜皮找蒜 / 说归说，笑归笑，动手动脚没家教 / 天冷不冻织女手，荒年不饿勤耕人 / 送君千里，终须一别 / 它山之石，可以攻玉

"囚人梦赦，渴人梦浆"这个谚语的意思是说日有所思，夜有所梦。《喻世明言·范巨卿鸡黍生死交》记载了这样一个故事：

汉明帝时，汝州有个名唤张劭的秀才，听说明帝求贤，便去洛阳应举。途中住在一家客店里，忽然听到隔壁房间里有断断续续的呻吟声，于是向店主打听才知道是个应举的秀才病了，已经奄奄一息，店家害怕传染，不敢去看他，更不敢去照顾他。

张劭听了便说："我同样是个去应举的人，总不能见死而不救吧！"因此就为秀才延医就治，全身心地照料他。数日之后，那个人的病情开始好转，半个月后已经能够下床行走，但是此时试期已过了。那人名叫范巨卿，他说："我自己病了，却拖累你误了大事，心中很是不安。"张劭说："大丈夫义气为重，功名富贵算得了什么？"两人便结义为兄弟，这日是重阳节，巨卿说："明年此日，我一定到贤弟家中，登堂拜母，更谋一晤。"张劭说："你来我家村居，一定宰鸡蒸黍等你。"之后各自回家了。

一年过去了，看看又到重阳，张劭早早起来宰鸡、蒸饭、沽酒以待。他弟弟说："范巨卿住在楚地，相距千里，就算守约，也可能迟到一两天，哪有这么准时的呢？"张劭说："巨卿是信义之士，岂能失约？"于是他从早等到天黑，只在村头眺望，不肯回家吃喝。渐渐月亮西沉，这一日竟自过去了。张劭大哭道："巨卿必是死了，不然绝不会不来。怪不得我这几夜总梦见他死了呢。"他弟弟说："古人说'囚人梦赦，渴人梦浆'，这是你念念在心，才会做这种梦。"张劭说："巨卿是个守信用的人，岂能无故失约？我必去看他。"于是千里奔波赶往楚地，范巨卿果然已死了半月有余——原来他事忙，记不得日子，待到重阳，知道自己已经失约了，他说："人不能日行千里，魂魄却是可以的，我还活着干什么？"就在这天自杀了。张劭凭棺大哭，说道："范兄，范兄，你为重信义而死，我失了良友，活着还有什么意思？"于是也自杀了。

后来这件事广为流传，被人们看作重友情的表率。

◎ 拓展阅读

无风不起浪，无鱼水不深 / 说人别说短，打人别打脸 / 土中生白玉，地内出黄金 / 团结一条心，黄土变成金 / 外举不避仇，内举不避亲

求人不如求己

　　"求人不如求己"这个谚语意思是说：自己艰苦奋斗比依靠他人成功要好。宋代张端义的《贵耳集》讲述了这样一个故事：

　　南宋孝宗年间，政府一味对金国实行妥协退让政策，对金称臣，并每年向金国进贡岁币、绢帛。数量庞大的岁银、绢帛成了老百姓的沉重负担，南宋政府的威信扫地。

　　一天，孝宗带大批侍从到西湖边上的天竺寺游玩，和尚辉僧随侍一旁。孝宗皇帝看见大殿里观音菩萨像手中拿着一串佛珠，心中好生奇怪。他知道佛珠是佛教信徒念经用的，每念一遍经便拨动一粒珠子。孝宗问道："观世音已经成佛了，难道还要念经吗？"

　　辉僧爽快地答道："是的，念经是佛家的常课。"孝宗皇帝于是又问道："他念的是哪种经？"辉僧说："他在念'南无大慈大悲观世音菩萨'。"孝宗不禁大笑，说："这世上还有自己念自己的道理？"辉僧说："这就叫作'求人不如求己'啊。"孝宗皇帝明白，这个和尚在巧妙地劝告自己，要依靠自己的力量富国强兵。他没有再说什么，带着随从默默地离开了天竺寺。

○ 品画鉴宝　龙泉窑青瓷塑像·宋

◎ **拓展阅读**

三分种，七分管 ／ 无事田中走，谷米长几斗 ／ 小伤风三日，大伤风七天 ／ 未饱先止，已饥方食

人心不足蛇吞象

○ 屈原像　屈原名平，字原，又名正则，战国时期楚国（今湖北秭归县）人，是我国伟大的爱国主义诗人，也是伟大的思想家和政治家。他创立了『楚辞』这一文体，主要代表作有《离骚》《九章》《九歌》和《天问》。

"人心不足蛇吞象"出自古代地理著作《山海经》，这里的蛇特指巴蛇，是古代传说中南海的一种神蛇，身长近三十米，能一口吞掉大象，这个谚语常用来形容人贪心不足，胃口大开。

屈原《天问》里也有一句"一蛇吞象，其大如何"。据说巴蛇能够把大象连骨头都吞进肚里，三年以后才能把骨头吐出来，被吐出的骨头可以医治腹内疾病。

后来人们依据这个传说，照葫芦画瓢，编造出"蛇吞象"的故事。

很久以前，有一个叫阿象的贫穷猎户，一次偶然在路上拣到一条因饥饿而奄奄一息的小青蛇，心生怜悯，把它带回家精心喂养。青蛇十分感激，让阿象选择一些东西，然后帮他实现愿望。阿象得到一些好处后，便一再向青蛇索取，使自己成了拥有亿万家财的殷实富翁。但因为他贪得无厌，最终惹恼了青蛇，结果被青蛇一口吞掉了。这个谚语故事是对"人心不足蛇吞象"的形象描述。

◎ 拓展阅读

无油无盐，吃死不甜 / 武官会杀，文官会刮 / 要知下山路，须问过来人 / 物离乡贵，人离乡贱 / 勿贪意外之财，勿饮过量之酒

○ 品画鉴宝 · 青瓷扁壶 · 西晋

若要人不知，除非己莫为

这个谚语意思是说：做什么事要想不让人知道，一开始就不应该做。后来人们常用这个谚语来形容做事或说话最终是瞒不住别人的。这里有一个关于南北朝时前秦皇帝苻坚的故事。

西晋经过长期混战迅速瓦解，北方各族也卷入了这场战争，氐族人苻坚经过长期奋战，建立了前秦政权，因为他励精图治，招贤纳士，国力迅速强盛起来。

一天，苻坚召集文武大臣举行御前秘密会议，打算大赦天下。他让一名官员起草大赦诏书，这名官员准备好笔墨要动笔时，一只大黑苍蝇忽然落到笔端，驱之不去。奇怪的是，他刚写完诏书，那只大苍蝇也没了踪影。不久，这么机密的大事还没有公布出去，京都长安城便已人人皆知了。苻坚知道后，非常奇怪也非常生气，立即命令调查此事。然而查了半天，什么也没查出来。正在这时，一个奇怪的消息传来，说有一个穿黑衣服的小男孩，在街上到处跑来跑去散布大赦的消息，他的声音犹如苍蝇一样。苻坚明知这是胡编乱造的谣言，但仍放弃了继续追查的念头。事后他不无感叹地说："要不想让别人知道你做什么，自己一开始就不应该去做。"

◎ 拓展阅读

宁做蚂蚁腿，不学麻雀嘴 ／ 细水长流成河，粒米积蓄成箩 ／ 若要好，问三老 ／ 夏吃大蒜冬吃姜，不用医生开药方 ／ 先睡心，后睡眼

人非圣贤，孰能无过

"人非圣贤，孰能无过？"一语原出自《左传·宣公二年》："人谁无过，过而能改，善莫大焉。"后来，清朝汤斌引用此意在《汤子遗书》里说："人非圣贤，孰能无过？"后人便引用此语，广为流传。意思是说：一般人并不是圣人或贤人，谁能不犯错误呢？此语古今意义相同，多用来安慰、鼓励那些犯一点错误就深为自责、不能自拔的人，有时也被一些犯了错的人作为辩解之词。

据载，春秋时晋国的君主晋灵公生性残暴，时常借故杀人，惹得天下怨声载道。公元前607年的一天，厨师送上来的熊掌炖得不透，他一怒之下就残忍地把厨师处死了。为了避免大臣们看见了又提意见，他便让两个宫人将这名御厨的尸首放在筐里抬出去埋葬。然而这件事恰巧被相国赵盾和大将军士季这两位正直的大臣看见了，他们了解了情况后，非常气愤，觉得晋灵公如此下去必定会遭到天下人唾弃，弄不好甚至会亡国。两人决定进宫去劝谏晋灵公。士季先去朝见，晋灵公从他的神色中看出是为自己杀厨师这件事而来的，便假装没有看见他。直到士季往前走了三次，来到宫殿的屋檐下，晋灵公才瞟了他一眼，然后轻描淡写地说："我已经知道自己所做的事情错了，以后改正就是了，不用你多说了。"士季听他这样说，也就用温和的态度道："人都不是圣贤，谁能不犯错误呢？有了过错能改正，那就最好了。如果您能接受大臣正确的劝谏，有了错误就能改正，那就是一个好的国君，晋国的强盛便指日可待。"但是，晋灵公并没有真正认识到自己的过错，行为残暴依然如故。后来，相国赵盾又因此而屡次劝谏，晋灵公不仅不听，反而越来越反感他，竟派刺客去暗杀赵盾。不料刺客不愿去杀害正直忠贞的赵盾，宁可自杀。晋灵公见此事不成，便改变方法，假意请赵盾进宫赴宴，准备在席间杀死他。赵盾又被卫士救出，晋灵公的阴谋未能得逞。最后这个作恶多端的国君，终于被一个名叫赵穿的人杀死了。

◎ **拓展阅读**

闲人叫冷，忙人叫热 / 小病不治，大病难医 / 宁走十步远，不走一步险 / 小洞不补，大洞叫苦 / 行船趁顺风，打铁趁火红

人过留名，雁过留声

"人过留名，雁过留声"一语出自《新五代史》，意思是说：大雁每经一地还要叫几声，留下一点影响，人生一世，切不可虚度年华，而应建功立业，虽不能标榜千秋，却也应为世人做一些有益的事情，留下一个好的名声。这是一条具有积极意义、富于进取精神的俗语。

一些不切实际、胸无大志的人，往往在"人生如梦""人生朝露"之类的哀叹中蹉跎岁月、虚度光阴，落了个一生一事无成的结局。但历史上也不乏一些志向远大、务实进取的人。据《新五代史》记载，五代时有个叫王彦章的人，认为人生前应该建功立业，死后应该流芳百世。他虽然是一介武夫，轻文尚武，但却常常能用俚语来教导别人，"豹死留皮，人死留名"便是他用来引导人们建功立业的一句话。后人根据这个意思做了引申，得出了"人过留名，雁过留声"的俗语。这句话的着眼点在一个"留"字，即一个人活着应该做些什么。大雁飞过天空还要留下声音，因而人生在世，也应以自己的品质和功业在历史上留下名字，让后人铭记不忘。

◎ **拓展阅读**

八抬大轿请不去 ／ 人无笑脸休开店，会打圆场自落台 ／ 小人记仇，君子感恩 ／ 小时偷针，大了偷金 ／ 歇肩莫歇长，走路莫走忙 ／ 泻药轻煎，补药浓熬

○ 品画鉴宝　群雁图·明·林良

183

人无远虑，必有近忧

"人无远虑，必有近忧"一语出自《三国演义》中孙权的故事。比喻办事情应该把眼光放得长远一点，事前应有深远的思考、谋划，不能只顾眼前利益，否则事情必不能长久，并且会很快招致祸端。

三国时期，曹操安定北方之后，为了统一中国，便起兵四十万去攻打东吴。吴主孙权急忙召集文武百官研究抗敌之策。当时吕蒙任东吴都督，他建议在濡须口（今湖北黄冈附近）修筑船坞，即在江中沿岸环筑类似城墙的防御。他认为这样可以把整个水军船只泊在里面，再在城墙上派兵严加防守，如此便可以进攻退守，水陆两军配合非常灵便。但这一建议却招来许多大将的反对，他们认为："上岸击贼，跣足（赤脚）下船，何用筑城？"说修筑船坞劳民伤财却意义不大。为此吕蒙进一步解释说："打起仗来并非百战百胜，而往往是有时顺利，有时不顺利。一旦发生意外的激战，步兵骑兵白刃相接，敌兵追赶紧急，这样的话我兵都来不及奔近水边，又怎么能上船列队对敌呢？如果有了船坞，就可以御敌于城墙之外，从容布置队伍了。"孙权听了，深以为然，非常赞成地说："人无远虑，必有近忧，还是吕蒙办事有远见。"于是派几万人连夜开工，在极短时间内就筑成了濡须坞。等曹操大兵到来时，"遥望沿江一带，旗幡无数，不知兵聚何处。"曹操心里也没了底，他亲自爬上山坡探望，只见濡须坞内战船各分队伍，旗分五色，兵器鲜明，真是无懈可击。曹操心下生疑，但大兵远来，不能挫其锐气，只能迎刃而上，结果曹操损兵折将，东吴大获全胜。

◎ 拓展阅读

心要常操，身要长劳 / 信了肚，卖了屋 / 行百里者半于九十 / 宁可认错，不可说谎 / 有饭休嫌淡，有车休嫌慢

三
口
蹀
虎
战
血
吕
布

人面逐高低，世情看冷暖

"人面逐高低，世情看冷暖"出自《古今小说·沈小霞相会出师表》。意思是：在世风不好的情况下，对待人的态度是随着你的地位高下、处境好坏而有所不同的。

明朝嘉靖年间，奸相严嵩掌握朝权，卖官鬻爵，陷害忠良，朝野上下侧目缄口，都不敢得罪宰相，只有忠臣沈练一再揭露其劣迹，虽屡遭贬斥，仍铁骨铮铮，毫不退缩，终于被奸相杀害，连其家人也被流放边疆。

严嵩深恨沈练，为了斩草除根，嘱咐心腹杨顺买通公差张千、李万，命其于解送途中杀害沈练之子沈小霞。小霞和妻闻氏看出解差心怀歹意，便时刻提防。见他们不住地交头接耳，又见他们包裹中有倭刀一把，其白如霜，小霞对闻氏说："明日要到济宁界界上，过了府去，便是太行山，一路荒凉，倘若他们行起凶来如何是好？"闻氏道："官人如有脱身之计，请自方便，留奴家在此，不怕两个泼差生吞了我。"

议计已定，次日黎明到济宁城外，住下店来。沈小霞道："东门冯主事借过先父二百两银子，想去取讨前欠，路上盘缠也得宽裕。"闻氏道："常言道：'人面逐高低，世情看冷暖。'你在难中，谁肯唾手还你？还不如休去讨人厌贱。"李万贪这二百两银子，一力撺掇该去。小霞便与李万两个望东门而去。李万不巧内急起来，蹲坑方便，沈小霞借机急奔冯主事府，冯主事仗义，将其藏在复壁之内，待得李万走到查问，冯主事怎肯承认？到处寻小霞不见，两个差人慌作一团。闻氏听说丈夫去了，心中欢喜，却噙着眼泪，双手扯住公差叫起屈来，口口声声说他们谋杀了丈夫，如今又打算奸骗自己，竟自奔到兵备道前，击鼓鸣冤。张千、李万说一句，闻氏就驳一句，说得句句在理。官府道："你做公差的所管何事？若非谋杀，必然得财买放。"将那两公差重责三十大板，将闻氏发尼姑庵住下，差四个民壮锁押张千、李万追寻沈小霞。闻氏每到五日，必去府里啼哭，要生要死。官府无奈，只得惩处两差，每人打十几鞭，打得两差爬都爬不动，张千得病身死，李万逃命去了。那沈小霞在冯主事家一住八年，直到严嵩被参倒，被害诸臣尽行昭雪，才敢出来，到尼姑庵访见闻氏，夫妇抱头大哭。闻氏离家时已怀孕三月，在庵中生下一子。

◎ 拓展阅读

秀才饿死不卖书，壮士穷途不卖剑 ／ 人在福中不知福，船在水中不知流 ／ 十个钱要花，一个钱要省 ／ 天无一月雨，人无一世穷

○ 品画鉴宝　琵琶美人图·明·吴伟

人不可貌相，海水不可斗量

　　这个谚语引用非常广泛，意思是说：人们不应该仅凭一个人的外貌就断定他的智愚或身份，不能用斗来衡量大海里有多少水。后来人们常用来形容看人要看他的本质，不能仅以外貌来判断人。这里有一个引自《醒世恒言·卖油郎独占花魁》的故事。

　　秦重是一个非常重感情的青年，他喜欢上了一个名妓，非常想与她接近。那妓女人称花魁娘子，也是穷苦人家的女儿，因其貌美，被老鸨看作一棵摇钱树，要十两银子才得一夜之欢。秦重是个卖油的穷小子，做的也是小本生意，如何才能接近她呢？秦重想："假如一天攒一分银子，一年也可凑足三两六钱，不过三年，这事就好办了。"

　　因此节衣缩食，死命攒钱，一年多，就攒了一大包银子，于是走到对门银铺里，借天平兑银。大凡银两成锭的看起来较少，散碎的就大不相同了。银匠是小辈，眼孔极浅，见了许多银子，别是一番面目，心想："人不可貌相，海水不可斗量。"慌忙架起天平，尽数一称，不多不少，刚刚十六两。秦重把这一年多的辛苦钱尽数花光了，才得以亲近花魁娘子一次。花魁娘子感于他的痴情，认为这才是她能够托附终身的那种男人，后来终于跳出妓院火坑，嫁给了秦重，他们成了一对幸福的伴侣。

◎ 拓展阅读

学而不厌，诲人不倦　/　要得惊人艺，须下苦功夫　/　牙不剔不稀，耳不挖不聋　/　言者无罪，闻者足戒

人怕出名猪怕壮

"人怕出名猪怕壮"，就是说人一旦出名就可能会引来诸多麻烦，就如同猪长肥了就要被杀掉一样。古谚云"人惧名，豕惧壮"（见清代方苞的《跋先君子遗诗》），"人怕出名猪怕壮"是这句古谚的通俗说法。这里还有一个关于神医华佗的故事。

三国时，魏国大将张辽被曹操封为襄阳牧，镇守襄阳、合肥等重地。一天他回后宅看到八岁的儿子一瘸一拐，便问夫人何故。夫人哭道："前几天带儿子回娘家时，儿子和乡间孩子登山玩耍时摔断了腿骨。娘家人非常惊慌，就请乡下接骨郎中给小儿治腿，谁知，腿接好后落下了如此残疾。"

张辽听了，哀叹道："本想让他子承父业，谁知遭此劫难，可惜！可叹！"

有一仆人见张辽如此忧伤，便进言："我家乡有一郎中，医术精湛，尤其治跌打损伤十分拿手，不妨请他来一试？"张辽听后摆手说："残疾已成，神医又能奈何，随它去吧！"

张辽夫人救子心切，便抱着试试看的心态，让家人把那个郎中偷偷请到府中，为儿子治病。

这个三十几岁的郎中，一身乡下人打扮，脸上透着机灵，他看后说："伤势本无大碍，只是接错了，不彻底治会影响少爷一生的前程。"张夫人问："能不能治好？"郎中说："试试看，但你不许在场。"

郎中让少爷先喝了一碗调好的药汤，少爷感到浑身发麻。

郎中趁少爷被麻醉，把错接的腿踹断重接，然后又取出一粒丹丸让少爷服下。经过一个月的治疗，少爷的病腿完好如初，一家人非常高兴，赶紧把消息告诉了张辽，张辽看到儿子痊愈，连说："神医！神医！"

这个乡下郎中就是安徽亳县人华佗，当初他给少爷吃的是麻沸散，后吃的是接骨丹。

张辽看到华佗治好了儿子的腿，十分佩服，想把他留在军中任职，华佗婉言谢绝了。张辽以三百两纹银相赠，华佗只留十两作药费，其余全部退还。从此，张辽逢人便讲华佗医术如何精湛，医德如何高尚。由于张辽位高言贵，经他宣传，神医华佗名声远扬。

蜀国驻守荆州的主将关羽，右肩中了毒箭，伤势严重，听说华佗大名后，便请来为他刮骨疗毒。此后华佗的名声传遍中原大地。

后来曹操也请他来医治脑疾。华佗诊断后对曹操说："你脑中有一沙粒，名曰混脑沙，需开颅取沙。"曹操生性多疑，怀疑华佗是受人指使要杀害他，就把华佗抓进大狱。最后华佗被害死于狱中。

华佗死后，亳县家乡父老非常悲痛。他们经过分析、总结得出的结论是："华

○ 品画鉴宝　人物图·清·黄慎　黄慎为"扬州八怪"之一，他的画作往往以简驭繁，笔意纵横，只用寥寥数笔，便可使人物形神兼备。

佗之死，死在他太出名上，就像猪长肥了被宰掉一样，如果他和常人一样，默默无闻地为百姓治病，怎么会被曹操害死呢？"

从此，"人怕出名猪怕壮"作为一句俗语，就在中原一带民众中形成，一直流传至今。

◎ 拓展阅读

眼不见，差一半　/　秀才谋反，三年不成　/　狗急跳墙，人急悬梁　/　杨柳发青，百病皆生

人无千日好，花无百日红

"人无千日好，花无百日红"这句谚语在民间流传很广，揭示了事物变化和发展的规律。《水浒传》里宋江在柴进庄上遇武松一事曾引用了这一谚语。后来人们常用"人无千日好，花无百日红"这个谚语形容好景不长，人情也不能持久。

话说宋江杀了人，投靠到有财有势又好结交江湖英雄的柴进庄上，极蒙优待，吃酒席吃到初更左右，宋江起身去解手，此时他已有几分醉意，走路不稳，只顾踏去。那廊下有一个大汉守着一锹火在那里烤火，宋江正踏在火锹柄上，把火锹里的炭火都掀在那大汉脸上。那大汉气将起来，把宋江劈胸揪住，大喝道："你是甚么鸟人？敢来消遣我！"宋江正分说不得，庄客慌忙叫道："不得无礼，这位是大官人最相待的客官。"那汉道："'客官''客官'，我初来时，也是'客官'，也曾相待的厚。如今却听庄客搬口，便疏慢了我，正是'人无千日好，花无百日红'。"原来这大汉姓武名松，初来投靠柴进时，也一般接纳管待，此后留在庄上，但因他吃醉了酒，性气刚，庄客有些管顾不到便下拳打他们，因此满庄庄客都嫌他，去柴进面前告他许多不是。柴进虽然不赶他，只是怠慢了很多。这次撞见了宋江，相识后十分欢喜，得宋江带挈他一处，饮酒相陪，武松的前病都不发了。

◎ 拓展阅读

痒要自己抓，好要别人夸 ／ 不怕年老，就怕躺倒 ／ 药不治假病，酒不解真愁 ／ 宁可正而不足，不可邪而有余 ／ 药对方，一口汤；不对方，一水缸

"三过家门而不入"出自《孟子·离娄下》。形容专心工作，因公而忘私。

传说上古尧的时候，洪水泛滥，淹没了山川大地，老百姓流离失所。尧非常焦急，派鲧负责治理洪水。鲧采用"围堵"的办法，把河流都堵起来，结果水愈积愈多，造成的灾害也更大。九年过去了，鲧还是没有治服洪水，整个大地依然是水患成灾，哀鸿遍野。

尧认为这是自己作为天子的失职，就把帝位让给了舜。

舜即位后，去鲧治水的地方视察，了解到鲧治水毫无进展后，将鲧杀死在羽山。然后舜推举鲧的儿子禹接替治水的工作。大臣们对禹是否能治理好洪水产生了怀疑，舜对大臣们说："我这样做，是因为禹为人慧敏而勤俭，贤德又不违使命，可亲可近，言行举止符合纲纪法律，他的父亲治水虽然失败了，但我相信他可以获得成功。"

禹改变了父亲的方法，采用"疏通"和"引导"的办法，率领诸侯、百姓把堵塞的江河大川疏通，使洪水流入大海。就这样几年以后，肆虐的洪水终于被征服。

禹为了治好洪水，不敢有半点儿松懈，兢兢业业。他在外居住了13年，曾三次经过家门都没有进入。人们为了赞扬禹的这种精神，便留下了"三过家门而不入"的谚语。

◎ 拓展阅读

有肉嫌毛，有酒嫌糟 / 天下无难事，只怕有心人 / 学好三年，学坏三天 / 要捕鱼，先织网；要搭桥，先打桩 / 学问勤中得，富裕俭中来

○ 帝尧像 尧是我国原始社会末期的部落联盟首领，史称唐尧。是我国上古时期著名的贤王。

三句话不离本行

"三句话不离本行"是一句在民间广为流传的谚语。意思是说人们在交谈时，大多愿意谈论与自己职业相关的话题。

从前在一个村庄里有四个能说会道的人：一个是厨师，一个是裁缝，一个是车把式，还有一个是使船的。谁家有什么事调解不开，都请他们去帮忙。

有一次，一家兄弟几个闹分家。这家人多嘴多心眼多，都想让自己多分一份家产，吵来吵去，分了几天也分不清，就请这四个人去当"说客"。这四个人也觉得这事不太好办，便决定先到厨师家商量出一个一致的意见。

厨师说："我看咱们去了要快刀斩乱麻，别锅啦碗啦地分不清。"

裁缝说："我们办事不能太偏了。要针过去，线也过去才行。"

赶车的说："嗨，咱原先也不是没管过这号事，前有车，后有辙，别出大格就行。"

使船的听了接着说："我看咱们别在家啰嗦了，不如到那儿见风使舵，怎么顺手就怎么给他们划拉划拉得了。"

厨师的媳妇在一旁听他们说完，噗嗤一声笑了："我说你们真是'三句话不离本行'，卖什么吆喝什么。"

她的话刚说完，又引得全屋人大笑。原来，厨师的媳妇是做小买卖的。

从此，"三句话不离本行"也就作为一句谚语在民间传开了。

◎拓展阅读

不怕人不敬，就怕己不正 / 业精于勤荒于嬉，行成于思毁于随 / 夜夜防贼，年年防歉 / 有病早治，无病早防 / 一饱为足，十饱伤人

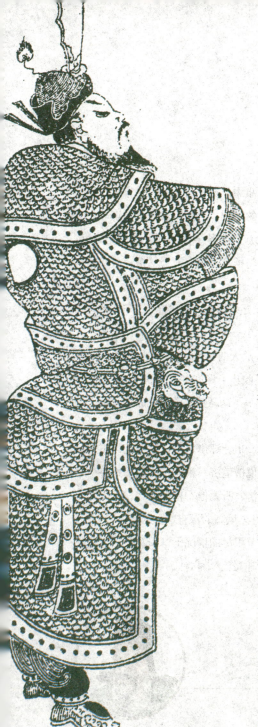

三军易得，一将难求

"三军易得，一将难求"出自《三国演义》。

这里所说的"三军"，是指众多的兵士。这句话的意思是说：得到一个将军是很难的，而得到众多的兵士却是容易的事。这是一种珍惜人才的可贵思想。

在攻打西川的战斗中，张郃因轻敌而中了张飞之计大败，丢掉了瓦口关，只好带着数十名随从返回汉中见曹洪。曹洪大怒，令手下将张郃推出斩首。这时，郭淮劝谏说："'三军易得，一将难求'。张郃虽然有罪，乃魏王所深爱者也，不可便诛。可再与五千兵径取葭萌关，牵动其各处之兵，汉中自安也。如不成功，二罪俱罚。"曹洪觉得有理，采纳了他的意见。郭淮这样提醒曹洪，其意在于告诉他，不能以部下的偶然失败来进行轻易的处决，应给他一个立功赎罪的机会。

◎拓展阅读

宁可种上丢，莫望不种收 / 要打当面鼓，不敲背后锣 / 一寸光阴一寸金，寸金难买寸光阴 / 千里之行，始于足下 / 吃饭想撑死，干活怕累死

三十六计，走为上计

这是一句流传很久的谚语，最初多用于军事中。这里所说的"三十六计"在古代没有详细说明是哪三十六计，也没有固定的确数，通常用来表示计谋非常多罢了。后来人们逐渐将它延伸到其他领域，成为应对某种事件的好方法。《南齐书·王敬则传》有"檀公三十六策，走是上计"的句子。这里有檀公（檀道济）的一段故事。

檀道济是南朝刘宋时期的大将，善于用兵，足智多谋，屡建奇功。宋文帝元嘉八年（公元431年），檀公奉命去讨伐北魏，大小三十余战，攻必克、战必胜。然而由于后方不力，粮草接济不上。檀公孤军陷入敌人的包围之中，长期下去势必全军覆没。檀道济想出一个绝妙的办法：他让部下收集了许许多多的沙子，在夜晚一斗一斗地量，并高声喊："一石、两石、三石……"这高喊的声音是故意让俘虏的北魏兵听的。

次日，又在许多担沙上盖一层薄薄的粮食，也让俘虏看见，然后把俘虏放回去。这些俘虏跑回去后，马上报告北魏将领，说檀道济军粮充足，量了整整一个晚上都没量完。北魏将领原本就有点畏惧檀道济，听说他军粮如此多，士气必定很旺盛，因此不敢轻易进攻他。于是，在一个月黑风高的深夜，檀道济悄悄突围，全军安全地退回根据地。这次在强敌环伺、粮草用尽的情况下，安全突围，是战争史上一次突出的成功范例，因此王敬则说："檀公三十六计，走是上计。"

○ 檀道济像 檀道济是南朝宋的著名将领、战功卓著。后被皇帝忌杀，自称为保国之万里长城。

◎拓展阅读

一顿吃伤，十顿吃汤 / 天下衙门朝南开，有理无钱莫进来 / 一个巧皮匠，没有好鞋样；两个笨皮匠，彼此有商量；三个臭皮匠，胜过诸葛亮 / 一壶难装两样酒，一树难开两样花

三十年河东，三十年河西

　　这个谚语几乎成了人们的口头禅，随时随地都可以听到，一说"十年河东，十年河西"，不管怎么说，其意在于告诉人们，事物不是一成不变的，要用发展的眼光看问题。这里有一个古老的民间传说。

　　很久以前，在黄河流域有两个村庄，它们隔河相望，一个在河东，一个在河西，河东的叫河东村，河西的叫河西村。

　　河东村是个富裕的村子，住了很多富户，朱门豪宅，良田千顷，牛马成群，做官经商，有钱有势。河东村富名久闻天下，人也神气十足，他们都以是"河东的"而骄傲，而且对人十分蛮横。

　　对面的河西村是个穷村，住的大部分是穷人。他们住的是土房草舍，穿的多是布衣，有的贫无立锥之地，因此很多人给河东富户做雇工。河东人以富自居，对河西人十分瞧不起。河西人勤劳本分，他们也相信"将相本无种，富贵不由天"。他们战天斗地，勤奋敬业，从不气馁，尽管贫穷，他们也很注意培养子弟上学读书。

　　岁月如梭，斗转星移。三十年后，河水依旧在流，然而两个村的形势却变了个儿，河东人的子弟，由于自小生活在一种优裕的环境里，衣来伸手，饭来张口，骄奢淫逸，整日吃喝嫖赌，东游西逛，不务正业。做官的因贪犯事，经商的坑人害己，几个大户都衰败下来。卖宅去地，陷入困境。而河西村的子弟，有的高中做官，有的学会做生意，即使无田无地，扛长工的也置地盖房，村子很快兴盛富裕起来。

　　一位老人目睹两个村子三十年的变化，由衷地叹道："富贵不是长青树，贫穷不能穷到底，三十年富河东变成穷河东，三十年穷河西变成富河西。"

◎拓展阅读

有多大的脚，穿多大的鞋 ／ 一朝被蛇咬，十年怕井绳 ／ 宁可做过，不可错过 ／ 病从口入，寒从脚起 ／ 不怕人不请，就怕艺不精

196

这个谚语出自《淮南子·人间训》。与老庄的"祸兮，福所依；福兮，祸所伏"有异曲同工之妙，充满了人们看问题的思辨思想。塞翁失马的故事在民间流传很广。

很久很久以前，在边塞上住着一个老人，人们都习惯喊他塞翁。

某一日，老人家养的马不知怎么跑到塞外去了。好心的邻居都来劝慰他。但是老人家安之若素，好像什么事都没有发生一样，一点也不着急，还说："丢一匹马没什么了不起，说不定有好事等着我呢！"

不久，那匹走失的马自己又回来了，而且领着一匹塞外的好马。邻居都来向他道喜，令大家奇怪的是，老人并没有为此高兴，而是忧虑地说："来了一匹好马，的确是令人兴奋的事，可谁又能知道它是不是一件好事呢！"

老人的担心不久就应验了。一日，他的儿子骑上那匹马出去游猎，不小心从马上摔下来，一条腿摔断了。邻居都同情地跑来安慰他，但是塞翁并没有丝毫的悲伤，对好心的邻居们说："没关系，谁又能说这对孩子来说不会是件好事呢！"

没过多久，匈奴大军入塞，边塞上的青壮年全被征发，十之八九战死疆场。塞翁的儿子却因为腿部伤残不能去当兵，因此得以保全性命。后来人们就从塞翁的故事中引申出了"塞翁失马，焉知非福"的谚语。"塞翁失马，焉知非福"是告诫人们不要因一时的得失而患得患失，说不定事情的结果将会怎样呢！祸与福之间有时是可以互相转化的。

◎拓展阅读

不怕少年苦，只怕老来穷 ／ 长五月，短十月，不长不短二八月 ／ 不怕天寒地冻，就怕手脚不动 ／ 一日不读口生，一日不写手生 ／ 少吃多滋味，多吃坏肠胃

○品画鉴宝　英骥子图·清·郎世宁

塞翁失马，焉知非福

山雨欲来风满楼

这个谚语意指当大雨来临时，先有大风吹来。比喻当重大事件发生时，到处充满了紧张的气氛和先兆。语出唐代诗人许浑的《咸阳城西楼晚眺》：

上高城蒿万里愁，蒹葭杨柳似汀洲。
溪云初起日沉阁，山雨欲来风满楼。
鸟下绿芜秦苑夕，蝉鸣黄叶汉宫秋。
行人莫问当年事，故国东来渭水流。

此诗是诗人宦游咸阳时所作，诗人时任监察御史，在一个秋天的傍晚，独自登上咸阳城西楼观赏景致，这时天上飘过一片黑云，一阵凉风从西南方向刮来，越刮越大，越刮越紧，天地之间显得空荡荡的，景色更加萧瑟肃然。诗人凭栏远眺，暮色之中的枯塘衰柳，勾起了诗人对江南家乡的愁思。忆起自己大半生的仕宦生涯，眼见朝廷的腐败，忧情愁绪顿生心间，文思顿出。这首诗不仅充满诗情画意，语言优美凝练，更重要的是诗中"山雨欲来风满楼"这一句，脍炙人口，意味无穷。它既是自然现象的真实写照，同时又是社会重大变故的预言和征兆。

◎拓展阅读

一羽示风向，一草示水流 / 山里孩子不怕狼，城里孩子不怕官 / 一争两丑，一让两有 / 有菜半年粮，无菜半年荒 / 只有人脏水，没有水脏人

○ 品画鉴宝
油灯夜读图·清·苏六朋

这个谚语出自汉乐府的《长歌行》："百川东到海，何时复西归？少壮不努力，老大徒伤悲。"人们常用来鼓励年轻人要努力学习，以免将来后悔。蒲松龄在《聊斋志异》中讲述了一个凤仙劝夫的故事。

平乐人刘赤水，聪明隽秀，父母早亡，无人管束，因此也不努力学习。他的住宅靠近一个废园，园中住有狐仙，他娶到一个名叫凤仙的狐女为妻。凤仙长得极美，而性情高傲。她姐姐叫水仙，姐夫是个富翁。有一次在酒席上，看见父亲对姐夫很尊重，凤仙心中大愤，不等席终就走了，回去后对刘赤水说："你也是个人，不能取得富贵，让我也扬眉吐气吗？从此我不见你了，除非你能有出息。"说完，给刘赤水一面镜子，她就不见了。刘赤水看镜子，见凤仙背立镜中，约百多步远。他于是发愤读书，苦读一月余，很有进步，忽见镜中凤仙已转过身来，盈盈欲笑，刘赤水喜极，知道凤仙为他用功而高兴，因此更加用功。如此又月余，锐志渐衰，懒了起来，出去玩常忘了及时回来。再看镜中人，竟含泪欲泣，第二天又是背对着他了。于是刘赤水深为感动，闭户读书，昼夜不辍，过了不久，见镜中影子又面向他了。刘赤水对着镜子，仿佛一个严师在督促他一样，进步迅速，如此两年，一举中了进士，大喜之下，捧着镜子说："凤仙，凤仙，如今我可以对你不惭愧了。"话未说完，镜中影像忽然不见了，而凤仙真人则正依偎着他呢！

作者蒲松龄说："世情看冷暖，原来狐仙也是一样的。多少人'少壮不努力'，因而'老大徒伤悲'啊！我愿有无数如凤仙一样的仙女来督促丈夫，那么，世上就少了无数年老一事无成的人了。"

◎拓展阅读

不怕学不成，就怕心不诚 ／ 一有百有，一穷百穷 ／ 有多少耕耘，就有多少收获 ／ 有柴有米是夫妻，无柴无米各东西 ／ 一马不配两鞍，一脚难踏两船

舍不得孩子，套不住狼

这个谚语出自古老的民间传说，其本意是，为了能够捉住狼，必须舍得牺牲孩子的性命。后来人们常用来形容做任何事情都要付出一定的代价。

其实，这句谚语的原文是"舍不得鞋子，套不住狼"。因为"鞋子"在不少地方方言中异化成"haizi"（即"孩子"）。因此，"舍不得鞋子，套不住狼"几经传播，就变成了"舍不得孩子，套不住狼"了。据说，居住在山林附近的人家，常常遭到狼群的袭击，闹得鸡犬不得安生，有时候老人小孩也受到侵害。为保证人们生命财产的安全，当务之急就是想办法消灭狼。在捉狼的过程中，人们发现最有效的办法是套狼。为了让狼上套，人们往往在套前以鞋做伪装，狼会误认为有人在，当发现自己上当时，为时已晚，已经身在套中了。因此，如果舍不得在套子前放双鞋子，想套住狡猾的狼，只能是天方夜谭。

◎拓展阅读

有多大本钱，做多大生意 ／ 要知山中事，须问打柴人 ／ 不怕学问浅，就怕志气短 ／ 一夜不宿，十夜不足 ／ 在家不理人，出外没人理

神奇化腐朽，腐朽化神奇

这个谚语出自庄周的《庄子·知北游》。意在告诉人们，人世间的好多事物，不管是好的还是坏的，它们之间经常是可以互相转化的。这里有一段黄帝与智慧的对白。

智慧一心想弄清人世间的所有道理，于是决定到北方游历。一日，智慧遇见无所谓，就问道："什么时候才算真正明白道理呢？怎样才能和道理相处呢？用什么样的方法才能得到道理呢？"智慧一而再、再而三地问，无所谓都默不作声。智慧没有办法，便继续前行，遇到了狂屈，又以同样的问题问狂屈。狂屈正准备说出来，可到嘴边又忘了想要说的话。

智慧转了一圈也没有找到问题的真正答案，便来向黄帝讨教。黄帝说："没思想，没考虑，才能懂得道理；没有地方，没有行动，才能与道理相处；没有路径，没有方法，才能得到道理。"

智慧又问："你能说明白道理，无所谓、狂屈却不能说出来，到底谁才真正懂得道理呢？"

黄帝说："无所谓是真正地懂得的，狂屈还差不多，我和你都是不懂道理的人。你要知道，真正的道理是说不出来的，能说出来的就已经不是道理了。人们经常以个人的喜好来判断事物，自己喜欢的就是神奇的，自己厌恶的就是臭腐的。然而天地万物都是很神奇的，臭腐的东西会转化为神奇的事物，神奇的东西又会化为臭腐（臭腐复化为神奇，神奇复化为臭腐）。"

智慧以为黄帝说的是对的，就不再想方设法弄懂道理是什么了。

◎拓展阅读

有理的想着说，没理的抢着说 ／ 夏走十里不黑，冬走十里不亮 ／ 先钉桩子后系驴，先撒窝子后钓鱼 ／ 眼是孬汉，手是好汉 ／ 有粮当思无粮难，莫到无粮思有粮

生姜老的辣

○ 宋高宗像　宋高宗即赵构，南宋的开国皇帝，他建立的南宋王朝偏安江南，不思收复失地，并因与奸臣秦桧一起害死岳飞而背负恶名。

"生姜老的辣"出自《宋史》。此语多用来比喻老年人有经验，有办法，办事老练可靠；也用来比喻老年人足智多谋，难于对付；还有自比姜性、刚正不阿的。

《宋史》记载了一位以姜性自比的刚正不阿的大臣的故事。

宋高宗在临安建立南宋政权以后，对奸臣秦桧极为信任，并任用他做宰相。秦桧暗通金国，极力主张投降，专门压制、陷害那些抗金的将领和主张抗金的官员。忧国忧民的文武百官对他是敢怒不敢言。但其中也有人一直和这个奸相做斗争，晏敦复就是鼎鼎有名的一个"刺头"。

晏敦复是一名资格很老的大臣，性格刚直不畏强暴，他忧虑国家的前途和命运，痛恨秦桧的残忍奴媚，两个月内即向宋高宗起奏34次，为爱国的文武百官仗义执言，据理力谏，弹劾秦桧等一伙奸臣，使得奸诈的秦桧也不得不惧怕他三分。为了使朝廷不再出现"异样的呼声"，秦桧想尽了一切办法，软硬兼施，想让晏敦复屈服。一天，秦桧派一名亲信去劝晏敦复说："你能屈从，重要官职且夕可至。"晏敦复断然拒绝了他的要求，慷慨激昂地对那个人说："况吾姜桂之性，到老愈辣，岂能为自身而误国家？"那个人讨了个没趣，灰溜溜地走了。

晏敦复以"姜桂之性"自喻，以自己的浩然正气和邪恶势力周旋，真正称得上是一块"老姜"。

◎拓展阅读

要想长寿，先戒烟酒 ／ 手舞足蹈，九十不老 ／ 有钱三十为宰相，无钱八十做长工 ／ 只给君子看门，不给小人当家

"生子当如孙仲谋"出自《三国志·吴书·吴主权传》。它的意思是，生的儿子应当像孙权一样有才略。多用以形容求贤若渴的心情。

东汉末年，灾害连年，军阀混战，政局动荡不安。建安十七年（公元212年），雄居江南一隅的孙权为了抵御曹操的进攻，在濡须口设下坚固的工事。建安十八年（公元213年），曹操果然率兵从水路进逼濡须口，双方相持了一月有余。

当时，曹操的北军习步战，孙权的南军习水战，孙权派水军攻打曹军，俘虏曹操兵士三千余人，混乱中落水而死的曹兵也近数千人。孙权派人数次叫战，曹操都坚守不出。于是孙权亲率精兵到阵前叫战，乘轻舟自濡须口逼近曹操船队。曹军将士都认为南军要进攻他们，心情紧张起来。曹操说："这必是孙权想探探我军的实力。"于是他命军士原地待命，不得轻举妄动。果然，孙权船行五六里即返回，返回时，令击鼓奏乐。曹操远远望见孙权的战船上旌旗猎猎，兵器精良，军容整齐，不由赞叹道："生儿就该像孙权那样有才略，而荆州刘表的儿子，简直就和猪狗差不多(生子当如孙仲谋，刘景升儿豚犬耳)"。这个故事从某种程度上说明曹操对人才的赏识，在他的有生之年，曾多次颁发《求贤令》，可见其用人之一斑。

◎拓展阅读

先胖不会胖，后胖压塌床 / 一叶遮目，不见泰山 / 有山必有路，有水必有渡 / 只勤不俭无底洞，只俭不勤水无源 / 有上坡必有下坡，有进路必有出路

○品画鉴宝　庖丁刳鱼俑·三国

生子当如孙仲谋

时无英雄，使竖子成名

这句古谚出自《晋书·阮籍传》，其意与"蜀中无大将，廖化当先锋""山中无老虎，猴子称霸王"等谚语有相似之处，后人用"时无英雄，使竖子成名"的典故比喻因为时势的原因，使人成就了名声，而并不是因为这个人才华出众（"竖子"本身含有轻蔑之意）。这个故事由"竹林七贤"中的阮籍引发而来。

阮籍是魏晋时期著名的文学家、哲学家，字嗣宗，陈留尉氏（今属河南）人。他与当时的名士嵇康、山涛等七人并称"竹林七贤"。

阮籍容貌俊雅，性格狂傲，气度非凡，学问盖世。他博览群书，最爱读的是《老子》《庄子》。在生活中也按老庄"无为而无不为"的哲学思想处世，顺其自然。他经常在家闭门读书，有时竟一连数月不出来；有时游山玩水，可以多日不归。他不仅琴棋书画样样精通，而且喜欢饮酒。有时他读书或弹琴到兴致浓时，经常是"当其得意，忽忘形骸"。那种意境就不用多说了。

阮籍虽然生活如此，却也不是尘外之人，他对当时朝廷的腐败非常不满，经常与嵇康等人一起在竹林里一边放歌饮酒，一边评议朝政。他既不愿依附把持朝政的司马氏集团，也不理会曹氏的傀儡皇帝。朝廷征召他为司马参军，他总是托辞不去。一次，阮籍与朋友一起登上广武城，观看当年西楚霸王项羽与汉高祖刘邦交战的垓下遗址。他对汉高祖刘邦的人品和才能非常看不起，看着遗址不无遗憾地叹息道："当时是世上没有真正的英雄，才让刘邦这种小人扬名，成就大业。"阮籍的观点固然带有很大的偏见，但这个故事也暗示了开头所说的人生道理。

◎拓展阅读

只要苦干，事成一半 / 有心烧香，不论早晚 / 鱼生火，肉生痰，青菜豆腐保平安 / 玉不琢，不成器；人不学，不知理 / 遇着绵羊是好汉，遇着好汉是绵羊

这个谚语出自《三国志·吴志》，讲的是三国时东吴大将吕蒙的故事。常用来形容不能以老眼光看人，每个人都在向好的方向发展。也经常用来暗示人们用发展的眼光使用人才，不要囿于世俗的偏见。

　　吕蒙是三国时吴国的一员大将。年少从我，不仅武艺高强，颇识军机，而且胆识过人。一次，吕蒙随姐夫去镇压山越（吴国境内的少数民族）叛乱，在平叛中，他屡建奇功，使吴国大胜。后来，孙权为报父仇发动了对江夏太守黄祖的攻势。又是吕蒙率军英勇杀敌，杀死主将，消灭了黄祖水军，奠定了取下江夏城的基础。

　　吕蒙在军中的卓越才能，深得吴主孙权的认可，吕蒙很快擢升为将军，但唯一令孙权不能满意的是吕蒙目不识丁。一次，孙权在召见他时说："从前你作为一个兵士，不读书倒没什么，可是现在你作为一个将军，就不能不读书了。"吕蒙回答道："军务繁忙，抽不出时间读书。"孙权说："难道你比我还忙吗？你要学会挤时间读书学习。汉光武帝刘秀在行军打仗之际经常手不释卷，向古人学习，他的许多治国方略，就是从那里取得的。我不要求你将来成为一个才高八斗的学问家，仅仅希望你能从书中了解一些军事知识和行军布阵的基本方略，这些基本要求对你来说是非常重要的呀！"

　　吕蒙听后非常惭愧，认识到自身的不足。自此，他发愤读书，除《孙子》《六韬》等军事著作外，还读了《春秋左氏传》等。

　　出身江左豪门的吴国名将鲁肃，一直不把目不识丁的吕蒙放在眼里，更谈不上重用他。一次他巡视经过吕蒙的防区，顺便去看望他，从吕蒙的言谈举止中发现他变得有学问了，由古今历史谈到三国鼎立，有板有眼，侃侃而谈，而且提出了富国强兵的创造性建议。鲁肃大为吃惊，赞叹地拍着吕蒙的肩膀道："你已经不是当年的吴下阿蒙了！"吕蒙笑答："士别三日，当刮目相看，你我已经多年不曾见过面，不能再以老眼光看我啦！"鲁肃点头称是，彻底改变了对吕蒙的看法。

　　后来鲁肃临死时，还特地向孙权保举吕蒙当了大都督。

◎拓展阅读

欲速则不达 / 宁舍一锭金，不舍一年春 / 千人千脾气，万人万模样 / 一年之计在于春，一生之计在于勤

士为知己者死，女为悦己者容

这两句话经常在一起使用，但里面却有两个故事。

春秋末年，齐国大夫鲍叔牙与管仲是好朋友，二人自幼建立了深厚的友谊。鲍叔牙去世时，管仲披麻戴孝，哭得嗓子都哑了。一个朋友问："他又非令尊，也非令子，为何这般哀痛？"管仲答道："这是你们所不能理解的。从前我曾与鲍叔牙到南阳（今山东邹县）做生意，我在市场上多次被侮辱，鲍叔牙却不认为我胆小怕事，知道我有出头之日。鲍叔牙还曾和我一道游说国君，却屡屡受挫。鲍叔牙又曾与我分取钱财，经常我多拿，鲍叔牙从不认为我贪财，知道我缺少钱财。生我养我的是父母，理解我的是鲍叔牙。常言说，士为知己者死，何况我只是为他尽哀呢？"

"士为知己者死"就是从这个故事中来的。一般用它来比喻为人侠肝义胆，敢于为朋友赴汤蹈火，甚至牺牲自己也在所不惜。

汉武帝的李夫人，是乐工李延年的妹妹，不但人长得漂亮，而且舞跳得也好，史称孝武李夫人。她善于穿着和打扮，从服色到发型上都别开生面。在后宫佳丽中，李夫人倍受武帝宠爱。有人问她："为何你的打扮总是和别人不一样呢？难道这就是你受皇帝宠爱的原因吗？"她说："对呀！女为悦己者容。我是按皇帝喜欢的样子打扮自己的，因此才博得皇上的欢心。"

李夫人年纪轻轻就因病去世了。在她病危时，武帝亲自来看她，她却蒙着被子和武帝说话。武帝问："你为什么要蒙头说话，不让朕看看你呢？"李夫人说："我病得太久了，脸色不好，女人没打扮好，是不能见君王的。"武帝执意要看她一面，她转过身去哭泣起来，最终还是没让武帝见。她妹妹问她为什么要那么做，她说："皇帝喜欢我是由于我的美貌，倘若他看到病中的我，会心生厌恶，可能再也不会想念我了。"

"女为悦己者容"就是从这个故事中来的。意思是说女子往往为爱自己的人而打扮，从而更加讨人喜欢。

◎拓展阅读

有志者立长志，无志者常立志 ／ 鸟贵有翼，人贵有志 ／ 冤各有头，债各有主 ／ 只愁母老，不愁孩小 ／ 庄稼怕天旱，做事怕蛮干

"事须三思，免致后悔"出自《三国演义》。意思是说：决定行事之前要将可能性和后果反复做周密成熟的思考，免得草率行事，造成不良后果而追悔莫及。

这句话原是诸葛亮使用激将法激周瑜抗曹的。

诸葛亮在与刘备定下联合东吴抗拒曹操的大计之后，就只身去东吴说服孙权。听到诸葛亮的大计后，孙权一时犹豫不决，想等周瑜回柴桑郡共同商议。周瑜当天晚上回来，主张联合抗曹的鲁肃马上领诸葛亮去见周瑜。周瑜原本就想抗拒曹操，可诸葛亮来后，他偏要故意强调投降曹操的道理。诸葛亮早知周瑜的心思，便说："你们既然准备投降曹操，我也没法阻拦，也不打算阻拦。投降曹操确实有好处，这样可以保妻子，可以全富贵。至于孙权，不必交纳领土与大印，也不必亲自渡江过去与曹操说和称臣，只要把乔玄的两个女儿大乔和小乔用扁舟送到曹营就可以了，因为曹操欲夺东吴就是为得到这两个美丽的女人。"周瑜听罢大怒，他告诉诸葛亮，大乔是孙策的妻子，小乔是他的妻子，并发誓与曹操势不两立。诸葛亮仍用激将法说："事须三思，免致后悔。"

○ 品画鉴宝　提梁镂孔罐·三国

◎拓展阅读

钥匙不能劈柴，斧子不能开锁　/　一天省下一两粮，十年要用仓来装　/　云彩经不起风吹，朝露经不起日晒　/　秀才遇到兵，有理说不清

瘦死的骆驼比马大

"瘦死的骆驼比马大"比喻富贵人家尽管衰落，但日子还是比穷人好得多。

在《红楼梦》第六回里，曹雪芹对这句谚语巧妙地加以运用。

刘姥姥因"冬事未办"，去贾府求助，侥幸得了王熙凤二十两银子的帮助。刘姥姥喜得眉开眼笑道："我们也是知道艰难的。但只俗语说的：'瘦死的骆驼比马大。'凭他怎样，你老拔一根寒毛比我们的腰还壮哩。"刘姥姥一时高兴得忘乎所以，不适当地用了这句俗语做比方。但唯其粗鄙不当，才是刘姥姥这一村庄人的语言。

◎拓展阅读

眼见为实，耳听为虚 / 宁添一斗，莫添一口 / 一家养女百家求，一马不行百马忧 / 有志不在年高，无志空长百岁

"树倒猢狲散"的意思是说：大树倒了，寄居在树上的猴子也就散开，各自离去了。比喻靠山一垮台，依附他的人们也就一哄而散，各奔东西了。

南宋有名的奸相秦桧，早年曾是个私塾老师，生活过得很清苦，日夜盼望着能有机会飞黄腾达。他写诗自嘲道："若得水田三百亩，者（这）番不做猢狲王。"

南宋初年，秦桧做了宰相，他暗通金人，把持朝政。秦桧家乡的许多人见他当了官，便极力巴结奉承他，期求成为他的羽翼。秦桧有个亲戚叫曹咏，是个势利小人，他对秦桧百般讨好，因此也借势做了大官。曹咏的大舅子厉新德为人耿直，非但不与他们同流合污，而且对曹咏的做法嗤之以鼻，公然说他无耻，也从不上他的家门。曹咏见厉新德对自己这样无礼，便怀恨在心，私下利用自己的职权，唆使地方官对厉新德进行种种威逼利诱。无论怎样，厉新德都不屈服，依然对曹咏冷眼蔑视。

宋孝宗即位后，把依附秦桧的人全部免职、处分。曹咏被贬到新州，厉新德终于不再受他的欺压了。他给曹咏捎去一封信，里面装着一篇名叫《树倒猢狲散》的赋，对他加以讽刺。赋中把秦桧比作一棵大树，把依附他的谄媚之徒如曹咏之流比作一群猴子。猴子依靠大树作威作福，那么大树倒了，猴子们自然就东奔西散了。其中有一句即是"只知背靠大树好乘凉，不知树倒猢狲散"。

◎拓展阅读

在家不避父母，出嫁不避丈夫，有病不避大夫 ／ 不挑担子不知重，不走长路不知远 ／ 一天省一把，十年买匹马 ／ 针没有线长，酱没有盐咸 ／ 吃力不讨好

○品画鉴宝：魂瓶·宋。此瓶偏于高瘦，釉色白中影青，盖上葡萄一鸟，瓶口呈杯形，颈细长，并饰有弦纹，肩部有一圈荷叶边，颈与腹之间有四个宽带形耳相连接。

水不激不跃，人不激不奋

这个谚语告诉人们，要善于用激励的方法引导人，后来人们也用来形容一个人在遭受重大创伤之后，才知道奋发图强。我们看看明代冯梦龙《古今小说》中的一段故事。

大唐贞观年间，博州有一个名叫马周的人，自幼熟读经史，广有谋略，却一贫如洗，因此，年过三旬尚未娶妻。博州刺史达奚也知其名，聘他为本州助教，马周屈居低位，郁郁寡欢，也不甚理事，每日借酒浇愁，几次喝得酩酊大醉，被达奚撞见，厉色严词责备。马周叹道："我只为孤贫无援，竟屡被刺史责辱，这个助教官儿，也不是我终身之业。"说后，仰天大笑，弃官竟奔京城而去。到了京城，马周寄居在一个叫王媪的寡妇家中，那王媪待他十分周到。朝中中郎将常何不识字，当时正欲觅个文士作宾客，对付文稿等事。王媪识得常府苍头（仆人），便将马周转荐给他。也是合当马周发迹，正值唐朝太宗诏五品以上官员，都要直言得失，以凭采用。常何官职不低，也该具奏，没奈何，姑且命马周代笔，草成奏章二十条，连夜缮写整齐，早朝进呈。

太宗看罢，事事称善，便问常何道："此等见识议论，量也非你自己想的，你从何处得来？"常何拜倒在地，口称："死罪，我确实写不出来，这是门客马周所作。"唐太宗立即召见马周，即日拜为监察御史。从此青云直上，不出三年，官至吏部尚书，成为唐朝一代名臣。

再说达奚刺史任满回京，听得吏部尚书是马周，自知得罪他许多，惶恐不安。马周晓得此情，再三邀请相见，说道："昔日嗜酒误事，刺史教训我是对的，是我的错。况且，'水不激不跃，人不激不奋'，没有您的责备，我哪会有今天呢？"即日举荐达奚为京兆尹。马周又感激王媪的恩情，和王媪结了婚，白头偕老。

◎拓展阅读

争着不够吃，让着吃不了 / 在朝都是官，在席都是客 / 知己知彼，百战百胜 / 一天一根线，十年积成缎 / 越坐人越懒，越吃口越馋

210

○品画鉴宝　广目天王像·唐

『广目』意为能以净天眼随时观察世界，护持人民，故名广目天王。广目天王身为红色，穿甲胄，为群龙领袖，手缠赤龙。此画中人物表情生动夸张，展现了天王惩奸除恶的形象。

水至清则无鱼，人至察则无徒

○品画鉴宝 彩绘陶俑·汉

"水至清则无鱼，人至察则无徒"这个谚语出自《大戴礼记·子张问入官》。意思是说如果水太清洁了，水面上就不能生长浮游生物，鱼会因找不到食物而不能生存；人如果太苛刻小气，也就很难找到能真诚相随的人。

西汉时，班超奉命出使西域，在西域待了三十多年，联合了数十个国家，遏制了匈奴对西域的渗透，保证了中西商道"丝绸之路"的畅通无阻，纵横无敌，威震西域，汉武帝封他为定远侯。然而他是个对任何事物都要求比较严格的人，对部下非常苛刻，即使是部下偶尔的过错他也从来不宽容，因此他的下属虽然非常敬服他，但也对他很是害怕，大家都不大愿意在他手下工作。所以一个好朋友劝告他说："你听说过'水至清则无鱼，人至察则无徒'这句谚语吗？你对别人的要求太严格了，你的部下整日战战兢兢，怎么可能做好工作呢？还是从大处着眼，对人多一些宽容，对部下的小过失多一些谅解。"班超接受了好友的建议，从此以后，大家就对他又敬又爱，也都安安心心地工作了。

◎拓展阅读

只要功夫深,铁杵磨成针 ／ 八字没一撇 ／ 十里认人,百里认衣 ／ 由着肚子,穿不上裤子 ／ 只有扯皮的人,没有扯皮的事

水中月，镜中花

"水中月，镜中花"这个谚语来源于两则佛经寓言故事。人们常用来形容一些事物的不切实际性，也用于形容人们做事看问题的一种虚幻性。

据《僧祗律》载：从前，在婆罗乃城外的森林中生活着一群猴子。在一个月明星稀的晚上，一只猴子在水塘边玩耍，忽然惊叫道："大事不好啦！月亮掉在水里了！以后晚上我们怎么办呢！"猴王也十分着急，召集大家召开紧急会议，最后大家一致同意打捞月亮。怎么打捞呢？最后它们就让一只最健壮的猴子把尾巴吊在树稍上，其他猴子依次往下吊，然而最下面的猴子还没捞到月亮，树枝就断了，所有的猴子都掉进了水中。

据《大庄严论经》载：从前，一个漂亮的媳妇忍受不了公婆的虐待，有一天，趁着婆婆外出时，一个人逃到大森林中。越想越气，叫天天不应，喊地地不灵，就动了自杀的念头。她正苦闷时，忽然听见有人走来，她马上躲到了水边的一棵树上。这时，一个十分丑陋的姑娘前来打水，一下子发现水中有一张漂亮的面孔，以为是自己呢，于是就指责人们让她干又苦又累的活，躲在树上的漂亮媳妇觉得非常开心，扑哧一下笑出声来。丑姑娘猛然醒悟，原来水中那个漂亮的脸蛋不是自己的，心里非常难过。

◎拓展阅读

事要多知，酒要少吃 / 三里不同乡，五里不同俗 / 早起三光，晚起三慌 / 只种不管，打破金碗 / 智养千口，力养一人

司马昭之心，路人皆知

这个谚语出自《三国志·魏志》。"司马昭之心，路人皆知"本意是说，司马昭心里想的是什么，大家都非常明白，常用来形容阴谋、野心被人看穿，大家不问自知。

三国时候，魏国大将军司马昭掌握重兵，执掌魏国国柄，皇帝的废立、皇后的册封都由他说了算。他贵为大将军大司马，仍然不满足，接着又加封自己为大都督，没隔多长时间又当上国相。常言道，一人得道，鸡犬升天，他的家族中是男人都被加官晋爵，同时他自己被封为晋王，一时权倾朝野。司马氏的用意大家再也明白不过了，下一步就是逼魏帝禅让了。

魏帝曹髦见到大权已被司马昭尽夺，有破釜沉舟之意，就与亲信大臣王沈、王经、王业商议对策。曹髦对大家说："司马昭现在想做什么，我想大家已经非常明白。我早晚皇位不保，为大家将来的前途着想，我们不如先下手为强！"

尚书王经犹豫地说："恐怕行不通呀，我们势单力薄，手中没有兵权，这事必须从长计议，一旦我们失手，反受其祸，陛下的卫兵多是老弱之众，数量也不多，陛下要三思啊！"

曹髦此时已经孤注一掷，哪里听得进去，他强令道："我决心已下，不杀此人，誓不为人！"说罢便入宫把此事告诉太后。这时，胆小怕事的王沈、王业急忙派人告诉了司马昭。司马昭做了充分准备，在皇宫内外布下重兵，然后派兵冲入宫中，轻而易举地就将曹髦杀掉了。

这样，作为傀儡的形式也被废除了，不久，司马昭便通过禅让的方式取代了魏国政权，创立了代表豪门贵族势力的西晋王朝。

◎拓展阅读

贮水防旱，积谷防荒 / 抓鱼要下水，伐木要入林 / 宁走封江一指，不走开江一尺 / 一日练，一日功，一日不练十日空 / 不听老人言，吃亏在眼前

四海之内皆兄弟

古人以为中国四周都是大海，就用"四海之内"指全中国。"四海之内皆兄弟"就是全中国的人都像兄弟一样。

有一次，学生司马牛问老师孔子："什么叫作'仁'？"

司马牛的缺点是说话不怎么谨慎，孔子回答说："仁的言谈是很谨慎的。"

司马牛不怎么明白，又问："言谈谨慎，就可以算是仁吗？"

孔子语重心长地说："不管什么事，做起来都是很难的，说起来能不谨慎吗？"

司马牛又问怎样做才可以算是君子，孔子说："君子不忧愁，不畏惧。"

司马牛对老师的回答还是不太明白，又问孔子："难道不忧愁、不畏惧就可以叫作君子吗？"

孔子说："君子经常反省自己，做到问心无愧，还有什么忧愁畏惧的呢？"

司马牛告别了孔子，出来碰见了孔子的另一个学生子夏。司马牛又忧愁地对子夏说："别人都有兄弟，唯独我没有。"

子夏听了，就安慰他说："我听别人说过，'死和生都是由命运决定的，富贵与否则是由上天安排的。'君子做事认真，没有差错，对人恭敬而有礼貌，那么天下所有的人都是兄弟，君子何必忧愁没有兄弟呢？"

◎拓展阅读

庄稼不让时，船家不让风 ／ 吃了豹子胆 ／ 早起动动腰，一天少疲劳 ／ 种早不荒，起早不忙 ／ 只要肯劳动，一世不会穷

死马当作活马医

"死马当作活马医"出自清代夏敬渠的《野叟曝言》。后人用以比喻虽然已经明知没有希望的事，但还是要做最后的努力，寄希望于奇迹出现。

据说，汉朝有个叫窦固的大官，养了一匹日行八百、神骏异常的宝马，对这匹天下无双的宝马，窦固非常钟爱。但天有不测风云，一天，宝马突然病了，窦固遍求天下良医，但都爱莫能助，宝马终于病死了。窦固异常哀痛，便向门房嘱咐道："我今天心里不痛快，谁来拜访我都不见。"郭璞听说此事后，来到窦府，对门房道："我有办法能把死马救活。"门房通报给窦固时，他半信半疑，但也没有其他办法，心想："死马当作活马医嘛，让他试试看。"于是将郭璞请进来，殷勤接待，并请求他立即医马。郭璞吩咐道："此去东门外三十里有座小山，那里树林密布，你派几十个人去敲锣打鼓，撵出一个像猴样的动物来，捉来给我。"窦固立刻照办，不多时，派去的人果然捉来一个叫不上名来的怪物。只见那动物比猴子略大，目放金光，灵动异常。它一看见死马，立即扑上去吸它的鼻孔，啧啧有声。吸了一会，那死去的马竟慢慢动了起来。又吸了一会儿，那马竟一跃而起，仰头鸣嘶、踢脚摆尾，竟与以前一模一样地有了活力。大家再寻找那怪物时，却不知什么时候不见踪影了。

◎拓展阅读

捉奸捉双，捉贼捉赃 / 人误地一时，地误人一年 / 子不嫌母丑，狗不嫌家贫 / 走路不怕上高山，撑船不怕过险滩

○品画鉴宝 桃源仙境图·明·仇英 此画显示了仇英精深的人物和山水的绘画功底，将山水景物与房屋、人物完整地融为一体，巧妙地突出了仙境之美。

"身在曹营心在汉"一语出自罗贯中的《三国演义》。意思本来是讲关羽坚守节操，忠于故主；后来逐步又引申为身在此处，而心思却跑到了彼处，比喻心思不专，用心不一。

东汉末年，曹操把持朝政，挟天子以令诸侯，为了给自己称帝铺平道路，他大肆铲除异己。此时，刘备刚到徐州，立足未稳，兵少将寡，于是曹操决定先消灭刘备。当曹操大军围困徐州后，由于双方实力悬殊，刘备很快便溃败下来，慌乱之中，刘备与结义兄弟关羽、张飞失散，单骑投奔袁绍去了。关羽保护着刘备的两位夫人，据守在下邳。

关羽智勇双全，尤其以忠义著称，其武艺和人品很受曹操赏识。于是曹操想方设法把关羽收在自己帐下效力。他利用计谋，先派人混进下邳城中做内应。第二天，又派重兵到城下挑战。关羽出城迎战，曹操派几员大将轮番与关羽交手，缠住不放。正在关羽与曹兵酣战之时，城中内应打开城门，曹军占领了下邳，俘获了刘备的两位夫人。关羽想到两位嫂嫂已落入曹操手中，无可奈何之下，只得暂时投降以照顾两位嫂嫂。

关羽带了两位嫂嫂随曹操来到许昌曹营，曹操为了收买关羽，以朝廷的名义赐他"汉寿亭侯"的爵位，上马金，下马银，赠送了许多绫罗绸缎、金银器皿给关羽，并且让十名美女陪侍。对这些馈赠，关羽看也不看，全都交给两位嫂嫂处置。

一天，曹操特意为关羽做了一件新袍赠送给他，但关羽却把新袍穿在里面，外面仍用旧袍罩上，曹操见故，问他："关将军何必如此节俭？"

关羽回答说："这不是节俭，只是旧袍是兄长所赐，穿在身上就像与兄长在一起一样。我与兄长恩深义重，怎能因丞相的新赠而忘了兄长的旧赐？"

又一次，曹操得了一匹日行千里的赤兔马，便宴请关羽，说："良将配骏马。"将赤兔马送给了关羽。关羽大喜，

神威能奮蒼髯儒雅更知文
天日心如鏡春秋義薄雲
古吳雙松館主人謹摹

下拜称谢。曹操奇怪地问："我送给将军金银、美女，你从没这么高兴过，一匹马何至于如此呢？"

关羽回答说："这匹赤兔马能日行千里，有了它，有朝一日知道兄长下落后，不管他离我多远，我一天就能赶到兄长身边了。"曹操听后，知道关羽身在曹营心在汉，是不会为自己所动的。

后来，关羽得知刘备在河北袁绍处，便连夜给曹操写了一封辞别信，感谢他的知遇之恩和盛情款待，说明自己誓与哥哥刘备同生死、共患难的决心。关羽将"汉寿亭侯"金印悬在房梁上，把曹操所赐金银分毫未动，封存一室。带了随从，护送两位嫂嫂出许昌北门，向河北寻找兄长去了。一路上过五关，斩六将，终于回到刘备身边。

◎拓展阅读

嘴上无毛，办事不牢 / 庄稼一枝花，全靠肥当家 / 不当家不知柴米贵，不养儿不知父母恩 / 做一行，怨一行，到老不在行 / 坐吃山空，立吃地陷

此语典出晋代陈寿的《三国志·蜀书·诸葛亮传》。意思是说：能认清当前的形势并随潮流而动的人才是真正的英雄。一般也用来形容能认识到目前自己的处境而不盲动，此时意同"好汉不吃眼前亏"。

据《三国志》记载，诸葛亮隐居在隆中时，在读书之外也经常同当地一些有影响的名流交往。当时有一个名叫庞德公的人很有学问，他的朋友司马徽和侄儿庞统也都很有声望。诸葛亮经常与他们在一起，相互交流、探讨当时的局势。庞德公非常赏识诸葛亮的才能，尤其是他的政治头脑，认为他是蛰伏着的蛟龙，一旦风云际会，就能腾云驾雾，成就一番事业。为此，他称诸葛亮为"卧龙"。

当时，刘备正寄居于荆州牧刘表之处，处境虽然艰难，但他时时以天下为己任，总想着匡复汉室江山。他觉得想创立基业，必须有一个智谋超群的人辅佐自己，因此一直在留心寻找这种有见识的人才。当他得知司马徽在襄阳很有名望时，便前去向他请教。司马徽看出了刘备的抱负，便向他推荐道："我这样平庸的书生文士对天下大势是认识不清的。识时务者为俊杰，这里的卧龙和凤雏才是对你有用的人物。"

刘备急忙追问："卧龙和凤雏是谁？"

司马徽告诉他说："卧龙是诸葛亮，凤雏是庞统。"

后来，诸葛亮的好友徐庶当了刘备的谋士，很得刘备的器重，但他协助刘备没有多久，就因故不得不离开了，分别时，他向刘备推荐了诸葛亮，并写了引荐信。于是就引出了刘备三顾茅庐邀请诸葛亮的故事。

◎**拓展阅读**

不怕家里穷，只怕出懒汉　/　一个篱笆三个桩，一个好汉三个帮　/　有志不在年高　/　学好千日不足，学坏一日有余　/　天有不测风云，人有旦夕祸福

○ 品画鉴宝　孔子燕居像·明　此画描绘了孔子退朝后闲居时的形象。画中的孔子既有几分威严，又有几分平易近人，此画展现了孔子的学者修养，也是他真实生活的写照。

"树欲静而风不止"一语出自汉代韩婴的《韩诗外传》卷九中记载的一段孔子出行的故事。意思是树本来想要静止，但风却不停地吹刮，使它静不下来。一般常与"子欲养而亲不待"相连使用，用以比喻客观情况与主观愿望相违背，有一种无可奈何的感觉。

据载，春秋时，孔子在带领弟子们游历的途中听见有人啼哭的声音，那哭声哀伤而凄凉，孔子听了深有感触，对弟子们说："赶上去，赶上去！前面有贤人在哭泣。"大伙儿急忙赶上去一看，原来是皋鱼，只见他身穿粗布衣，抱着镰刀在道旁悲伤地哭泣着。孔子很是奇怪，便把车让在路旁，下车向皋鱼问道："先生莫非有丧事吗？为什么哭得如此悲痛呢？"皋鱼回答说："我并不是有丧事，只是我这一生犯了三种非常严重的过失！我年轻时一心求学，遍游诸侯各国，遍访有识之士，向他们求教，但等我回到家时，双亲却已经去世了，这是我的第一个过失；我一生自命清高，举止傲慢，不愿侍奉昏庸的君主，以致蹉跎岁月，到头来一事无成，这是第二个过失；还有就是与一些交情深厚的朋友中途断绝了来往，这是第三个过失。树欲静而风不止啊，儿女想等自己事成之后再来奉养双亲，而父母却过早去世了，岁月年华一去而不复返，去世的双亲，是再也见不到了，我要从此与世人永别了。"说罢立刻形同枯木，死去了。

孔子听后沉默良久，然后对弟子们说："你们要记住皋鱼刚才所说的这些话，它足以作为自己的借鉴了！"于是，有13名弟子辞别孔子，回家侍奉双亲去了。

○拓展阅读

一顿省一口，一年省一斗 / 自己的东西是宝，别人的东西是草 / 有麝自然香，不用大风扬 / 治病要早，除祸要狠

杀鸡焉用牛刀

"杀鸡焉用牛刀"出自《论语·阳货》。比喻大材小用或小题大做。

孔子的弟子言偃，对孔子经常提出的礼乐之道颇为重视。武城是一座小城，言偃到武城做官后，遵循孔子的教导，向百姓倡导礼乐，城内弹唱之声不绝于耳。

一次，孔子带着几个弟子外出，经过武城，听到城里弹琴唱歌之声此起彼伏，认为治理这样一块小地方施用礼乐的大道，是小题大做，便微笑着对弟子说："杀鸡哪用得上宰牛的刀！"

言偃对孔子这样说不以为然，向老师提出疑问道："从前老师教导我们，统治百姓的人学了礼乐的大道，就会懂得爱护百姓；而百姓学了礼乐的大道，就会变得容易驱使。难道老师的这个教导放在武城就不适用了吗？"

言偃的疑问让孔子顿悟。孔子对随行的弟子们说："你们注意了，言偃的话是正确的。我刚才说的'杀鸡哪用得上宰牛的刀'，不过是跟他开玩笑罢了！"

○ 孔子像　孔子名丘，字仲尼，春秋时期鲁国人，我国伟大的教育家、政治家和思想家，儒家学派的创始人。他的『仁政』及『有教无类』的教育思想对后世影响深远。

◎拓展阅读

种瓜得瓜，种豆得豆 ／ 远水不解近渴，远亲不如近邻 ／ 众人拾柴火焰高 ／ 有志漂洋过海，无志寸步难行

十年树木，百年树人

"十年树木，百年树人"一语出自《管子·权修》。原文是："一年之计，莫如树谷；十年之计，莫如树木；终身之计，莫如树人。一树一获者谷也，一树十获者木也，一树百获者人也。"这个道理非常深刻，经此一讲，便非常明白。常用来说明人才难得，需要经年累月、一步一步地培养。也用来比喻要想获得更大的收获，就得有更大的投入和更长的时间。

因为谷子一年一熟，因此种谷子一年之内就有收获，所以如果你急于收获的话，最好是种谷子；但这种收获也是有限的、微弱的。所以要想取得大一点的收获，那就种一批树木，十年左右树木便可成材；但如果做更长远的打算，想取得更多更大的收获，那么最好是培养人才。种一批树木，十年后可以源源取利；但假如能培养一批人才的话，那他们就能更长期地发挥作用，贡献力量，你就能取得更大的收获。

◎拓展阅读

动手成功，伸手落空 ／ 谷要自长，人要自强 ／ 想喝甜水自己挑 ／ 路要自己走，关要自己闯 ／ 天上下雨地下滑，自己跌倒自己爬

223

"使心用心，反害自身"出自《醒世恒言·大树坡义虎送亲》。意思是：凡是存了坏心，使了卑鄙手段残害别人的人，到头来反而害了自己。

福建泉州人韦德自幼随父母在浙江绍兴做生意，娶妻单氏，夫妻二人感情极深。这年，韦德的父亲去世了，他思念故乡，便与单氏商量，变卖了家产，雇了一只船，带了父亲的灵柩，回老家泉州。船家张稍见韦德囊中充实，又见单氏生得美丽，便起了坏心。

这日船到江郎山下，张稍推说没柴，定要韦德相伴上山砍柴。到山深之处，张稍四顾无人，趁韦德低头捡柴，一斧砍中左肩，再一斧砍在头上，韦德顿时血如泉涌，眼见活不了。张稍飞奔回船，对单氏说："没造化，你丈夫被大虫衔去了，亏我跑得快，脱了虎口。"单氏一头哭，一头想道："闻得虎遇夜出山，不想白日里出来伤人！况且两人同去，偏他全没些损伤？"便对张稍说："我和他夫妻一场，如今他被虎吃了，少不得存几块骨头，烦你引我去捡得回来安葬，也表夫妻之情。"立刻逼着张稍引路，又进山去。先前砍柴是走东路，这次张稍怕单氏看见尸首，却走西路，东张西望，走了多时，日色渐晚，忽地真正跳出一只白额虎来，把张稍一口衔着，跑入深林中去了。正是"使心用心，反害自身"。单氏惊倒在地，半日方醒，认着旧路一步步哭将转来，走到与东路相接处，只听一人唤道："娘子，你如何却在这里？"回头一看，只见韦德血污满身，正从东路跟跄走来——原来韦德虽被斧伤，一时闷绝，张稍去后，却又醒转，扯破衣衫将头裹缚停当，这才挪步下山，巧遇单氏。当下回船，雇人撑船自回泉州去了。

◎拓展阅读

血书必须用血写 / 眼望高山，脚踏实地 / 一步一个脚印 / 不图一时乱拍手，只求他日暗点头

水则载舟，水则覆舟

"水则载舟，水则覆舟"一语出自《荀子》，意思是说：水既能载船，也能翻船。用水与船的关系比喻君主与百姓的关系，人民可以拥戴君主，保护其统治地位；也可以反对君主，推翻其统治地位。

《荀子·王制》说："马骇舆，则君子不安舆；庶人骇政，则君子不安位。马骇舆，则莫若静之；庶人骇政，则莫若惠之。选贤良，举笃敬，兴孝弟，收孤寡，补贫穷，如是，则庶人安政矣。庶人安政，然后君子安位。传曰：'君者，舟也；庶人者，水也。水则载舟，水则覆舟。'此之谓也。"

意思说的是：拉车的马如果受了惊，坐在车内的人就不得安稳了；老百姓对政治非常害怕，在官位上的君子就不得安稳了。拉车的马受惊了，没有比使马平静下来更好的方法；老百姓对政治非常害怕，没有比给他们恩惠更好的方法。选择贤良的人，保举忠诚而又庄严的人，提倡孝悌，收养孤寡，补助贫穷的人，如果能做到这些，那么老百姓就会安于政事。老百姓安于政事，那么君子就能在官位上坐得安稳了。古书上说："君子如船，百姓如水。水既能使船安稳地航行，也能使船沉没。"说的就是这个道理。

唐初谏议大夫魏征也曾以"水能载舟，亦能覆舟"的话劝谏过唐太宗李世民。

○ 品画鉴宝　鸟兽纹镜·唐

◎拓展阅读

多做强似能说 ／ 愿望的东西，必须伸手才能得到 ／ 一万个零抵不上一个一；一万次空想抵不上一次实干 ／ 看到了目标，并没有到达目的地 ／ 临渊羡鱼，不如退而结网

226

"生死有命，富贵在天"一语出自《论语·颜渊》。意思是说：生和死都是命中注定的，人的富贵贫贱也是上天早安排好的。这是一种唯心论的观点，说明个人无力改变命运。但有时也用来表示一个人只是一味努力奋斗，而不问结果，只管耕耘，不问收获。

《论语·颜渊》：司马牛忧曰："人皆有兄弟，我独亡。"子夏曰："商闻之矣：'死生有命，富贵在天'。君子敬而无失，与人恭而有礼。四海之内，皆兄弟也。君子何患乎无兄弟也？"

这段话的意思是：司马牛忧伤地说："别人都有兄弟，唯独我没有。"子夏听后说："我听说过这样的话，'生或死都由命运主宰，荣华富贵也是上天安排'。君子只要做事认真严肃，不出差错，对待别人恭敬而有礼。那天下的人都是你的兄弟了啊。君子为什么要忧虑自己没有兄弟呢？"

◎拓展阅读

虽然有了好种子，庆祝丰收还太早 / 要想成功，必须走完从说到做这段路 / 十个空想家，抵不上一个实干家 / 喊破嗓子，不如甩开膀子

生死有命，富贵在天

生男勿喜，生女勿悲

"生男勿喜，生女勿悲"是一句流传久远的古谚语。封建社会重男轻女，因而生了男孩全家欢喜，生了女儿就没那么高兴了。但也有以女儿光耀门庭的事例，因而民间就有了这种说法。唐代的杨贵妃便是一例。

杨贵妃得宠于唐玄宗以后，因怀念姐姐，请求唐玄宗将自己的三个姐姐一起迎入京师。唐玄宗称杨贵妃的三个姐姐为姨，并赐以住宅，天宝初年又分别封她们三人为虢国夫人、韩国夫人和秦国夫人。当时，三夫人并承恩泽，出入宫掖，势倾朝野，公主以下皆持礼相待。此外，杨贵妃的两个堂兄也日见隆遇，时人号为五杨。五杨宅中，四方赂遗，日夕不绝，官吏有所请求，但得五杨援引，无不如志。随着杨贵妃的宠遇加深，虢、韩、秦三夫人也宠遇愈隆，唐玄宗每年赏赐给她们的脂粉钱就有千贯之多。而五杨又竞相构筑宅第，互相攀比，一旦见了别人的住宅比自己的宏丽，即拆撤重建，每建一堂花费都在千万以上，土木之工，昼夜不息。这其中又属虢国夫人最为豪侈。

此外，虢国夫人的堂兄杨国忠也得宠于唐玄宗，五杨又添一杨。唐玄宗每年十月都要游幸华清宫，届时，虢国夫人与韩、秦两夫人，及杨国忠、杨氏兄弟一并从幸，车马仆从，连接数坊，锦绣珠玉，鲜华夺目。不久，杨贵妃的一个堂弟去世，所剩杨氏五家，各自为队，队自异饰，分为一色，合为五色，仿佛云锦集霞，或百花之焕发。他们所经之处，沿途遗失丢弃的首饰珠宝玉器很多，香风飘达数十里。因此，当时都城中有歌谣唱道："生男勿喜女勿悲，生女也可壮门楣。"

◎拓展阅读

办事要扎实，说话要谨慎 / 不实心，不成事；不虚心，不知事 / 别只看骑车马如飞龙，也要看他驯马时留下的伤痕 / 大王好见，小鬼难求

○ 孟子塑像 孟子名轲，字子舆，战国时期邹国（今山东邹城）人。孟子是战国时期儒家学派的代表人物，著有《孟子》一书，与孔子合称"孔孟"。

生于忧患，死于安乐

"生于忧患，死于安乐"一语出自《孟子》："入则无法家弼士，出则无敌国外患者，国恒亡。然后知生于忧患，而死于安乐也。"意思是说：忧愁患祸可以使人生存，安逸享乐可以使人死亡。它是激励人们奋发图强的用语。

孟子是战国时代伟大的思想家，他在各国游说时，教育一些诸侯国的国君应该刻苦自励，在忧愁患祸中磨炼毅力，认为能够担当重任的人，务必要经过一番艰苦的磨炼。历史上的圣人虞舜也曾当过农民，春秋时的管仲、孙叔敖、百里奚等人，有的被囚禁，有的隐居海滨，有的放牛度日。正因为他们经过这些磨炼，因而后来才能担当起重要职务并成为名人。

对于一个人来说是这样，对于一个国家来说也是一样的道理。孟子指出：一个国家如果经常处在安乐之中，上上下下都没有危机感，国家没有严格执法的人和敢于上谏的大臣，国外没有敌人来犯的忧虑，这个国家也就往往会被消灭。

◎拓展阅读

不图便宜不上当，贪图便宜吃大亏 ／ 三年不喝酒，家里样样有 ／ 不问收获，只看耕耘 ／ 结伴好，起身早；行李少，川资饱 ／ 进哪里乡，喝哪里汤

失之东隅，收之桑榆

"失之东隅，收之桑榆"一语出自南朝宋范晔的《后汉书·冯异传》，这是汉光武帝刘秀发诏书奖励冯异的一句话。东隅，东方日出的地方，比喻时间之早，有开始、起初的意思。桑榆，日落于西方，余光还留在树上，比喻时间之晚，有最后、终于的意思。东隅、桑榆也泛指这一方面、另一方面，或早期、晚年。比喻开始或在这一方面虽有所失，以后或在另一方面还会有所获，通常作为鼓励信心，变被动为主动的话，激励他人或勉励自己。

东汉光武帝的偏将冯异，在建武三年（公元27年）春拜为征西大将军，他与邓禹、邓弘约定一同镇压赤眉农民起义军。冯异主张"（赤眉）余众尚多，可稍以恩信倾诱，难卒用兵破也。上今使诸将屯渑池要其东，而异击其西，一举取之，此万成计也"。邓禹、邓弘不同意这一战术。赤眉军采取佯败的办法，用车子装土，上面放着粮食，弃于道上，引诱禹、弘将兵争分辎重，结果被杀死三千多人，冯异引兵来救时也被击溃。邓禹逃往宜阳，冯异败退到回溪阪，重新聚集败兵，让少数兵将换上赤眉军的服装伏于路侧，在赤眉军进攻时，混入赤眉军内，内外夹击，败赤眉军于崤底，俘虏八万余人，余众十万东走宜阳。

这时光武帝发诏书慰劳冯异说：赤眉破平，士吏劳苦，始虽败于回溪，终能奋翼渑池，可谓失之东隅，收之桑榆。方论功赏，以答大勋。意思是说：你们打败赤眉，将士都很劳苦，开始虽然在回溪战败失利，但终于在渑池一战中取胜，有失有得，应当论功行赏。

唐王勃《滕王阁序》有："北海虽赊，扶摇可接，东隅已逝，桑榆非晚。孟尝高洁，空怀报国之心，阮籍猖狂，岂效穷途之哭？"意思是说北海虽远，乘风而往，总可以达到，早年虽然没有什么作为，还可以在晚年去大显身手，孟尝（东汉时顺帝的合浦太守）长期不得升迁，白白有一颗报效国家的忠心；阮籍（西晋人，愤世嫉俗，信口骂人，驾车出游，遇路不通也痛骂而返）的猖狂行为学他又有什么用呢？这是王勃自慰自勉，自己为自己解嘲的话。

◎**拓展阅读**

破柴破大头，问路问老头 / 莫用棍子搅牛屎，莫与蛮汉论道理 / 席不正不坐，门不正不入 / 出门莫问人，问人去不成 / 不怕山高，就怕脚软；不怕人穷，就怕志短

失之毫厘，差以千里

此语出自《资治通鉴·汉记》："失此二策，羌人致敢为逆，失之毫厘，差以千里，是既然矣。""失"，错失，差错。"毫、厘"，微小的长度计量单位。指稍微相差一点点，结果会造成很大错误。这里讲的是西汉名将赵充国平定羌人叛乱的故事。

赵充国，字翁松，生于西汉建元四年（公元前137年），陇西上邽人，历仕西汉武帝、昭帝、宣帝三朝，为汉代著名军事将领。有一次，他奉汉宣帝的命令去西北地区平定叛乱。到了那里，一看形势，叛军的力量较大，但军心不齐。他就决定采取招抚的办法，避免兵士遭受重大的伤亡。经过他的努力，果然有一万多叛军前来投诚。赵充国便打算撤回骑兵，只留一小部分部队开垦土地，等待叛军全部归顺。可是还未等他把情况上报皇帝，皇帝却已下达了限时全面攻击叛军的命令。经过再三考虑，赵充国决走还是按照自己原来的打算去做招抚叛军的工作。赵充国的儿子赵卯听到这个消息，急忙派人劝他父亲接受命令，不要因违抗皇帝命令而遭杀身之祸。反正是皇帝命令出兵，打胜仗还是打败仗，都由皇帝负主要责任。事实也确实如此。赵充国曾向皇帝建议让酒泉太守辛武贤去驻守西北边境，但皇帝却采纳了丞相和御史们的建议，派不懂军事的义渠安国带兵，结果被匈奴人杀得大败。有一年，金城、涅中粮食大丰收，谷子的价钱很便宜。赵充国向皇帝建议收购300万石（容量单位，1石=100升）谷子存起来，那么边境上的人见到军队的粮食充裕，人心归顺，他们想叛变也不敢动了。可是后来耿中丞只向皇帝申请买100万石，皇帝又只批了40万石，义渠安国又轻易地耗费了20万石。正由于做错了这两件事，才发生了这样大的动乱。赵充国想到这些，深深地叹了口气说："真是'失之毫厘，差以千里'啊！如今战事未停，危机四伏，我一定要用生命来坚持我的正确主张，替皇帝扭转这个局面。我想，明达的皇帝是可以对他讲真心话的。"于是赵充国把他撤兵、屯田的设想奏报皇帝，向汉宣帝提出著名的"千古之策"，即《屯田策》。宣帝接受了他的主张，最后招抚了叛军，达到了安邦定国的效果。他在河湟流域首创屯田，为这一地区社会安定、经济发展、汉文化的迅速传播做出了历史性贡献。1942年在青海乐都县高庙镇白崖子村出土的"三老赵掾之碑"，记述了赵充国河湟屯田的业绩及子孙继承祖志，扎根青海艰苦创业的事迹。

◎ **拓展阅读**

一坡草一样色，一方人一方俗 ／ 在家不看公鸡卦，出门不听老婆话 ／ 大水淹不死游鱼，山高挡不住鸟飞 ／ 飞出大山的是鹰，冲出山谷的是水 ／ 进山听鸟音，进寨看习俗

"四体不勤，五谷不分"出自《论语·微子》："子路从而后，遇丈人，以杖荷。子路问曰：'子见夫子乎？'丈人曰：'四体不勤，五谷不分，孰为夫子？'植其杖而芸……"后人用以形容好吃懒做、不学无术的人。也用来形容那些脱离劳动、缺乏实际知识的人。

这个故事是这样的：子路跟着孔子周游列国，有一天，在行路中，子路落在了孔子后面，找不到孔子了，遇到一个身背竹具的老人，子路便问他："您看见夫子了吗？"老人说："四体不勤，五谷不分，谁是夫子呀？"意思是说：不去从事农业生产，出来到处乱跑，称得上什么夫子？"说着，便把木杖插在地上耕种去了。子路立在道旁等着回答。后来老人留子路在他家过夜，杀鸡做饭招待他。第二天，子路找到孔子，便把这件事的经过告诉了孔子。孔子说这一定是个隐者，便叫子路去寻老人，但没有见到。子路把孔子的话留给老人的儿子，说："不仕无义。长幼之节，不可废也；君臣之义，如之何其废之？欲洁其身，而乱大伦！君子之仕也，行其义也。道之不行，已知之矣。"意即你不出来为国家做事，这不义，连长幼的礼节都不能废，为什么把君臣之间的关系废弃了呢？洁身自好而损害了大的道德。我的主张行不通，我是知道的。

○ 品画鉴宝　龙耳尊·春秋

◎拓展阅读

山中的豹子可以打，路边的东西不能拣 / 坐在灶前不言情，对着火塘不撒尿 / 勇敢的人是纹身的人，勇敢的牛是缺鼻的牛 / 入何方，以该地的竹做绳；离何乡，以该乡的粮包饭

四体不勤，五谷不分

三寸不烂之舌

"三寸不烂之舌"出自司马迁的《史记》。形容能说会道，极有口才。

汉高祖刘邦的得力助手中有个叫张良的，他身材长得不高，相貌也很文弱，完全是个书生。可是他精通兵法，足智多谋，而且很有口才。刘邦起兵反秦，接着又与项羽互争天下，最后获得胜利，建立了汉朝。在军事方面，张良运筹帷幄，定计决策，起了很大的作用。刘邦做了皇帝，封张良为"留侯"。可是张良却想出家当道士去，他说："我家本在韩国，祖上世代都是韩国的大臣，强暴的秦国灭亡了我们韩国，我为报国仇，宁愿牺牲万金家产，参加了反秦的战争，终于见到了胜利。我凭我的'三寸舌'，得到今天这样高的荣誉和地位，对于我来说，实在已经足够了……"

◎拓展阅读

人家帮助，要记着报答；人家伸手，要及时去拉；人家撑船，要帮着划桨 / 出门遵祖训，在家循家规 / 串寨子要守规矩，串地方要遵勐规 / 剑在上，脖在下 / 今日欲怒，忍到明日再怒

○品画鉴宝　汉俑方阵·汉

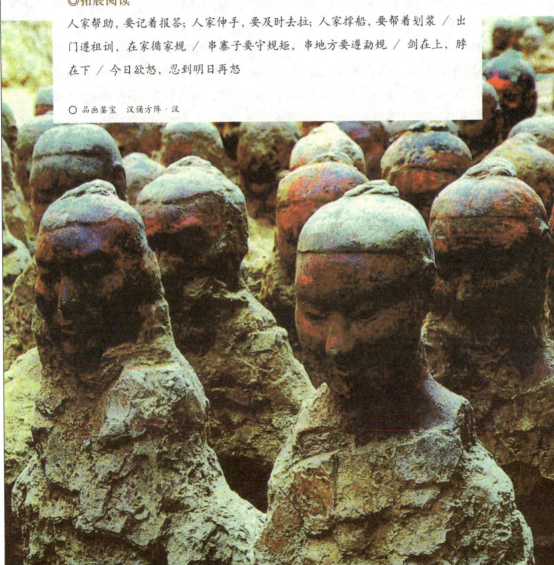

这句谚语流传和使用得都很广，说法也不尽相同，大概有这样几种："三个臭皮匠，顶个诸葛亮""三个臭皮匠，抵上一个诸葛亮""三个臭皮匠，赶上一个诸葛亮""三个臭皮匠，合成一个诸葛亮"。虽然说法各异，但其意思相同。由于诸葛亮神机妙算，历来人们把他看作群众智慧的象征。因此，这句话意在告诉人们，群众的智慧是不可忽视的。

要说明众人的才智能赶得上诸葛亮，为何非要拿臭皮匠作为代表呢？为何不选择其他行业的匠人呢？

其实这中间有一个传说，据说过去鞋子上往往有两个鼓出的"梁"，用来缝缀鞋面。这鼓起在鞋面上的"梁"是以猪皮（革）包上缝成的。因为皮匠的手艺很差，即便缝一道猪皮革的鞋梁也很难单独完成，不得不找两个人来帮忙，由三个臭皮匠才能完工，因此就有"三个臭皮匠合做一个猪革梁"的说法。"猪革梁"与"诸葛亮"谐音，经过口耳相传，"猪革梁"就被说成"诸葛亮"了。

又一说是三个皮匠做一双鞋，各有分工，还很勉强。一个用锥子（南方方言锥常说成"诛"），一个用刀子，一个专量尺寸。所以说"三个臭皮匠，合做诛（钻）、割、量"。

还有一说是此话中"三个臭皮匠"的本意为"三个臭裨将"。裨将即副将，一般来说，这些裨将主要是参谋，协助主将出谋划策，因此也不是平庸之辈，他们各有所长，三个裨将的优点集合在一块，不但可超过主将，而且能抵得上一个诸葛亮。因此，最初这句话应是"三个臭裨将，可抵（合成）一个诸葛亮"。后来逐渐被人们传成了"三个臭皮匠，顶个诸葛亮"。

◎拓展阅读

莫挡主人道，担心头起泡 / 不要在白天睡懒觉，不要在晚上吹口哨 / 没有源头的死水不能洗澡 / 火镰碰石头不会起火花，男人不敢冒险不是汉子 / 獐子不走回头路，水獭不在旧水湾

三个臭皮匠，顶个诸葛亮

"生得其名，死得其所"这个谚语意思是说一个人活着的时候，得到了应该得到的好名声，即使人死了，名气也将为天下人传诵。《三国演义》第三十七回讲述了这样一个故事：

刘备得江南名士徐庶辅佐以后，形势日益好转。曹操很是嫉妒，于是使用谋臣程昱的计谋，首先把徐庶的母亲骗到曹营。徐母被骗到曹营后，曹操软硬兼施，逼其给徐庶写信，准备把徐庶骗来许都，徐母一下子明白了曹操的用意，再加上本来就对曹操的跋扈行为十分不满，因此断然拒绝了曹操的无理要求，大骂曹操为汉贼。曹操没有办法，就命人模仿徐母的笔迹修书一封，寄给当时在刘备麾下的徐庶，要他尽快赶到许昌。

徐庶并不知道家书是假的，他是远近闻名的大孝子，唯母命是从，于是辞别了刘备，马不停蹄赶往许昌。徐母误认为儿子是听到她在曹操手中为救她来的，因此非常失望。想到自己之所以不为曹操的淫威所屈服，就是因为一种气节，断然不曾料到儿子为了区区小家却舍"国"而来。因此她非常生气，不问青红皂白大骂徐庶一番。然而，当儿子把事情的来龙去脉说清楚时，她心中依旧无法原谅他。她明白徐庶一旦从刘备那里离开，刘备的处境将可能恶化起来。于是她痛切地骂儿子："弃明投暗，自取恶名，真愚夫也！"随后，她便自缢而死。

○ 品画鉴宝　陶牛车·三国

◎拓展阅读

火塘边不能吐唾沫，女人在不能说粗话 ／ 没有公牛走不到的山岭菁沟，没有汉子走不到的地角天涯 ／ 猴子没有不上的树，男人没有不走的路 ／ 鸟宿枝头，人于法下 ／ 隔条江，不同俗；隔座山，不同腔

"死者复生，生者不愧"这个谚语的意思是说：已答应了人家的事情，即便这个人已经不在人世了，也一定履行自己的诺言。假如这个死了的人将来又复活了，我见了他也问心无愧。《史记·赵世家》讲述了这样一个故事：

春秋战国时期，赵国国君赵主父膝下生有二子，大儿子叫章，二儿子叫何。两个儿子都非常可爱，比较起来，赵主父更喜欢小儿子，最终决定让何继位为王，让近臣肥义做何的相国。然后，封长子章为安阳君，让田不礼辅佐他。

按照长子继承这个惯例，章认为自己是长子，理当继位为王，因此不服何的管束。一次，大臣李兑对肥义说："赵章这个人强壮而又跋扈，结党营私，野心不小。他的辅臣田不礼为人残暴，这两个人迟早会是祸患。你身为相国，责任重大，一有祸害，首当其冲。为何不在此时称病告退，以免祸害呢？"肥义说："我怎么可能那么做呢，当时赵主父嘱托我：'不要改变你的志向，要一心一意终生忠实于我儿子何！'我既然接受了他的嘱托，就不能背信弃义。如果现在因为畏惧章和田不礼两人而退缩，这是辜负了先王而改变了志向，这是不忠不义啊。俗话说得好：'死者复生，生者不愧。'我不能临危脱逃。谢谢你的忠告！"李兑说："很好，你忠于诺言吧，我只能在今年内看见你还活着了。"说完流泪而去。

就在这一年，公子章和田不礼起兵叛乱。他们两人互相勾结，假借赵主父的名义，召赵王何，企图趁机杀害他，肥义没有让赵王何去，只身前往，田不礼就把肥义杀害了。

李兑于是和另一大臣公子成带领当地老百姓奋力保护赵王何，章和田不礼的叛乱很快被粉碎，局势很快稳定下来。肥义的高尚节操也从此在民间流传。

◎拓展阅读

走入他人萝卜地，不要弯腰系鞋带 / 守国法，如遵天命 / 进寨居住要先问寨主，登楼借宿要先问主人 / 娃娃的头摸得，和尚的头摸不得 / 锅碗动得，铁三脚动不得

死诸葛走生仲达

"死诸葛走生仲达"意思是说：死了的诸葛亮也能吓跑活着的司马懿。后来人们常用这个谚语形容本领大的人只要摆个样子，也会震慑住对手。《三国演义》第一百零四回有这样一个故事：

三国中后期，诸葛亮任蜀国的丞相，司马懿（字仲达）是魏国的兵马大都督，诸葛亮连年率兵北伐。这一年，两人率精锐部队对峙在五丈原，诸葛亮用兵如神，司马懿多次中计战败，因此采取坚壁清野的办法，等待时机。两军相持一年多，不管诸葛亮采取什么办法，司马懿只是坚守不出。不久，诸葛亮在军中病死，消息传到魏军中，多疑的司马懿怎么也不敢相信情报的真实性，直至探得蜀军已连夜撤退，方才大喜，亲自领兵追杀而来。追到山脚下时，看见蜀国军队就在眼前，于是命令部队奋力追赶。忽然山后一声炮响，喊声大震，只见前面的蜀兵掉头杀将过来，树影中飘出中军大旗，上书一行大字："汉丞相武乡侯诸葛亮。"司马懿吃惊不小，定睛看时，只见中军数十员上将，拥出一辆四轮车来，车上端坐诸葛亮，纶巾羽扇，很是壮观。司马懿大惊道："孔明尚在，吾轻入重地，我们中计了。"回马便走。魏兵见主帅如此，个个吓得魂飞魄散，丢盔弃甲，自相践踏，死伤无数，司马懿奔走五十余里，寻小路奔归本寨。

两天后，乡民奔告曰："蜀兵退入谷中之时，哀声动地，军中扬起白旗，孔明果然死了，前日车上的诸葛亮，乃木人也。"司马懿又是惭愧，又是后悔，自言自语道："吾能料其生，不能料其死也！"因此"死诸葛走生仲达（木人诸葛亮能把活司马懿吓跑）"这个谚语就在蜀地流传开来。

◎拓展阅读

过寨无规，人要遭难 ／ 牙硬会落，舌软常在 ／ 角断于斗，财损于色 ／ 云中大雁射得，路上的东西拣不得 ／ 舅舅面前走得，火塘上面跨不得

238

"天高皇帝远"出自明代黄溥的《闽中古今》。后人常用"天高皇帝远"比喻上层不了解下情，或比喻中央政权的力量达不到边远地区，那里的官员可以任意胡为。

北宋时期，官僚机构臃肿庞大，政府此项开支巨大。到了北宋末年，皇帝奢侈淫逸，大兴土木，人民负担沉重。即使在灾荒年月，朝廷也不体恤民情，照样苛捐杂税，横征暴敛，严刑催逼。于是天下大乱，人民纷纷起义。这一年浙江台州、温州一带大旱，百姓饿死很多。

台州、温州一带农民实在活不下去了，于是在村子里树起造反大旗，旗上写着四句话："天高皇帝远，民少相公多。一日三遍打，不反待如何。"

这次造反后来被镇压下去，但宋王朝的统治基础也已动摇了。

◎拓展阅读

女人不能在火塘边梳头，男人不能在母房里剃头 / 旱天未到先修塘，疾病未来先预防 / 机器不擦要生锈，卫生不讲要短寿 / 常洗衣服常洗澡，常晒被褥疾病少 / 卫生是妙药，锻炼是金丹

○品画鉴宝 青白釉印花注壶·宋

　　"天下不如意，恒十居七八"散见于民间和各种文献，在《三国演义》第一百二十回和《晋书·羊祜传》里也有提及。意思是说：人们的主观愿望与现实往往存在很大的差别。

　　晋朝建立初期，朝廷派羊祜镇守襄阳重镇，以应对东吴的进攻。羊祜镇守襄阳的时候，军中所需粮草补给困难，他就率兵屯田垦荒。不几年，粮食已经能满足十年的军需。他出猎时，从不进入东吴边境，所得猎物若是东吴人先射中的，就命人送还，并表示歉意。行军路上若是没办法割吴地人的粮食，经常加倍补偿。所以，不管是晋国人民还是东吴人民都非常爱戴他。孙权死后，东吴后主孙皓荒淫无道，恣意妄为，文武百官惊慌，百姓道路以目，举国上下危机四伏，羊祜看到伐吴统一全国的时机到了，请求晋帝出兵，朝廷竟没有答应。羊祜叹息道："天下不如意（事），恒十居七八。"从此便郁郁寡欢，以致病死。襄阳人非常感念他，商人罢市一日，百姓在岘山立庙立碑来纪念他。人们每每看到碑文，无不伤怀，涕泪交加，因此这块石碑也叫"堕泪碑"。这个石碑至今尚在，成为襄阳的名胜古迹。

◎拓展阅读

饭前洗手，饭后漱口 ／ 预防肠胃病，饮食要干净 ／ 运动好比灵芝草，何必苦把仙方找 ／ 早起做早操，一天精神好

天有不测风云，人有旦夕祸福

"天有不测风云，人有旦夕祸福"出自《三国演义》第四十九回。意思是说：天气变幻莫测，人生是变化无常的。后来人们用"天有不测风云，人有旦夕祸福"来形容人有难以预料的灾祸。

话说周瑜与曹操大战于三江口。曹兵甚众，防守又严，周瑜要进攻相当困难。因此，诸葛亮和周瑜商量，以火攻取胜。一切准备工作顺利进行，但周瑜想起时至冬日，自己的船停在长江南岸，曹操兵船却在西北，如用火攻，西北风一来，岂不是引火烧身吗？周瑜眼见情势危急，无计可施，病倒在床。诸葛亮去看他，他又不愿说实话，只是应付孔明说："人有旦夕祸福，谁又能保住不生病呢？"而孔明却故意神乎其神地说："天有不测风云，人又怎么能料得定呢？"周瑜觉得孔明话中有话，便连忙问有何药方可治他的病。

孔明写了16个字递给周瑜，这16个字是："欲破曹公，宜用火攻；万事俱备，只欠东风。"周瑜见孔明早已知他的心事，只得以实情相告，并请孔明告之以解危之法。孔明笑笑说："亮虽不才，曾遇异人，传授奇门遁甲天书，可以呼风唤雨。都督若要东南风时，可于南屏山建一台，名曰'七星坛'……亮于台上作法，借三日三夜大风，助都督用兵，何如？"周瑜听了大喜，便令五百精壮兵士往南屏山筑坛。至于如何战胜曹军，那是后话。

◎拓展阅读

饭后散步，不进药铺 / 竹从叶上枯，人从脚上老 / 动则不衰，用则不退 / 拍打足三里，胜吃老母鸡

242

天知地知，你知我知

"天知地知，你知我知"一语本来讲的是一个有关天地良心的动人故事，意思是说：做事要光明磊落，即使你认为最隐秘的事情，还是有人知道的。这句话后来却常被人们反其意而用之，成为订立攻守同盟时的常用语。

据说东汉人杨震年轻时十分勤奋，博学多才，人称"关西孔子"。他50岁才开始做官，清廉正直，公而忘私，是个颇得称赞的清官。他做过荆州刺史，后调任为东莱太守。他去东莱上任的时候，路过昌邑，昌邑县令王密是他在荆州刺史任内举荐的官员。听得杨震到来，王密晚上悄悄去拜访他，并带金十斤作为礼物。王密送这样的重礼，一是对杨震过去的举荐表示感谢，二是想通过贿赂请这位老上司以后再多加关照。可是杨震当场拒绝了这份礼物，说："故人知君，君不知故人，何也？"王密以为杨震假装客气，便道："幕夜无知者。"杨震立即生气了，说："天知、地知、你知、我知，怎说无知！"王密十分羞愧，只得带着礼物狼狈而归。

后人为了纪念杨震这种大气凛然、正直无私的作风，同时以此警示世人，便在今山东省的金乡县旧城（古称昌邑）筑了一个"四知台"。

○ 品画鉴宝　绿釉陶水亭·汉

◎拓展阅读

要得腿不老，常踢毽子好　/　要得腿不废，走路往后退　/　常把舞来跳，痴呆不会到　/　要想身体好，常把秧歌跳　/　常打太极拳，益寿又延年

天下兴亡，匹夫有责

"天下兴亡，匹夫有责"如按照语言发展运用的实际，其语意出于顾炎武，而八字成文的语型则出自梁启超。"匹夫"即社会最低层的普通人民，意思是说：社会的每一个人都应有爱国的责任心，国家的兴盛与否，是关乎每个国人的。这是一句颇具爱国心和感召力的成语，多少年来一直激励着后人，尤其是国难当头时，更是国人自我勉励、互相鼓动的经典之言。

清代著名爱国人士顾炎武在《日知录》卷十三《正始》篇中写道："有亡国，有亡天下，亡国与亡天下奚辨？曰：易姓改号，谓之亡国；仁义充塞而至于率兽食人，人将相食，谓之亡天下……保国者，其君其臣，肉食者谋之；保天下者，匹夫之贱，与有责焉耳矣！"

后梁启超根据这一意思，做了进一步整理："夫以数千年文明之中国，人民之众甲大地，而不免近于禽兽，其谁之耻欤？顾亭林（顾炎武别号亭林）曰：天下兴亡，匹夫之贱，与有责焉已耳！"（《饮冰室合集·文集之一·辨法通论·论幼学》）"今欲国耻之一洒，其在我辈之自新……夫我辈则多矣，欲尽人而自新，云胡可致？我勿问他人，问我而已。斯乃真顾亭林所谓天下兴亡，匹夫有责也。"（同上，《文集三十三·痛定罪言·三》）后人广为引用的便是梁启超得出的这一八字成语。

◎拓展阅读

饭后百步走，能活九十九 ╱ 千保健，万保健，心态平衡是关键 ╱ 怒伤肝，喜伤心，悲忧惊恐伤命根 ╱ 要活好，心别小；善制怒，寿无数

○品画鉴宝　竹雕松溪浴马图笔筒·清

244

天塌下来，自有长子顶着

"天塌下来，自有长子顶着"出自《醒世恒言·钱秀才错占凤凰俦》。比喻再大的风险，自有有能力的人担负，不必害怕。

太湖西山有个富翁叫高赞，他有个女儿既漂亮又能干，高赞疼女至极，一心想招个才貌双全的女婿。他不相信媒婆的巧言令色，决定自己亲自相看，试过文才，中意了才可嫁女。

对湖吴江县有个叫颜俊的富人，听说高女这么貌美无比，便一心想娶她为妻，可是自知相貌丑陋，又不学无术，很难被高赞看中。颜俊的表弟此时正在吴江县读书，因家境贫寒，只好寄居颜俊家中。颜俊见表弟生得一表人才，便心生一计，托表弟钱青冒名顶替去面试，只要订了婚，娶回来，高赞即便发觉，生米已成熟饭，就不怕他了。

钱青饱读诗书，性情温和，听颜俊要他去干冒名骗人的事，心想：欲待从他，非君子所为；欲待不从，必然见怪。颜俊见他沉吟不决，便道："贤弟，常言道：'天坍下来，自有长子撑住。'凡事有愚兄在前，贤弟休得过虑。"于是拿了些新衣衫把钱青打扮起前去求婚。高赞一见假颜俊小小后生，器宇轩昂，心下已自三分欢喜。再请了几个儒者一谈，都赞他才高，便允了婚，只提出一个条件：迎亲时，必须女婿亲自上门会见亲友，才放她走。

钱青回去告诉颜俊，颜俊无奈，只好在迎亲那天，叫钱青再假冒他一次，迎回来以后再由自己拜堂成亲。谁知迎亲船过了湖，看了亲友后，刚想带新娘回程，突然刮起大风，大风持续了三天三夜，迎亲队伍无法过太湖，高赞便做主，立即在娘家成亲，假颜俊这时成了真女婿。

◎**拓展阅读**

心胸宽大能撑船，健康长寿过百年 ／ 要想健康快活，学会自己找乐 ／ 妻贤夫病少，好妻胜良药 ／ 祸从口出，病由心生 ／ 好人健康，恶人命短

太公钓鱼，愿者上钩

太公即姜子牙姜尚，人们又叫他姜太公。此谚语比喻并非被人欺骗，而是心甘情愿地上圈套。这一谚语是从一个传说的故事中总结而来的。

公元前11世纪时，商代的最后一个君主商纣是一个荒淫无道、残忍暴虐的君主，他自己过着穷奢极欲的生活，却用各种残酷的刑罚来镇压人民，弄得天下民不聊生，怨声载道，商朝的统治岌岌可危。

与此同时，商的西部属国周国正在逐步强大起来。到了周文王的时候，他礼贤下士，以德治国，很受世人的拥戴。他见商纣昏庸残暴，失尽民心，就决定代天行事，讨伐商朝。

就在这一时期，曾任商朝下大夫、年已八十的老人姜子牙，因见纣王荒淫无道，便弃官逃往西岐，本想自投西伯侯姬昌，又怕被人耻笑，所以暂时隐居在渭水河边的小村庄里，以待时机。他每天都到渭水河边去钓鱼，但他的目的并不是要钓到河中的鱼，而是想引起世人以及周文王的注意，希望周文王来找他。因此，他钓鱼用的鱼钩不是弯的，而是一根直钩，鱼钩上也不上鱼饵，远离着水面三尺远。并且一边高高地举着鱼竿，一边还自言自语地说："不想活的鱼儿啊，你自己上钩来吧！"有一樵夫武吉担柴路过，便问姜尚贵姓。姜尚答道："姓姜名尚，字子牙，号飞熊。"武吉叹了口气说："真是有志不在年高，无谋空言百岁。像你这样愚拙的人，还自号飞熊，实不相称！"姜尚微微一笑："老夫钓鱼是假待机，进取是真。然而要钓王与侯，宁在直中取，不可曲中求！"武吉道："你哪像王侯，倒像活猴。"说罢，担起柴进城去了。不料武吉进城失手打死了守门的军士，招来杀身大祸，巧逢西伯侯姬昌路过，得知武吉是个孝子，家中有老母无人奉养，便赠予黄金十两，命他回去安顿好老母再来领罪。老母无奈，便带武吉来向姜尚求教解救之法。姜尚教他如此这般，从此武吉只在乡中干活，不再进城去了。

光阴似箭，不觉又是一个春天。一日，西伯侯来到渭河边踏青打猎。忽听有人唱道："凤非乏兮麟非无，但嗟治世有隆污。龙兴云出虎生风，世人慢惜寻贤路。"姬昌命人将歌者找来，见是武吉，大喝道："你怎敢欺我，不来领罪，反在此唱歌？"武吉便照实说了，并说这歌也是姜尚所作。姬昌认为姜尚必是贤者，便当即赦免了武吉的死罪，命他带路来河边寻访姜尚。姜尚为试姬昌的诚心，未理睬而避入芦苇丛中。姬昌求贤心切，三日后，又封武吉为武德将军，再次带路，亲率百官一同再访姜尚，并封他为太公。后来太公辅佐文王，又随武王伐纣，灭了商朝，建立了周朝。

○品画鉴宝 柳荫人物图·明·郑文林 此图描绘景物，尽情挥画乱石老柳，以细碎笔墨密点柳叶。人物造型上，举止怪诞，神情诙谐，透露出颠狂之气。墨锋拖泥带水，挥洒自如。

◎拓展阅读

性格开朗，疾病躲藏 ／ 房宽地宽，不如心宽 ／ 人有童心，一世年轻 ／ 笑一笑，十年少 ／ 一日三笑，人生难老

247

贪天之功，以为己功

"贪天之功，以为己功"出自《史记·晋世家》。意思是说：有人为了贪功，把本来不应属于自己的功劳据为己有。

晋献公生有九子，九位公子为争夺皇位彼此陷害，结果有的自杀，有的被杀，晋国由此大乱。其中有一位公子名叫重耳，他在晋国内乱期间被迫流亡国外19年，期间磨难重重，饱尝艰辛，所幸的是跟从他的大臣一直有数十人。

内乱使晋国民不聊生，晋国百姓及群臣盼望国家安定，于是纷纷派人来迎接公子重耳回国摄政，以期杀掉不得人心的晋怀王。于是重耳请秦王派了几千兵士护送他回国，大队人马在将渡黄河进入晋国时，大臣咎巳说："这19年流浪生活中，我的过失很多，我自己都很清楚，何况您呢？您回国吧！我不敢伴您一起回去了。"重耳于是投玉璧于黄河中，立誓道："如回国后，有福不与咎巳共享，河伯为证！"这时，另一大臣介子推听到了，笑道："公子能有回国的可能，是因为人民和客观形势还有天时造成的，咎巳却'贪天之功，以为己功'，要公子和他盟誓，这是卑鄙的行为啊，我不能像他这样，也不屑于和这样的人在一起。"于是悄悄地走了，和母亲隐居在绵山中。

重耳回国后，被立为晋文公。国家百废待兴，重耳每天勤于朝政，事情一忙，忘了曾经的功臣介子推，也忘了他的功劳。有人为介子推抱不平，写了一首诗贴在皇宫门上，诗的大意是：一条龙想飞上天，有五条蛇尽力协助。现在龙已飞腾了，只有四条蛇受到关注。晋文公见了，非常后悔，说："我真不该忘了介子推的功劳啊！"于是派人找他，但只知他躲在绵山，怎么请他，他始终不肯出来。晋文公为了逼他出来，便下令火烧绵山，火熄了，介子推和他母亲宁肯被火活活烧死，也不出来。晋文公痛哭一场。此后，绵山被称为介山。人们为了纪念他，到了介子推被烧死的那天便不生火，只吃冷食物，"寒食节"也是由此而来的。

◎拓展阅读

笑口常开，青春常在 / 哭一哭，解千愁 / 有泪尽情流，疾病自然愈 / 冬睡不蒙头，夏睡不露肚 / 睡多容易病，少睡亦伤身

"桃李不言，下自成蹊"这一谚语有着悠久的历史，早在二千多年前，著名的文学家、历史学家司马迁在《史记·李将军列传》中就曾引用过。亦作"桃李不言，下自成行""桃李无言，下自成蹊"。蹊，小路。这句话意思是说：桃树、李树虽不会向人自夸，但因为其花朵艳丽动人，果实可口，引人喜爱，来观赏、采摘的人多了树下都会走出一条路来。比喻为人真诚笃实，德才兼备，严于律己，自然能感召人心，会受到人们的敬仰。现在多用来形容只要有真才实学，终究是会有施展的空间的。这句话曾被司马迁用来评价李广。

李广是西汉时期的一代名将，智勇双全，长期与匈奴作战，为汉朝立下了赫赫战功。李广虽然身居高位，统领千军万马，而且是保卫国家的功臣，但他一点也不居功自傲。他不仅待人和气，还能和士兵同甘共苦。每次朝廷给他的赏赐，他都首先想到他的部下，把那些赏赐统统分给官兵们；行军打仗时，遇到粮食或水供应不上的情况，他自己也同士兵们一样忍饥挨饿；打起仗来，他身先士卒，英勇顽强，只要他一声令下，大家个个奋勇杀敌，不怕牺牲。李广为人真诚和善，行事磊落，关心部下，虽然不自我张扬，但也使许多人深受感动。士卒们因受到将军的关怀，便全力以赴地杀敌打仗来回报他，致使军队捷报频传，所向无敌。因此，司马迁在《史记》中对李广称赞有加。《史记》卷一百零九《李将军列传》载："太史公曰：传曰'其身正，不令其行；其身不正，虽令不从'。其李将军之谓也？余睹李将军悛悛如鄙人，口不能道辞。及死之日，天下知与不知，皆为尽哀。彼其忠实心诚信于士大夫也。谚曰：'桃李不言，下自成蹊'。此言虽小，可以谕大也。"

这段话的意思是，司马迁评论说："孔子曾经说过：'如果本身正派，行得正，就是不发号施令也没有行不通的事；如果本身不正派，就是发号施令也没有人听从。'这好像是专门针对李将军而言的。我看李将军诚实得像个乡下人，从不自夸。但他死后，天下人不论是否与他相识，都非常悲痛。俗语说：'桃树和李树是不会说话的，但树下都能踩出一条小路来。'这话虽然讲的是小事，但却可以用来比喻大事。"

◎拓展阅读

吃得巧，睡得好 / 吃好睡好，长生不老 / 经常失眠，少活十年 / 一夜不睡，十夜不醒 / 日光不照临，医生便上门

太岁头上动土

"太岁头上动土"这个谚语流传民间很广，人们常用它来形容胆大妄为的举动。

相传很久很久以前，人们称木星为岁星，也叫太岁。太岁自西向东运行，每12年循环一周。在古人眼里，太岁是煞神，是"百神之统"，太岁所经过的方位为凶方。按迷信的说法，皇帝巡狩和出师各地，国家建造宫阙，开疆拓土，都不能向着太岁出现的方位。黎民百姓修屋建宅，筑垒墙垣，也必须回避。否则，如果在太岁出现的方位破土动工，就会冲撞太岁，发生灾祸。不过，人们在生产和生活中是不会被虚妄的东西吓倒的，总会想办法来处理这种"人神相冲相克"的局面。于是人们会在适当的时候赞扬"太岁头上动土"的大胆行为，《广异记》中就记载有这样一个故事：

据说，古时候有个名叫晁良正的人，他不畏鬼神，性情刚烈，看到太岁这个煞神专门降灾人间，感到很气愤。天不怕地不怕的晁良正决定以身犯忌，看看这煞神能拿自己怎么样！

晁良正决心一下，便拿着铁锹到触犯太岁神的地上去掘土。第一年，没有任何灾祸降临。第二年他又去找太岁地掘土，也没事。第三年，第四年……终于惹怒了太岁神，太岁神决定去吓唬吓唬晁良正。太岁化身为一团肉状的、看起来相当恐怖的东西躲在了晁良正要掘的地里。晁良正拿着铁锹又来太岁地上掘土。掘着掘着，突然掘出一个奇奇怪怪的肉东西来，那东西呲牙裂嘴地冲着晁良正直吼。晁良正一点也没被它吓着，他拿起铁锹，狠狠地拍了它几下，打得太岁神连连求饶，终于说自己是太岁，恳求晁良正放过自己。晁良正便把它拾起来丢在河里。

半夜三更的时候，太岁躺在河里，浑身疼痛，忽然来了一群车马，其中有人问那肉东西道："太岁兄为何受此屈辱？"太岁说："这强人时运正旺，我拿他实在没有办法！"

○拓展阅读

懒惰催人老，勤劳能延年 / 民以食为天，食以味为先 / 路要一步一步走，饭要一口一口吃 / 宁可锅里放，不叫肚里胀

250

○品画鉴宝 山水图·清·汪之瑞 此画用简洁的笔锋尽显山石、树木之姿，画面虽简，但内容丰富。

251

桃李满天下

"桃李满天下"这个谚语常用来形容一个老师培养出来的学生非常多，以至于各地都有。在《资治通鉴》中叙述了武则天期间宰相狄仁杰的一个故事。

唐中宗死后，武则天掌握了实权，以后逐步废掉唐朝皇帝的年号，建号武周，堂而皇之地成为了中国历史上唯一的女皇，唐宗室的显贵和一些保守势力都反对她。她进行了坚决的镇压，尤其对唐王室的子弟镇压得更残酷，和他们有关系的许多大臣也受到株连被处死。当时，身为宰相的狄仁杰，也受到怀疑，几乎被处决，排除了嫌疑后，武则天继续重用他。狄仁杰为人刚正不阿，敢于与酷吏做斗争，敢于抵制武则天大造佛像的劳民伤财行为，敢于反击突厥族的侵略并在战场上获得重大胜利。在任期间，他重视人才，更善于发现人才。经由他保举的张柬之、姚崇等数十人，后来都成为一代名臣。

因此，在武则天统治时期，政治上显示出生机勃勃的新气象，狄仁杰立下了汗马功劳。因为狄仁杰任用了大批有才能的人，因此当时流行的有关谚语是："狄公桃李满天下。"

○ 品画鉴宝　韩熙载夜宴图·五代·顾闳中

○拓展阅读

大饥不大食，大渴不大饮 ／ 水停百日生毒，人闲百日生病 ／ 家里备姜，小病不慌 ／ 一日数枣，长生难老

土相扶为墙，人相扶为王

"土相扶为墙，人相扶为王"这个谚语与《北齐书·尉景传》的一个故事有关。意思是说：土与土互相凝结，就成了墙，人与人只有凝聚起来才能形成核心力量。这个谚语常用来形容人们只有相互帮助、同舟共济才能干大事。也用来形容人要不断地丰富知识，增强自己的能力。

北魏权臣高欢被封为文襄王，一朝大权在握，野心便开始膨胀，一心想废除魏王，自立为帝。明眼人一看便知怎么回事，朝中一位大将尉景看透了他的意图，有意投靠他。且说尉景有一匹马，能日行千里，神骏异常。高欢见了非常喜爱，特地命人传话给尉景，说自己特别喜欢这匹马。尉景故意不给他，并且说："俗谚讲：'土相扶为墙，人相扶为王'，我们之间应该互相帮助。我有一匹好马，你也放不过，你这样的心胸如何能干大事呢？"高欢听后，自愧不如，向他告罪，两人从此成为至交。高欢死后，他的次子高洋废魏王自立为北齐皇帝，其中尉景起到了很大的作用。

◎拓展阅读

吃八分饱，睡十分够 / 食饮有节，起居有常 / 久视伤神，久卧伤气 / 书画益寿，运动延年 / 火炼黄金，劳动炼人

贪多嚼不烂

"贪多嚼不烂"很早就在民间流传，人们常用来形容在学习或工作时一味只求数量，不能理解事物的真正含义。《红楼梦》第九回讲述了这样一个故事：

荣府的公子贾宝玉就要去上学了。他自小娇生惯养，衣来伸手，饭来张口。这一天，宝玉懒洋洋地起来时，大丫头袭人早早地把书、笔、文具包好，独自坐在床沿上发呆。这时见宝玉起来，只得服侍他梳洗。宝玉见她心中有事，就问道："你怎么又不自在了？难道怕我上学去，你们冷清了不成？"袭人笑着说："说的是哪里话？读书是很好的事，不然就潦倒一辈子了。但只一件：只是念书的时节想着书，不念的时节想着家。别和他们顽闹，碰见老爷不是好玩的。虽说是奋发要强，那功课宁可少些，一则贪多嚼不烂，二则身子也要保重。这就是我的意思，你可要体谅。"袭人说一句，宝玉应一句。其实有口无心，到了学校，又闹得沸反盈天。

◎拓展阅读

要知五谷，先看五木　/　丈夫有泪尽情弹，英雄流血也流泪　/　冬不恋床，夏不贪凉

　　"天下高见，多有相合"这个谚语与古人的"英雄所见略同"是一个意思。意思是说天下高明的见解，大多都是相通的。用现在的话说，就是比较接近真理。《三国演义》第五十九回有这样一段故事：

　　马腾与曹操门下侍郎黄奎两人密谋杀害曹操，不料黄奎泄密。于是曹操采取"将计就计"的策略，等马腾自己跳出来，然后轻而易举地消除了这次阴谋。马腾的儿子马超为给父亲报仇，与西凉太守韩遂联合攻打曹操，并在战争中连续获胜。曹操又设计渡河，使马超、韩遂腹背受敌，没办法只好割地请和以缓兵再战。马、韩的求和书到达曹营后，曹操问谋士贾诩（字文和）下一步怎么处置，贾诩不假思索地说："兵不厌诈，可伪许之；然后用反间计，令韩、马相疑，则一鼓可破也。"曹操胸有成竹似地搓着手掌兴高采烈地说："天下高见，多有相合。文和之谋，正吾心中之事也。"

○ 品画鉴宝　扁壶·三国

◎拓展阅读

饭养人，歌养心　/　早吃好，午吃饱，晚吃巧　/　吃得慌，咽得忙，伤了胃口害了肠　/　小满芝麻芒种谷

万事俱备，只欠东风

"万事俱备，只欠东风"一语出自《三国演义》第四十九回。讲的是周瑜和诸葛亮联合破曹的故事。常用来比喻一切都已俱备，只差最后一个重要条件了。如果这最后一个条件也具备了，那么这件事就可以大功告成了。

公元208年，曹操率领80万大军驻扎在长江中游的赤壁，企图打败刘备以后，再攻打孙权。刘备采用军师诸葛亮的联吴抗曹之策，与吴军共同抵抗曹操。

当时，孙权和刘备兵力都很少，而曹操兵多将广，处于压倒性优势。刘备的军师诸葛亮和孙权的大将周瑜商讨破敌良策，两人不谋而合，都认为只有火攻才能打败曹操。

当时两军隔江对峙，曹军占据着西岸，孙刘联军占据着东岸，要用火攻，必须有东风才能使火势扑向曹营。一切火攻的材料诸如硫黄、油、木材等都准备停当了，可这时正是冬季，只有西北风，如果用火攻，不但烧不着曹操，反而会烧到自己的头上，只有刮东南风才能对曹军发起火攻。周瑜眼看火攻不能实现，急得口吐鲜血，病倒在床上，名医、良药都治不好他的病。这时诸葛亮前去探望周瑜，问他为何得病。周瑜不愿说出实情，就说："人有旦夕祸福，怎能保住不得病呢？"

诸葛亮早猜透了他的心事，就笑着说："天有不测风云，人怎能预料到呢？"周瑜听到诸葛亮话中有话，非常惊讶，就问有没有治病的良药。诸葛亮说："我有个药方，保证治好您的病。"说完，写了16个字递给周瑜。这16个字是：欲破曹公，宜用火攻；万事俱备，只欠东风。

周瑜一看，大吃一惊，心想："诸葛亮真是神人啊！"他的心思既然已被诸葛亮猜中，便请教破敌之策。诸葛亮有丰富的天文气象知识，他预测到近期肯定会刮几天东南风，就对周瑜说："我有呼风唤雨的法术，借给你三天三夜的东南大风，你看怎样？"周瑜高兴他说："不要说三天三夜，只一夜东南大风，大事便成功了。"

周瑜命令部下做好一切火攻的准备，等候诸葛亮借来东风，马上进兵。诸葛亮让周瑜在南屏山修筑七星坛，然后登坛烧香，口中念念有词，装作呼风唤雨的样子。

半夜三更，忽听风响旗动，周瑜急忙走出军帐观看，真的刮起了东南大风，他连忙下令发起火攻。

周瑜部将黄盖率领火船向曹操水寨急驶，当火船靠近曹军水寨时，一声令下，士兵们顺风放火。风助火势，火借风威，把曹营的战船烧了个一干二

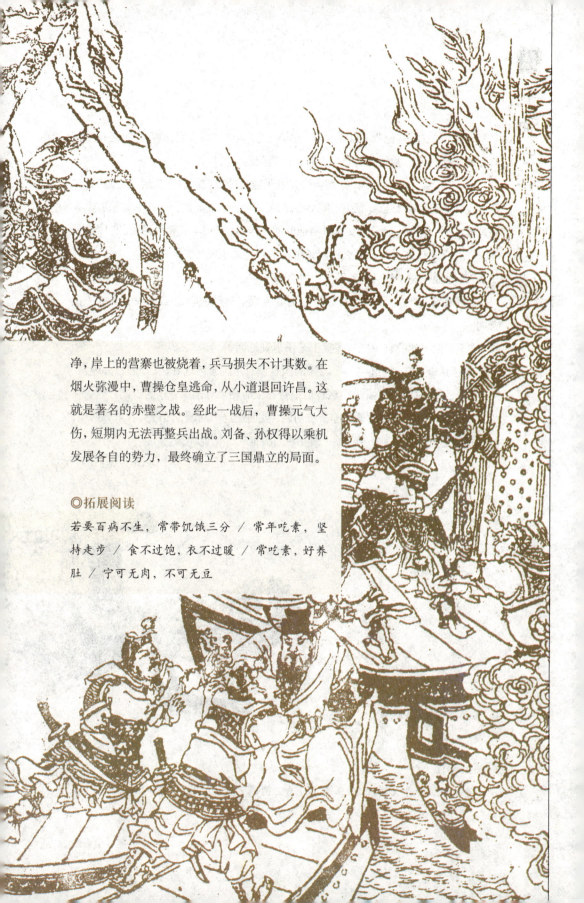

净，岸上的营寨也被烧着，兵马损失不计其数。在烟火弥漫中，曹操仓皇逃命，从小道退回许昌。这就是著名的赤壁之战。经此一战后，曹操元气大伤，短期内无法再整兵出战。刘备、孙权得以乘机发展各自的势力，最终确立了三国鼎立的局面。

◎拓展阅读

若要百病不生，常带饥饿三分 / 常年吃素，坚持走步 / 食不过饱，衣不过暖 / 常吃素，好养肚 / 宁可无肉，不可无豆

王顾左右而言他

"王顾左右而言他"出自《孟子·梁惠王》。也作"顾左右而言他",是指不接对方的谈话,把话题引到别处去,有意回避问题。

有一次,孟子来到齐国,打算劝谏齐宣王通过施行仁政的方法治理好国家,因担心说话太直率会惹怒齐宣王,便小心地说:"大王,在您的臣子中,如果有个人到楚国去时,把他的妻子儿女托付给他的朋友照看,可过了几年他回来的时候,他的妻子儿女却挨冻受饿,那么他应该怎样对待他的朋友呢?"

"怒斥他一顿,然后和他断交!"齐宣王说。

"如果掌管刑罚的长官不能管好他的下属,那又应该怎么办呢?"孟子接着问。

"那就撤掉他的官职!"齐宣王毫不迟疑地回答。

孟子话锋一转,问道:"一个国家的国君没有把国家治理好,又该怎么办呢?"

齐宣王这时明白了孟子在婉转地说自己没有治理好国家,作为一国之君,他当然不会承认,但又怕孟子会进一步劝说,就回避这一问题,回过头去东张西望,故意把话题扯到别的地方去了。"顾左右而言他"即由此而来。

○品画鉴宝 彩绘陶牛车·南北朝

◎拓展阅读

吃米带点糠,营养又健康 / 三天不吃青,两眼冒金星 / 宁可食无肉,不可饭无汤 / 饭前喝汤,胜过药方 / 吃面多喝汤,免得开药方

这个谚语最初起源于先秦一个传说，东晋作家陶渊明的《归去来兮辞》中也有"悟已往之不谏，知来者之可追；实迷途其未远，觉今是而昨非"的词句，其中蕴含了对生命意义的深刻阐释。这里有一个古老的传说。

春秋时，楚国名士陆接舆桀骜不驯，时人喊他狂人。此人非常清高，与云水为伴，厌恶官场。楚昭王延请他到朝廷做事，他也不加理会。

同时代的孔子和楚狂的态度不同。孔子倡导入世，积极要求参与政治活动，周游列国，宣传自己的政治见解。各国多以礼相待，但他的主张到处碰壁，即便如此，他仍然坚持不懈。

当孔子来到楚国郢都的时候，楚昭王以隆重的仪式欢迎他。然而，楚昭王和其他诸侯一样，也没有采纳孔子的政治主张。一天，孔子坐着车从楚昭王那里出来，打算回寓所。将到门口，忽见有个疯疯癫癫的人，老是跟着他的车子打转，一边走，一边唱："凤兮凤兮，何德之衰？往者不可谏兮，来者犹可追也！已而已而，今之从政者殆而！"

其大意是：凤啊凤啊，你为什么生在这个道德沦丧的时代啊！以前碰到的不愉快的事情就不用管它了，以后聪明一些也来得及！算了吧，算了吧，今天执政的都是一些阴险的人！

此人便是楚狂。楚狂在歌中所说的"凤"是一种传说中的神鸟，据说这种神鸟只在太平盛世才能看到，而孔子曾自比为凤，颇有"生不逢时"的感慨。所以，楚狂是在劝告他："凤啊凤啊，算了吧，算了吧。"

孔子听后，马上停下车，但是还没等孔子下车，楚狂已消失在人流中了。

◎拓展阅读

早喝盐汤如参汤，晚喝盐汤如砒霜 ／ 夏天一碗绿豆汤，解毒去暑赛仙方 ／ 晨吃三片姜，如喝人参汤 ／ 女子三日不断藕，男子三日不断姜 ／ 萝卜出了地，郎中没生意

○ 品画鉴宝 梅下横琴图·明·杜堇 此画描绘了一文士在山中梅下抚琴的情景。画中突出了老梅的虬曲盘旋，加上远处山峰与近处山石的配合，把文士手抚琴弦，仰视梅花中的高雅情趣淋漓尽致地展现了出来。

260

"为他人做嫁衣裳"出自《全唐诗》。指空怀才华，只能为他人效劳。现多用来颂扬"甘为人梯"的精神。

唐朝有一位不大出名的诗人，名叫秦韬玉。但他写的一首题为《贫女》的七言律诗却非常著名。全诗如下：

蓬门未识绮罗香，拟托良媒益自伤。
谁爱风流高格调，共怜时世俭梳妆。
敢将十指夸针巧，不把双眉斗画长。
苦恨年年压金线，为他人做嫁衣裳。

诗的大意是：我是生在穷人家的姑娘，从小就穿着粗布的衣裳。因为家境贫寒，我都长成大姑娘了，还没人上门说媒。现在的人们看重的只是衣着、打扮，谁会欣赏我的高尚情操呢？我有一双灵巧的手，针线活儿人见人夸。至于把眉毛画得长长的，去讨人家的喜欢，跟别人争妍斗丽，这种事情我是不愿意做的。你看我这样的脾气、性格不随和，如今的世态人情，即使有良媒相托，不也是难择佳婿吗？唉！我自己的亲事毫无指望，叫人心神不安，可是还要天天手按金线、银线刺绣绸衣罗裙，不停地为人家缝制出嫁的衣裳啊。

诗人是借未嫁女子苦闷心情的倾诉，表达那些贫寒的读书人因为出身贫贱、举荐无门所产生的忧郁、哀怨之情。那些才智超群的寒士，终年为人家谋划、献策，自己却屈居门下，得不到朝廷的赏识和重用，怀才不遇，是多么叫人伤心啊！

◎拓展阅读

人说苦瓜苦，我话苦瓜甜 / 吃了十月茄，饿死郎中爷 / 胡萝卜，小人参；经常吃，长精神 / 西红柿，营养好，貌美年轻疾病少 / 小小黄瓜是个宝，减肥美容少不了

261

卧寝之旁，岂容他人酣息

　　"卧寝之旁，岂容他人酣息"这句谚语的意思是说，在自己睡觉的地方，绝不允许旁人舒舒服服地大睡，人们常用来形容在自己的势力范围内不允许存在反对的势力。《续资治通鉴长编》卷十六有这么一个故事：

　　宋朝初年，宋太祖统一北方后，又先后灭南汉、巴蜀，削平湖湘，继续南进攻打南唐，希望尽早结束长期以来的分裂割据局面。大兵压境，南唐派宰相徐铉来做说客，希望劝说宋太祖退兵。徐铉博闻多学，非常有干略，口若悬河，极富辩才。在见宋太祖之前，他日夜筹划，猜测对方的性格，见面时该说些什么，怎么才能做到有理、有利，考虑得非常周密细致。

　　宋太祖身边的大臣对徐铉早有耳闻，知道此人确有过人之处，事先对太祖说："此人不好对付，要做好思想准备。"宋太祖笑道："没什么，叫他过来吧。"徐铉一来，叩见后，就说："南唐主无罪，您师出无名。"太祖说："先生讲具体些吧。"徐铉说："南唐侍奉宋朝，如儿子孝敬父亲，一点儿过失也没有啊！为什么攻打它？"他谈古论今，口若悬河，讲了许许多多不该进攻南唐的道理。宋太祖等他说完，笑答："你说得非常有道理。你把南唐比作宋朝的儿子，那么，你说说看，父子变成两家，合不拢可以吗？"徐铉半天说不出话来，怏怏而回。

　　太祖继续进兵，南唐危在旦夕，南唐主又派徐铉来，再三说南唐无罪，而且责备宋朝太欺侮人，愈说声音愈响。宋太祖大怒，手按着剑喝道："不要讲了。南唐有什么罪呢？没有。但是天下一家，'卧寝之旁，岂容他人酣息'？"徐铉灰溜溜地走了。宋太祖为统一国家而战，是正义的，所以理直气壮。

○拓展阅读

多吃芹菜不用问，降低血压喊得应 / 大葱蘸酱，越吃越胖 / 大蒜是个宝，常吃身体好 / 一日两苹果，毛病绕道过

○ 品画鉴宝　勾栏百戏图·唐

这是一句古老的谚语，散见于各种文体中，人们常用来形容灾祸一个接一个地到来。《醒世恒言》中叙述了这样一个故事：

明朝天顺年间，有个叫马万群的吏部给事中，膝下有一独子名唤马德称。德称自幼聪慧，12岁就乡试中了秀才，又出身仕宦之家，大家都认为他前途不可限量，邻人黄胜就把妹妹六瑛许给德称为妻，然而德称一心刻苦攻读，弱冠之年尚未成婚。谁知马万群弹劾宦官王振，却被王振诬陷，削职为民，抄没"家产"。万群一气之下，暴病身亡，留下德称无依无靠，只得栖身坟堂，穷苦不堪，衣食无着。因此他决定去杭州投靠表叔，谁知表叔于十天前去世了；于是又去南京访故，然而故旧或升，或转，或死，或丢了官，一个也投不着。这时盘费用尽，只得寄食佛寺。家乡学官因为他误了考，把他的秀才头衔也给削去了，正是"屋漏更遭连夜雨，船迟又遇打头风"。好像老天故意要捉弄他，从此命运更是不济：运粮赵指挥请他做门馆先生，粮船沉没了；刘千户请他教八岁的儿子启蒙，儿子出痘死了；尤侍郎推荐他到陆总兵处帮忙，陆总兵败如山倒，押解回京问罪。于是大家认为马德称是灾星，凡是遇着他的，做买卖的折本，寻人的不遇，告官的理输，讨债的必定厮打、厮骂，大家看见他就像看见瘟神，一个个远远躲开，弄得马德称穷困潦倒，无以为生。

这时邻人黄胜已死，六瑛得知马秀才在外如此苦楚，心中十分难过，派老家人携银百两把未婚夫接回。马德称一来感念其情，二来一无所成，便婉谢六瑛，希望将来读书有成再回家完婚。时光荏苒，转眼已到32岁。这年王振势败，新皇帝很快为马万群平冤昭雪，官复原职，加爵三级，抄没田产返还，恩准马德称恢复秀才身份。自此他一洗晦气，科场得意，殿试二甲，选为庶吉士，方和六瑛完婚。正是："十年落魄少知音，一日风云得称心。"

◎拓展阅读

核桃山中宝，补肾又健脑 ／ 铁不冶炼不成钢，人不运动不健康 ／ 锻炼要趁小，别等老时恼 ／ 请人吃饭，不如请人流汗

无可奈何花落去

　　"无可奈何花落去"出自宋代晏殊的《浣溪沙》一词。全文是："一曲新词酒一杯，去年天气旧亭台，夕阳西下几时回？无可奈何花落去，似曾相识燕归来，小园香径独徘徊。"

　　宋代词人晏殊在宋真宗时由进士而至翰林学士，宋仁宗时做过宰相。他的词写得极好，虽然仕途上很顺利，但他的词中常表达了一种对生命短暂无常的无可奈何的情绪。"无可奈何花落去"是晏殊的名句，也是富于哲理的人生格言。

◎拓展阅读

刀闲易生锈，人闲易生病 ／ 炼出一身汗，小病不用看 ／ 最好的医生是自己，最好的运动是步行 ／ 有说有笑，阎王不要 ／ 愁加愁，病没头

○品画鉴宝　松溪观鹿图·宋·马远

无颜见江东父老

"无颜见江东父老"出自司马迁的《史记·项羽本记》。意思是没有脸面再见故人。

项羽垓下被围，四面楚歌，只率领八百名勇士趁夜色冲出重围。到达东城（今安徽定远东南）时，身边只剩下28名骑兵。这时汉军有几千人正包围着他们。项羽命随从分头出走，约好在山的东面分三处会集。自己则提刀跨马杀向汉兵，砍死几百人。

项羽到达乌江岸边时，乌江亭长已准备好了一只小船，对项羽说："江东虽是小地方，但方圆千里，人口几十万，是足够建立霸业的。大王何不去江东，求得东山再起？现在只有我有渡船，您一过河，汉军便无能为力了。"

项羽沉默了片刻，眼光越过苍茫的乌江，仰天长叹说："我率领八千名江东子弟渡江西征，现在没有一人生还，就算江东的父老兄弟怜悯我，让我重振旗鼓，可我又有什么脸面去见他们呢？"他牵过马说："亭长，我知道您年长，品德高尚，这匹马随我五年了，日行千里，勇猛无敌，我不忍杀它，就送给您吧！"说完重新杀向汉军。最后自刎身亡。

◎拓展阅读

心平气和，五体安定 / 动以健身，静以养身 / 老无所好，精神枯燥 / 汗水没干，冷水莫沾 / 要得身体好，常把澡儿泡

亡羊补牢，犹为未晚

"亡羊补牢，犹为未晚"一语出自《战国策·楚策四》。意思是说：丢了羊以后赶快把羊圈修好，就会避免再丢羊，这还不算晚。常用来比喻出了过失后，知错改错，进行补救，就可以避免再受损失。

据记载，战国时代，楚国有一个名叫庄辛的大臣，一次，他对楚襄王说："你在宫里面的时候，左边是州侯，右边是夏侯；出去的时候，鄢陵君和寿陵君又总是跟随着你。你和这四个人专门讲究奢侈淫乐，不管国家大事，这样下去，郢（楚都，今湖北江陵县北）一定有被别人占领的危险！"

襄王听了很不高兴，骂道："你老糊涂了吗？还是故意说这些险恶的话惑乱人心呢？"庄辛不慌不忙地回答说："我实在是感觉到事情一定要发展到这个地步的，并不是故意说楚国有什么不幸。如果你一直宠信这几个人，楚国一定要灭亡的。你既然不信我的话，请允许我到赵国躲一躲，看事情究竟会怎样。"

庄辛到赵国才住了五个月，秦国果然派兵攻打楚国，襄王被迫流亡到阳城（今河南息县西北），这才想起庄辛的话，觉得是有道理的，于是赶紧派人把庄辛找回来，向他请教复国的办法。庄辛便给襄王讲了这样一个故事：

从前，有个人养了一群羊，个个膘肥体壮，牧羊人很是高兴。但有一天早晨，牧羊人忽然发现少了一只羊，一看，原来羊圈有一处不结实，破了一个小洞，夜里狼就是从这个洞钻进来把羊叼走的。牧羊人非常生气。

邻居看见后就劝他说："生气有什么用呢？还不赶快把洞补好。"

牧羊人听后却没好气地说："羊都丢了，补上洞也回不来了。"

但第二天早晨，他发现羊又少了一只。一看，羊还是从昨天那个洞被狼叼走的。这次牧羊人后悔了，心想，假如昨天听取了邻居的话，今天就不会再丢羊了。他立即动手把那个洞补好。从此，他的羊再也没有丢过。

最后，庄辛总结说："我听说过，看见兔子而想起猎犬，这还不晚；羊跑掉了才补羊圈，也还不迟。"

◎拓展阅读

要健脑，把绳跳 / 多练多乖，不练就呆 / 人愿长寿安，要减夜来餐 / 动为纲，素为常

"为渊驱鱼，为丛驱雀"一语出自《孟子·离娄》。獭，兽名，能在水中捕捉鱼类。鹯是一种像鹞子的猛禽，专爱捕食雀等小鸟。这句话的意思是说鱼如果躲到深水里去，獭就捉不到它们了，而正是獭自己把鱼赶到深水里去让他们躲起来的；鸟雀如果躲到丛林里去，鹯就找不到它们了，而正是鹯自己把鸟雀赶到丛林里去让它们躲起来的。"为渊驱鱼，为丛驱雀"是为了说明这样一个道理：统治者之所以成为孤家寡人，直至垮台，都是因为自己平时迫害百姓，正是自己把百姓都赶到敌对的一方去的。为此，孟子做了详尽的论述："桀、纣之失天下也，失其民也；失其民者，失其心也。得天下有道：得其民，斯得天下矣。得其民有道：得其心，斯得民矣。得其心有道：所欲，与之、聚之，所恶，勿施，尔也。民之归仁也，犹水之就下、兽之走圹也。故为渊驱鱼者，獭也，为丛驱雀者，鹯也；为汤、武驱民者，桀与纣也。今天下之君有好仁者，则诸侯皆为之驱矣；虽欲无王，不可得已……"

　　这段话的意思是说："夏桀、商纣这两个暴君之所以会丧失天下，是由于失去了天下的百姓；之所以失去了天下的百姓，是由于失去了民心。取得天下是有途径的，得到了天下的百姓就取得了天下；得到天下的百姓也是有途径的，得到了天下的民心就得到了天下的百姓；得到天下的民心也是有途径的，他们所需要的，便替他积聚起来，他们所讨厌的，便不要强加给他们，不过如此罢了。老百姓归向仁政，就像水往低处流、兽往旷野跑一样。所以，替深渊赶来了游鱼的，是鱼的敌人水獭；替森林赶来了飞鸟的，是鸟雀的敌人鹯；替汤王、武王赶来了许多百姓的，就是夏桀和商纣。现今天下若有喜好仁爱、施行仁政的国君，诸侯们就会为他赶来百姓，这样仁德的君主，即使他不想统一天下也是做不到的……"

◎拓展阅读

养生在动，动过则损 / 吃人参不如睡五更 / 中午睡觉好，犹如捡个宝 / 怒伤肝，思伤脾，忧伤肺，悲伤肾 / 眼不见，心不烦

为渊驱鱼，为丛驱雀

物以类聚，人以群分

"物以类聚，人以群分"一语出自《战国策·齐策三》。意思是说：同类的东西常聚在一起，志同道合的人相聚成群，反之就分开。现在多比喻坏人臭味相投，相互勾结在一起。

战国时期，齐国有一位著名的学者名叫淳于髡。他博学多才，能言善辩，被任命为齐国大夫。他经常利用寓言故事、民间传说、山野轶闻来劝谏齐王，而不是通过讲大道理来说服他，却往往能收到意想不到的效果。

齐宣王喜欢招贤纳士，于是让淳于髡举荐人才。淳于髡一天之内接连向齐宣王推荐了七位贤能之士。齐宣王很惊讶，就问淳于髡说："寡人听说人才是很难得的，如果一千年之内能找到一位贤人，那贤人就好像多得像肩并肩站着一样；如果一百年能出现一个圣人，那圣人就像脚跟挨着脚跟来到一样。现在，你一天之内就推荐了七位贤士，那贤士是不是太多了？"

淳于髡回答说："不能这样说。要知道，同类的鸟儿总聚在一起飞翔，同类的野兽总是聚在一起行动。人们要寻找柴胡、桔梗这类药材，如果到水泽洼地去找，恐怕永远也找不到；要是到梁文山的背面去找，那就可以成车地找到。这是因为天下同类的事物总是要相聚在一起的。我淳于髡大概也算个贤士，所以让我举荐贤士，就如同在黄河里取水，在燧石中取火一样容易。我还要给您再推荐一些贤士，何止这七个！"

○ 品画鉴宝　矮足鼎·战国

◎拓展阅读

吃好睡好，长生不老 ／ 多吃不如细嚼 ／ 耳不听，思不乱 ／ 坐有坐相，睡有睡相，睡觉要像弯月亮

"瓦罐不离井上破",这句民谚的意思是说,瓦罐提水不离井,终究会被井上的砖石碰破,常与"将军难免阵中亡"相对而用。

春秋时期,在上陵居住着一位陈国的隐士名叫仲子,他悠然自得地种着一片果园,每天抱着瓦罐提水浇园,勤勤恳恳。楚国的使臣见到后,了解到他的才能,便告诉楚王。楚王派使臣去请他到楚国任职,帮助楚王治理朝政,而仲子却推辞不去。楚国的使臣说:"我看你每天抱罐李下,汲水灌园,非常勤劳。你种的果园百花盛开,硕果累累,如果你去帮助治理楚国,楚国一定像你种的果园一样繁盛。"

仲子说:"言之有理。我浇园子是因为常年天旱,不提水浇灌就不能解救旱情,为了提水,瓦罐就离不开井。虽然蔬菜果树这么荣茂繁硕,但是瓦罐使用久了一定会被打破。要我去治理楚国,楚国的人民就像这果园中的蔬菜果树一样,而国王就是井。我不提水就不能救民之旱,若常提水我就离不开国王。到时候,人民是繁荣富裕了,而我担忧的是我将成为瓦罐啊!所以,我推辞不干。"

◎拓展阅读

热水洗脚,如吃补药 / 气恼便是三分病 / 干活细心,吃喝当心 / 春捂秋冻,不生杂病 / 指甲常剪,疾病不染

○ 品画鉴宝　幽居乐事图·明·陆治

温柔天下去得，刚强寸步难行

"温柔天下去得，刚强寸步难行"出自《西游记》第十二回。意思是说：为人应有礼貌，要讲道理，别人才会与你方便，反之则会处处碰壁。

话说孙悟空让猪八戒下山打听路径。那八戒寻着一条小路，依路而行，忽见两个女怪在井上打水。八戒走近前，口叫声："妖怪。"那怪大怒，互相说："这和尚惫赖，我们又不与他相识，他怎么叫我们妖怪？"说罢抢起挑水的杠子劈头就打。八戒手无兵器，被她们捞了几下，捂着头跑上山来道："哥啊，回去吧！妖怪凶。我只叫了她一声，就被她打我三四杠子。"行者道："你叫什么？"八戒道："我叫妖怪。"行者笑道："打得还少。"八戒道："头都打肿了，还说少哩！"

行者道："'温柔天下去得，刚强寸步难行。'她们是此地之怪，我们是远来之僧，你叫她做妖怪，她不打你，打我？人将礼乐为先嘛。"八戒道："一发不晓得。"行者道："你自幼在山中吃人，你晓得两样木头吗？"八戒道："是什么木？"行者道："一样是杨木，一样是檀木。杨木性格甚软，巧匠取来，或雕圣像，或刻如来，装金立粉，万人烧香礼拜，受了多少无量之福。那檀木性格刚硬，油房取了去，使铁箍箍了头，又使铁锤往下打，用以榨油。只因刚硬，受此苦楚。"八戒道："哥啊！你这好话儿，早与我说也好，却不受她打了。"行者说："你变化了去，到她跟前行个礼儿，若她年纪与我们差不多，叫她声姑姑，若比我们老些，叫她声奶奶。"

◎拓展阅读

冷水洗脸，美容保健 ／ 刷牙用温水，牙齿笑咧嘴 ／ 食不厌精，脍不厌细 ／ 白水沏茶喝，能活一百多

○ 品画鉴宝　樵谷图·明·文伯仁

外举不避仇，内举不避亲

"外举不避仇，内举不避亲"这个谚语出自《左传·襄公三年》，说的是"祁奚荐贤"的故事。人们常用来比喻那些任人唯贤的人。

春秋时期，晋国军队中有个名叫祁奚的将军，由于他年事已高，所以向晋悼公请求辞职回归故里。晋悼公就问："你觉得谁最适合接替你的职位？"祁奚回答道："解狐能够担当这一职务。"这个解狐原本是祁奚的对头，两人芥蒂很深，这是大家都知道的。因此，悼公听了祁奚的话非常惊讶，问道："解狐不是你的仇人吗？"祁奚说："我是在回答大王所说的谁能胜任这个职务的问题，并没有说别的事呀。"

于是晋悼公就接受了祁奚的建议，让解狐代替了祁奚的军职，然而解狐还没来得及到任，忽然患重病死去了，悼公只能另选他人。他又向祁奚征求意见："你再举荐一个合适的人选吧。"祁奚毫不犹豫地说："祁午可以。"祁午是祁奚的儿子。这回悼公又觉得奇怪了，问道："祁午不是你的儿子吗？"祁奚静静地回答道："大王是在问我谁可以接替我的职务，并没有问别的事呀。"

晋悼公因此让祁午接替了祁奚的职务。

祁奚的举动深得时人的称赞，说他处理国事的时候，一心为公，选贤任能，做到了外举不避仇，内举不避亲。

◎拓展阅读

饮了空腹茶，疾病身上爬 ／ 喝茶不洗杯，阎王把命催 ／ 尽量少喝酒，病魔绕道走 ／ 戒烟限酒，健康长久 ／ 饭后一支烟，害处大无边

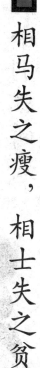

相马失之瘦，相士失之贫

○ 汉武帝像　汉武帝即刘彻，字通，西汉时期的第七位皇帝，也是著名的战略家和诗人。汉朝在他统治时期国力强盛，他以其文韬武略被称为"千古一帝"。

这个谚语出自《史记·滑稽列传》，意在批评那些以貌取人的人。这里有一个关于人才使用方面的故事。

汉武帝时，有个东郭先生在京城候补，结果等了很久也没有得到，穷得衣食无着。数九寒冬，他没有棉衣，穿的鞋子都掉了底，走在雪地上，一路都是脚趾印。行人都嘲笑他，他却说："在这个世界上，除了我，还有谁能够看起来是穿了鞋，实际上却脚踏实地的呢？"——这话是说给那些做了官后就不踏实工作的人听的。

老天不负有心人，后来东郭先生终于做了大官，他做了官后依旧严于律己，奉公守法，勤奋俭朴。因此《史记》的作者司马迁说："相马失之瘦，相士失之贫。"意思是说：人们往往由于看见好马较瘦而看不上它，往往由于有才略的人贫困而慢待他。

◎拓展阅读

多吃咸盐，少活十年　/　甜言夺志，甜食坏齿　/　吃药不忌嘴，跑断医生腿　/　欲得长生，肠中常清　/　百食皆宜无禁忌，粗茶淡饭养身体

小别胜新婚

　　"小别胜新婚"意谓夫妻长久离别比新婚更加亲密。

　　古代夫妻双方往往是通过"父母之命,媒妁之言"而结合的。夫妻在结婚之前互不相识,这样新婚时就如同陌生人,更谈不上感情的交流融合。经过长时间的磨合,夫妻双方才培养起相濡以沫、如胶似漆的情感,远别重逢后那种积聚的思念、盼望、焦虑、惦念得以释放,自然别有温情缠绵。

◎拓展阅读

硬着头皮上 / 花钱买气受 / 大小是个头 / 为人难说自不是 / 跟人过不去

○品画鉴宝 元机诗意图·清·改琦

小时聪明，大时未必聪明

"小时聪明，大时未必聪明"出自《三国演义》。意思是说：一个人小时候聪明，长大了未必就聪明。它告示后人，一个人的成功，先天因素固然重要，但后天努力也绝不可少，只有善于将二者充分结合起来，才能获得最后的成功。

孔融自幼聪慧过人，他十岁时去拜见河南尹李膺，守门人不让他进去，他说："我家与李家世代交好。"于是守门人将他放了进去。李膺见到他很是奇怪地问："你的祖先与我的祖先有什么关系？"孔融答曰："很早以前孔子曾问礼于老子，这样说来我和你还不是累世通家之好吗？"这时友人陈炜来访，李膺向陈炜夸赞说："孔融真是个'奇童'！"陈炜不同意李膺的看法，他说："小时聪明，大时未必聪明。"孔融听了立即说："照您的话来看，您小时候一定是个聪明的孩子。"他的意思是说，你现在长大了，可是说话却显得不聪明。陈炜听了笑着说："这个孩子长大之后，必定是当代的栋梁啊！"

◎拓展阅读

狭路相逢勇者胜 ／ 八九不离十 ／ 眼不见为净 ／ 脸红脖子粗

小巫见大巫

　　"小巫见大巫"出自《三国志·吴志·张昭传》。此句意为小巫师见到大巫师，无法施展法术。比喻相比之下，两人的能力才干差距甚远，无法比拟。

　　三国时期，东吴长史张昭才华横溢，擅长诗赋和书法，与当时著名文人赵昱、王朗齐名。有一次，张昭见到楠木、石榴木的枕头，因喜爱其纹理细密，便作一赋。当时北魏的文学名士陈琳见到此赋后，极为欣赏，高兴地拿给别人看，说："这是我的同乡张昭所作。"后来张昭见到陈琳所作的《武库赋》《应机论》后，写信给陈琳，对他大为称颂。陈琳回信说："自从我到了黄河之北，犹如与世间隔绝，北方的人们很少在文章上用心，所以我的文章容易被人注意，便得此虚名，其实是名不副实。如今景兴（王朗字景兴）在河北，先生和功千（赵昱字功千）在江南，此所谓小巫见大巫，法术便无法施展了。"

　　谚语"小巫见大巫"就由此流传下来了。

◎拓展阅读

明知山有虎，偏向虎山行　／　有劲没处使　／　旧瓶装新酒　／　不看不知道

这个谚语出自《宋史·邓绾传》。人们常用来比喻那些追名逐利，不择手段，厚颜无耻，对别人的嘲笑毫不放在心上的人。

北宋中期，有一个叫邓绾的成都人，是神宗熙宁年间进士，后升为职方员外郎。神宗熙宁三年（1070年）的冬天，为宁州通判。当时，参知政事王安石奉命推行变法。邓绾善于钻营，就想亲近王安石，于是上书皇上，畅谈国事，学着王安石的样子说道："大宋已建国百年，天下承平日久，官吏多习于安逸，不再像以前那样励精图治，是变法改革的时候了"。不久，他又上书皇上，极力吹捧王安石等人的变法措施，说："贤相就像伊尹辅佐商汤、吕尚辅佐周武王一样，为国竭忠尽智，鞠躬尽瘁。现行新法，尤其是青苗法、募役法等，泽及乡里，各地无不在歌颂皇恩浩荡。就我现任的宁州来看，知道一路皆是如此；从这一路的情况来看，可以知道全国也是如此。宰相的变法措施，是前无古人，后无来者。还望陛下不要顾虑各种反对意见，一定把新法贯彻到底！"他为讨好王安石，挖空心思搜罗了一大堆好话。接着，他又写信给王安石，又是一通好话。

邓绾的活动很快奏效，不久，王安石把邓绾推荐给神宗，神宗马上让邓绾火速赴朝，立即召见。神宗问他对王安石和另一个大臣吕惠卿的看法，他说自己从不认识王安石。神宗说："王安石，当世圣贤啊！吕惠卿，贤德之人啊！"然而退朝之后，邓绾马上去拜见王安石，像老朋友一样。所以，诏令很快下来，他被调任为集贤院校理、检正中书孔目房。京中同乡、科考同年听到消息后，都嘲笑他，骂他厚颜无耻。邓绾却毫不在意地说："笑骂任你们笑骂，好官还得由我来做。"

"笑骂由他笑骂，好官我自为之"便是从这个故事演变而来的。

◎拓展阅读

打虎要力，捉猴要智 ／ 吃软不吃硬 ／ 秀才不出门，全知天下事

心有灵犀一点通

"心有灵犀一点通"出自晚唐诗人李商隐著名的《无题》诗："身无彩凤双飞翼，心有灵犀一点通。"灵犀，特指一种灵异的犀牛。一点通，传说犀牛角有白纹直通两头，感应灵敏。这个谚语用来形容两个人合作愉快，容易沟通。

这里面含有诗人一段动人心魄而又凄婉的爱情故事。李商隐以才气闻名晚唐诗坛，颇负诗名，其诗歌以独特的风格被称誉为唐代诗歌的"灿烂晚霞"。"心有灵犀一点通"就是向人们默默地诉说着一种复杂的心情。

据说，李商隐一度和其岳父的一个小妾有过一段特殊的恋情。某天夜晚，两人借宴会之机相会，遥望苍穹，满天星斗，清风徐徐，两人携手并肩，相互倾诉着无尽的缠绵之语。借着宴会的灯光和酒精的热力，笑语喧哗，一起游戏，猜拳行令，其乐无穷。然而，时光飞逝，良辰美景迅速地成为过去，给昨天的一对情侣留下的只是无尽的相思，虽同居一院，却咫尺天涯，望穿秋水。

诗人急切中希望自己长出像凤凰一样的美丽双翅，冲破一切与情人相会的障碍。忽然，诗人想起犀牛角中的那条白线可以把上下贯穿相通，心中大动，联想到他与相爱的人的处境，爱情不就是犀牛角中的那条白线吗？想到这里，诗人欣然挥毫，一首流传千古的佳作跃然纸上，其中就有"身无彩凤双飞翼，心有灵犀一点通"这两句。这两句诗是作者由感而发，且匠心独运，写出了处于分离境界中的男女们特有的复杂心理，道出了成千上万人的心声。

◎拓展阅读

一报还一报 / 高低不答应 / 不服也得服 / 有话讲当面 / 少来这一套

○ 李商隐像　李商隐字义山，晚唐著名诗人，与杜牧合称为"小李杜"。其诗构思新奇，风格浓丽，最著名的是他的爱情诗，写得缠绵悱恻，广为流传。

这个谚语中的"惺惺"即聪明人的意思。整个句子的大意是：有才能的人总是喜欢有才能的人，好汉总是喜欢和好汉交往。《水浒传》第十九回讲述了这么一个故事：

北宋末年，山东的梁山泊聚集了一群好汉，其领头人称白衣秀士王伦。此人小肚鸡肠，也没有什么本事，更容不下比他能力强的人，所以，身为八十万禁军教头的林冲当初投奔山寨时，就受尽了他的刁难，林冲心里一直窝着一股火气。这一天，晁盖等七条好汉上山入伙，王伦大摆宴席，款待新入伙的兄弟，饮酒中晁盖说出杀了许多官兵，阮氏三雄如此豪杰等事，他便有些颜色变了，心中好生不快，这些林冲都瞧在眼里。次日天明，林冲便来拜会晁盖等，说道："今日山寨幸得众多豪杰到此相扶，似锦上添花。王伦心怀狭小，妒贤嫉能，但恐众豪杰势力相压。小可只恐众位生退让之意，特来早早说知。今日看他如何相待。倘若有半句话参差时，尽在林冲身上。"晁盖等道："不可教头领与旧弟兄分颜。若是可容即容；不可容时，我等登时告退。"林冲道："此言差矣！古人道：'惺惺惜惺惺，好汉惜好汉。'量这一个泼男女、腌臜畜生终作何用？众豪杰且请宽心。"说完自上山去了。

没多时，小喽啰到来相请。酒至数巡，食供两次，晁盖与王伦盘话，但提起聚义一事，王伦便把闲话支吾开去。饮酒至午后，王伦回头叫小喽啰："取来。"只见一人捧个大盘子，盘里放着五锭大银。王伦便道："感蒙众豪杰到此聚义，只恨敝山小寨是一洼之水，如何安得许多真龙？聊备些薄礼，万望笑纳。烦投大寨歇马，小可亲到麾下纳降。"晁盖道："小可久闻大寨招贤纳士，特地来入伙。若是不能相容，只此告别。"

说言未了，只见林冲双眉剔起，两眼圆睁，大喝道："前番我上山时，你也推粮少房稀，今日又发出这等话来，是何道理？"晁盖等道："头领息怒，王头领以礼发付我们下山，又不曾热赶将去，我等自去罢休。"林冲道："这是笑里藏刀、言清行浊的人，我其实今日放他不过。"王伦喝道："你看这畜生，倒把言语来伤我，却不是反失上下？"林冲把桌子只一脚踢在一边，抢起身来，掣出把明晃晃的刀，一把拿住王伦，去心窝里只一刀。可怜王伦做了半世强人，今日死在林冲之手。正应古人言："量大福也大，机深祸亦深。"

○品画鉴宝 溪山会友图·明·王鹏 图中绘几位文士行走在山间小径上，前方不远处屋舍掩映在树木之中，远山巍峨峰立，如此山中美景中会友，当真乐事。

◎拓展阅读

说话兜圈子 ／ 把话说回来 ／ 真人不露相 ／ 无巧不成书 ／ 艺高人胆大

280

胸中自有百万雄兵

这个谚语出自《五朝名臣言行录》之《名臣传》。原句是："无以延州为意，今小范老子腹中自有数万兵甲，不比大范老子可欺也。""胸中自有雄兵百万"就是从这句话延伸出来的，人们经常用它形容有雄才大略的人。这个故事发生在北宋时期。

北宋中叶，偏居西北一隅的西夏政权与北宋处于敌对状态，多次兴兵犯境。当时，时任参知政事的北宋政治家、文学家范仲淹被贬为地方官，出任陕西路安抚使。（宋仁宗庆历初年，在国内推行新政，范仲淹是改革派的重要人物，因大贵族、大官僚等保守派的激烈反对，新政仅推行一年就失败了，他也因此被外放。）

范仲淹到任后，加强军备和军队训练，又改变作战方略，采取以逸待劳的方式，密令各路人马养精蓄锐，不得擅自行动。西夏人得知这个消息后，奔走相告道："我们不要再打延安了，现在这个小范老子（指范仲淹）胸中藏有数百万甲兵，不像大范老子（指范雍）那样好欺负啊！"从此北宋边境多年无事。

○拓展阅读

老牛拉破车 / 要钱不要脸 / 能上不能下 / 水火不相容 / 不是吃素的

○范仲淹像。范仲淹字希文，北宋著名的政治家、军事家和文学家。官至宰相，谥号『文正』，有《范文正公集》传世。他的名篇《岳阳楼记》广为流传。

281

秦始王

國富兵強以御天
英明執政幾多年
機謀早備併吞志
六國聞風不敢前

　　"行百里者半九十"一语出自《战国策·秦策五》。这句话的意思是说：行一百里的路走了九十里后，也只能算是走完了一半的路程。比喻越接近成功，越不能松懈，反而要更为警惕，坚持到底，才能争取最后的胜利。

　　相传，秦王嬴政依靠秦国几代积累的强大实力和天然的有利地形，加之实行了"远交近攻"的"连横"政策。几年下来，六国有的被消灭，没有灭亡的也被大大削弱，眼看着统一中国的大局已定，此时，秦王嬴政逐渐懈怠下来，把政事交给相国处理，自己却在宫中寻欢作乐，贪图享受起来。

　　一天，有一个年近九十岁的老人，从百里远处赶到京城，让侍卫通报一定要进宫面见秦王。嬴政觉得蹊跷，便亲自接见了老人。

　　进宫后，嬴政问道："老人家，你这么大年龄，从那么远的地方赶来，路上一定很辛苦吧！"

　　老人回答说："是啊！我从家乡出发，赶了十天，走了九十里的路程；又赶了十天，才走完了最后的十里路，好不容易赶到京城。"

　　嬴政听后笑道："老人家，你算错了吧？起先十天就走了九十里路，后来的十里路怎么能走了十天呢？"

　　老人回答说："走头十天时，我一心赶路，精力充沛。但走了九十里以后，一方面实在觉得很累，另一方面也觉得没有多少路了，所以就放松下来，那剩下的十里路，似乎越走越长，每走一步都要花出许多力气，一直走了十天，才到了咸阳。这样一算，前面的九十里路，只能算是路程的一半。"

　　嬴政点点头，又问："老人家赶了那么远的路，如此辛苦地来见我，一定有什么重要的话想对我说吧？"

　　老人回答说："我就是想把这走路的道理禀告大王。如今，我们秦国统一的大业眼看就要完成，但老臣觉得这就像我要走一百里路而已经走了九十里一样，我希望大王把以往的成功看作事业的一半，还有一半需要更大的努力去完成。如果现在放松下来，那以后的一半路就会特别难走，甚至会半途而废，走不到终点！"

　　嬴政听后很受震动，谢过老人忠告，从此再也不敢松懈，把全部精力都放到统一六国的大业上去，最终完成了一统中国的大业。

◎ 拓展阅读

贷卖一张皮 / 什么钥匙开什么锁 / 花钱买罪受 / 不放在眼里 / 钢不压

不成材

○ 品画鉴宝：行旅踏雪图·清·章声　章声善画山水，笔墨严谨工细且气势雄伟。此图中枯木寒林错落有致，散布在大幅雪山中，雪景高洁，意境深远。

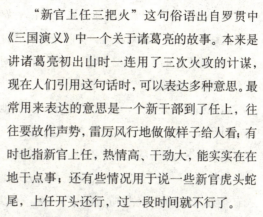

新官上任三把火

"新官上任三把火"这句俗语出自罗贯中《三国演义》中一个关于诸葛亮的故事。本来是讲诸葛亮初出山时一连用了三次火攻的计谋，现在人们引用这句话时，可以表达多种意思。最常用来表达的意思是一个新干部到了任上，往往要故作声势，雷厉风行地做做样子给人看；有时也指新官上任，热情高、干劲大，能实实在在地干点事；还有些情况用于说一些新官虎头蛇尾，上任开头还行，过一段时间就不行了。

据《三国演义》所述，刘备"三顾茅庐"把诸葛亮请出来任自己的军师之后，在很短的一段时期内，诸葛亮就放了三把火，连续三次用火攻战胜了曹操。

第一次火烧博望坡，使夏侯惇统领的十万曹兵全军覆没。第二次是火烧新野，之后又用水淹，将曹仁、曹洪率领的十万人马杀得所剩无几。紧接着是火烧赤壁，将曹操的百万雄兵杀了个片甲不留，最后跟随曹操逃出去的只剩下27人。由于这三次战役都是以少胜多、以弱胜强，所以很为世人所称道，人们把这三把战火称为"诸葛亮上任三把火"。这样屡世相传，后人便把它说成"新官上任三把火"了。

◎拓展阅读

一个葫芦开俩瓢 / 开空头支票 / 人多点子多 / 不吃白不吃

○刘备像 刘备字玄德，三国时期蜀汉开国皇帝，自立为汉中王。他与关羽、张飞"桃园三结义"的故事为人们所熟知。

性痴则志凝

"性痴则志凝"出自《聊斋志异·阿宝》。作者蒲松龄为这句谚语做解释说："性痴则志凝，所以痴迷于书的人文章一定写得好，痴迷于工艺的人技艺必定精，那些一世聪明、自以为不痴的人，结果一事无成。"

有个书生叫孙子楚，人非常老实，人家骗他，他总以为是真的。同县有一大户人家的女儿名叫阿宝，生得美貌动人。许多人慕名前来求婚，阿宝的父亲都不答应。有人骗孙子楚说："只有你才够条件呢！"子楚信以为真，就派媒婆去求婚。阿宝知道这个人有点痴，就开玩笑说："听说他右手有六个指头，假如他砍去多余的那指头，我就嫁他。"孙子楚果然自断其指，血流如注，几天才能起床。阿宝知道后又说："最好他能把痴呆去掉。"子楚没办法向她证明自己不痴。

有一天，孙子楚在路上遇见阿宝，回家后，上床就睡而不醒，并自言自语道："我在阿宝家。"原来他的魂已到了阿宝的家里。阿宝每夜都会梦见一个男人，问他，他说是孙子楚，阿宝觉得很奇怪，但又不能向别人说。后来一个女巫把孙子楚的魂招回家。孙子楚醒后，日夜思念阿宝，看见家里养的鹦鹉，心想："我如果是它，就能飞到阿宝身边去了。"正想着，忽然觉得自己已变成了鹦鹉，直飞到阿宝家，想着想着，自己便又昏迷过去。阿宝看见一只鹦鹉飞到她身边，大喜，想把它锁到笼子里，谁知那鹦鹉大呼："姐姐不锁，我是孙子楚！"阿宝大惊，为他的深情感动，对着鸟说："你的深情我铭刻在心中，但现在你是鸟儿了，又怎能和我结婚呢？你如能复变为人，我一定嫁给你。"鹦鹉说："你别骗我！"阿宝就发誓给它听。鹦鹉听后，振羽欢呼，飞下来，衔了她一只鞋就飞回去了。一到家，那鹦鹉落地即死，而在昏迷中的孙子楚立即清醒过来。阿宝父母从女儿口中听得此事，再从孙家探知孙子楚两次离魂的奇事，很感动，就将阿宝嫁给了孙子楚。其实孙子楚又是什么痴呆呢？他不过是对情一片真心而已。

◎**拓展阅读**

"现钟不打反铸钟"语见《西游记》第六十八回。比喻不利用既有条件，反而去另行多事。

唐僧等西行走到了朱紫国，国王有病，出榜招医，榜文上说："朕沉疴日久难愈，若有通医药者，疗得病愈，愿将社稷平分。"孙悟空见了，满心欢喜，使了个隐身法上前揭了榜，吸口仙气，刮起一阵旋风，他却把榜文塞在猪八戒怀里，自回会同馆居处去了。

守榜诸人等风过，不见了皇榜，正惶惧间，见八戒怀中露出纸角来，胆大地上前扯住，说："你既揭榜在怀，必有医国之手，快同我去见皇上。"八戒喝道："汝等不知，这榜是我师兄揭了塞在我怀里的，若得此事明白，我与你寻他去。"众人说："说什么乱话，'现钟不打反铸钟'？扯他去见皇上。"十来个人上前却扯他不动，无奈只得依他去见孙悟空。

孙悟空卖弄手段，从尾上拔下三根毫毛变成三根金线，从窗棂中穿过系在国王腕上，唤作"悬丝诊脉"，将国王左、右手脉象一一诊过，高声呼道："陛下中虚心痛，汗出肌麻，小便赤而大便带血，宿食留饮，烦满虚寒，诊此贵恙，是一个惊恐忧思，号为'双鸟失群'之症。"国王听了，满心欢喜，便请用药。

孙悟空便命群臣将八百多味药每味三斤，共二千四百余斤，都送至住处，却与八戒、沙僧在夜半时，只取大黄一两、巴豆一两、锅灰若干，拌半盏龙马尿，和成三颗药丸，名曰"乌金丹"，用无根水（雨水）给国王服下。那白马原是西海龙身，它的便溺凭你何疾，服之即愈。国王服下后，腹中作响，如辘轳之声不绝，即取净桶，连行了三五次，看时，粪便中有糯米饭团一块，病根都行下来也。那国王进了一次米饭，渐觉心胸宽泰，精神抖擞，脚力强健，忙起床向唐僧谢道："寡人数载沉疴，被贤徒一帖灵丹打通，于今全好了也！"

◎拓展阅读

嘴皮上功夫 ／ 放长线，钓大鱼 ／ 瞒上不瞒下 ／ 人小心不小 ／ 一样事百样做

夏虫不可与语冰

○ 品画鉴宝 德化窑白釉鹤鹿老人像·明

"夏虫不可与语冰"出自《二刻拍案惊奇·三救厄海神显灵》。意思是：夏天的虫活不到冬天，你对它谈冰是什么样子，它是不会懂的。比喻人的眼界狭窄。

明朝嘉靖年间，徽州商人程宰到辽阳去做买卖，最后连盘缠也赔了进去，回不了故乡，只好给别人记账勉强度日。

有一天晚上，程宰在自己租的狭室里冻得瑟瑟发抖，不能入眠，窗外暴风雨大作，想想境况是如此凄凉，悲从心来，便想一死了之。忽然一室光明如昼，又温暖如春，再一看，满室满床铺设一新，正惊愕间，来了个美女，愿和他结为夫妻。程宰自是喜上眉梢。

夫妻两人相处久了，程宰才知道她是辽阳海神。

有一次，程宰在市上看见大商人有两颗红宝石，如拇指大，色若桃花，他向海神提起，口中啧啧称其罕见。海神拍手大笑说："你眼光如此浅，真是'夏虫不可与语冰'，我让你看看。"手指一点，面前立刻出现丈余高的珊瑚，大如鸡蛋的明珠，五色宝石竟大如箩筐。程宰左顾右盼应接不暇，一忽儿，它们都不见了。程宰于是向她倾诉蚀本后生活的困苦。海神夹了块烧肉掷到程宰面上说："这肉能粘在你脸上吗？"程宰说："不能！"海神说："不是自己辛苦得来的东西，就和不能粘上脸的肉一样，你缺钱，我可以指点你自己去挣。"此后，她帮助程宰贩药材、卖布，每次都大把地挣钱，最后竟有了七万两银子。程宰心满意足，就想回家乡了。海神与他黯然作别，临别时叮咛道："你应力行善事，居心清静，不负吾望，万一做了歹事，以致堕落，我身在万里外，也必知道，那就再无相会之日了。"

◎拓展阅读

同行是冤家 / 山不转路转 / 人生地不熟 / 水不平则流 / 好说不好听

"项庄舞剑，意在沛公"一语典出《史记》中著名的"鸿门宴"的故事。比喻某些人的言行表面上是一回事，实际上是为了达到另一种意图。也喻指行动或言语隐约针对某一个人，与"醉翁之意不在酒"有相同之义。

秦朝末年，各路起义军经过融汇整合，最终形成了刘邦和项羽两支最大的力量，他们曾经约定，谁先攻下秦朝首都咸阳，谁就在关中一带为王。结果在公元前206年，沛公刘邦乘秦军崩溃，王朝内讧之机，捷足先登，由武关打入关中，直逼咸阳。刘邦进入咸阳之后，封闭了宫室、仓库，不取一钱一物，又同关中父老约法三章：杀人者死，伤人及盗抵罪，秦的苛法全部废除。沛公此举深得民心，关中百姓携壶捧浆，慰劳刘邦将士。之后，刘邦仍还军霸上。

一个多月后，项羽率40万大军来到关中，驻军于鸿门（今陕西临潼东北），与刘邦十万大军的驻地霸上距离20千米，两军对峙。项羽的谋士范增建议袭击刘邦军。项羽的一个远房叔叔项伯与刘邦的谋士张良很要好，听到这消息，他连夜告诉张良，劝他赶紧离开。张良不愿背叛刘邦，经张良介绍，刘邦热情地接待了项伯，并与项伯结为儿女亲家。项伯劝刘邦亲自去向项羽解释，以避免这场大战。刘邦自度力量不及项羽，硬拼是不行的，便亲自带着谋士张良、樊哙和随从，到鸿门去向项羽解释误会。项羽设宴款待，即世人所称的"鸿门宴"。

在宴会上，刘邦对项羽态度谦卑，处处陪着小心。项羽被刘邦哄得高兴起来，根本不想杀他。于是范增一再向项羽暗示，要项羽趁此机会，下决心杀掉刘邦，可项羽只当没见。范增看项羽不忍心下手，便出去找了项羽的堂弟项庄，叫他舞剑刺杀刘邦。

项庄到宴会上敬酒，并请求让他舞剑助兴。只见项庄越舞越靠近刘邦，项伯担心出事，对项羽说："一人独舞，兴致不高，让我和他对舞吧！"项伯也拔剑起舞，暗暗地用自己的身体挡着刘邦，使项庄找不到下手的机会。

张良一看情况紧急，赶忙出去对刘邦的武将樊哙说："今者项庄拔剑舞，其意常在沛公也。"樊哙一听，立即拿起武器，闯到宴会上。在张良、樊哙的保护下，刘邦终于借机离开宴会，安全地回到自己的军营。

◎拓展阅读

花到开时自然红 ／ 来得早不如来得巧 ／ 打虎亲兄弟，上阵父子兵

先下手为强，后下手遭殃

这个谚语与唐代李延寿的《北史·元胄列传》有关。意思是说，抢占先机，掌握优势，就会胜算在握，否则只能甘拜下风。故事是这样的：

南北朝时北周大将军元胄，很受丞相杨坚的器重。杨坚是外戚，位高权重，北周贵族视之为眼中钉，赵王招预谋杀害杨坚，篡夺帝位。某日，他宴请杨坚，严禁侍从跟随。元胄断定赵王招必有打算，就强行跟随入席。酒过三巡，赵王招用佩刀刺瓜让杨坚吃，元胄已看出他的用心，便急中生智对杨坚道："相府有事，请丞相先回！"

赵王招非常气愤地骂道："我正和丞相讨论军国大事，干你何事！滚开！"

元胄手扶刀柄，一脸杀气。赵王招有点害怕了，立即满脸堆笑地对他说："哈，你不必多疑，来来来，大家多喝几杯……"

元胄并不理会他。于是赵王招又眉头一皱，装模作样地对元胄说："我特别口渴，麻烦你到厨房帮我端碗水来！"元胄乘机对杨坚耳语："丞相，赶快离开这里，赵王要行刺！"

杨坚大惊道："不可能，他没有兵权，靠什么来叛乱呢？"

元胄急切地说："他是先下手为强呀！"说完就搀着杨坚出门。赵王情急从屋内追出，元胄急忙用身子挡住，杨坚才得以顺利返回相府。

随后，杨坚诛杀了赵王招，做了皇帝，改国号为隋，是为隋文帝。元胄被封为右卫大将军。

◎拓展阅读

物以稀为贵 ／ 捆绑不成夫妻 ／ 名不正言不顺 ／ 活着干死了算 ／ 大白天说梦话

○品画鉴宝 立佛图·南北朝 南北朝时期佛教极为盛行，佛像也形成了突出的特点，各地有不同的风格。此图中佛像体态丰腴，面部柔和圆润，衣衫宽松，着褡裙，线条流畅，代表了当时的佛像风格。

县官不如现管

"县官不如现管"出自这样一则故事：

宋朝时期，农历三月进行乡试、金秋进行大考的告示在一县衙门口贴出。消息一出，赶考的学士个个跃跃欲试，都想金榜题名。

恰巧这时县太爷生病，只好把这个美差委托给县主簿单淦。单淦是个唯利是图的官吏，认为这是个发财的好机会。他盘算好，只有贿赂他的人，他才能给报名的机会。那些不学无术的豪门子弟了解了单淦的嗜好，为博得功名，纷纷向单淦贿钱赂物，单淦一时忙得不亦乐乎。只苦了那些寒士，十年苦读却连考试的资格都没有。

有一天，一个衙役报告说来了一位后生，要来应试。单淦喜上心头，心想又是给我送财的人来了，连忙命人请进来人。只见来人身穿绸缎，挺胸凸肚，一看就是个富家子弟。单淦见状喜笑颜开，谁知那人来了半天也未见有一点贿赂的意思。单淦面露不悦，合上花名册，不再搭理那人。

来人见此，便问道："老爷，今天为什么不报名了？"单淦冷笑一声，说："你也不看看老爷这是什么地方？哪有进庙不烧香的！报名的时限过了！"说完便退到了后堂。那来人本是县太爷的小舅子，平时一向作威作福，哪受得了这种气，便向县太爷禀告了此事。县太爷问明情况后，唉声叹气地说："真是县官不如现管呀！"

◎拓展阅读

一条道走到黑 / 天不会塌下来 / 鸡飞狗跳墙 / 先小人后君子 / 家丑不可外扬

○品画鉴宝 虎形瓷枕·宋

"挟天子以令诸侯"这个谚语意思是说：控制帝王，以帝王的名义发号施令。后来人们也用来形容利用有威望的人来做自己想做的事情。《三国志·蜀志·诸葛亮传》记载了这样一个故事：

东汉末年，汉室日趋衰微。公元189年，陇右（今陕、甘地区）豪强董卓利用宦官之争率兵占据洛阳，废掉少帝刘辩，另立刘协为帝，这就是汉献帝。从此，他独揽朝政，专横跋扈，引起朝野的不满，遭到全国各地的强烈反对。其中袁绍组织了关东联军，起兵讨伐董卓。

袁绍是东汉末年河南汝阳（今河南商水西南）人，出身于大官僚家庭，其家极其显贵，有四世三公之美誉，他也曾任侍御史、虎贲中郎将、司隶校尉等职。董卓占据京都独揽大权以后，袁绍得罪了董卓，逃往冀州（今河北中南部）号召起兵，攻讨董卓，得到各地响应。

袁绍起兵以后，深得地主豪强的支持，势力很快发展壮大起来，不久就控制了冀州。冀州是当时重要的军事战略要地，控制了冀州也就基本上控制了北方，以后袁绍又接连打了几次胜仗，兵力更加强盛。在和各地方势力的混战中，他占据冀、青（今山东东北部）、幽（今河北北部）、并（今山西）四州，成为当时地广兵多的割据势力，称雄北方。

公元195年，正当袁绍势力迅猛发展的时候，其部下奋武将军沮授分析了当时群雄四起、天下大乱、汉献帝流亡的形势，向袁绍建议说："我们应该把汉献帝请来，在邺都（今河南南部临漳县）建立皇宫，这样我们就能够以天子的名义对各诸侯发号施令，讨伐那些不愿驯服的人，就可以无敌天下了。"袁绍赞同沮授的建议，然而由于有人强烈反对，袁绍原本也并不拥护汉献帝，最后就不了了之了。

也许是缺乏战略眼光，也许是性格上优柔寡断，等曹操将汉献帝迎至许昌，并在此定都，以皇帝名义号令诸侯时，袁绍方有悔意。曹操采取"挟天子以令诸侯"的策略并最终完成了北方的统一。

◎拓展阅读

见过鬼的怕黑 ／ 一口吃个胖子 ／ 无事不登三宝殿 ／ 不轻诺，诺必果 ／ 水里来火里去

腰缠十万贯，骑鹤下扬州

语见元代陶宗仪的《说郛》。这个谚语常用来形容一些痴心妄想的人。

宋朝的扬州是全国最富庶繁华的都会，南北交通枢纽，全国商品的集散地，也是著名的盐业中心、粮运中心，城里处处有酒家，夜夜管弦，人人都想到那里去做官、发财、享乐。

一日，四个儒生聚在一起聊天，其中一个人道："我只想当扬州刺史，又富又贵，生活又好，别的我什么也不需要了。"另一个人道："其实不然，只要有钱，住哪儿还不一样。我只想腰缠十万贯（身上有十万贯钱，每贯一千钱，十万贯就是上亿了）。"第三个人说："唉，做大官、发大财又如何？人生如白驹过隙，太短暂了，死了不是什么都没有了？因此，我希望将来能够成为神仙，能长生不老。"轮到第四个人，他说："你们说得都好，我都想要，因此我的志愿是'腰缠十万贯，骑鹤下扬州'。"大家听了，无不哈哈大笑。

◎拓展阅读

暗地里下刀子 ／ 一回生二回熟 ／ 虎离深山被犬欺 ／ 说时迟那时快 ／ 门难进面难看

○ 品画鉴宝　苇岸泊舟·宋

○品画鉴宝 月白釉绿彩瓷注壶·唐

一不做，二不休

"一不做，二不休"出自唐代赵元一的《奉天录》。意思是说不做则已，做了就要做到底。

唐德宗时期，一支军队在京师长安哗变。唐德宗仓皇出逃奉天（今陕西乾县），叛军推立朱泚为帝，占据了首都长安，声势颇为浩大。原唐朝将领张光晟投靠朱泚，做了他手下的节度使，受到朱泚的重用，一直做到宰相的位置。第二年唐朝大将李晟收复长安，穷追朱泚的败兵。张光晟见朱泚大势已去，便暗中派人与李晟取得联系，希望归降朝廷，李晟表示欢迎。

张光晟作为内应，劝朱泚尽快离开长安，并亲自送他出城。待朱泚逃远后，张光晟再返回长安，率领残部向李晟投降，李晟答应奏告朝廷，减免他叛变投敌的罪行。但是，德宗皇帝颁下诏书，处死张光晟。李晟无法再为张光晟说情，只好执行。

临死前，张光晟悲哀地说："把我的话传给后世的人：第一不要做，第二做了就不要罢休！"

◎拓展阅读

尽信书不如无书 / 明人不做暗事 / 火烧眉光顾眼前 / 吉人自有天相 / 有过之无不及

295

一朝被蛇咬，十年怕井绳

"一朝被蛇咬，十年怕井绳"见于《初刻拍案惊奇·转运汉巧遇洞庭红》中一个"倒霉蛋"的故事。意思是说，一个被蛇咬过的人，看见软软的绳子，就害怕地以为是蛇，同"一年被蛇咬，三年怕草索"。后来，常用来形容人在某件事上遭到挫折，以后遇到同样的情景往往惶惶然如惊弓之鸟。

话说明朝成化年间，苏州有个生意人名叫文若虚，有一段时间，做什么买卖都不成，人们都喊他"倒霉蛋"。这一年他实在穷得揭不开锅了，就打算随商团漂洋过海到海外谋生。于是他向朋友借了一些盘缠，带了几筐太湖橘子（又名洞庭红），准备路上充饥。海船在大海上航行数日，不觉到了一个国度，商人们都上岸做生意去了。文若虚突然想到：那几筐橘子不知烂了没有？于是把它们搬到船板上吹吹海风。那橘子红通通的，犹如万点火光。一时吸引了不少围观的人，七嘴八舌，赞不绝口，都拢过来问道："什么稀罕物呀？"文若虚拿了一个掐破就吃。围观的人惊笑道："原来是吃的。"有个好事的人便问："怎么卖？"文若虚听不懂，但从他的表情里知道了意思，于是竖起一个手指。那人顺手掏出一个银钱买了一个，闻一闻，扑鼻香，剥了皮，既不分瓣也不吐核，一口塞进去，甘水满喉咙，便哈哈大笑道："好吃，好吃！"又掏出十几个银钱来，说："我买十个进奉皇帝。"周围的人见状，也纷纷解囊，你两个，他三个的，都高高兴兴地去了。一会儿，几筐橘子已经所剩不多了，文若虚发现奇货可居，就涨到两个银钱一个。正在纷嚷间，只见那第一个买橘子的人，骑一匹青骢马飞快地赶来，大喝道："不要卖了，皇帝一总要了。"——连篓子都买了去。看的人见没指望了，只好一哄而散。文若虚点了点钱，共有一千多，约合上百两银子，竟是一本百利了。众商人回来，听说此事，都惊喜道："人都道他倒运，而今想是转运了。"

于是大家都劝他将此钱买了货物再生利钱。文若虚道："我是倒运的，将本求财，无一遭不连本蚀了。如何还要生利钱，妄想甚么？万一和从前一样，再做亏了，哪里再有洞庭红来卖？'一年被蛇咬，三年怕草索'，说到货物，我就没胆气了，我只带了这些银钱回去吧！"

◎拓展阅读

前有车后有辙 ／ 满嘴里跑火车 ／ 欲速则不达 ／ 真金不怕火炼 ／ 不是省油的灯

　　唐朝前期是我国封建社会的鼎盛时期，一度出现"贞观之治""开元盛世"。这段时期经济文化出现了前所未有的繁荣，唐都长安成为边疆各族的向往之地，加之唐太宗实行比较温和的民族政策，取长补短，互通有无，深得边疆各民族人民的爱戴，被尊为"天可汗"。当是时，太宗皇帝效法汉高祖采取和亲政策，把公主下嫁给各民族首领，各民族首领也以娶唐朝的公主为荣，和亲成了唐太宗维系民族关系的纽带，也成为中唐之后中央政府军事力量的倚重。

　　安史之乱后唐朝由盛转衰，但和亲政策一直延续下来。公元788年，唐德宗以咸安公主下嫁回鹘（又称回纥）可汗。回鹘可汗恭敬地回信说："昔为兄弟，今婿半子也。陛下若患西戎，子请以兵除之。"女婿称"半子"便由此而来。

◎拓展阅读

话说到点子上 ／ 背后搞小动作 ／ 人不出门身不贵 ／ 文不文，武不武 ／ 恨铁不成钢

○品画鉴宝　邸宅庭院·唐

一日夫妻百日恩

这个谚语多见于史料，意思是说人们应该珍惜夫妻之间的深情。又作"一夜夫妻，百日恩义"。这里有一段《聊斋志异·张鸿渐》的故事。

张鸿渐是永平府的名士。知府赵某贪暴，有一次用刑打死了姓范的秀才，该府所有秀才大忿，由张鸿渐执笔向巡抚告状。谁知赵某用重金贿赂上级，结果他不但无罪，反而把告状的秀才抓了起来，张鸿渐于是连夜逃跑，到凤翔府时，路费用光了，又迷了路，幸亏遇见一狐仙名施舜华庇护他，做了他的情人，一住三年，非常恩爱。

一天，鸿渐对舜华说："我离家三年了，非常想念妻子，你是狐仙，千里路一刻就可飞到，能不能带我回去看看她呢？"舜华不高兴地说："我和你这么要好，你守着我，心里却想老婆，那么你对我的恩爱都是假的了！"鸿渐说："你怎么这样说呢？'一夜夫妻，百日恩义'嘛，以后我想念你，就和今日想念她一样，假如我得新忘旧，岂不是忘恩负义的人？"舜华笑道："那么我送你回去吧！"于是拿了个竹枕头，两人跨着，叫张鸿渐闭上眼睛，只听耳边风声飕飕，不久落地，睁开眼睛，舜华已不见。张鸿渐人已到家，翻墙进去，其妻惊起，问清是丈夫回来了，便挑灯挽手呜咽。

原来有恶少年某甲，平时见张妻很美，心里想她。这次见张鸿渐翻墙进去，以为是张妻的野男人，于是也跳墙进来"捉奸"。等到看清是张鸿渐，就要挟道："张鸿渐是逃犯，竟敢回家？除非你和我好，不然我就去报案。"张鸿渐怒火中烧，拔刀直出，剁中甲颅，再砍杀了甲。第二天，张鸿渐去向官府自首。官府因张是在逃犯，现在又杀了人，立刻派两个差人押他上京城去，脚镣手铐，戒备森严。途中遇一女子骑马而来，原来是舜华，张鸿渐大声呼救，舜华以手指械，则手脚镣铐立落，引之上马，马行若飞，片刻已至山西太原，让张下马后舜华说道："我们从此永别了。"之后掉头而去，从此再也没有见到她了。

张鸿渐在太原一躲十年，他儿子长大了，考上了进士，做了官，他才敢回家，一则事隔多年，二则官官相护，也就没有人敢追究往事了。

◎拓展阅读

头发长见识短 / 三思而后行 / 瞎猫碰上死耗子 / 明一套暗一套 / 鼻子底下就是路

一日为师，终身为父

"一日为师，终身为父"出自《西游记》。这句话的意思是：即使做一天自己的老师，也要终身像父亲一样侍奉。

唐僧师徒四人别了朱紫国，整顿鞍马西进，一路踏青玩景，忽见一座庵林，唐僧意欲自去化些斋吃，孙悟空笑道："你看师父说的是哪里话。你要吃斋，我自去化。俗语云：'一日为师，终身为父。'岂有为弟子者高坐，教师父去化斋之理？"

这句俗语采用比喻手法把师生关系比作父子关系，虽然其中带有封建礼教三纲五常的说教，但是我们也应该看到它主要表达的是保持尊敬师长、饮水思源的美德，这在今天仍具有现实的教育意义，充分体现了民间语言的旺盛生命力和深刻的感召力，体现了中华民族的传统美德。

这在第八十一回中也有印证，孙悟空说："我等与你做徒弟，就是儿子一般。养儿不用阿金溺银，只是见景生情便好。"

◎拓展阅读

摸着石头过河 / 上有老下有小 / 耳闻不如一见 / 上气不接下气 / 半路上出家

299

"一问三不知"是指对事情的开始、发展、结束三方面都不清楚。

春秋战国时期，各诸侯国之间征战不已。公元前468年，晋国大夫荀瑶率军征讨郑国。面对晋国的强大攻势，郑国难以招架，于是派大夫公子般到齐国求援。齐国决定派大夫陈成子率军前往郑国救援。

陈成子率领军队冒雨渡过濮水，来到阵前。晋军统帅荀瑶见齐军阵容严整，不免心生胆怯，于是一边下令撤军，一边派一位使者去齐军密见陈成子。使者对陈成子说："这次晋国出兵，其实是为了替您陈大夫报仇。你这一族，原本属于陈国，后来从陈国分离出来。陈国虽然是被楚国灭掉的，但罪魁祸首是郑国。所以，晋国派我来问问你是否为陈国复仇。"

陈成子听完使者的话，知道这是荀瑶编造出来的谎言，根本不相信。

齐国的使者走后，有个名叫荀寅的部将报告陈成子说："有个从晋军来的人告诉我说，晋军打算出动一千辆战车来袭击我军的营门，想要把齐军全部消灭。"

陈成子说："出发前国君命令我说：'不要追赶零星的士卒，不要畏惧大批的人马。'哪怕晋军出动超过一千辆的战车，我也不能避而不战。方才你的讲话是壮敌人的威风，灭自己的志气！回国以后，我要向国君报告你的话。"

荀寅自知失言，后悔地说："今天我明白了自己为什么总得不到信任而要逃亡在外了。君子谋划一件事情，对事情的开始、发展、结果这三方面都要考虑到，然后才能向上报告。而我对这三方面都不知道就报告给大夫您，怎么能有好的结果呢？"

几天后，晋军撤兵，陈成子也率军回国了。

谚语"一问三不知"，就是从荀寅的这段话中概括出来的。

◎拓展阅读

大丈夫能屈能伸 ／ 生意不在早晚 ／ 眼痛总比瞎眼好 ／ 有话往肚里咽 ／ 不管三七二十一

银样蜡枪头

"银样蜡枪头"中蜡是一种铅锡合金,质软,银白色,用这种金属制成的枪头只能当作摆设,是不能用作武器的。后来人们经常用来形容一些人或事物没本事或不中用。清代沈起凤在《谐铎·恶钱》中讲述了一个慈母的故事。

枝江地方有位卢姓儒生,自幼习武,由于投亲无着,流落在沙尼驿。在驿站前有两棵粗可合抱的大枣树,适值枣熟之时,树下聚集了很多打枣的人,因为树高,他们很难打下来。卢生一时兴起,自告奋勇地说:"看我的。"抱树一摇,那树竟然被他晃得哗哗响,枣子如雨而下,众人都惊呆了,继而大声为他叫好。

就在这个时候,一个留着大胡子的中年人走过来说:"这有什么大不了的? 看我的!"他双手抱树,不大一会儿,整个大枣树叶黄枝枯,枣子全落下来了。卢生晓得这个人不是等闲之辈,他使用的是上乘内功,非常佩服,便主动上前与他攀谈。大胡子知道了卢生的困境,就把他带回自己家里,并把一个女儿嫁给他,婚后伉俪情深。但不久,卢生发现这家人是杀人越货的大响马,心里非常害怕,整日提心吊胆。

一日,卢生趁着大胡子外出之时,就与妻子商量逃出这个是非之地。其妻说道:"我们是逃不出去的,里里外外到处都有人把守,干脆咱们就闯出去。"次日一早,夫妻二人刚跨出房门就遇到她的姐姐持斧挡住去路,妻子取出随身携带的流星锤接着,只两三回合,姐姐就败下阵来。走到外堂,妻子的嫡母举长鞭阻拦,由于臂部伤痛,也被妻子打败,没办法,眼睁睁地看着他们走了。走到中堂,见到她的生母(大胡子的小老婆)泪眼汪汪地等着他们,说:"女儿,你不要母亲了吗?"女儿闻声哭个不停,生母说:"你和丈夫一起走,也是应该的,我也不留你。"说完,一枪刺来,卢生一挡,那枪头就断了,原来是一支银样蜡枪头。枪头上还挂着金钱数枚,明珠一挂。最后走至门口,铁拐一支当头击下,妻子用尽平生力气,奋力挡住,卢生从拐下飞奔而出,使拐的则是一家人中武艺最强的老祖母。祖母见卢生已出了门,看到也没有别的办法,不得不把孙女儿也放走了。

两年后,大胡子一家被官军围杀,仅有卢妻生母死里逃生,削发为尼,一直到老。她身边一直用着一根拐杖,就是那根银样蜡枪头的枪杆子,那寄托了她对女儿和女婿的无限思念。

◎拓展阅读

树大招风,财大招祸 / 过一天算一天 / 河里无鱼虾也贵 / 横考虑竖考虑 / 井水不犯河水

英雄所见略同

"英雄所见略同"意思是说：英雄们看问题的角度或对问题的看法有很多相似的地方。后来人们常用这个谚语来形容那些志同道合的人。这里有一个三国时的故事。

三国初期，刘备占据荆州不久，委任庞统为耒阳县令。庞统本是战略家，因不能理顺县里的繁杂事务，考评不合格而被免职。东吴大都督鲁肃听说了这件事，就给刘备写信说："庞统是一个大才，您至少给他一个州郡的官职，才能让他发挥作用。"此时诸葛亮也向刘备举荐庞统，于是刘备便任命他为州郡参谋。

有一次，刘备和庞统闲谈，刘备不经意地问道："当初我去东吴求援时，你正在周瑜手下供职，据说你曾极力劝孙权扣留我，这是真的吗？"庞统毫无掩饰地说："千真万确。"刘备感叹道："当时情况危急，我只得联合东吴，那次差点身陷囹圄呀！这么看来天下英雄所见略同啊！当时诸葛先生也阻止我去，忧虑的也是这一点。如今看来，那次的确是冒险，并非万全之策啊！"

◎拓展阅读

前言不搭后语 ／ 生命在于运动 ／ 高不成低不就 ／
死无葬身之地

○ 品画鉴宝　青瓷鸠形杯·三国

五殿閻羅王

○品画鉴宝 阎罗王

有钱能使鬼推磨

这个谚语意思是说，钱能通神。后来人们常用这个谚语形容只要有了钱，就什么都有了，世间没有做不成的事。这里有一个古老的民间传说。

古时候，人们相信人死后灵魂就要进入阴间，通过小鬼引路到阎王那里报到，办完手续才能入户。一次，阎王派小鬼到人间去带一个叫杨苗的人回阴曹地府报到，但杨苗还留恋人间烟火，怎么办呢？最后答应每年送给小鬼五万冥钱，希望他能放过自己。小鬼从没见过如此多的银钱，便一口答应了，就胡乱抓了一个叫杨树的人回到阴间。阎王派人核对生死簿，发现抓错了人，再次派小鬼去抓杨苗。这次，杨苗又许下诺言，答应小鬼每放自己一次便给他十万冥钱。小鬼财迷心窍，再次放过杨苗，又抓了一个叫杨墩的人回去。

阎王发现这个小鬼老是抓错人，思前想后，认定这中间肯定有问题，决定亲自去抓杨苗归案。杨苗发现阎王亲自来了，佯装悲痛，哭哭啼啼地说："希望大王允许我磨完这一磨麦子，我走后，好让老娘有饭吃。"阎王坚决不允，杨苗看看行不通，又生一计，答应每年送阎王一千万冥钱。阎王心动，高兴得合不拢嘴，不由自主地帮杨苗推起磨来，然后抓了另一个替死鬼交差了事。

◎拓展阅读

书到用时方恨少 / 见啥人说啥话 / 敬酒不吃吃罚酒 / 抓一把扬一把 / 往自己脸上抹黑

305

有钱走遍天下，无钱寸步难行

这个谚语流传甚广，唐代人著的《朝野佥载》中也有表述。谚语的意思是说：金钱非常重要，它是生活中的通行证。人们常用来形容政治腐败，世风不正。

在唐朝，吏部作为人才选拔和官吏升迁的机构，权力非常大，吏部长官称尚书，其副手称侍郎。有个姓郑的吏部尚书，受命选拔吏部郎官，他利用这个机会，召权纳贿、卖官鬻爵。那些比较富有的候选人，以重金贿赂他，很快就能分到好位置，一些没钱的穷监生一等就是数年，也得不到补缺。这时有个候选官已经实在等得不耐烦了，心里着实咽不下这口气。一天，他就在鞋带上系上一百多个钱，一走一晃地去见姓郑的尚书。尚书见了非常纳闷，指着钱说："你为什么在脚上系这么多钱？"那人说："常言道'有钱走遍天下，无钱寸步难行'，我也是由于寸步难行才系上它啊！"尚书听出了其中的道理，又羞又气，心中十分恼火，口头上随便应酬了一下，过后干脆把那人的候选资格也给取消了。

◎拓展阅读

忍得一时气，免得百日忧 ／ 是非自有公论 ／ 满腹文章不充饥 ／ 气不打一处来

○ 品画鉴宝 ｜ 人物图·唐 此图出土于阿斯塔那古墓，是墓室装饰的一部分。图中人物线条用浓墨画出，挺放有力。

这个谚语来源于一个民间传说。人们常用这句谚语来形容一心谋求成功却不能达成，随意办的事却能收到意想不到的结果。

元代有个叫魏鹏的官宦子弟，其父在浙江时，将其与贾家女儿娉娉指腹为婚。后来他的父亲死在任上，全家迁回襄阳老家，自此断绝了联系。魏鹏长到十八岁，聪慧勤奋，博览群书，只是屡试不第，心中十分不悦。母亲害怕这样下去可能会生大病，于是就让他去浙江，一来访师问友，二来散散心，三来也到了与贾家议定婚期的时候。却说那贾家只有老夫人和女儿在家，听说魏鹏到来很高兴，招待十分周到，但是对婚姻之事只字不提。常言道，女大十八变，娉娉已出落得花容月貌，国色天香。两人朝夕相处，眉目传情，逐渐诗词奉和，情意日深。又有两个女婢从中牵引，二人便山盟海誓成了眷属。从此无夕不欢，往来频数，只瞒了贾老夫人。

时间过得飞快，暑去秋来，家中来信催魏鹏回去秋试。魏鹏没有办法，和小姐恋恋不舍，不忍分离，但无奈母命难违，只得动身回家。考试的时候，魏鹏的心中却一直牵挂着远方的情人，无心去咬文嚼字，想到哪儿，写到哪儿，没有去想结果如何。也许是时来运转，考官不知那天怎么回事，只顾圈圈点点起来，竟然高中了，果真是"有心栽花花不开，无心插柳柳成荫"。

等到廷试时，魏鹏为母亲所迫只得进京赶考，心里更加想念娉娉，哪有心思去寻章摘句？没想到考官夸他行文稳妥，没有锋芒，是平正举业之文，取中在甲榜，即委派为江浙儒学副提举。魏鹏非常高兴，得意之余，急忙赶往钱塘，拜见贾老夫人，与娉娉重逢，悲喜交加。就暂时寄居贾家，与贾老夫人从容提及婚事。但贾老夫人就这么一个女儿，不想让她远嫁他乡，无论怎么都说不通，魏鹏请人多次劝说，

○品画鉴宝 玉皇大帝 玉皇大帝又称『玄穹高上帝』，简称『玉帝』。《玄笈七签》中称玉皇大帝为元始天尊的弟子。《玉皇本行集经》中说玉皇大帝为『诸天之主』『万天之尊』。

可贾老夫人就是不同意。不巧，这时魏母去世，魏鹏不得已回去奔丧。这番生离，娉娉非常悲痛，终日郁郁寡欢，大病一场，竟一命呜呼了。魏鹏听到噩耗，设位遥祭："你为我而死，我何忍相负？唯终身不娶，以慰芳魂。"伏地大哭，几次昏死过去。

　　两人的深情深深感动了玉帝，三年后，娉娉得以借尸还魂，两人白头偕老，被传为佳话。

◎拓展阅读

吃不了兜着走 ／ 空有一手绝活 ／ 不显山不露水 ／ 久病无孝子 ／ 活到老学到老

有眼不识泰山

"有眼不识泰山"缘自鲁班的一个故事。

我国春秋时代著名的木匠鲁班，曾收过许多徒弟。鲁班对徒弟要求很严格，每过一段时间就要淘汰几个技术没有进步的人。有个叫泰山的徒弟，看上去技艺长进不大，为遵守师门的规则，鲁班便辞掉了他。

多年以后，一次，鲁班带领徒弟在集市闲逛，看见一个货摊上摆着许多做工讲究的竹制家具，看得出制作者技艺精湛，众人争相抢购。鲁班很想结识一下这位能工巧匠，便向人打听，人们告诉他，是鲁班大师的徒弟，大名鼎鼎的泰山所作。原来，泰山被辞退后，发奋图强，潜心研究竹器的制作，终于学有所成。鲁班想起当初错辞泰山，深感愧悔，感叹说："我真是有眼不识泰山啊！"

◎拓展阅读

走哪步说哪步 / 九牛二虎之力 / 家家有本难念的经 / 出门低三辈 / 酒后吐真言

○ 品画鉴宝　原始瓷双系耳罐·春秋

有志者事竟成

"有志者事竟成"出自《后汉书·耿弇传》。意思是只要有志气和决心，坚持不懈，就一定能取得成功。

东汉刘秀取得绿林军的领导权后，当时有许多割据势力阻碍着刘秀的复国大业。其中豪强张步势力强大，对刘秀是很大的威胁。刘秀的部将耿弇献策先消灭张步，以免留有后患。刘秀认为自己的力量与张步相比还不够强大，没有合适的部将帅军征讨，消灭张步为时尚早。

几年后，许多割据势力都被刘秀消灭，兴复汉室已指日可待。此时摆在面前的一个劲敌就是张步。这期间张步已占据了山东的12个郡，军势愈加强大，刘秀决定进攻张步，扫清障碍。耿弇待候这场战役已有几年，紧要关头他主动请缨，刘秀欣然应允。耿弇有勇有谋，很快攻下了祝阿、历下和临淄三郡。张步一见耿弇来势迅猛，亲自带兵反攻临淄。双方在临淄展开了一场激战，战斗中耿弇腿部中箭，但他毅然忍痛坚持战斗。部下劝他休息一下，等到刘秀援军到了，再夹击张步。耿弇不听，依然勇猛杀敌。士兵见将帅如此奋不顾身，士气大振，奋力拼杀，终于打败了张步。

几天后，在庆功宴上，刘秀对耿弇说："当初你建议灭张步，我怕你难以成功。今天才知道，有志者事竟成啊！"

◎拓展阅读

一步一个脚印 ／ 宁可认错，不可说谎 ／ 放下屠刀，立地成佛 ／ 翻手为云，覆手为雨

○品画鉴宝 山水图·明·王建章 此图以平远法构图，画中山水萦绕，雾霭迷漫。江面上几叶帆舟，点缀其间。山间溪流飞下，树木茂盛，屋舍隐见，全图意境幽远，风格苍劲。

与人方便，自己方便

"方便"是佛家用语，指因人施教，导人入佛的权宜方法。《大藏法教》说："方谓方法，使谓便宜，巧也。"后引申为随机应变或与人便利。意思是：能给别人以方便，也等于给自己方便，对双方都有好处。

在《红楼梦》第六回里讲述了这样一个故事：

周瑞家的因昔年买地多亏狗儿之力，此时也想显弄一下自己的体面，于是答应为刘姥姥引荐。刘姥姥道："阿弥陀佛！全仗嫂子方便。"

周瑞家的忙道："说哪里话，俗语说的，'与人方便，自己方便'。"

周瑞家的引用这一俗语表达了自己的谦逊，其实以她的身份是不会要刘姥姥施予方便的。

◎拓展阅读

好虎架不住群狼 / 面不改色心不跳 / 得饶人处且饶人 / 东方不亮西方亮 / 一朝天子一朝臣

这个谚语出自《左传·僖公十年》。意思是说：如果有人想加害别人，可以轻而易举地找个借口，形容那些无端加害别人的人。

故事发生在春秋初年，晋国逐渐强大，陆续吞并了周围一些小国，成为中原一霸，晋献公执掌国政二十余年，生有申生、夷吾、重耳等八个儿子，而且申生早就被立为太子，是法定的王位继承人。但献公年老时宠爱妃子骊姬。而骊姬一心想让自己的儿子奚齐当太子，母以子贵，将来自己可以继续享受荣华富贵，于是她想方设法陷害申生。

机会终于来了，一次，她假说献公之意让申生去祭奠亡母，并告诉他回来时将供品取回献给父亲，而她却命人偷偷地在供品中下毒。不知就里的申生将供品取回径直献给父亲，但当献公打算品尝时，狡猾的骊姬建议献公让侍女先吃，侍女吃后马上毙命，献公勃然大怒，不问青红皂白就下令把申生抓了起来。

申生明知是骊姬要加害于他，心想骊姬是父亲的宠妃，自己怎么辩白，父亲也不会怀疑她；即使骊姬伏法，父亲也可能接受不了这个现实；如若逃走，就是承认自己犯了杀君之罪。思前想后，他选择了自杀。

骊姬排除这个影响其子继承权的太子后，又把矛头指向重耳、夷吾诸公子。她趁热打铁，又诬陷他们与申生同谋。无可奈何，两位公子只得长期流亡国外。

这样，威胁其子继承权的人死的死，逃的逃。后来献公病重，奚齐顺理成章地被立为太子，献公将他托付给大夫旬息。不久献公去世，只有十五岁的奚齐当了晋国国君。

大臣里克和丕郑对骊姬的行为非常不满，准备迎公子重耳回国，遭到了旬息激烈地反对，双方争执不下，于是他们就派人杀死了奚齐。骊姬于是又改立她妹妹不足三岁的儿子卓子当国君。里克和丕郑联合各大臣，发动政变，带兵将卓子、旬息当场杀死，逮捕了骊姬，在市场上将其鞭打至死。

接着，他们又派人迎接重耳回国当政，但重耳碍于一些原因不愿回国，因此他们又希望立其他公子为国君。在这种情况下，有位大夫提出请夷吾公子回国当国君。

流亡在梁国的夷吾闻讯大喜，于是在强邻秦国派军队护送的情况下回到晋国。为了稳住里克，夷吾在回国前就派人送信给里克，表示继位后赐给他封地。然而，夷吾一朝大权在手，不但自食其言，还夺去了里克的权力，但怕他日后背叛自己，拥立重耳，夷吾最终决定杀了他。

不久，夷吾派人向里克传话："没有先生，我当不了国君，然而，你杀死了两位国君，一位大夫，如果我再当你的国君，是不是太难了？"

里克明白，夷吾是要他自杀，他悲愤交加地说："我不杀他们，您怎能坐上国君的宝座？当然，您如果想要给别人加上罪名，还怕找不到借口吗？好，我就成全了主上。"说完，里克便刎颈而亡了。

◎拓展阅读

心有余而力不足 ／ 头发胡子一把抓 ／ 大人不记小人过 ／ 说得有鼻子有眼 ／ 不是冤家不聚头

○ 品画鉴宝　美人图·明·姜隐

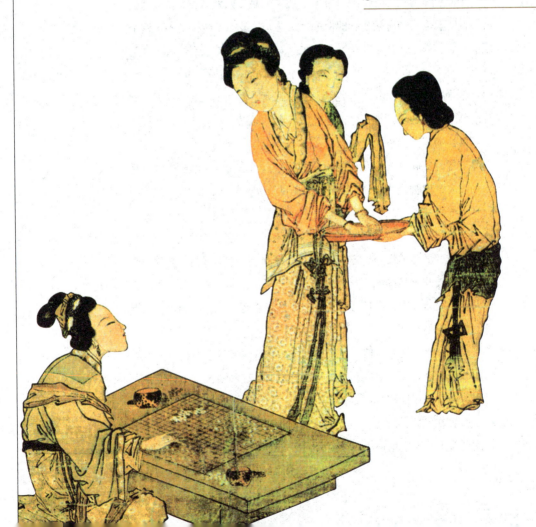

这是一个流传非常广泛的谚语，史料中所见较早的是《战国策·燕策二》。它较早的来源是一个寓言故事，常用来形容矛盾双方斗争非常激烈，而双方又势均力敌，结果是两败俱伤，让第三者轻而易举地拿走胜利果实。

故事发生在战国时期，各国争雄，赵国打算攻打近邻燕国。苏代（著名说客苏秦的弟弟）知道这个消息后，表示极力反对。此时的秦国十分强大，有并吞六国之势，苏代一直赞成苏秦关于"合纵抗秦"的主张，经常穿梭来往于东方各国，希望各国暂时化解彼此的矛盾，联合起来抵抗强大的秦国。所以，他希望赵国打消攻打燕国的念头。他对赵惠文王说："我来贵国的途中，在易水看到一只河蚌张开蚌壳在河滩上晒太阳。这种情景被停留在近处的一只鹬鸟看见了，它径直飞过来去啄蚌肉。河蚌急忙合拢蚌壳，紧紧地夹住鹬鸟的嘴。鹬鸟尽力想甩掉河蚌，但徒劳无功，非常着急。它威胁河蚌说：'再不放开我，这几天不下雨，阳光也比较大，你就会被活活晒死！'但河蚌也脱开不得，没办法回到河中去，又怕鹬鸟偷袭自己，于是故作强硬地对鹬鸟说：'你还不服气呀？就是不放你，不夹死你，也会活活饿死你！'双方谁也不肯示弱，谁也不肯放谁。这时一个路过的渔夫看到这种情景，顺手把它们两个一起捉走了。"

苏代绘声绘色地对赵惠文王讲完这个故事，道："如今赵国要攻打燕国，两国交兵，彼此都不肯相让，国力、财力大量消耗，百姓疲惫不堪。那时，强大的秦国就会像渔夫一样，两国可能都不会存在了。所以，我劝大王三思而后行。"赵王听了苏代的讲述后，明白了其中的道理，就放弃了进攻燕国的计划。

○ 品画鉴宝　牺背立人擎盘·战国

◎拓展阅读

脸朝黄土背朝天 ／ 老虎屁股摸不得 ／ 脚走不过风，嘴硬不过理 ／ 茶要细品，人莫讥评

远水不救近火

"远水不救近火"出自战国《韩非子·说林上》。意思是说：远处的水难以救近处的火，比喻缓不济急。

战国时期，鲁国鲁穆公当政时，只想结交远方的晋国、楚国，他派诸位公子纷纷前往晋国和楚国任职，而对邻近的齐国却没有友好的表示。

大臣犁钮为此事劝谏鲁穆公："假若我们这里有人掉进了河里，派人到遥远的南方去请越国人来救人，虽然越国人善于游泳，但等越人赶来，落水者肯定已救不活了；假如一个地方失火，跑到远处的海边去取水灭火，即便海水取之不尽，但等到取来海水，大火肯定早已把一切都烧光了，因为远水救不了近火呀！今天晋国与楚国虽然强大，但与我们相距甚远。如果我国遇到了什么危难，他们同样来不及赶来救援。而齐国与我们是近邻，鲁国如果有难，难道它能不救吗？"

鲁穆公听后采纳了犁钮的建议，开始同齐国修好。

◎拓展阅读

近朱者赤，近墨者黑 / 江山易改，本性难移 / 酒香不怕巷子深 / 旧的不去新的不来

○ 品画鉴宝　金银错铜丝网套壶·战国

传说，很久以前，在苏州洞庭东山有一户姓席的人家，家境殷实，只是婚后席妻一直没有生育，直到年近半百时才生了一个女儿。老夫妻将其视为掌上明珠，非常宠爱，回想当年期盼儿女的急迫心情，他们给孩子取名叫盼盼。

盼盼十八岁那年初春的一天，两个丫环陪着她上紫金庵烧香许愿，回家后却发现插在发髻上的一支宝簪给丢了。这支簪是席家的传家之宝，一家人极其珍爱，为此盼盼终日愁眉不展。

老夫妻俩一方面好言安慰女儿，一方面派人四处寻觅，但转眼几个月过去了，却一直没有宝簪的踪影。看着女儿丢了魂似的样子，夫妻俩想到重赏之下必有勇夫，于是便贴出告示：如果有人能找到此簪，赏白银五百两。

一天，有位广东商人肩驮一猿游历到了东山，在紫金庵门外见到这告示，心想："不知何人有如此福份拾得宝簪。"随后进得庵来，肩上的猿也溜了下来，爬到院里树上戏耍。要离开时，商人打了个口哨，猿便迅速地下来，跳回到主人肩上，并将一支簪交给了商人。这簪正是席家告示寻找的那支，原来那天盼盼烧完香进入后园，头上的宝簪被一树杈勾住挂在树上了。

商人接过宝簪，揭了告示来到席家。席老汉一见失而复得的宝簪，分外惊喜，又见客商风流倜傥，一表人才，心下有意托付盼盼的终身，便问客商婚否，这客商本是聪明之人，当即跪在老汉面前说："家中仅有自己，父母早亡，愿入赘为婿。"

○品画鉴宝　美人图·清

317

席老汉满心欢喜，既得宝簪又得佳婿，于是择吉日给女儿完婚。那一天，席家大办酒宴，不料席间猿偷吃了厨房的东西，客商怕席家不满，一急之下将猿杀了。

喜宴结束后，新人步入洞房，盼盼羞涩地向新郎寻问宝簪是如何找到的。客商将经过原原本本地说了。盼盼听后说："我们的姻缘是猿和簪撮合的；女方媒人是簪，男方媒人是猿。"便叫新郎将猿牵来，以谢大媒。客商只好把猿偷吃被杀的事告诉了盼盼。

盼盼听后非常气愤，认为客商是伤天害理、忘恩负义之人，说："我们是有'猿'千里来相会，无'猿'对面不相识。"之后断然将客商赶出洞房。

由于"猿""缘"是谐音，后人由此而引申为"有缘千里来相会，无缘对面不相识"。

◎拓展阅读

置于死地而后生 ／ 大人不见小人怪 ／ 敢怒不敢言 ／ 赶鸭子上架

關盼盼

这一谚语典出《后汉书》，用来讽刺那些没有眼光、不识人才、不识真理的人。

据《后汉书》载，春秋时期，楚国有个识玉高手名叫卞和。一次，他在荆山找到一块"璞"（中间有玉的石头），他认为璞中的玉一定是最好的，便将这块宝石献给楚厉王。但楚厉王的玉工却妒贤嫉能，说这只是一块普通的石头，并进一步进谗言说这是卞和有意蒙骗厉王，楚厉王大怒，令刀斧手切掉了卞和的左膝盖骨。几年后，厉王驾崩，楚武王继位。卞和认为献宝的机会来了，于是又将璞献给武王。但武王的玉工中有些人知道这件事，于是说："卞和是个骗子，他曾将这块'石头'献给厉王，这并不是什么'璞'，而只是一块石头罢了！"武王一听也大怒，令刀斧手切掉了卞和的右膝盖骨。又过了几年，武王也驾崩了，楚文王继位。这时，卞和的两只膝盖骨都被切掉了，两腿成了残废。一天，他抱着那块璞坐在荆山下痛哭，这时楚文王的一位大臣正好经过这里，了解了事情的经过后问他："你是因为残废了才如此痛哭吧？"卞和回答："不是，我是为世人'有眼不识荆山玉'，为这块宝玉不能为世人认可而痛哭；我是为自己的一片忠心不为楚王理解而痛哭。"这位大臣回去向楚文王报告了这件事，文王很受震动，派人把卞和接来，剖开璞，里面果然有一块上等的宝玉。楚文王于是重赏了卞和。

据说，封建社会历代皇帝的传国玉玺就是用这块玉刻成的。为了纪念卞和的功劳，文王把这块玉命名为"和氏璧"。

还有一句从讲述"和氏璧"的故事中引来的俗语，叫"有眼不识金镶玉"。

相传，秦统一六国后，和氏璧落到了秦始皇的手中。秦始皇对它做了加工，让玉工把它雕琢为长、宽、高都为四寸的玉玺，奉为神物，随身携带。据说有一次秦始皇去巡视江南，当船行至洞庭湖时，突然风起浪涌，几欲将船掀翻。在惊恐中他将玉玺抛入湖中，之后便风平浪静了，但从此却失去了镇国宝物。八年后，秦始皇又去巡视华阴，中途有一老者拦道献宝，正是八年前失落的那块玉玺。自此，玉玺复归于秦。

漢高祖

后来汉高祖刘邦攻破秦国都城咸阳，秦王子婴投降，将玉玺献出。从此，玉玺落入西汉王朝手里，在刘姓皇帝中传了十二代。西汉末年，王莽篡位后，派人寻找传国玉玺。当时玉玺在孝元皇太后手中，太后受胁迫，看着大势已去，情急之下，将玉玺猛力地掷在地上，玉玺当即摔掉一角。后来玉工在摔缺的角上镶了黄金，于是得名"金镶玉玺"，亦称"金镶玉"，仍为传国之宝。

那些不知道这一典故的人见到玉玺后，认为即使用金镶上了角，玉玺也成破损的了。那些知道玉玺来历的人就指责他们"有眼不识金镶玉"，于是便引出这一俗语，指看不出表面平凡、而实际上却是非常了不起的人和事。

◎拓展阅读

三句话不离本行 ／ 矮子肚里疙瘩多 ／ 一人做事一人当 ／ 不看僧面看佛面 ／ 强中自有强中手

○ 品画鉴宝　乔岳丹霞图·明·项德新

羊毛出在羊身上

这一广为流传的谚语出自一则有趣的寓言故事。它比喻一些会耍手段的人，从别人身上取得一些东西，然后再变个方法施舍给其他人，而自己却通过这种手段捞到更多的实惠。

据说，从前有个牧羊人养了一群羊，靠剪羊毛卖钱为生。起先，他每年只在春天给羊剪一次毛，羊因剪毛后度夏凉爽，长得很好，牧羊人卖羊毛收入也很可观，大家都很满意。过了几年，牧羊人为了追求更多的利润，想了个主意，改为一年春秋两季给羊剪两次毛。如此一来他的收入便翻了一番，而羊在过冬之前也基本上能长齐新毛，冬天还勉强过得去。又过了几年，贪婪的牧羊人利欲熏心，他想一年四季给羊剪四次毛。春夏秋冬都剪毛，群羊实在受不了，于是提出抗议："宁肯死去，也不让剪四次。"于是牧羊人又耍花招安慰羊说："为了让你们温暖地过冬，我给你们每只羊发一件羊毛坎肩。"群羊听后，接受了这一赠予，同意让牧羊人一年剪四次毛，并且对此表示感谢。

一头老黄牛在旁边看到了这件事，它看透了牧羊人的把戏，对牧羊人说："你真是太聪明了，你发的坎肩是羊毛织的，而羊毛还是出在羊身上。"

◎拓展阅读

英雄难过美人关 ／ 有情人终成眷属 ／ 睁一只眼闭一只眼 ／ 打退堂鼓 ／ 前不着村，后不着店 ／ 大路朝天，各走一边

○ 品画鉴宝 错金银牺尊·战国

"远来的和尚会念经"是从一个民间传说而来的，人们往往用这句俗语来比喻新鲜的事物或新来的人容易被人接受，也暗含着批评一些人总瞧不起当地人才，认为只有外来的人才有本事。

传说，在离五台山不太远的地方，有座马头山，山上有座小寺院，叫马王寺。马王寺本来是一座福神庙，但多少年来却香火不旺。有一年，寺里来了一位法号净空的和尚，他原是峨眉山的云游僧，在马王寺住了几天后便提议把福神换成菩萨来供奉。由于香火一直不旺，寺里的和尚便接受了这一主张。不想经过这一改变，附近的一些善男信女便纷纷前来参拜，并且据说新换的菩萨还有求必应，很是灵验，一传十，十传百，加上中间的添油加醋，菩萨和净空的名声越来越大，祈福消灾许愿的人也越来越多，马王寺的香火空前旺盛。

后来，一位当地的大财主，因其妻久病在床，便抱着试一试的想法来求菩萨，并且为妻子许了重愿。事有凑巧，不几日，其久治不愈的妻子竟然恢复了健康。财主不食其言，向马王寺布施了一万两白银，一千两黄金。于是净空便扩建寺院，重塑菩萨金身。

经过一年操持，马王寺成了一座规模宏伟的寺院，全寺上下一片欢腾。和尚们忙着操劳，准备为新塑的菩萨开光。可净空此时却不念旧劳，认为所有这一切都是自己的功劳，并且说马王寺原有的和尚悟性低，造诣浅，不配在开光大典上念经，只分配他们做些打扫、倒茶之类的工作，却又从千里之外的峨眉山请来二十名和尚，负责在开光典礼上念经。开光仪式虽然搞得极其隆重，但马王寺原有的和尚们却非常憋气。他们发牢骚说："净空做了住持，不用我们这些在马王寺念了十几年经的和尚，真是只有远来的和尚才会念经，这实在太不公平了。"

后来，"远来的和尚会念经"逐渐成为一句广为流传的俗语。

◎拓展阅读

哪壶不开提哪壶 ／ 肥水不流外人田 ／ 一个篱笆三个桩，一个好汉三个帮 ／ 功夫不负有心人 ／ 精通一事胜于会十事

英雄无用武之地

"英雄无用武之地"一语出自《资治通鉴·汉献帝建安十三年》，是三国时诸葛亮劝孙权出兵与刘备联合抗曹时说的一句话。其意思是说：一个人虽有本领，但却没有机会去施展。后来，人们常用它形容一个人因为受到环境、条件等的限制，自身的潜力、优势发挥不出来。有时也用以讽刺那些自以为了不起、牢骚满腹的人。

东汉末年，为了争夺地盘，大小军阀之间进行着激烈的争战，生产停顿，民不聊生，有志之士都想一统中原，安定天下。诸葛亮协助刘备，运筹帷幄，决心先营造刘备、曹操、孙权之间三足鼎立的局面，再图一统中原的大业。但当时刘备力量非常薄弱，还只是协助刘表守护荆州，要想进一步发展壮大，还需要相机而动。汉献帝建安十三年（公元208年），刘表病死，曹操乘机率领十几万大军进攻荆州，以期先消灭刘备。刘表的次子刘琮软弱无能，出城投降，荆州落入了曹操手中。此时刘备危如累卵，诸葛亮纵观天下形势，意识到这时只有联合孙权的力量抵御曹军，自己才能立足，于是亲自出使东吴，劝孙权出兵。当时，孙权正在柴桑拥兵观望，文武诸臣有的主战，有的主和，他自己对和与战的问题也拿不定主意。正在困惑之际，诸葛亮出使来到了东吴。之前，诸葛亮已经看出了孙权这种犹豫不决的心态，于是一针见血地向孙权指明了形势的严重性，导演了一场舌战群儒的生动话剧。

诸葛亮对孙权说："曹操挟天子以令诸侯，眼下已削平了北方各割据势力，又乘胜攻下荆州，威震四海。英雄好汉们被逼得无用武之地，眼下，曹操所惧的只有将军和我们主公两人，但我主公兵败已到夏口。将军估计一下自己的力量，也该为下一步做打算了。"这正说到了孙权的痛处，于是沉默不语。诸葛亮见状，又进而反激孙权说："如果将军觉得足以与曹操抗衡，那就应该及早与曹操一刀两断；如果将军没有这个实力和勇气，那就干脆放下武器向曹操俯首称臣便是。现在您表面上顺从曹操，而内心里又不服气，这是最危险的时候，如不趁早做出决断，恐怕曹操的下一个目标就是将军了！"诸葛亮还就目前的形势和双方各自的优势和劣势做了具体的分析，进一步解除孙权的顾虑。诸葛亮一番入情入理、精辟入微的论述，使孙权觉得眼下只有联刘抗曹才有自己生存的余地。于是他下定决心，当即任命周瑜和程普为左、右都督，率领三万精兵开赴前线，与刘备并肩迎击曹操。结果抗曹之战大获全胜，终于形成了三分天下的局面。

◎拓展阅读

穿新鞋走老路 / 见人说人话，见鬼说鬼话 / 嫁出去的女，泼出去的水 / 四川没川，山西没山

玄德進位漢中王

字撲懷麟

一人得道，鸡犬升天

"一人得道，鸡犬升天"一语出自王充的《论衡·道虚》。原本是一个传说中的故事，说刘安得道成仙后，他家的鸡和狗也因吃了他洒落的仙药而升上了天。多用来讽刺一个人升官得势后，和他有关的人也都沾光，跟着捞好处，发迹起来。

刘安是汉高祖刘邦之孙，汉武帝刘彻的皇叔，16岁继父位做了淮南王。他智慧过人，才华横溢，广揽天下贤达饱学之士三千余人，究天论地，著书立说，使淮南成为当时全国重要的学术中心。他还有个嗜好便是寻仙访道，并且梦想得道成仙，长生不老。因而他招揽了许多道人、方士，研究仙术，炼制丹药，收集古代典籍，寻找得道成仙的方法，刘安虽然没有真正成仙，但却因而发明了好多科学技术，诸如豆腐的制作等。其门人还编了一本书，即著名的《淮南子》，给后人留下了许多宝贵的资料。人们根据这一历史史实编撰了一个他得道成仙的故事。

说刘安为了实现他长生不老、得道成仙的梦想，招募了许多方士，整天沉溺于研究仙术、炮制丹药之中。功夫不负有心人，经过多年的反复研制，方士们还真的给他炼出了一种丹药。刘安服丹药后就飘飘悠悠地升上了天，当他升至半空时，他吃剩的丹药无意中撒落下来，落到了自家的院子里，他家中养的鸡、狗不知道是什么东西，也就吃了下去。结果鸡和狗也升上了天。于是半空中鸡鸣狗吠，引得人们争相引颈观望。

这当然是一个传说的神话故事，但从中得出的"一人得道，鸡犬升天"却广为人们引用。

○品画鉴宝 双系弦纹陶壶·汉

◎拓展阅读

不到长城非好汉 ／ 桂林山水甲天下 ／ 吃菜先尝，说话先想 ／ 自古华山一条道 ／ 十里温塘河，九曲十八弯

"一日不见，如隔三秋"一语出自《诗经·王风·采葛》，是相恋中的男女思念情深，直抒胸臆的歌唱。后人沿用此意，也用来形容思念殷切，虽然只是短暂的分离，但却感觉时间漫长，好像几年似的。多用于男女之间，但有时也被其他关系引用。

《诗经·王风·采葛》写道：

彼采葛兮，一日不见，如三月兮。
彼采萧兮，一日不见，如三秋兮。
彼采艾兮，一日不见，如三岁兮。

这是一首歌唱爱情的古诗，抒发的感情强烈而真挚，几千年来都为相爱的男女所歌唱。古人把秋天分为夏秋、仲秋、季秋三秋，所以三秋是三个月，但从上下文的意思看，应该理解为一秋是三个月，三秋是九个月。全诗的意思是说：

我思念的人啊！
你在外面采摘葛藤，
一天见不到你，
就像过了三个月的时间那样漫长！
我思念的人啊！
你在野外采摘萧草，
一天见不到你，
就像过了九个月的时间那么漫长！
我思念的人啊！
你在野外采摘艾草，
一天见不到你，
就像过了三年的时间一样漫长啊！

◎拓展阅读

马在软地上易失前蹄，人在甜言上易栽跟头 ／ 井里的蛤蟆不知道大海 ／ 一锹不能挖成井，一笔不能画成龙 ／ 下河不能怕旋涡多，打铁不能怕火烫脚 ／ 木不凿不通，人不学不懂

一人立志，万夫莫夺

"一人立志，万夫莫夺"出自《醒世恒言·大树坡义虎送亲》。意思是说：只要志向坚定，任何人也阻挡不了。

传说唐朝天宝年间，福州人勤自励自幼聘定同县李纯庆女儿潮音为妻，二人青梅竹马，情投意和。勤自励12岁那年便弃文从武，每天使枪弄棒。长到16岁时身长力大，猿臂善射，武艺过人。有一天，勤自励独自上山打猎，行至大树坡时，听见一头老虎在一深井中咆啸。勤自励顺声走近井旁，见老虎口中作声，一副乞怜的模样。勤自励心生怜悯，说道："我今放你，你今后切莫害人。"老虎好像听懂了一样点点头，于是勤自励跳入井中，奋力托老虎出井。

这一年安南作乱，朝廷募军，勤自励瞒过父母，投军而去。勤自励的父母知道后心想：安南万里之遥，刀剑无情，凶多吉少，老两口晚年谁人侍奉。李纯庆知道了也是无可奈何。勤自励一去三年，杳无音信。潮音的妈妈对丈夫说："勤自励一去不知死活，潮音年纪大了，难道叫她活活做孤孀不成？"李纯庆也觉这样下去不是办法，便来和勤公商量，双方约定：再等三年，若无消息，任从潮音改嫁。光阴似箭，三年已过，勤妈妈便来向潮音说："勤郎迄无消息，你已等过六年了，还是要为以后做打算，莫错过青春啊。"潮音哭道："勤郎在，我是他妻；勤郎死，我是他家妇，我岂能因生死而有二心休？莫逼我改嫁，不然宁甘一死。一人立志，万夫莫夺。"潮音的父母见她立意坚决，便不再相劝。

匆匆又是四年，潮音素衣素食，竟如守孝一般。李公与妻子商量："女儿如今已26岁，说起另嫁之事便要寻死，现在只得想办法给她秘密定了人家，在我哥哥家受聘，到结婚那天，只说内侄娶亲，哄她上轿前去祝贺，半路上鼓乐送往男家，不怕她不从。"李妈妈点头称是。

到了结婚这一天，家人把潮音骗上了轿，半路上会合鼓乐队，簇拥便走，潮音知道真相以后死活不依，哭声痛彻肺腑。当送亲的队伍走到大树坡前时，忽地一阵大风刮起，一只白额虎跳将出来，衔起新娘而去。

勤自励自离家投军，凭自己一身武艺一直做到都指挥使。这年安禄山叛乱，主帅哥舒翰弃关投降，勤自励不肯投敌，便孤身仗剑逃回故乡，日夜蹀行。这日离家不远，夜色朦胧，一只大虎衔一少女竟投勤自励足边，勤自励忙扶起，一看却是潮音。方知是老虎感恩图报，使其夫妇竟得团圆。正是"多少负心无义汉，不如老虎有情亲"。

○ 品画鉴宝　汉装童子·唐　此图为化生童子，他们穿的都是汉民族的传统服饰。上者着兜肚，下者戴围嘴，都是一足踏莲，一足抬起，作舞蹈姿态。

◎ 拓展阅读

长刀对着野猪，美酒献给亲人　/　有钱不可乱花，有功不可自夸　/　一根毛线织不成毡，一棵松树成不了松林　/　上梁不正下梁歪

"一客不烦二主"出自《西游记》。意思是：到人家家里去做客，已经麻烦主人了，要麻烦只麻烦一家，领一家之情，再不要去麻烦第二家了。比喻求人求到底，别再左顾右盼打别的主意。

孙悟空到东海龙王宫里寻找武器，龙王送他一柄方天画戟，重七千二百斤，孙悟空却嫌轻，逼得龙王实在没有其他武器可送了，只好把一根铁柱子送给他，让他自己去改造。那柱子是一块天河定底的神珍铁，重一万三千五百斤，两丈多长，斗来粗，两头是两个金箍，霞光艳艳，可随心愿或大或小，大时可顶天立地，小时可塞在耳朵里，名叫"如意金箍棒"。孙悟空得了这件神奇至极的武器，欢喜得很，对龙王说："当时若无此铁，倒也罢了。如今手中既拿着它，身上更无衣服相称，奈何？你这里若有披挂，索性送我一副，一总奉谢。"龙王道："这个却是没有。"悟空道："'一客不烦二主'，若没有，我也定不出此门。"龙王道："烦上仙再转一海，或者有之。"悟空道："'走三家不如坐一家'，千万求告一副。"东海龙王无奈，只得把南海、北海、西海三龙王都请了来，大家凑了一副盔甲，才把孙悟空打发走了。

◎拓展阅读

一条虫弄脏一锅汤 ／ 一步错，步步错 ／ 水涨船高，柴多火旺 ／ 跟着好人学好教，跟着坏人满街窜 ／ 喝水不忘挖井人

以善规人，如赠橄榄；以恶诱人，如馈漏脯

"以善规人，如赠橄榄；以恶诱人，如馈漏脯"出自《聊斋志异·云翠仙》。"漏脯"是指被屋檐水浸泡过的腊肉，屋檐水中有木精，因此是有毒的。这句谚语的意思是：劝人学好，那话越回味越甜；引诱人做坏事，那话就像送给人有毒的食物一样。

有一天，小商贩梁有才去泰山拜神，看见一个老婆婆带着一个女子在山道上行走，他见那女子貌美无比，便紧随其后。听那老婆婆对女儿说："你又没有弟妹，我又老了，只盼神能保佑你得个好丈夫，生情和顺，也不必是富人。"梁有才听了暗喜，于是急忙上前献殷勤，一路上扶持着老婆婆，还替她们雇了轿子，自己跟着轿子跑，慢慢赢得了老婆婆的欢心。老婆婆和梁有才闲谈后，知道他是单身汉，便答应把女儿嫁给他。女儿名叫云翠仙，她心里不愿，可母亲答应了，自己也不能反对。

结婚后，云翠仙从娘家带来一些钱物，家境因此宽裕了，也不用梁有才挑担子做买卖了。梁有才慢慢交上了一些狐朋狗友，常常聚众赌博挥霍，输了钱就偷翠仙的首饰还债，任凭妻子怎么劝他都不听。有一天，一个赌友来到他家，见翠仙极美，便对有才说："你夫人这么美，如卖给人家做小老婆，可得百金，卖为妓女，可得千金。"有才听了便想将老婆卖去当妓女，四方求售，已有买主，得八百金，还写了合同。这事已被云翠仙看破，她不动声色，就在有才打算交人的前两天，对有才说："今天是我母亲的生日，你没去过我家，又不远，今天去喝寿酒，晚上就回来！"梁有才答应了，随她走入山中，忽见一栋极华丽的楼宇，童仆极多，梁有才大惊。进门见了老婆婆，云翠仙便又哭又骂道："我对你有什么亏负？其实我早已察觉你人品不好，不然早已帮你买田起屋。你卖老婆已是大恶，还把我卖去当妓女，你还是人吗？"仆人们听后气极，纷纷用剪刀、锥子刺他，梁有才痛得叫喊不止。过了一会儿，这些人都走了，梁有才打算逃走，忽然发现哪有什么大房子，自己竟坐在悬崖上。回到家中，被刺破的肉都溃烂成癞疮，只好做乞丐过日子。他身上常带一把刀，再穷也不卖掉。一日撞见了那劝他卖老婆的赌友，乘其不备，一刀把他杀了，自己被捕后死在牢里。

◎拓展阅读

一根筷子容易断，一把筷子难得断 / 干旱识好泉，艰难识好汉 / 水深不响，水响不深 / 一根木头盖不成房，一块砖头砌不成墙 / 一勺勺积累起来的东西，不要用桶倒了出去

"有理言自壮，负屈声必高"出自《警世通言·金令史美婢酬秀童》。

苏州昆山县有个叫金满的人，读书不行，将银援例捐了个令史，在本县为吏，身边蓄得一婢名金杏，生得甚有姿色，金令史平日爱如己女。还有一个小厮名秀童，却是自小抚养在家，今已二十余岁，对金令史一片孝顺之心，甚为乖巧。金令史千方百计，钻营得到一个管库房之职。不料一天夜里，金令史通宵值夜，不曾离库，亦不曾合眼，却失去四锭元宝。那金令史连声叫苦："失去二百两银子，却把什么来赔补？"于是重新寻找，可就把这间房翻转来，何尝有个影子？外边都知库房失盗，知县责令十日内补库，如无参究。金令史正越想越恼闷，蓦然想到："这夜只有秀童拿递东西，进来几次，莫非是他偷的？"于是许了捕快二十两银子，请其拷问秀童。捕快将秀童拖至城外冷铺里用刑拷打，吊、打、夹都是不招，且叫天叫地哭将起来，说是："我自九岁蒙爷抚养成人，在家没半点差错，不想爷疑心到我头上，今日我只欠爷一死，更无话说。"说罢闷绝去了。自古道："有理言自壮，负屈声必高。"众捕快将其唤醒送得回来，已是七损八伤，一丝两气，金令史心中亦觉惨然。

原来那银却是门子胡美偷的。胡美父母双亡，跟着姐夫过活，喜欢赌钱、吃酒、美婆娘。这夜赌输了，没处设法，便来偷库房，见金令史坐着，几遍不好动手，恰值秀童进厨房取蜡烛，打翻了麻油，金令史进去看，他便乘机盗得四个元宝，夜夜使斧头敲得锭边使用。胡美隔壁住着个姓陆的门子，夜夜听得他家打得一片响，从壁缝张看，只见他用斧头敲元宝，心知金令史银必是他偷了，跑来告知。金令史忙禀官搜捕，果然人赃并获。

金令史因委屈了秀童，使他受此苦楚，没什么好处酬答他，乃收秀童为子，将金杏配他为妻，家业亦由秀童承顶。正是：凡事要凭真实见，古今冤屈有谁知？

◎拓展阅读

不是为了打狼，而是因为怕狼吃羊 / 刀不磨要生锈，人不学要落后 / 饭后百步走，胜开中药铺 / 用扇子扑不灭火 / 饭焦没人吃，人骄没人爱

○ 品画鉴宝　孔子弟子像

一张一弛，文武之道

"一张一弛，文武之道"一语典出《孔记·杂记下》。意思是说：宽严相济才是治理天下的大道理。多用来比喻工作和生活要善于调节，有紧有松，有节奏地进行。

据《孔记·杂记下》记载：子贡观于蜡，孔子曰："赐也乐乎？"对曰："一国之人皆若狂，赐未识其乐也。"子曰："百日之蜡，一日之泽，非尔所知也。张而不弛，文武弗能也，弛而不张，文武弗为也。一张一弛，文武之道。"

"蜡"是周朝时候民间的一个习俗，即每年农历十二月里的一天用来祭祀百神的节日。在这一天，人们可以尽情放松，载歌载舞，甚至喝个酩酊大醉。有一次，孔子由学生子贡陪同前去看热闹，孔子便问子贡："看到这么热闹的景象，你觉得高兴吗？"

子贡面带忧愁地回答说："他们这般乐得发狂，真不知道是因为什么。"

孔子耐心地给子贡解释说："这个道理你是永远不会明白的，因为你没有切身的体验呀！奴隶们成年累月地在田地里辛苦地干活，得不到片刻放松，偶尔遇上这么一个节日，怎能不感到快活呢？这是君王赐给他们的恩泽。这就好比拉弓射箭那样，把弓总是拉得太紧，而不放松一下，这样的事情周文王和周武王是不会做的；把弓松开以后不再拉紧，周文王和武王也不会这样做。有拉紧的时候，也有放松的时候，这才是文王和武王治理国家的好办法！弓拉得过紧而得不到放松，就容易折断，总放松不拉也就不称其为弓了。管理百姓也是同样的道理，所以一年之中给他们过一个节日，让他们在长时间的紧张之后尽情地放松一下……"

子贡听后恍然大悟，高兴地说："还是先生理解得透彻！"

◎拓展阅读

山峰不会倒塌，江水不会倒流　／　手鼓响声虽大，鼓心却是空的　／　大蛇不死，后患无穷　／　不受苦，就得不到幸福　／　长辈种下树，后代好乘凉

以眼还眼，以牙还牙

　　"以眼还眼，以牙还牙"本意是说：对待恶人要用瞪眼回击瞪眼，用牙齿咬对付牙齿咬，是要严厉惩治坏人的意思。一般多用其比喻意，即对方怎么对待你，你也按照相同的手段回报他。与古语"以其人之道还治其人之身"意思差不多。

　　《旧约全书》中是这样说的：一个人无论犯下多少严重的罪行，做了多么恶劣的坏事，审判他的时候都不可以凭一个人的口供作证定案，而至少要有两三个证人做见证，才可以判定他的罪过。假如一个凶恶的人出来作证，并一口咬定某人做了坏事，那么另外两个见证人就务必要站在审判官面前，详细地把事实的真相讲出来以作证明。如果发现作假的，以假证陷害别人，就应该站出来揭穿他，并将他除掉，像他加害别人那样，让他恶有恶报。这样就把恶行从世间除掉了。假如能够做到这样的话，那么别人听说了这件事，也就要以此为戒，而不敢再在人们中间做这样的坏事陷害别人了。对待恶人不能姑息、迁就，要以命偿命，以眼还眼，以牙还牙。

○ 品画鉴宝　夔龙纹兽耳衔环盖炉·清

◎拓展阅读

闲时做来急时用，渴了挖井不现成 ／ 劳动是知识的源泉，知识是生活的明灯 ／ 志大的好汉，身心不闲；手巧的妇女，手眼不闲 ／ 勤劳的人肚子饱，懒汉只说命不好 ／ 聪明人事事先动手，愚蠢人事事落人后

月晕而风，础润而雨

"月晕而风，础润而雨"一语出自《辨奸论》。原文是："事有必至，理有固然。唯天下之静者，乃能见微而知著。月晕而风，础润而雨，人人知之。"意思是说：如果月亮的周围有了圆晕，那么天将要刮风；如果梁柱的底座湿润了，那么天将要下雨。月晕、础润都是天气变化的一种先兆，因此常用它来比喻事情将要发生时的征兆。

北宋灭亡之后，饱经亡国之痛的国人不得不有一番反思。在南宋朝廷内部，保守的官僚大地主集团为了推卸北宋灭亡的责任，转移老百姓的注意力，把金灭北宋的原因都推在了王安石变法一事上。在王安石变法时就竭力攻击新法的保守派人物邵伯温，此刻为了配合当时官僚集团反对王安石、欺人耳目的需要，假冒苏洵之名炮制了一篇《辨奸论》，从性格、生活、作风、行为等方面极度诋毁与丑化王安石。因为王安石入朝执政是在苏洵死后三年，所以邵伯温就把苏洵说成一个预言家，说从王安石的一些作风早可以看出他是一个破国乱朝的奸臣，他在《辨奸论》中说：早就知道王安石当政会造成祸害。月亮出来时周围带一个圆晕，这就意味着要刮大风了；屋柱的底座湿润了，便意味着要下大雨了；王安石衣着不讲究，不剃头洗脸，这些作风就意味着他做事不近人情，是个大奸大恶的人。由他当政，国家当然要灭亡。

○品画鉴宝 青瓷盖罐·宋

◎拓展阅读

不见不识，不做不会 / 劳动出智慧，实践出真理 / 话语用道理衡量，行为以实践检验 / 宰只羊一瞬间，养只羊得一年 / 信心加决心，打开聚宝盆

"业精于勤，行成于思"一语出自唐代韩愈的《昌黎先生集·进学解》。本意是说：学业的精深，在于勤奋刻苦，学业的荒废，在于嬉戏游乐；道德行为的成功在于深思熟虑，败毁于因循苟且。《进学解》是韩愈对于进学问题进行辨析的一篇文章，他假设国子先生和学生的对话，说明进德修业的道理。此语便出自《进学解》第一段：

　　国子先生晨入太学，召诸生立馆下，诲之曰："业精于勤，荒于嬉。行成于思，毁于随。方今圣贤相逢，治具毕张。拔去凶邪，登崇俊良。占小善者率以录，名一艺者无不庸。爬罗剔抉，刮垢磨光。盖有幸而获选，孰云多而不扬？诸生业患不能精，无患有司之不明。行患不能成，无患有司之不公。"

　　这段话的意思是：国子先生清晨来到太学，把学生们召集来，站在讲舍之下，训导他们说："学业靠勤奋才能精湛，如果贪玩就会荒废；德行靠思考才能形成，如果随大流就会毁掉。当今朝廷，圣明的君主与贤良的大臣遇合到了一起，规章制度全部建立起来了。它们能铲除奸邪，提拔贤俊。略微有点优点的人都会被录用，以一种技艺见称的人都不会被抛弃。仔细地搜罗人才，改正他们的缺点，发扬他们的优点。只有才行不够而侥幸被选拔上来的人，哪里会有学行优秀却没有被举荐的人呢？学生们，不要担心选拔人才的人眼睛不亮，只怕你们的学业不能精湛；不要担心他们做不到公平，只怕你们的德行无所成就。"

　　韩愈认为学业的精进在于勤勉，他强调一个人要着力于"业精""行成"，即在学业上做到"精"，在品德上要做到"成"。怎样才能做到"精"与"成"呢？他说："业精于勤，荒于嬉；行成于思，毁于随。"就是说，要想使学业精益求精，最根本的前提条件是勤学，否则懒惰贪玩，终将导致学业荒废。要想使品德有所成就，凡事要三思而后行，否则放荡成性，随波逐流，必然品德堕落。这确实是千古名言，不易之真理。总之，他强调无论是进德还是从业，都要严格要求自己。这里的"勤"表现为口勤（多吟诵），手勤（多翻阅），脑子勤（多咀嚼、多思考），日以继夜地学习。他说："口不绝吟于六艺之文，手不停披于百家之编""焚膏油以继晷，恒兀兀以穷年"。勤奋以学，长年不懈，这是他对前人治学经验教训的总结，也是他自己治学多年宝贵经验的结晶。如他所说："诗书勤乃有，不勤腹空虚。"

○ 品画鉴宝　步溪图·明·唐寅　唐寅在山水画方面有很深的造诣，此图奇峰耸立，山脚老树丛林中，一人徐行，板桥溪流，更显意境，整体风格雄劲又有清旷之美。

○ 拓展阅读

走千里路，看第一步 ／ 一朝权在手，便把令来行 ／ 不怕巨浪再高，只怕划桨不齐 ／ 聪明的人，听到一次，思考十次；看到一次，实践十次

　　"有则改之，无则加勉"一语出自宋代朱熹的《朱子全书·论语》。意思是说：对别人给自己所提的意见和批评，如果有，就改正；如果没有，就用来勉励自己。此语常针对领导干部而言。

　　这句话是朱熹对曾参的评价。曾参（前505—前436），后人又称曾子，字子舆，春秋末期战国初年鲁国人。他是孔子的学生中比较优秀的一个，以孝著称，据说儒家的经典《大学》是他所作。曾参对自己的要求十分严格，提出"吾日三省吾身"的修养方法。据《论语·学而》记载，曾参曰："吾日三省吾身：为人谋而不忠乎？与朋友交而不信乎？传不习乎？"意思是说：我每天对自己进行多次的反省：检查自己替别人办事尽心竭力了吗？同朋友交往是真心相待的吗？老师传授的知识用心温习了吗？

　　宋代朱熹在《朱子全书·论语》中对曾子这段话做了如下的注释："曾子以此三者省其身，有则改之，无则加勉。"即是说，曾子从这三方面来检查自己，有缺点就改掉，没有就加以警惕。

◎拓展阅读

有理不在高声，有才不在宣扬 / 学无老少，能者为师 / 知识渊博的人，只讲知道的事 / 骑快马的，觉不出路远；朋友多的，觉不出困难 / 好马全凭强壮，好汉全凭志强

运用之妙，存乎一心

　　"运用之妙，存乎一心"出自《宋史·岳飞传》中岳飞谈论兵法的一句警言，原文是："阵而后战，兵法之常；运用之妙，存乎一心"，意思是：指挥战争要灵活运用战略战术，而其中的奥妙，又需要人们从实际出发，充分发挥个人的聪明才智，才有成功的把握。人们常用它指作战等手段极其灵活、高超。

　　岳飞（1103—1142），字鹏举，南宋军事家，相州汤阴（今属河南）人，年轻时习武，爱读兵书、《左传》，北宋末年，曾从军抵抗辽国。公元1126年（即靖康元年），岳飞随赵构大元帅抗金，因作战勇敢升为秉义郎。后来隶属副元帅宗泽，在黄河南北多次打败金兵。公元1127年，北宋灭亡，赵构在南京应天府（今河南商丘南）即皇帝位。岳飞上书极力反对国都南迁，多次恳请高宗赵构率军亲征，恢复被金军占领的大片土地，触犯了高宗，被革职。后岳飞投靠了河北招抚使张所，任中军统领，随都统制王彦北渡黄河，在太行山一带抗击金军，屡建奇功。高宗南迁杭州后，岳飞在南宋政府的领导下继续抵抗金的进攻，成为抗金主力。岳飞的胜利进军引起了南宋主和派的恐慌，不久为秦桧及其党羽诬陷入狱，以"莫须有"罪名被杀害。孝宗时追谥"武穆"，宁宗时追封为鄂王。岳飞精通兵法，运筹帷幄，作战指挥机智灵活，不拘常法，强调"运用之妙，存乎一心"。同时治军严明，爱护士卒。岳家军以"冻死不拆屋，饿死不掳掠"而深得民心。金军将领曾叹道："撼山易，撼岳家军难！"

　　宗泽对岳飞的战术感到很惊奇，一次对岳飞说："你智勇双全，才艺过人，但你只喜好野战，这并非万全之计。"于是教给岳飞列阵作战的策略。岳飞说："列阵之后再打仗，这是兵法常规，可是，战略战术要运用得巧妙、灵活，全在于思考（即'运用之妙，存乎一心'）。"

◎拓展阅读

制服猛虎非英雄，抑制脾气真好汉　/　聪明人量力办事，糊涂人想一步登天　/　允诺要慢，履约要快　/　慢慢熬出来的茶味道好，慢慢讲出来的话意思明　/　百万买宅，千万买邻

○ 品画鉴宝 溪亭观泉图·明·王问

言必信，行必果

"言必信，行必果"出自《论语·子贡》。意为说话算数，做事果断。

有一天，子贡向孔子求教："怎样才可以叫作'士'？"

孔子回答说："能够约束自己的行为，奉命出使各国能很好地完成任务，这样的人就可以叫作'士'了。"

子贡又问："请问次一等的呢？"

孔子说："在家族当中人们都称赞他孝敬父母，在乡里人们都称赞他恭敬尊长。"

子贡又问："请问再次一等的呢？"

孔子回答说："说话可靠有信用，行动起来言必信，行必果，这种人虽然成不了大器，但也可以说是再次一等的'士'了。"

子贡再问："现在掌权的这些人怎么样？"

孔子评论说："这班见识狭小的人算得了什么！"

◎拓展阅读

眼睛害病是从手上得的，肚子害病是从嘴里得的 / 话虽好听，多说惹人厌；食物虽好，多吃伤肚子 / 山高显得威严，水清才算好看 / 十二岁的孩子，做了才想；六十岁的老人，想了才做 / 百思不得其解

这个谚语出自《史记·陈涉世家》，其原句是："陈涉（即陈胜）太息曰：'嗟乎，燕雀安知鸿鹄之志哉！'"其本意是：小麻雀怎么能知道鸿鹄的志向呢？后来人们常用"燕雀安知鸿鹄之志"这个典故形容那些庸碌的人不会了解那些胸怀抱负的人的志向，也表达了仁人志士不为普通人理解的苦闷心情。这个故事发生在秦朝末年。

秦朝末年，河南阳城的农民陈胜，家境贫穷，年轻时就为人做雇工，给地主种田，生活异常艰难。一次，陈胜与伙伴们一起坐在树荫下休息，他兴奋地对大家说："假如我们中间的某个人有一天发达了，千万不要忘了我们今天所受的苦，更不要忘了今天在一起的伙伴们！"同伴们都笑他："哈，癞蛤蟆想吃天鹅肉，别痴心妄想了，你只是个为别人帮佣的雇农，什么时候才能等到富足的那一天呢？"陈胜摇了摇头道："燕雀安知鸿鹄之志哉！"

机会终于来了，由于秦的暴政，广大百姓不堪其负，陈胜首先在大泽乡揭竿而起，举起了反秦的义旗，很快被推为农民起义军的总头领，建国张楚，号为陈王。原来一起做佃农的伙伴听说了这件事，纷纷来看望或投靠他。陈胜把他们留在王宫，好酒美食款待。王宫富丽堂皇，让雇农们嗟叹不已。他们在王宫里整天山珍海味，乐不思蜀，常常向别人谈起陈胜和他们一起劳动时的家长里短。陈胜听到后，非常不高兴，最后派人把这些穷苦老朋友都抓起来杀了。跟随他的农民出身的部下都纷纷逃跑了，陈胜逐渐被孤立起来，直到最后被身边的人杀掉了。

○品画鉴宝 陶量·秦

◎拓展阅读

不到文殊院，不见黄山面 ／ 南岳山的香，回龙山的烛 ／ 哀莫大于心死 ／ 爱博而情不专 ／ 百尺竿头，更进一步

疑心生暗鬼

"疑心生暗鬼"出自《不怕鬼的故事》。意思是说：对待事情由于自己的主观猜疑而不能正确看清事实本来的面目。

清初，有一人叫吴生。一天，他与几位朋友一起吃酒，大家闲聊中便说到有关鬼的故事，故事听起来让人很恐惧。吴生一向爱夸海口，看到朋友们面露惧色，便说他是从来不怕鬼的。朋友们都知道他又在说大话，便想和他开个玩笑。散席时已是深夜了，朋友便在他的辫子尾上偷偷系上一片枯荷叶。吴生独自回家，每走一步，身后荷叶便沙沙作响。他心中不免犯疑，便转过身来看，又不见有什么东西，更觉害怕，以为是遇上了鬼，于是便跑了起来。哪知他跑得越快，荷叶响声便越大，吓得他胆颤心惊，拼命奔到家门口，狂呼："开门，快开门！"等门刚开了一条缝，便迅速挤进身去，立刻反手把门关上。门关得太急了，辫子反又夹在门缝里，怎么扯也扯不出来，他以为是被"鬼"拉住了，魂都吓出了窍，颤声大叫："快拿剪刀来，快！"于是一剪刀把辫子剪断了。

第二天早上，家人打开门才发现被吴生剪断了的辫子上系着一片荷叶。吴生没有了辫子不好意思出门，知道这事的人无不哈哈大笑，说："哪里有什么鬼啊？疑心生暗鬼罢了！"

◎拓展阅读

一个鼻孔出气 / 安于故俗，溺于旧闻 / 鞍不离马背，甲不离将身 / 白沙在涅，与之俱黑 / 拔了萝卜地皮宽

○ 品画鉴宝　河蟹图·元·卫九鼎

　　一蟹不如一蟹

　　"一蟹不如一蟹"这个谚语在民间早有流传，据说在唐末五代已流传很广，意思是说：一个不如一个，越来越不行。宋代《圣宗掇疑》中记载着这么一个故事：

　　北宋初年，中原基本统一，但整个中国仍处于四分五裂中。宋太祖问鼎中原后，国势日盛，一统天下的志向日益明显，中国南部的一些小国非常害怕。这一年，宋太祖赵匡胤派大学士陶谷出使吴越国。吴越国主忠懿王对这个来自大国的使者尊敬有加，极力热情招待，懿王打听到陶谷特爱吃螃蟹，因此命人摆了个螃蟹宴。吴越濒临大海，螃蟹种类很多，大的如"蝤蛑"，犹如盘子大小，小的如"彭娟"，仅有手指甲大小，大大小小十几种蟹全经过高级厨师精心烹调，真是美不胜收。陶谷看后很是高兴，也十分新奇，于是开玩笑地说：'哎呀！大的这么大，小的这么小，真如俗话说的'一蟹不如一蟹了'。"

　　这个玩笑开得不合适宜，主人听了心里非常不痛快。宋太祖很快知道了这件事，觉得陶谷这个人不善于外交，对他的此次出使感到非常不满，也觉得此人不堪大用，因此再也没有重用他。

◎拓展阅读

爱之欲其生，恶之欲其死 / 八字没见一撇 / 拔赵帜立赤帜 / 白刀子进，红刀子出

勇略震主者身危，功盖天下者不赏

这个谚语源自宋代王辟的《渑水燕谈录》。后来形成四字成语："功高震主""功高不赏"。意思是说：作为臣下，其胆识和功劳超过了君主，以致引起君主的不安。后来形容一个人能力超过了自己的上司，引起上司的不安和嫉妒。

宋朝时，大臣王沂公奉命出使辽国，辽国皇帝派与他地位相当的大臣耶律祥作接待大臣。耶律祥是辽国皇亲，又是武将，因此在接待过程中，不免有些骄傲和礼节不周之处，王沂公心里很是不高兴，觉得一定要挫一下他的傲气。

在一次酒宴中，耶律祥又吹嘘起来，说自己功劳如何大，作战如何勇敢，皇帝如何信任他。还说最近皇帝还赐给他"铁券"，铁券上刻着皇帝的誓言，说永远不会加罪于他，等等。王沂公静静地听着，等他说完了，才慢慢地讲道："我们大宋有句谚语，叫'勇略震主者身危，功盖天下者不赏'。当君臣双方互相有了疑忌时，为了使对方安心，才赐给'铁券'。如今皇帝对你一定有了猜忌，不然你既是皇亲，又如此贤良，为什么要用'铁券'赌咒发誓、保你平安呢？"王沂公的话，正中耶律祥的心病，因为他早就觉察到皇帝对自己有疑虑了，经常互相提防着。此时听了王沂公的话，脸色顿时变得苍白，傲气全无，说话也变得小心谨慎了。

◎拓展阅读

八公山上，草木皆兵 / 爱则加诸膝，恶则坠诸渊 / 百花齐放，百家争鸣 / 三分吃药，七分调理 / 批评人当面好，夸奖人背地好

○ 品画鉴宝　群仙高会图·宋·李公麟

这个谚语是由一个有关佛教的话题引出来的。原来的意思是说，一个和尚很高大，平常人很难摸着他的脑袋。后来，人们逐渐把它演变成当一件事情来得非常突然时，一时还搞不清怎么回事，人们经常会说："真是丈二和尚摸不着头脑。"它的来源也是相当有趣的：

话说古老的苏州西园寺，环境幽雅，真是个修身之所。寺里有一座结构严谨、建筑奇特的罗汉堂。传说，这座罗汉堂是由一个身材魁梧的和尚亲手设计建成的，但人们都不知他的法号，于是便依据他的身材特点喊他"丈二和尚"。据说在开始施工时，"丈二和尚"没有拿出一个施工图纸，也不告诉大家怎么做，因此匠人们总是云里雾里。"丈二和尚"只是像工头一样领着工人们干活。他边干边指挥，干到哪里就要别人跟到哪里。一个"八卦"式的建筑，左拐，右扭，东弯，西扭，搞得工人们不知如何是好。所以，人们都搞不清"丈二和尚"的脑袋是怎么一回事。

大家也不便多问，"丈二和尚"让干什么就干什么，等到竣工的时候，大家对"丈二和尚"佩服之极，赞叹不已：一座造型奇特、布局完整、富丽堂皇的八卦罗汉堂出现在大家的眼前。原来这个"丈二和尚"早就胸有成竹了，而"丈二和尚"此时只是站在一旁傻呵呵地笑。从那时起，"丈二和尚摸不着头脑"这个谚语就慢慢在民间传开了。

◎拓展阅读

百星不如一月 / 成事不足，败事有余 / 严师出高徒 / 迅雷不及掩耳

○品画鉴宝　木雕布袋僧·明

丈二和尚摸不着头脑

照葫芦画瓢

"照葫芦画瓢"出自宋代魏泰的《东轩笔录》。多用来比喻头脑简单，只知道马马虎虎模仿，不能发挥创造性；也用来比喻事情简单、容易，不需要花费很大的力气就能办到。

北宋初年，有个翰林学士叫陶谷，妙笔生花，首屈一指，宋太祖赵匡胤任用他担任起草各种文告的工作。许多人都钦佩他的才华，陶谷也自恃不凡。可是他做了多年起草文告的工作，职位一直没有升迁，一些人不禁为他感到惋惜。

有一次，一个钦佩陶谷才华的官员被皇帝接见，这位官员见赵匡胤心情不错，便盛赞陶谷一番，并推荐陶谷去做大官。赵匡胤没有采纳官员的建议，他说："起草文告的工作，无非是照着前人的旧文本，抄抄写写，其间改换几个字句而已，就像照葫芦画瓢一样，没什么了不起的，不值得如此盛赞。"

皇帝的评价传到陶谷的耳朵里，他不禁大为失望：一直以为皇上很倚重自己，为报知遇之恩，兢兢业业工作，不承想皇帝竟是这样的看法，帝王真薄情啊！心灰意懒之际，陶谷写诗一首以自嘲。诗曰："官职须有生处有，才能不管用时无。堪笑翰林陶学士，年年依样画葫芦。"

后来，"依样画葫芦"这句诗逐渐演变成了"照葫芦画瓢"的俗语，流传到现在。

◎拓展阅读

一个萝卜一个坑 / 春蚕到死丝方尽 / 兵马未动，粮草先行 / 兵在精而不在多 / 有仇报仇，有冤报冤

○ 品画鉴宝　陶龙提梁壶·春秋

知音说与知音听，不是知音不与弹

　　这个谚语意思是说：许多话仅能说与知己听。在《警世通言·俞伯牙摔琴谢知音》中有一段精彩的故事。

　　春秋时期，晋国的大夫俞伯牙奉命出使楚国。中秋之夜，泊舟汉阳江口，在月光下抚琴遣怀。忽见一个樵夫停担倾听，觉得奇怪，于是请上船来相见，问道："假如下官抚琴，心中有所思念，足下能闻而知之否？"樵夫道："大人试抚弄一曲，小子任心猜度。若猜不着时，休得见罪。"俞伯牙沉思半晌，抚琴一弄。樵夫赞曰："美哉，大人之意在高山！"猜个正着。伯牙不答，又凝神一回，将琴再鼓，樵夫赞曰："美哉，大人之意在流水！"又猜个正着。伯牙大惊，连忙叩问姓名，知其姓钟，名子期，家贫父老，砍柴为生，两人就在船中八拜，结为金兰。直谈至东方发白，洒泪而别，并约定次年中秋，再在此处相会。

　　那俞伯牙一年中，但凡弹琴，必苦忆钟子期。看看八月将近，遂请假专程去见结义兄弟。在八月十五日赶到汉阳旧泊处，其夜晴明，俞伯牙左等右等，不见子期踪影。直等到月移帘影，日出山头，于是跳上岸去寻访，忽见一老者徐步而来，瞧着伯牙道："先生莫非俞伯牙吗？"伯牙惊道："老先生如何知道？"那老者垂泪说道："钟子期乃吾儿也，数月之前已亡故了，临终嘱道：'死后乞葬江边，以践中秋之约也。'适才先生来的小路边，一丘新土，即子期冢也。"伯牙乃于墓前盘膝坐下，抚琴一操，唱道："忆昔去年春，江边曾会君。今年重来访，不见知音人。历尽天涯无足语，三尺瑶琴为君死。"歌毕，便将琴用力一摔，在山石上摔得粉碎。之后乃赠金钟父，痛哭而去，从此终身不复鼓琴。

◎拓展阅读

避其锐气，击其惰归　/　养兵千日，用兵一时　/　鞭长不及马腹　/　吃了豹子胆　/　有福同享，有难同当

这个谚语出自宋代著名诗人陆游的《老学庵笔记》。常用来形容封建统治者任意践踏人民的生命财产，而对老百姓的正当言行进行各种限制，揭示了百姓对封建统治者的不满。

宋代有一个叫田登的州官，经常横行乡里，鱼肉百姓。因为他的名字叫田登，所以就不允许治内的老百姓说出和"登"字谐音的字，无论是作文章还是言谈，只要遇到和"登"同音的字，都要用其他的字代替。例如"点灯"只能说"点火"，元宵放花灯，只能说"放火"。

元宵节要放灯，这是中国民间流传已久的习俗，也是城里有钱有势的人家炫耀的好机会，他们通常都是点各式各样的花灯，通宵让人观赏。

又一年的元宵节到了，田登假意答应老百姓入城看花灯，还特地命人在大街小巷张贴布告。但是布告中肯定会出现"灯"字，起草布告的管事不知如何是好。他以前就因为此事挨过田登的板子，一朝被蛇咬，三年怕草索，想到这里他就有点胆战心惊，于是就在布告中写道："元宵节晚上，本州照例放火三日。"布告贴出来了，外地客商初来乍到，不了解本地的实际情况，看了布告非常吃惊，以为发生了什么重大事件，急忙向周围的人打听。被问的人，起初只是摇头，害怕让田登知道了问罪。经客人一再追问，才把客人拉到了无人处，将事情的来龙去脉说了一遍，客人觉得又好气又好笑，愤愤地说："这真是'只许州官放火，不许百姓点灯'呀！"

◎**拓展阅读**

搬起石头砸自己的脚 ／ 一个巴掌拍不响 ／ 远在天边，近在眼前 ／ 一推六二五

○品画鉴宝　雁足灯·汉

只许州官放火，不许百姓点灯

只要功夫深，铁杵磨成针

这个谚语常用来形容无论做什么事情，只要努力，将来就一定能够成功。这里有一个关于唐朝大诗人李白的故事。

李白自幼聪明顽皮，但他特别不爱读书，天天玩心不减。一次，李白趁家人不在，就放下书本，一溜烟跑出去了。他来到一条小溪边，看到一个老太太正在费力地磨着一根铁棒。李白非常奇怪，于是走过去问老太太："老婆婆，您磨这么大的铁棒干什么呀？"老太太头也不回地告诉他说："我准备将这根铁棒磨成一支绣花针啊。"

李白吓了一跳，问道："不会吧，老婆婆，这么粗的铁棒能磨成绣花针吗？即使磨成，那得花费多长时间啊！"老太太笑着说："孩子，做什么事都需要有耐心。不要看铁棒这么粗，我会一直磨下去，直到磨出一支绣花针来。"李白听了老太太的话，很受鼓舞，感到自己再如此下去只会荒废学业，心中又羞又愧，于是他匆忙回到家里，自此以后发奋苦读，终于成为唐朝文坛之秀。人们称颂他"读遍天下书，识遍天下字"，最终青史留名，成为我国历史上的著名诗人。

◎拓展阅读

存十一于千百 ／ 一正压百邪 ／ 用人不疑，疑人不用 ／ 不见真佛不烧香 ／ 拆东墙，补西墙

○品画鉴宝　太白醉酒图·清·苏六朋

"智者千虑，必有一失；愚者千虑，必有一得"是一句二千五百年前的谚语。《晏子春秋》较早记载了这句谚语。其大意是，即使是最聪明的人也有考虑失周的时候；再愚笨的人只要用心，也会有所收获。

春秋时，齐国有个贤明的宰辅晏婴，又称晏子，他处世练达，为人公正廉洁。他在任宰辅期间，国家政通人和，加强了中央对地方的控制，并在外交上显示了卓越的才能，改善了齐国与邻国的关系，谏止了齐景公的许多不必要的支出。

当时，人们对自然现象的认识并不都是科学的，他们往往把一些自然现象与生活中的一些事物联系在一起。景公三十二年（公元前516年），彗星扫过北斗，景公认为这是国家将有灾祸的征兆，于是准备祭天祝地。晏子谏道："倘若您一个人向上帝请求免灾，而数以百万计的普通百姓却在喊怨叫苦，那么上帝要听谁的呢？因此与其向上帝祈祷，还不如努力减轻老百姓的徭役和赋税来得快些，那样也许是他们最需要的。"景公非常倚重他，几乎是言听计从，因此采纳了他的建议，齐国很快强大起来。

景公认为齐国的强大与晏婴的功劳密切相关，发现他身为国相，生活却异乎寻常地贫困，心里非常过意不去，就赏给他黄金千两，但是晏婴一再婉拒。齐景公很不高兴，说道："你这个人也太固执了。你难道不知道我国著名国相管仲吗？当初，先君大量赐给他金银玉帛，他都毫不犹豫地接受了，为什么你偏偏要推辞呢？难道我有对不住先生您的地方？"晏婴说："主公，此言差矣，无功不受禄，我从没有为国立功，拿这些奖赏我又怎能心安呢？常言道：'智者千虑，必有一失；愚者千虑，必有一得。'和管仲相比，我是可望不可即的，在某种程度上，我或许是个愚者，然而在拒绝奖赏这件事上，或许比管仲做得对呢！"他最终还是推辞了景公的千金之赏，一生过着勤俭的生活。

后人逐渐将"智者千虑，必有一失；愚者千虑，必有一得"用来表示一种谦逊的说法。也告诫那些自作聪明的人从中汲取经验教训，毕竟也有马失前蹄的时候。

◎拓展阅读

以其昏昏，使人昭昭 / 重赏之下，必有勇夫 / 唱对台戏 / 道高益安，势高益危 / 貂不足，狗尾续

智者千虑，必有一失；愚者千虑，必有一得

众口铄金，积毁销骨

○品画鉴宝 黄杨木雕渔翁·清

这个谚语由来已久，在《醒世恒言·张廷秀逃生救父》中也有关于这个谚语的故事。"众口铄金"意思是说：众人口中吐出来的热气能够熔化金属。"积毁销骨"意思是说：谣言多了，就连人的骨头都会消融掉。人们常用这个谚语形容谣言、毁谤对人的伤害之大。

明万历年间，有个名叫张权的木匠，生有一子名唤张廷秀，眉目清秀，一表人才，器宇轩昂，自幼聪慧，书读得也不错，还有一手的木匠绝活，因此引起了当地大财主王员外的注意，认做干儿。没过多久，王员外又把次女许配给张廷秀。王员外膝下无子，仅有两个女儿，大女婿赵昂心术不正，一直希望王员外过世后独霸家产，现在家里来了个张廷秀，义子兼女婿，眼看偌大个家产可能被他夺去，心中忌妒，便设计陷害。赵昂第一步买通了一个被捕的强盗，诬告张权是窝家，张权被抓到牢里去打得半死，又定了死刑。第二步就是买通全家大小奴仆，众口一词，经常在王员外面前搬弄是非，说张廷秀在外嫖赌，名声不好。

常言道："众口铄金，积毁销骨。"王员外耳根特别软，架不住这么多人的谗言，信以为真，于是把张廷秀赶出家门去了。这赵昂还是不肯罢休，接着又采取第三步计谋：竟买通船家，乘张廷秀搭船之机，把他捆绑了丢入江中喂鱼。张廷秀幸得人救起，发奋读书，竟得三榜及第，做了大官。后来张廷秀为父亲申冤，抓住了谋害他的船夫，并追出了罪魁祸首赵昂，使王员外明白了真相，夫妻也得以团圆。

◎拓展阅读

冬寒抱冰，夏热握火 / 读书破万卷 / 蠹啄剖梁柱 / 恶虎不食子

354

"中山狼"原来是一则民间流传很久的寓言。后来，唐朝人姚合、宋朝人谢良、明朝人马中锡先后根据这则寓言写成著名的传奇小说，书名叫作《中山狼传》。这个故事在明代的好多书中都有收录。后来人们常用这个寓言故事奉劝人们不要可怜那些恶人，否则会反受其害。

相传战国时候，赵简子喜欢打猎，每到闲暇时就带着侍从出外狩猎，但他的箭射得一般。有一年春天，他带领数十个随从在中山这个地方打猎，这个地方狼群经常出没，威胁人们生命财产的安全，所以他的这次出行，一来巡视一下这里老百姓的生活状况；二来散散心，摆脱一些心中的不快；三来可以显显自己的身手。这次刚进入一个山坳，就迎面碰上三五只狼。大家一起左右开弓，前后冲杀，不大一会儿，除一只狼中箭逃脱外，其余的全被消灭，大家看着满地的猎物，于是也就没有顾得上那只逃跑的狼。

那只狼中箭后，四处躲藏，没办法，只好求救于墨家人物东郭先生。这个东郭先生一向善良忠厚，看着这只满身是血、可怜巴巴的狼，便忘记了眼前是一只吃人的狼，赶紧把它留在自己的房子里为它治疗箭伤。在东郭先生以医药及食物的疗养下，这只狼的身体很快恢复了。一切危险都过去了，这时自称不吃人的狼露出了凶相，要吃掉东郭先生。东郭先生说："我好心救了你，为什么还要吃我？"那只狼面目狰狞地说："老先生，我是只狼，一只吃人的狼，狼是不会改变吃人的本性的。"东郭先生愕然。这时候一个老农正好来看东郭先生，东郭先生把情况告诉了老农，老农用计把这只狼骗到口袋里，接着就用锄头打死了这只恶狼。

◎拓展阅读

雷打惊蛰前，山冈垄上好种田 / 惊蛰不动风，冷到五月中 / 清明要明，谷雨要淋 / 二月清明不用慌，三月清明早下秧 / 立夏不下，无水洗耙

子系中山狼，得志便猖狂

坐山观虎斗

"坐山观虎斗"出自司马迁的《史记·张仪列传》。意指旁观别人的争斗，从而坐收渔利。

战国时期，有一年，韩、魏两国交战多时，难分胜负。秦惠王想趁机派兵讨伐，他召集众臣商议此事，大家众说纷纭，意见难以统一。这时，大夫陈轸回到秦国，秦惠文王就请他帮助谋划。陈轸先向秦惠王讲了一个故事：

从前有一个人叫卞庄子，有一次看见两只老虎在争吃一只牛，就想举剑刺杀它们。旁边的人劝告他说："不要着急，你看两只老虎争吃，等快要把牛吃光了的时候，它们必然会因争夺牛肉而激烈地搏斗，结果必然是大虎受伤，小虎死亡。到那时，你再将那只受伤的大虎刺杀，岂不是一举而得到两只老虎吗？"

秦惠王明白了陈轸的意思，没有急于出兵。韩国和魏国又打了一阵子，等一国失败，另一国受损时，秦国出兵讨伐，一次打败两个国家，获得了胜利。

◎拓展阅读

立夏三日楗杖响，小满三日麦粑香 / 麦到小满谷到秋，迟迟早早一路收 / 芒种火烧天，夏至雨绵绵 / 春南夏北，等不到天黑 / 五月初五下一阵，家家添个黄谷囤

○ 品画鉴宝　一虎噬牛扣饰·汉

"知人知面不知心"一般和"画虎画皮难画骨"连用。这句俗语来源于冯梦龙编著的《警世通言》中庄周试妻的故事。意思是说，了解一个人的外表很容易，而了解他的内心却很困难。这两句话很有哲理，所以在日常生活中为人们经常引用。

传说有一天，庄周游历到了南华山下，看见荒冢累累，不禁大发感慨，叹道："老少俱无辨，贤愚同所归。人归冢中，冢中岂能复为人乎？"又走了几步，忽然看见一座新坟，坟上封土未干，坟旁坐着一个妇人，浑身缟素，手里拿着一把齐纨素扇，向冢连扇不已。庄周见了非常奇怪，上前问道："娘子，冢中所葬何人？为何举扇扇土？"那妇人头也没抬，只是用力扇着，口中回答道："冢中所葬乃妾之拙夫，前几天不幸身亡，埋置于此。夫君生前与妾很是相爱，死时也难割舍。临终前吩咐妾如要改嫁他人，务必等到坟土干了再嫁。妾想新筑之土，何时才能干了，因此用扇扇之，以期快干。"庄周听后一愣，心下想道："这妇人真性急！亏得还说生前相爱，若不相爱，又能怎样？不如自己成全了她吧。"于是上前又说："娘子，要这新土快干也很容易。只是娘子手腕娇软，举扇无力，不如让我替娘子代一臂之劳。"那妇人听后，痛快地站起身来，深深道个万福："多谢官人！"双手将素白纨扇递与庄周。庄周念几句咒语，举手照冢顶连扇几下，水气都尽，其土顿干。妇人一看，笑容可掬，谢道："有劳官人用力。"说罢从鬓旁拔下一枝银簪，连那纨扇一并送与庄周，以作谢物。

庄周将银簪还给了妇人，只是收下了她的纨扇。妇人高兴地回家去了。

庄周一路感慨良多，回到家中，在草堂中看着纨扇，写下了如下四句："生前个个说恩深，死后人人欲扇坟。画虎画皮难画骨，知人知面不知心。"

◎拓展阅读

五月南风招大雨，六月北风贵如金 ／ 有钱难买五月旱，六月连阴吃饱饭 ／ 六月发南风，十潼干九潼 ／ 交秋打雷，谷烂成泥 ／ 白露无雨，百日无霜

知人知面不知心

斩草留根，逢春再发

"斩草留根，逢春再发"这个谚语出自《东周列国志》。意思是说，如果锄草不锄去它的根部，等到春天，它还会长出新芽。后来人们常用来形容铲除祸根一定要彻彻底底，不留一丝一毫的隐患，不要留给敌人任何喘息的机会，否则，敌人一旦得到时机，便会使势力得到增长，卷土重来。这里叙述了一个春秋战国时的故事。

东周初年，郑庄公的母亲武姜非常偏爱自己的小儿子，原因是武姜生庄公时难产，因此对庄公一直很讨厌。但是按常理，庄公获得了继承权，武姜心中非常不愉快，不愿意自己不喜欢的大儿子当国君，于是就与庄公的弟弟共叔段密谋发动兵变。他们的阴谋很快被庄公觉察到了，庄公预先做好了一切准备，采取两手策略，一面笼络共叔段，以良田美宅赏赐给他，一面秘密调集精锐部队。结果共叔段很快被庄公打败，在共城自刎身亡。庄公对母亲的这种做法非常生气，于是把武姜送到了颖地。于是就出现了黄泉相见的故事，当然这是题外话。

但是，共叔段之子公孙滑因去请求卫国的军队前来援助，行至半途，闻听共叔段被杀，就逃往卫国，诉说郑庄公杀弟囚母之事。卫桓公认为庄公无道，便准备兴师伐郑。郑庄公听到公孙滑起兵前来讨伐，向群臣问计。公子吕道："斩草留根，逢春再发。公孙滑逃脱一命已经够幸运的了，现在反而鼓动卫国军队来攻打郑国，大王您应该写信给卫桓公，详细地解释一下事情的来龙去脉。我想卫国国君会明白的，也就不会再派军队来了，请大王三思。"卫桓公很快收到庄公的来信，毅然从半路撤军回国了。

◎拓展阅读

寒露不低头(稻垂穗)，割回喂老牛 ／ 一场秋雨一场寒，两场秋雨把棉穿 ／ 十月有个小阳春，冬月有个太阳生 ／ 头九一场雪，九九似六月 ／ 头九寒，九九暖；头九暖，九九寒

宰
相
肚
里
能
撑
船

○ 品画鉴宝
象牙雕群仙祝寿龙舟·清

　　"宰相肚里能撑船"一语出自北宋提倡变法的宰相王安石之口。这句谚语意思是说：宰相的心胸宽阔，豁达大度，有海量，肚子里船都可以行得开。反之便是气量狭小、鼠肚鸡肠的人是成不了气候、当不了大人物的。

　　宰相是我国封建王朝一人之下万人之上的一品大员，但不同的朝代对这一职位的称谓有所不同，权限也略有出入。秦汉时期称为相国或丞相；隋唐时期以三省长官（中书省、门下省、尚书省）行宰相之职；宋元时以平章事为宰相；明永乐以后以内阁大学士为事实上的宰相；清代则以军机大臣行使宰相的职责。

　　北宋王朝到了宋神宗时已是内外交困，危机重重。北边有契丹的侵略，西北是西夏的骚扰，边防虚弱，战事屡屡失利。国内因每年要纳"岁币"进贡给契丹、西夏，百姓负担沉重，不堪忍受。另外由于国家机构繁多，官员严重超编，导致既劳民伤财，又使得上下不畅，办事效率十分低下。在这濒临亡国的危难时刻，以王安石为首的一些有识之士提出了改革弊政的计划，对国家政策进行了一系列大刀阔斧的改革。但由于改革过于迅速，某些做法又趋向偏激，很多人难以接受，尤其是改革损害了许多大地主大官僚的利益，所以新法实行不久便遇到来自保守派

359

的强大阻力。面对这些困难，宋神宗也开始动摇了，最终导致变法以失败告终。

新法失败以后，王安石受到了来自朝野上下多方的压力，只得急流勇退，告病还家。他扮作一名游客，只带一名童仆，驾一叶小舟微服而行。童仆认为这样不妥，问他说："相公微服潜名，倘或途中有人毁谤于你，如之奈何？"王安石却从容地说："宰相肚里能撑船，从来人言不足恤；言我善者，不足为喜，道我恶者，不足为怒。只当耳边风过去便了，切莫揽事。"

就这样，主仆二人一路缓缓而行。由于新法触动了好多人的利益，因此沿途遇到许多反对新法的人，他们有的批评新法的不当，有的甚至大骂新法，更有甚者还用十分恶毒的言辞大骂王安石，这让童仆实在受不了，多次想要与之争辩，但都被王安石制止了。对这些人的诋毁，王安石都以一种宽大的胸怀，泰然处之。

这件事表现了王安石心胸宽阔，气度豁达，因而受到了人们的敬佩。后来，"大人不记小人过，宰相肚里能撑船"这句话便广为流传开来。

◎拓展阅读

三九不冷看六九，六九不冷倒春寒 / 日落一片红，明朝定有风 / 太阳一出盖头云，下昼必定有雨淋 / 雷公绕圈转，有雨不久远 / 云下山，地不干

○ 欧阳修像 欧阳修是北宋时期的政治家、文学家和史学家。他在政治上积极促进革新，文学上创作实绩可观，诗、词、散文均冠一时。有《欧阳文忠公集》传世。

醉翁之意不在酒

"醉翁之意不在酒"一语出自宋朝欧阳修的《醉翁亭记》，原义是："醉翁之意不在酒，在乎山水之间也。"本来是说使人陶醉的并不是酒，而是周围的环境。后人用以比喻别有用心，也比喻一些行为本意并不在此，而是别有所图。

《醉翁亭记》是北宋杰出的文学家欧阳修的名篇。欧阳修（1007—1072），北宋文学家、史学家，字永叔，号醉翁、六一居士，吉州吉水（今属江西）人，天圣进士。他主张文章应"明道、致用"，对宋初以来靡丽、险怪的文风表示不满，是北宋古文运动的领袖，"唐宋八大家"之一。他的散文说理畅达，抒情委婉。

《醉翁亭记》写于欧阳修当滁州太守时，滁州州署在今安徽滁县，县城西南有风景秀丽的琅琊山，山中有一眼"酿泉"，泉旁有一座亭子，便是欧阳修所记的"醉翁亭"。为什么叫"醉翁亭"呢？他在《醉翁亭记》里解释说，他经常与朋友相约来此饮酒，自己年纪大了，饮一点酒便酩酊大醉，他便给自己取了个"醉翁"的别号，该亭也因此名曰"醉翁亭"。

相传，在滁州，欧阳太守身边有不少围棋爱好者，他们往往随身携带着棋具，棋兴一起，便在山亭中捉对厮杀，有时得胜者竟兴奋得不拘小节，高声喧哗。这些情节，在欧阳修的散文《醉翁亭记》中只是一笔带过。《醉翁亭记》文笔优美，流传极广。

欧阳修酒量不大，很容易醉，那他为什么还爱喝酒呢？文章说：醉翁的本意不在喝酒，而在于欣赏山水风光。那又为什么"醉翁之意不在酒"呢？欧阳修在《赠沈博士歌》中写得十分清楚："我昔被谪居滁山，名虽为翁实少年……国恩未报惭禄厚，世事多虞嗟力薄。颜摧鬓改真一翁，心以忧醉安知乐？"显然，翁并不曾醉，他的头脑是清醒的，而心情是忧伤的。在当时的历史条件下，他个人遭遇不幸，犹怀尽忠报国之心，与范仲淹"处江湖之远，则忧其君"可谓是志同道合。

◎拓展阅读

日落乌云长，半夜听雨响 ／ 昼息不如夜静 ／ 月亮长了毛，有雨在明朝 ／ 早虹雨济济，晚虹晒脸皮

张公吃酒李公醉

○ 品画鉴宝　粉彩紫地开光花卉纹葫芦壁瓶·清

　　这个谚语最初来源于唐武则天时的一个故事，意思是说：张公在喝酒，而没有喝酒的李公却醉了。后来人们常用来形容一方从中得到了利益，而另一方却空担了虚名。

　　女皇武则天时期，她也像皇帝一样纳宠，人称面首，张易之、张宗昌兄弟成了武则天女皇最宠的面首。这两兄弟天生一副好皮囊，人长得帅气，又多才多艺，很会见机行事，颇能讨武则天欢心。因此权倾朝野，阿谀奉承的人纷至沓来，家中门庭若市，犹如皇亲国戚，原来李姓皇室的贵族只能一边眼馋了。慢慢地民间开始流传"张公吃酒李公醉"的谚语，用以嘲笑张氏兄弟。

◎拓展阅读

云往南，长水潭；云往北，好晒麦 / 早雾必晴晚雾雨 / 一日黄沙三日晴，三日黄沙九日晴 / 有雨山戴帽，无雨山缠腰 / 久雨西方亮，有雨下不长

种瓜得瓜，种豆得豆

　　"种瓜得瓜，种豆得豆"本是一句佛家讲因果报应的用语。意思是说：万法各有其因果，而此因果中又有其普遍的理则，种瓜得瓜，种豆得豆，瓜种豆种是因，所生出的瓜和豆是果。但瓜种生不出豆苗，豆种生不出瓜蔓，这就是其理则。为善必获乐果，为恶必获苦果，这也是其理则。这句谚语用来说明善有善报，恶有恶报，种了什么因，必有什么果，其中有一定的科学哲理。

◎拓展阅读

大风见星光，来朝风越狂 ／ 夜星繁，大晴天 ／ 头雪盖屋脊，来年有谷吃 ／ 霜重见晴天 ／ 种田不论节，哪怕累死血

○ 品画鉴宝　苦瓜鼠图·明·朱瞻基

坐吃山空，立吃地陷

"坐吃山空，立吃地陷"出自《醒世恒言·十五贯戏言成巧祸》。意思是说：光消费不生产，那么就是有山样高的财产也会被逐渐吃空，有地那么厚的财产也会被吃陷下去。

南宋时，临安有个读书人名刘贵，娶妻刘氏，妾叫陈二姐。刘贵家道衰落，日子越来越不好过。这天，他岳父对他说："'坐吃山空，立吃地陷'，三寸喉咙深似海，你须计较个常便。我女儿嫁了你一生，也指望丰衣足食。今日资助你些本钱，胡乱去开个柴米店，却不好么？"便借了十五贯钱给他。

刘贵背了钱回家，因喝醉了酒，进门后和妾陈二姐开玩笑，说这十五贯钱是因穷得没法把陈二姐卖给别人的身价钱。陈二姐又伤心又怕，等刘贵睡着后悄悄逃回娘家去了。这时一个小偷进来，杀死刘贵，把钱偷走了。第二天，人们发现了凶杀情况，又发现陈二姐跑了，便怀疑是她和奸夫杀人携款潜逃，便来追捕她。当他们追上陈二姐时，恰恰看见她和一个名叫崔宁的人一起走，崔宁背着的钱又恰恰是十五贯，便愈发肯定这二人是凶手，于是将他二人扭送官府。官府也不调查，屈打成招，就把这二人冤杀了。原来，崔宁是个绸布商人，这天卖布得了十五贯钱回家，见陈二姐孤身步履艰难，好心帮助她，携扶同行，和陈二姐从不相识，又怎么会是奸夫和凶手呢？

◎拓展阅读

土能生万物，地可发千祥 ／ 有收无收在于水，收多收少在于肥 ／ 流不尽的长江水，积不尽的自然肥 ／ 黄土挖三寸，不闲也是粪

○品画鉴宝 五铢钱 五铢钱始铸于西汉武帝时，钱重五铢，圆形方孔。后世沿袭使用这一货币形式。

"种花一年，看花十日"出自《醒世恒言·灌园叟晚逢仙女》。比喻劳动成果得来不易，劝人爱惜。

唐朝时，平江府长乐村有个种花老头名叫秋先，他爱花入了魔，遇见好花，脱了衣服典当了也要买回来。日积月累，家里成了个花园，这花园到了花开季节，灿如锦屏，姹紫嫣红。他白天浇水施肥，晚上坐在花下饮酒歌啸，从半含到盛开，从不离花半步。花谢了就葬花，花被泥水污染了就洗花。秋先平生最恨的就是攀枝摘朵，以为离枝去干，如人遭横祸。

城中有个官家子弟叫张委，是个仗势欺压良善、奸狡刻薄之徒。这日他带了如狼奴仆、助恶无赖从秋先门口经过，恰值牡丹盛开时节，园中光华夺目，张委便强闯入园，又攀又摘。秋先急得叫苦连天，舍命阻拦。张委多喝了几杯酒儿，被秋先一头撞去，翻跟斗跌倒在地，心中转恼，率众把牡丹打得枝蕊不留，扬长而去。秋先呼天抢地，满地乱滚。众邻居扶起秋先，劝慰一番，议论道："自古道'种花一年，看花十日'，只这几朵花不知费了多少辛苦，难怪他爱惜。"

那秋先饭也不吃，哭了又哭，竟感动得花仙下凡，令落花上枝。起初每株一色，如今每株都五色俱全，比先前更觉鲜艳。话儿传了开去，满村男女皆至，都道神仙下降。张委听了不信，率众前来一看，原来真有此事，心下艳美，便存了独占此园的念头，竟设下毒计，到平江府衙首告秋先妖术惑众，图谋不轨。大尹听信，把秋先拘来，投入狱中。那张委不胜欢喜，到秋先园中饮宴，却见园中牡丹竟一朵不存，正奇怪间，忽一阵大风，把地上花朵吹得都直竖起来，眨眼间俱变成尺许女子，举袖扑来，将张委吹入粪窖淹死。

平江府大尹访知秋先冤屈，于是放了秋先。秋先自此日饲百花，谢绝烟火食物，数年之后，被天帝封为护花使者，拔宅飞升，成仙而去。

◎拓展阅读

头草刮，二草挖，三草四草如绣花 ／ 秧苗栽得正，胜上一道粪 ／ 大麦不过年，小麦不过冬 ／ 豆子不薅结角少，麦子不薅一地草 ／ 秧薅三遍黄如金，棉薅七遍白如银

周瑜打黄盖

与"周瑜打黄盖"这个谚语有关的一条歇后语叫"周瑜打黄盖——一个愿打，一个愿挨"。人们常用它来形容为了某种特定的目的，自己人打自己人。《三国演义》第四十六、四十九回记载了这样一个故事：

公元208年，曹操率领八十余万人马进攻东吴孙权，两军在赤壁一带夹江对峙。曹操北军人多势众，军容整齐，东吴都督周瑜看到曹军水寨防备严密，难于强攻，心中着急。这时，他帐下的将军黄盖建议火攻曹营。周瑜说："我正想用火攻，只是隔着大江，要有人前去诈降，方可从中取事。"黄盖表示愿行此计。周瑜告诉他："要去诈降，若不吃点苦头，曹操哪肯相信？"黄盖毫不犹豫地说："为了国家的安全，我就是粉身碎骨也绝不反悔！"于是，两人开始秘密筹划具体步骤。

次日，周瑜召开军事会议，对大家说："曹操号称有百万大军，看来不是一天可破。你们每人可先领三十个月的粮草，以便相持下去。"话还没说完，黄盖就接着大声说："照我看，曹军那么强大，即使我们准备三十个月的粮草也无济于事，我们干脆向曹操投降吧！"周瑜听后非常生气："我奉主公之命，督兵破曹，你竟敢扰乱军心，不杀你不足服众！"说罢，命人把黄盖推出去斩首示众。黄盖也是大怒，破口大骂："我跟孙坚将军打天下，到现在有三代了。那时候，你还不知道在哪儿呢！还敢这样和我说话。"周瑜听了，怒不可遏，拍案大叫："快把他斩了！"众将一起跪下替黄盖求情，周瑜才说："看在诸位面上，饶了黄盖死罪，重打一百军杖！"黄盖被剥下衣服，拖在地上，打到五十多下，早已打得皮开肉绽，鲜血直流。经众将军再三哀求，周瑜才罢手。

这就是周瑜和黄盖定下的"苦肉计"。之后黄盖便向曹操投诈降书，约期投降曹营，曹操中计，相信了黄盖。到时，黄盖准备好二十只火船，船内满载芦苇干柴，灌满鱼油，铺上硫黄，用青布遮住，假装投降。将近曹营时，二十只火船一齐点火冲向曹军水寨。曹操早已中了庞统的"连环计"，把船只用铁链锁住，一时无法散开。水寨上的船只全部着火，烧得曹军一败涂地，从此不敢南下。

◎拓展阅读

坡地脊岭不能丢，芝麻绿豆一齐收 / 芝麻地的跑马，绿豆地的沤渣 / 家有千棵树，有吃又有住 / 田荒穷一年，山荒穷一世 / 沙土枣树黄土柳，百棵能活九十九

"芝草无根，醴泉无源"这个谚语意思是说：灵芝仙草没有根，甘甜的泉水没有源头。后来人们常用它来形容有才华的人总是保有自己特色的，绝不去效仿别人。唐代段成式的《酉阳杂俎·续集四》中记载了这样一个故事：

唐朝中后期，有个宰相叫李德裕，才能卓著，学识渊博，喜欢与客人谈古论今。当时有人说了这样一个观点：好诗好文章一定是有新意的，绝不可摹仿别人，并说："著名诗人张九龄就说过'灵芝无根，醴泉无源'，好文章就该像仙草灵芝、甘水醴泉一样无根无源。"李德裕笑道："这话说得有道理，但也有它的不足之处，伟大的思想和高深的学问都是在前人成就的基础上发展起来的，怎能说无根无源呢？咱们就拿'灵芝无根，醴泉无源'这句话来说，三国时文人虞翻写给弟弟的信中就有了，那是'芝草无根，醴泉无源'，张九龄只改动了一个'草'字而已。"那人无论怎么都不肯相信，就到处去查，最后真的在一个藏书家的家中看到那封信，李德裕记得果然一字不错。

◎拓展阅读

林中住窠鹊，治虫不用药 ／ 青山常在，绿水长流 ／ 毁林开荒，农田遭殃 ／ 圈干槽净，牲口有病

○品画鉴宝　百花图·明·鲁治

芝草无根，醴泉无源

图书在版编目（CIP）数据

中华谚语故事 / 金敬梅主编 . -- 北京：世界图书
出版公司 , 2016.5
　　ISBN 978-7-5192-0910-0

　　Ⅰ . ①中… 　Ⅱ . ①中… 　Ⅲ . ①谚语－中国－青少年读
物 　Ⅳ . ① I277.7

中国版本图书馆 CIP 数据核字 (2016) 第 051641 号

书　　　名	中华谚语故事
（汉语拼音）	ZHONGHUA YANYU GUSHI
编　　　者	金敬梅
总　策　划	吴　迪
责 任 编 辑	王林萍
装 帧 设 计	刘　陶
出 版 发 行	世界图书出版公司长春有限公司
地　　　址	吉林省长春市春城大街 789 号
邮　　　编	130062
电　　　话	0431-86805551（发行）　0431-86805562（编辑）
网　　　址	http://www.wpcdb.com.cn
邮　　　箱	DBSJ@163.com
经　　　销	各地新华书店
印　　　刷	唐山富达印务有限公司
开　　　本	720 mm×1000 mm　1/16
印　　　张	23
字　　　数	300 千字
印　　　数	1—5 000
版　　　次	2019 年 6 月第 1 版　　2021 年 4 月第 3 次印刷
国 际 书 号	ISBN 978-7-5192-0910-0
定　　　价	46.00 元